总主编　赵宪章
副总主编　许结　沈卫威

中国文学图像关系史

清代卷（上）

本卷主编　解玉峰
本卷副主编　何萃　周欣展

江苏凤凰教育出版社
Phoenix Education Publishing, Ltd

“十三五”国家重点出版物出版规划项目
2020 年国家出版基金资助项目
南京大学“985”工程重点项目
北京大学人文社会科学研究院支持项目

中国文学图像关系史 · 先秦卷
中国文学图像关系史 · 汉代卷
中国文学图像关系史 · 魏晋南北朝卷
中国文学图像关系史 · 隋唐五代卷
中国文学图像关系史 · 宋代卷
中国文学图像关系史 · 辽金元卷
中国文学图像关系史 · 明代卷上
中国文学图像关系史 · 明代卷下
中国文学图像关系史 · 清代卷上
中国文学图像关系史 · 清代卷下

彩图 1 《山雨欲来图轴》，袁耀，故宫博物院藏

彩图 2 《古梅图》，八大山人，故宫博物院藏

彩图3 《丽姝萃秀》册之第十二开“唐红拂”，赫达资，台北“故宫博物院”藏

彩图 4 《酸寒尉像》，任颐，浙江省博物馆藏

彩图 5　清宫戏画《泗州城》中的孙悟空

彩图 6　晚清年画《包龙图探阴山》，美国自然历史博物馆藏

彩图 7　清代苏州桃花坞年画《全本落帽风狸猫换真主》

目　录

上

下

绪　论

中国文学与图像发展到清代，具有与前代不同的历史特征和精神风貌。为更好地理解《中国文学图像关系史（清代卷）》的基本内容，我们将先简要介绍清代文学与图像关系的历史文化背景、清代文学和图像关系的基本特征，以及本卷的编撰思路与基本框架。

第一节　清代文学与图像关系的历史文化背景

清代的历史分期学界多有不同的观点。如果从中国文学与图像的关系来看，我们认为有清近三百年的历史或大概分为三期：自1644年清人入关到1681年“三藩之乱”结束为第一期，自1681年至1840年第一次鸦片战争前为第二期，自1840年到1912年辛亥革命为第三期。

自1644年到1681年这37年，可称为明亡而清兴的兴废期，也可以说是战乱的年代。学术界一般将崇祯十七年（1644）三月十九日定为明灭亡的时间。因为这一天，李自成率领的农民军攻破北京，崇祯帝朱由检在煤山自缢。但其实这是清朝官方钦定的说法。李自成进京、崇祯帝自缢的消息传至盛京（沈阳），十五天后，清兵打着“代明雪愤”、为崇祯帝报仇的旗帜兴兵南下，在吴三桂的带引下大举进入山海关，击溃李自成军，五月二日（阳历6月6日）进入北京。清人初入关时，还没有非常明确的继承天命的想法。但占据北京后，其自居为“天下主”、承大明而有天下的思路就异常清晰了。其安葬崇祯帝，即是向世人宣告“明祚永终”。而此时占据陕西、湖南、湖北的李自成的“大顺”政权和占据四川的张献忠的“大西”政权当然都是“贼寇”，而明朝旧臣在陪都南京拥立的朱由崧为帝的“明”也是有待被征伐的不合法政府。

当时朱由崧的弘光朝仍占有淮河以南的大半个中国，清兵核心战斗力的八旗兵不过十余万人马，如果弘光君臣上下一心，对清兵南下的势头能稍加遏制，很有可能与南宋一样，以淮河、秦岭为界，与北方的清政权形成南北对峙的格局。假如那样，崇祯帝的自缢就不能认定为是“明祚永终”。但历史没有假设，明王朝的气数似乎确实已尽，腐败的弘光朝成立仅一年就被清人所灭。此后唐王朱聿键的隆武政权、桂王朱由榔的永历政权等南明政权先后覆亡。其中永历政权坚持最久，永历十五年（1661）吴三桂率清军攻入缅甸，俘获朱由榔，次年四月桂王与其子等被吴三桂处死于昆明。但史学界一般不把桂王朱由榔之死视为明王朝的终结。而清政权则通过修《明史》、文字狱等形式，成功地把崇祯帝之死作为改朝换代的节点。

清政权为了能迅速在全国确立其统治地位，主要是借封疆裂土、高官厚禄等手段拉拢、引诱和胁迫明政权的官员及李自成、张献忠的人马，但或明或暗的反清复明的运动一直在进行。一旦其统治地位基本确立，清政权即收回承诺，对那些降清的王公大臣逐步进行约束、抛弃和剿杀，由此引发了吴三桂等人的叛乱，故直至清康熙二十年（1681）吴三桂之孙吴世璠自杀，"三藩之乱"结束，清政权在中国大陆的稳固统治才算真正确立。

故自 1644 年到 1681 年这 37 年可称是王朝更替、"天崩地坼"的乱世。这一点在当时人的文学、图像书写中也都有反映，特别是那些被称为"明遗民"或被列为"贰臣"的文人那里。如清初流寓南京的著名画家龚贤自甘为明遗民，其在赠人画作的题诗云："此路不通京与都，此舟不入江与湖。此人但谙稼与穑，此洲但长菰与蒲。"其不与新朝合作的旨趣非常明显。明皇室成员朱耷、石涛都是清初著名画家、诗人，其画作多隐逸、讽世气息，朱耷诗有："郭家皴法云头小，董老麻皮树上多。想见时人解图画，一峰还写宋山河。"其所谓"宋山河"显然是比喻明代故国。清初画家多乐于摹仿黄公望、倪瓒画作，而黄、倪画作荒远空疏，多"逸气"，也恰好迎合了清初明遗民的心态和审美需求。

清乾隆四十一年（1776），乾隆帝爱新觉罗·弘历下诏国史馆编纂《贰臣传》，降清的前朝官吏钱谦益、吴伟业等皆被列入"贰臣"，以此让"贰臣"的子孙们铭记其祖辈的耻辱。而这些"贰臣"们在世时便已饱受心灵的磨难。曾为江南士大夫领袖的钱谦益，80 岁寿时所撰庆寿文云："少窃虚荣，长尘华贯，荣尽败名，艰危苟免。无一事可及生人，无一言可书册府。濒死不死，偷生得生。"清初著名诗人吴伟业诗作有："忍死偷生廿载余，而今罪孽怎消除！受恩欠债须填补，纵比鸿毛也不如。"清初著名书画家程正揆诗有："投身新雨露，满眼旧江山。"所有这些都反映了这些降清文人的真实心态。

自 1681 年至 1840 年第一次鸦片战争发生前，可称是清政权相对太平的一段时间。康熙十七年（1678）"三藩之乱"接近平定时中国人口约为 1.6 亿[①]，而乾隆四十四年（1779）人口已增至 2.75 亿[②]。至道光三十年（1850），人口已高达 4.3 亿。乾隆时中国工商业发展的规模已超过晚明[③]，在运河沿线、东南沿海及

---

① 曹树基：《中国移民史》（第五卷），复旦大学出版社 2001 年版，第 51 页。

② 何炳棣：《明初以降人口及其相关问题 1368—1953》，葛剑雄译，生活·读书·新知三联书店 2000 年版，第 75 页。

③ 童书业：《中国手工业商业发展史》，中华书局 2005 年版，第 302 页。

交通便利的江河口都产生了许多全国性商业都市，清中叶时的北京、南京、苏州、杭州、扬州等城市人口都已超过 50 万，天津、临清、济宁、镇江、武汉等也都超过 20 万。社会安定与人口的迅速增长、经济的持久繁荣显然密切相关。

清代一些重要的文化举措也大都发生在这一时期。满清入关前后，即已努力效仿汉家制度，鼓励满人学习汉文化。如清顺治帝爱新觉罗・福临亲政后，即对孔子大加尊崇，弘扬儒学，他命内院诸臣翻译"五经"，并提出："天德王道备载于书，真万世不易之理也。"①顺治十二年（1655）春，顺治帝谕礼部说："朕惟帝王敷治，文教是先，臣子致君，经术为本。""今天下渐定，朕将兴文教、崇经术以开太平，尔部即传谕直省学臣，训督士子，凡六经诸史有关于道德经济者，必务研求通贯，明体达用。"②

顺治帝之后，康熙、雍正、乾隆三位帝王皆继续大力推行文教。顺治二年（1645）五月，清朝政府下诏开始纂修《明史》，半个世纪后的雍正元年（1723）基本完工。清康熙年间官方先后组织编纂了《全唐诗》《历代赋汇》《康熙词谱》《古今图书集成》等大型文献，乾隆年间则先后编成大型丛书《四库全书》以及《渊鉴类函》《佩文韵府》《骈字类编》《续通志》《续文献通考》《清朝文献通考》（原名《皇朝文献通考》）等大型类书、典志，校刻《十三经》《廿二史》《龙藏经》等重要典籍。与这种盛世修典相应，也产生了反映盛世的图像，如康熙朝绘制的巨幅画卷《康熙南巡图》《康熙万寿图卷》，乾隆朝出现的《万国来朝图》《皇清职贡图》《崇庆皇太后万寿盛典图》《乾隆南巡图》《八旬万寿图》《御制平定安南战图》等。

康熙、雍正、乾隆三位帝王本身也有很深的汉文化修养，如《清史稿・圣祖本纪》卷末赞康熙帝爱新觉罗・玄烨云："（圣祖）圣学高深，崇儒重道。几暇格物，豁贯天人，尤为古今所未觏。而久道化成，风移俗易，天下和乐，克致太平。"雍正皇帝深通佛理，历来被公认为中国帝王之中惟一一位真正亲参实悟、直透三关的大禅师。乾隆皇帝在诗文、书画等很多方面都颇有造诣。

满族作为入关的异族，其不断汉化的结果，自然是使得其不断减少其作为"蛮族"的特征而变为"汉族"。嘉庆二十一年（1816）十一月，嘉庆皇帝召集诸皇子及军机大臣等宣谕说：

> 我八旗满洲，首以清语骑射为本务，其次则诵读经书，以为明理治事之用。若文艺即非所重，不学亦可。是以皇子等在内廷读书，从不令学作制艺，恐类于文士之所为，凡以端本务实示所趋向。我朝列圣垂训，命后嗣无改衣冠，以清语骑射为重。圣谟深远，我子孙所当万世遵守。若如该御史所奏，八旗男妇皆以纺织为务，则骑射将置之不讲。且营谋小利，势必至渐以贸易为生，纷纷四出。于国家赡养八旗劲旅，屯住京师本计，岂不大相刺谬乎？近日旗人耳濡目渐，已不

---

① 《清实录・世祖实录》卷七十二，第三册，中华书局 1985 年版，第 573 页。

② 《清实录・世祖实录》卷九十，第三册，第 712 页。

免稍染汉人习气，正应竭力挽回，以身率先，岂可导以外务，益远本计矣？①

嘉庆皇帝曾多次对八旗贵族规诫，用心良苦，但根本无法改变满族汉化的进程。较之蒙古族入主中原的近百年中极少产生文学家、艺术家，满族入关半个世纪后却不断产生文学家、艺术家，其汉文化的修养完全可以与出身汉族的文学家、艺术家相比，著名者如纳兰性德、顾太清、溥侗等。故从各方面来看，清代文化在总体可谓汉文化传统的继续和延伸，而这种文化传统可以说主要是在这相对太平的150年间奠定基础的。

自第一次鸦片战争发生的1840年到辛亥革命发生的1912年，这70多年则为清政府饱受内乱和外患、途穷求变的一段时期。著名史学家何炳棣认为："在清代中国当时的技术水平下，最佳状态（'一个人口产生最大的经济效益'的点）似乎是在乾隆十五至四十年间（1750—1775）达到的。直到18世纪第三个1/4期间，当时人还几乎都将人口持续的迅速增加视为无比的福祉，但到该世纪最后25年时，深思熟虑的一代中国人已开始为从该世纪最初数十年来已习以为常的生活水准明显的下降所震惊。"②龚自珍《西域置行省议》云：

自乾隆末年以来，官吏士民，狼艰狈蹶，不士、不农、不工、不商之人，十将五六；又或餐于草，习邪教，取诛戮，或冻馁以死，终不肯治一寸之丝、一粒之饭以益人。承乾隆六十载太平之盛，人心惯于泰侈，风俗习于游荡，京师其尤甚者。自京师始，概乎四方，大抵富户变贫户，贫户变饿者，四民之首，奔走下贱，各省大局，岌岌乎皆不可以支月日，奚暇问年岁？③

在政治体制、技术水平未能明显改变的情况下，持续的人口增长带来的必然是社会经济的全面恶化。在经历了乾隆朝高度繁荣、安定之后，中国社会开始迎来了持续的动荡和穷困，也迎来了持续的内乱与外患，经历了一系列的动乱和战争。

内乱主要是19世纪中叶以来的太平天国起义、捻军起义、回民暴乱。洪秀全、杨秀清领导的太平天国起义，自1851年金田起事至1864年天京（今南京）陷落，凡13年，战争长期在长江中下游的湖南、湖北、江西、安徽、江苏、浙江等省展开，太平军北征时曾一度到达北方的山西、河南、山东、河北、天津等地，激烈的战争给上述地区人民的生活造成重大影响。与南方长江中下游地区的太平军遥相呼应的是在北方黄河流域、淮河流域为乱的捻军。捻军引起的战乱，自1851年起至1868年终，凡18年。自1854年起，因不堪汉族地主和中央政府的歧视和压榨，贵州、云南、陕甘、新疆等地区先后发生了回民暴动和起义。回民暴动和起义也是在19世纪中叶全中国大混乱的背景下发生的，从1868到1878年整整十

① 《清实录・世祖实录》卷三百二十四，第三十二册，第277页。
② 《明初以降人口及其相关问题1368—1953》，第317页。
③ 龚自珍：《龚自珍全集》，上海人民出版社1975年版，第106页。

年间，清军才在著名将领左宗棠的领导之下，将新疆地区的回民暴乱平定。

外患则主要是两次鸦片战争、中法战争、中日甲午战争及八国联军侵华战争，其中尤以后二者对国人刺激最深。在经历了甲午海战的惨败、庚子之变的耻辱之后，学习西洋文化已成为许多知识人的共识，不再是此前洋务运动那样仅在科技层面学习西方，固守“中体西用”。谋求新变，以解除国家的危机和灾难，成为国人共同热切思考的问题。慕优生《海上梨园杂志序》谓：“十数年来，中国凡举一事，莫不舍旧而谋新，于是戏剧亦有改良之名。”正是在这样的背景下，技术与观念共同发力，晚清的文学与图像因此出现了许多新变。

就文学方面而言，首先是所谓“新民”文学观的出现，即认为文学的根本目的在开启民智，以改造国民文化心理素质为己任。鲁迅《呐喊·自序》说：“所以我们的第一要著，是在改变他们的精神，而善于改变精神的是，我那时以为当然要推文艺，于是想提倡文艺运动了。”这种文学观成为当时新知识阶层的共识。其次是受西方文学，特别是日本文学观的影响，“小说”“戏剧”等通俗文学地位提升。梁启超曾撰写《论小说与群治之关系》一文，系统地阐述了小说（其所谓“小说”包括“戏剧”）的社会功能，把小说提升到“度世之不二法门”和“文学之最上乘”的地位，倡导“今日欲改良群治必自小说界革命始，欲新民必自新小说始”[①]。再次是晚清文学的商业色彩的加重。在传统社会中，由于商业文化一直受到强制性的挤压，故商业色彩的文学作品也非常有限。而晚清时代，在报刊业、印刷业等商业文化的推动下，文学与市场的关系更加密切。

就图像而言，其在晚清的新变与文学密切相关。首先是图像地位的大大提升。在传统社会，特别是各种版刻形式的图像其总体上是依附于文学的，但晚清以来石印技术传入中国之后，书刊的制作成本大大降低，各类杂志，特别杂志插图上则表现为绘画和印刷速度加快，成本降低，图画的数量比过去更多，质量也更为精美。几乎所有的插图本小说、广告都把插图的增加作为卖点重点推介，“增像”“增补绣像”“增加图像”“增添绣像”“增入画图”等词冠名成为晚清小说杂志经营策略之一。其次，在商业文化的推动下，各类图像更偏重感官的愉悦和刺激。各类刊载的小说，多结合故事情节绘制插图，刊头上出现大量照片，以绮丽浓艳、姿态横生的上海妓女和各国女优为主。包天笑回忆说：“《小说时报》除了在小说中偶有插图外，每期前幅，还有许多页铜版画图。这些铜版图，有的是各地风景，有的是名人书画。但狄平子以为这不足引人兴趣，于是别开生面，要用那时装美人的照片。这种时装美人的照片，将向何处去搜求呢？当时的闺阁中人，风气未开，不肯以色相示人，于是只好向北里中人去征求了。”[②]而这种现象在传统社会是极为鲜见的。

---

① 梁启超：《饮冰室合集》第2册，中华书局1989年版，第10页。

② 包天笑：《钏影楼回忆录》，山西古籍出版社1999年版，第460页。

第二节 清代文学与图像关系的基本特征

清人留给今人的著述非常丰富。1927年印行的赵尔巽任主编的《清史稿·艺文志》著录清人著述9633种。20世纪50年代，武作成《清史稿艺文志补编》，著录清人著述10438种。2000年安徽教育出版社出版的李灵年、杨忠主编《清人别集总目》，著录清人别集约4万部。2000年中华书局出版的王绍曾主编《清史稿艺文志拾遗》，共增补清人著述55000种。而据近年杜泽逊主持的《清人著述总目》的估计，清人著述22万种以上，篇幅1000余万字；清人诗文别集多达68244种，其中有版本流传于世的36810种。以上各种研究表明，清人的著述规模非常庞大，现在人们对其总量的把握仍有很多困难，这当然会影响我们对清代文化、包括清代文学和图像关系的研究和认识。

在我们看来，清代文学和图像关系仍有不同于前代的一些特征。就清代文学而言，这主要表现在两方面：

第一，其各体文学都表现出更明显的文体意识，作家自觉经营其文字，诗、词、骈文、戏曲、小说等各体文学都盛于一时，皆可与前代相媲美，或后来居上。

诗歌方面，据近年《全清诗》筹备过程中的初步推算，有作品传世的作家在10万人以上，故清诗总量应远过唐、宋、元、明各朝的总和。从其诗歌作者身份来看，也较前代更为多样，除前代常见的官吏及文人群体外，医生、商人、僧道等社会各阶层也都开始占有相当大的比重，特别是女性作家大量出现。据研究者统计，清代女性能诗文者，有资料可循的，就有三四千位，这个数目可谓十分庞大。[①] 与诗人数量庞大的现象相应的是结社风气的流行。各地往往有诗社组织的存在，相互唱和，形成一定的风格特征，也成为文学创作的重要生态。著名的如以江苏常熟钱谦益为首的虞山诗派、江苏太仓以吴伟业为首的娄东诗派、山东济南王士禛组织的秋柳社等。清诗在理论上也颇有建树，康熙年间王士禛主神韵说、乾隆年间的袁枚主性灵说、沈德潜主格调说、翁方纲主肌理说，均试图对宋人、特别是明人的诗歌理论有所突破，但总体而言，诗歌的内容、体式仍延续唐宋以来的文人诗歌传统。

清词方面，据《全清词》编纂研究室估算，有清一代词人在万人以上，词作30万首以上，在总量上也远过唐、宋、元、明各朝的总和。《四库总目提要》“词曲”部小序说：“词、曲二体在文章技艺之间，厥品颇卑。作者弗贵，特才华之士以绮语相高耳。然三百篇变而古诗，古诗变而近体，近体变而词，词变而曲，层累而降，莫知其然。”这种观念只能说反映了乾隆年间四库馆臣的看法，也许有故作端庄

① 清代女性著述盛况，可参考胡文楷编著、张宏生等增订《历代妇女著作考》（增订本），上海古籍出版社2008年版。

的嫌疑。从实际情况看,《康熙词谱》《康熙曲谱》以及《南北九宫大成词谱》都是官家主持修订的用于指导词曲创作的词曲谱,事实上也得到了词曲作家的普遍尊重。故我们可以说清词(包括戏曲)在清代的大盛,不能不首先考虑其官方背景。在这样的背景下,词家多有明确的尊体意识,不论是以陈维崧为宗主的阳羡词派,还是以朱彝尊为领袖的浙西词派和以张惠言为代表的常州词派。这种尊体意识都首先是针对明代流行的以"花间词"词风为代表的香艳和矫揉造作,使得词体的创作也如诗歌一样,反映作家旨趣和精神,从而开拓了词境,使词在清代真正复兴。

清代散文方面,与诗、词一样,作家、作品数量都极其庞大,其与前代不同之处主要有:一是,康熙至乾隆年间产生的桐城派,方苞、刘大櫆、姚鼐等都被称为代表性人物,他们都有明确的写作"文章"的观念,方苞重"义法",刘大魁将方苞的"义"具体为"义理、书卷、经济",姚鼐则认为文章应"义理、考据、辞章"三者兼备;二是,自唐中叶以来,韩、柳等古文家大有领风骚之势,六朝骈俪之风似一时受挫,而骈文在乾隆时期得以复兴,名家辈出,如陈维崧、吴绮、袁枚、孙星衍、吴锡麟、洪亮吉、孙广森、汪中等。

清代文人戏剧方面,文坛著名人物吴伟业、王夫之、傅山等皆有戏剧创作,反映了中国文人对戏剧更深一步的参与。清康熙著名的传奇家洪昇、孔尚任(所谓"南洪北孔")及后来的传奇家都有意使传奇成为诗文之外的一种文体。孔尚任《桃花扇·小引》有云:"传奇虽小道,凡诗赋、词曲、四六、小说家,无体不备。至于摹写须眉,点染景物,乃兼画苑矣。其旨趣实本于三百篇,而义则春秋,用笔行文,又《左》《国》、太史公也。"由此我们也可窥见,清康熙时传奇观念的转折性变化。故吴梅《中国戏曲概论》说:"实自东塘为始,传奇之尊,遂得与诗文同其声价矣。"孔尚任在《桃花扇·凡例》还说自家撰写原则云:"朝政得失,文人聚散,皆确考时地,全无假借。至于儿女钟情,宾客解嘲,虽稍有点染,亦非乌有子虚之比。"传奇入清之后,很多传奇家都像孔尚任一样,征实尚史、讲求寄托,这与明人游戏为文、作凿空之谈也大不一样。

清代小说方面,《红楼梦》《儒林外史》《镜花缘》《野叟曝言》等长篇章回小说的出现为标志,中国古代的白话小说也最终进入文人文化的传统。这在文体形式上主要表现为兼纳此前已出现的诗、词、曲、赋、联对等各体文字,并使之成为小说文本的有机组成部分。而在此前《水浒传》《三国演义》等"世代累积型小说"和文人拟话本小说中,各体文字常常是杂糅的存在、仍有明显的西方学者所批评的"非整一性"特征。但在清代作家那里,其"非整一性"显然大大减少了。最为典型的如《红楼梦》,所用诗文种类很多、数量很大,"文学"类如诗、词、歌、赋、对联、灯谜、酒令、戏文、琴曲,实用文如铭诔、笺札、单帖、簿册、卜辞、呈底批文等。而以上各类文字皆完美地承担起其特有的叙事功能,成为小说"有意味的形式"。夏敬渠《野叟曝言》为150回的长篇巨帙,其"凡例"云:"是书之叙事说理,谈经论史，教孝劝忠，运筹决策，艺之兵、诗、医、算，情之喜、怒、哀、惧，讲道学，辟邪说，描春态，纵谐谑。”[①]如果从纯粹叙事的角度来看，《野叟曝言》中兼用的各体文字或者将面临严厉的批评。但如果我们回到中国文人的文学传统，认识到中国式小说并不仅仅是一种纯粹的叙事文学或讲故事，我们或能对古人有更多理解。清代文言小说无显著特色，值得注意的是与唐传奇趣味有别的《聊斋志异》，一般被视为文言短篇小说的巅峰之作。

第二，各种通俗文学在清中叶以后获得极大发展，并一直延续到近代。

“安史之乱”以后，包括今天江苏、浙江、上海、安徽南部等江南地区的经济获得深度开发和积累，商品经济、民间财富和人口也都有大规模增长，学校教育的增多以及印刷术的普及，导致中国文化最早从精英普及到大众，以说唱、戏曲、小说等艺术样式为代表的通俗文学在宋元时期获得极大的发展。与经济、文化的发展和积累相应，中国各类通俗文学在清中叶以后迎来了第二次发展高潮。

在戏剧方面，反映民间文化的被称为“花部”或“乱弹”的地方戏大兴，最终从农村进入城市商业性戏园，并最终走进皇宫内院。地方戏的勃兴，从内因来说是各地方的声腔及其所演故事更接近民间百姓趣味，而与文人戏剧（即被称为雅部的“昆腔”）有别。从外因来说，首先是与清中叶以后城镇商业经济发展相应的商业戏园、茶楼的兴起，吸引原本活跃于乡村的戏班进入城镇谋生。如康熙末年朝鲜使节金昌业从辽宁出发，经山海关到北京，在记录沿路状况的《燕行日记》中，便有商业性“戏屋”的记载：“凡州府、村镇、市坊繁盛处，皆有戏屋。而其屋处皆临时作箪屋。设戏多至十余日，少或数日而罢。又转之他。所至男女奔波，或自十里外来观。观者皆施钱财，费亦不赀。”[②]商业性戏馆、戏屋出现后，戏馆老板或戏班都要考虑观众口味，以便能提高上座率，所以在戏目选择方面有较大的主动性。虽然观众来自社会各个阶层，但毕竟下层市井小民居多，故在考虑“雅俗共赏”时，往往会迁就普通观众的趣味，偏重“花部”。其次则是官方的组织和引导。清乾隆时人李斗所撰《扬州画舫录》有云：“两淮盐务，例蓄花、雅两部以备大戏。雅部即昆山腔，花部为京腔、秦腔、弋阳腔、梆子腔、罗罗腔、二簧调，统谓之乱弹。”[③]于此可见，各种“花部”戏是在官方组织下，参与迎銮接驾的仪式的，而清代内廷一直有召唤外戏入宫的传统。

民间说唱方面，南方的弹词和北方的鼓词、评书等都有很大的发展，出现了《再生缘》《珍珠塔》等作品。民间说唱自中唐以来兼盛，但主要作为口头文学，极少有文字传世，现存最早的鼓词是明代天启年间刊行的《大唐秦王词话》，但清中

---

① 夏敬渠：《野叟曝言》，人民文学出版社 1997 年版，第 3 页。

② 金昌业：《老稼斋燕行日记》，转引自田仲一成《中国戏剧史》，云贵彬、于允译，北京广播学院出版社 2002 年版，第 299 页。

③ 李斗：《扬州画舫录》，中华书局 1960 年版，第 107 页。

叶以后则出现了说唱文学“作家”。《再生缘》的作者为杭州女诗人陈端生，极富才华。《再生缘》为60万言的长篇巨制，全书基本上是七言排律的韵文，文辞优美，叙事生动，自问世之后，便广泛流传民间，风靡一时。又如弹词名篇《珍珠塔》，先后经苏州弹词艺人周殊士、俞正峰、马如飞、陆士珍等人增饰，影响甚大。在中国北方地区，鼓词则以长篇讲史的题材为多，今存有大量的刻本、抄本、石印本，如《梅花三国》《西唐传》《北唐传》《杨家将》《呼家将》等，也都有较高的艺术水准。

此外，其他反映民间文化的子弟书、道情、琴书、民歌、宝卷等也都有极大繁荣，这些民间文艺大都以宋元时期积累的通俗文学为资源，进行了深层面的演义，以便接近底层民众。宋元时的各类通俗文学，保存原貌且留存至今的非常有限。而清中叶以来的通俗文学文本，由于距离今日不远，手抄文本仍易留存，更加上晚清石印技术的普及，遂使得各类海量的通俗文学获得较好的保存，成为研究中国民间文化非常珍贵的文化资源。

与前代相比，清代文学与图像关系也有自己的时代特征。这主要表现为四个方面：

一是图像数量非常庞大、类型非常丰富。正如清代文学史料数量非常丰富一样，清代文学图像数量非常庞大，这主要因为清代距离现代不远，很多刻本及手绘、手工作品更容易保存。

从图像类型上来说，有些是前代已出现的，如文人画、壁画、肖像画、插图、雕塑等，有些是新类型，如年画、剪纸、刺绣（织绣）、戏曲泥塑、纱阁戏人、脸谱、面具等，可谓花样繁多，几乎难以尽数。这些图像类型或前代偶或有之，但一般数量非常少或者与文学关系并不密切，而清代出现的数量则相当多，才真正成为一种文学图像类型。如南京博物院所藏清代苏州玉质“昆曲暗戏”，涉及34折昆曲曲目，用料珍贵、工艺考究。所谓“昆曲暗戏”，乃是当时文人相聚之时，通过展示的玉质暗戏物件，让观者猜测其所暗示的是哪出戏。如《牡丹亭·拾画叫画》一折主要讲述书生柳梦梅拾到杜丽娘肖像画而生恋慕之情事，其所展示的“暗戏”物为：粉晶小生巾、羊脂白玉图轴、青金石书、羊脂白玉笔、羊脂白玉笔架与白玉砚。[①] 观者通过观赏这些暗戏物，即可能猜出其对应的是《拾画叫画》一折。

二是清代的各类图像与文学表现出更为密切的关系。清代以前，一般是先有文学，而后才有文学图像，而且文学图像的产生很多都是隔代而生，如三国时曹植的《洛神赋》问世近二百年后才有东晋顾恺之的《洛神赋图》。到了清代，很多情况是文学文本问世不久即出现其文学图像，或者几乎与之同时即产生文学图像。如《红楼梦》《镜花缘》《聊斋志异》等小说都是问世不久，即产生其文学图像。

① 徐建清、于成龙：《凭石说戏以玉乐友——罕见的玉玩精品昆曲暗戏》，《东南文化》2008年第5期。

图0-1 《牡丹亭·拾画叫画》“暗戏”物:粉晶小生巾、羊脂白玉图轴、青金石书、羊脂白玉笔、羊脂白玉笔架与白玉砚

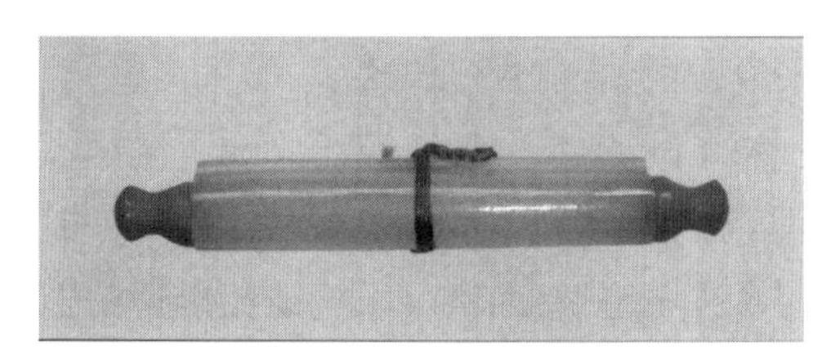

图0-2 《牡丹亭·拾画叫画》“暗戏”物之一:羊脂白玉图轴

清代的“花部”戏作为民间戏剧,几乎在问世的同时即在年画等图像载体中得到呈现。如本书第五章《清代宫廷演剧与戏曲绘画》讨论到的绘工精细、绢本设色的清宫戏曲人物画,这些清宫戏画都是演员化妆穿戴齐整之后在舞台上的形象,不仅砌末行头、脸谱须髯、场面搭配极为考究,就是人物所穿的褶、帔、氅、靠上的游龙团凤、折枝花卉、祥云立水等装饰图案,还有人物的细微表情、动作,也画得写实严谨,神意并到,有的还捕捉住精彩的戏出场面进行描画,可以说是照相技术未传入中国之前的写真剧照。这些清宫戏画应该是清宫廷画师将当时舞台流行的折子戏描绘成图后,献给清宫后妃们赏玩的。这种所演之戏与其图像同时共存的关系,在清代很多民间文艺中非常普遍。

三是清人使用文学图像的意识较前代更为自觉、普遍,图像开始出现不同于文学的“话语”表现。

清代以前，从总体而言，图像是依附和寄托于文学的，很多文学图像实质上为文学文本的附加物，只是为了增加文学读者的阅读趣味而存在的。清代很多图像也仍是严重依附于文学（特别是一些刊本插图），但很多图像表现出更多的独立性和话语表现的欲望。从根本原因来看，图像作为一种承载人类思想的符号毕竟有文学、文字所不具有的功能。如清代很多文人肖像画及表现文人群体雅集的画，其制作都有明显的流传后世的自觉意识，而制作者也认为这些画作有文字无法替代的功能。还有一个非常有趣的文化现象，即很多清代文人喜欢留下以时间线性为序的连贯性图像，直观展现其行止与履迹。如清初著名诗人王士禛曾以多幅个体像贯串其一生，自 24 岁时参加新城明湖雅集的《柳洲诗话图》，到 75 岁人生最后一幅画像《夫于亭图》，一生留画像共有 18 幅之多，其中 3 幅为合像，15 幅为个体像，这些画像完全可以与其传记对读，而且比传记更鲜明地显示了王士禛本人认可的人生历程和心迹。

又如表现白蛇传故事、孟姜女故事、珍珠塔故事等有连环画性质的很多年画，其图像的叙事相对完整、连贯，而这种图像叙事已有不同于文本叙事的特征。

四是清代各种文学图像之间表现出相互影响的趋势，戏曲舞台表演程式对各类民间文化图像具有强势的影响和塑造作用。

清乾隆中叶以来，各地被称为“花部”或“乱弹”的地方戏崛起，并相继进入城市，受到更多关注，戏曲艺术自此真正成为一种全民性的文化，在各种文化娱乐中地位最为突出。又由于其使用的生、旦、净、末、丑等脚色表演、装扮，大多有集中而夸张的审美趣味，很容易吸引普通民众的眼球，故清中叶以来的很多民间文学图像，如年画、剪纸、皮影、瓷画、砖雕等，都有明显的“戏台化”或“戏扮化”的特征。

以小说刊本中的人物绣像为例。清代乾隆年间以前的小说刊本中的人物绣像与前代并无显著不同，但自清代乾隆年间开始戏扮化现象，起初最为明显的舞台特征是小说人物的靠旗和翎子，嘉庆时期加入了简单的脸谱，至光绪时期戏扮化程度最高，出现了马鞭、厚底靴、髯口等元素，甚至简单的戏出场面。戏扮人物绣像的变迁，证明戏曲舞台上的靠旗样式从清代乾、嘉时期四面与六面靠旗的并行不悖，变为道光以来四面靠旗的独存。这种戏扮化现象是当时戏曲文化的影响力以及戏曲表演艺术得到极大发展在小说插图领域的反映。清代小说人物绣像在戏扮化的同时，一直保留着木刻版画的一些传统，例如描摹女性人物的仕女画手法，并非所有小说人物绣像都具有戏扮特征。清代乾隆以来小说绣像人物的戏扮化现象，是当时戏曲文化的影响力以及戏曲表演装扮艺术得到极大发展在小说插图领域的体现，而其深层原因则是由于清乾隆年间剧坛新动向所带来的画坛观念的变革。

最后是西洋绘画观念的输入与影响。晚明利玛窦等西方传教士曾经将西方肖像画的理念带入中国，但主要是宗教装饰性的绘画，而且限于广州、澳门一带。意大利人郎世宁，曾以天主教修道士身份来中国传教，受到康熙皇帝礼遇，入宫成为宫廷画家，历经康、雍、乾三朝，在中国从事绘画50多年，曾经很大程度上影响了清代宫廷绘画和审美趣味，但也主要限于内廷。西方绘画观念真正全面影响中国还是要到晚清，特别是戊戌变法之后，如清末以任颐、吴昌硕为代表的"海上画派"，其锐意革新的精神不能排除西方观念的影响，但其总体仍是中国做派。20世纪二三十年代后，西洋艺术观念才真正影响到中国，而这已不是本卷所要讨论的内容了。

第三节　本卷的编撰思路与基本框架

与前代相比，相关清代文学与图像的史料都非常富赡、多样，这既是清代卷撰写的长处，也是其短处。从长处来说，几乎任何重要问题的探讨都可以得到丰富而多样的史料支撑，而不必过分担心史料匮乏问题。从短处来说，任何问题的探讨都很难做到全面占有和穷尽史料，很难做到竭泽而渔；同时，选择哪些问题进行探讨，也成为我们不得不首先面对的难题。

中国文学图像关系史的撰写有"历史优先"和"文学本位"这两大原则。"历史性"主要是指史实的可靠性、丰富性和完整性，"文学本位"则主要是坚持"文学立场"而不是"图像立场"。考虑到这两大原则以及清代卷撰写的特殊性，我们在问题选择方面主要从"类别"着眼，试图在"类别"方面能兼纳清代文学与图像的各个方面，而不求面面俱到。

如果坚持"文学本位"，清代文学实际包括四大类，即诗文、戏曲、小说以及说唱、传说故事等民间文学。从诗文到戏曲，再到小说、民间文学，总体上是由"雅"而"俗"，其作者的文化身份和社会地位也是渐次降低的，由士大夫阶层而平民百姓，由"书面文学"而"口头文学"。

文人士大夫阶层的诗文（包括"词"），往往与文人画、文人肖像有密切的关联，故作为一大类是没有问题的。清代的戏曲、小说都产生了有代表性的、已进入中国文学史的作家、作品，这些戏曲、小说也有与之相应的文学图像，其分别作为两类也基本没有问题。但清代戏曲实包括高雅的文人戏剧与通俗的民间戏剧（所谓"花部"或地方戏），清代小说有《红楼梦》《儒林外史》《聊斋志异》等文人作品，也有底层无名氏作品，也就是说清代戏曲、小说都有"通俗"的部分，而这些"通俗"的部分与所谓的"民间文学"难分彼此。更鉴于所谓"民间文学"往往受戏曲、小说的影响，与戏曲、小说水乳交融，故我们不再单独设类，或者在讨论戏曲图像、小说图像时涉及和利用民间文学图像，或者在独立的专题研究中综合利用民间文学图像。如本卷相关孟姜女故事、八仙故事等专题的研讨即综合利用戏曲、小说及各种民间文学图像。

按照中国文学图像关系史全书的总体规划，设专章讨论本时段文学图像与前代文学关系，设若干章讨论本时段文学图像与本时段文学的关系。故我们在章节设置方面,第一章为“清代图像与前代文学”,分类讨论清代文人画与前代诗文、清代各类图像与前代小说、清代各类图像与前代戏曲。此后各章为本时段文学图像与本时段文学的关系的探讨,分为三大类进行探讨:第二、三、四章为第一大类,主要讨论清代文人阶层的诗文与图像;第五、六、七、八章为第二大类,主要讨论清代戏曲与图像;第九、十、十一、十二章为第三大类,主要讨论清代小说与图像。

第十三章至第二十章主要为各专题(母题)的研究。在专题(母题)的选择方面,一方面会考虑清代文学及清代图像对此专题(母题)中的重要性和特殊性,另一方面也会考虑这一专题(母题)在整个中国文学与图像关系史中的意义。

如就钟馗故事专题而言,今日舞台仍流行的折子戏《钟馗嫁妹》实际出自清初戏曲家张大复撰写的传奇《天下乐》,清代出现了以钟馗为主角的小说《平鬼传》和《斩鬼传》,现存创作于清代的钟馗画占到极大比重(不考虑近现代),这是我们考虑把钟馗故事专题纳入清代卷的主要理由。从实际来看,钟馗信仰自南北朝时即已产生,唐宋时相关钟馗的画像和传说即已非常丰富,而清代相关钟馗的文学、图像仅仅是一千多年来的一个历史阶段。但从钟馗故事这一专题而言,其相应的文学与图像在整个中国文学与图像关系史中很有特殊性:最早是钟馗信仰推动了钟馗画像的产生,而钟馗画推动了钟馗的故事传说,文学和传说故事又进一步催生新一种类型的钟馗像,故钟馗专题的探讨不能不打破“清代”的局限。所以我们最终将这一专题纳入清代卷。包公故事专题与赵匡胤故事专题之所以纳入清代卷,与钟馗专题也有很大的相似性。

至于将梁祝故事、孟姜女故事、八仙故事、白蛇传故事、杨家将故事等专题也纳入清代卷,主要是考虑到这些故事传说及其图像在整个中国文学图像关系史中的重要意义,其他各卷因各种原因不便探讨,而清代卷作为中国文学图像关系史全书古代部分的收束,不能弃置不论,故也不再完全受朝代的局限。

清代文学与图像的新变主要是甲午战争、戊戌变法之后,因为经济、技术和思想观念的共同作用,其新的历史特质才渐次展现,此前仍主要是传统的延续,故晚清最后十余年可谓传统与现代的衔接带。由于时间短暂,这一阶段的文学与图像的关系,将在不同文学类型和文学母题中分别进行探讨。

第一章 清代图像与前代文学

中国文学图像发展到清代，呈现出丰富多彩的类型和样貌。如果从其对此前中国文学的再现来看，或可从三大主要类型分说，即清代文人画所反映的前代诗文、清代各类图像所反映的前代小说和清代各类图像所反映的前代戏曲。

第一节 清代图像与前代诗文

清代文人画中取意于前代诗文者为数不少，根据徐邦达所编《历代流传书画作品编年表》《中国绘画全集》清代部分以及著名书画家专册等目录、图片资料统计可知，清代文人画摹写前代诗文最为集中的仍是诗，尤其是唐诗，另外词、曲、文、赋各种文体皆有。

清代很多绘画名家都有取意于唐诗的诗意画，具体有王时敏《画杜甫诗意大册》(12页)，僧弘仁《唐人诗意册》(20页)，查士标《唐人诗意图轴》《黄鹤遗规图卷》(崔颢《登黄鹤楼》诗)，王翚《用董巨法写唐人诗意轴》《写放翁诗意册》(12页)、《辋川雪意图卷》《画唐人诗意卷》《补孟浩然诗意轴》《写前贤诗意册》(12页)，吴历《为湘翁写刘长卿诗意轴》《写刘长卿诗意轴》，僧原济《写摩诘云峰诗意图》《唐人诗意图册》，王原祁《为皇士写摩诘诗意轴》《设色昌黎诗意轴》《为匡吉写少陵诗意图轴》《为静岩写摩诘诗意轴》《送别诗意图轴》(王维《送别》诗)，焦秉贞《王维雨中春望诗意轴》，唐岱《香山诗意轴》(白居易诗)，董邦达《夜雪诗意轴》，袁耀《浔阳饯别图轴》《山雨欲来图轴》《鸡声茅店图轴》，蔡嘉《木落西风图轴》，等等。清代的唐人诗意画所涉及的唐代诗人诗作颇多，很多还是大型册页，足见清代文人对唐诗的爱重，其中，尤以杜甫、王维、白居易三人为最。

清代诗意画取意其他时代诗人诗作者也不少，如取意汉乐府的有樊圻《胡笳十八拍图册》(传蔡文姬作《胡笳十八拍》)、费丹旭《秋风纨扇图轴》(传班婕妤作《怨歌行》)。取意晋陶渊明的特别多，如张风《渊明嗅菊图》，僧原济《陶潜诗意图册》，华喦《渊明归趣图轴》《渊明三径图轴》，戴本孝《陶渊明诗意图屏》等。取意晋王羲之兰亭雅集诗的朱耷《兰亭诗画册》(18页)。取意晋左思诗的禹之鼎《濯足万里流图像卷》(王翚补景)。取意南北朝谢灵运《登池上楼》的郑旻《池塘春草小轴》。取意宋王安石《梅花》诗的王翚《墙角种梅图册》(2页),取意宋苏轼诗的王翚《苏轼诗意图轴》,取意宋赵师秀《约客》诗的禹之鼎《闲敲棋子图轴》,以及取意宋儒诗的华喦《宋儒诗意图轴》。取意元代诗作的则有王翚《唐子华诗意图扇页》(元唐棣诗)、《写杨孟载诗意轴》。取意明代诗作者以沈周、唐寅诗为多,前者如有查士标《石田诗意图卷》,王翚《写石田翁诗意轴》《写白石翁诗意册》,杨晋《写白石翁诗意图轴》《石田诗意图扇页》;后者如王翚《写唐解元诗意轴》《写唐解元怀友诗图卷》,杨晋《写唐解元百花诗卷》,方士庶《六如诗意图轴》。

除诗之外,清代文人画也取意于各类其他文体。

取意楚辞者,如黄鼎《渔父图轴》、赫奕《渔父词意轴》、任颐《渔父图轴》,丁观鹏《九歌图卷》、汪汉《九歌图卷》、任熊《湘夫人像轴》,门应兆《补萧离骚图册》、黄应谌《屈原卜居图轴》等。

取意词曲者,如王翚《秋树昏鸦图轴》取马致远《天净沙·秋思》之"枯藤老树昏鸦"句,袁耀《汉宫秋月图轴》则取元曲马致远《汉宫秋》。

取意于赋者,如崔鏏《洛神图轴》取三国曹植《洛神赋》;袁江《阿房雪霁图轴》、袁耀《阿房宫图轴》,皆取唐杜牧《阿房宫赋》;王铎《赤壁图轴》、杨晋《赤壁图卷》、任颐《赤壁赋诗意图轴》,则取苏轼《赤壁赋》。

取意于文者,如华喦《列子御风图轴》取自《庄子·逍遥游》;王翚《桃源春涨图轴》、杨晋《桃源图轴》、唐俊《桃源图轴》、蓝孟《桃源渔隐图轴》、萧晨《桃花源诗意图轴》、黄慎《桃花源图卷》,皆取自晋陶渊明《桃花源记》;华喦《陋室铭图轴》,取自唐刘禹锡《陋室铭》;僧原济《爱莲图轴》,则取自宋周敦颐《爱莲说》。

就诗文而言,其表意大抵可分景观、叙事和意境三层;取意诗文而绘制的文人画在这三个层面的表达上都有所考虑,由于绘画符号语言的限制,在呈现效果上却各有长短。

在景观方面,相较其他两个层面,诗意画表达起来可谓是最容易。每一幅诗意画的画面内容都有与所取诗文直接对应的元素,这也是可称之为诗意画的最基本的合理性所在。

清初著名画家王时敏非常推崇杜诗,曾作《画杜甫诗意大册》,共计12开之多,每开纵39 cm,横25 cm,上皆隶书杜诗一联。诗、画对读,对应性内容元素可谓一目了然。如第一开"丛山落涧"(图1-1),画面所题诗句为"蓝水远从千涧落,玉山高并两峰寒"。此联出自杜诗《九日蓝田崔氏庄》,其诗全文如下:

老去悲秋强自宽,兴来今日尽君欢。
羞将短发还吹帽,笑倩旁人为正冠。
蓝水远从千涧落,玉山高并两峰寒。
明年此会知谁健,醉把茱萸仔细看。

纵观全诗，颈联两句景观性最强——蓝水远来，千涧奔泻，玉山高耸，两峰并峙；“蓝水”“玉山”见色泽，“千涧”“两峰”见数量，“远”“高”“落”见气势，“寒”则见时令、况味。可谓开阔沉雄，笔力劲道。王时敏选择此联作画，亦是当行。画面小全景构图，有效突出了千涧汇成蓝水、玉山双峰并峙的核心景观；花青设色、湿笔与留白则共同营建了秋山秋水清寒萧瑟的氛围。

图 1－1 《画杜甫诗意大册》第一开“丛山落涧”

图 1－2 《画杜甫诗意大册》第四开“松云绝壁”

又如第四开“松云绝壁”（图 1－2），画面题诗：“断壁过云开锦绣，疏松隔水奏笙簧。”画面远端偏右山势陡峭，近乎直立，云层自右下方向左上方升腾而去，中和了崖壁之冷峻，而有了轻柔绵远之感；画面中部斜斜一带水面，开阔明净；画面近端偏左则是几棵松树立于岸边，疏朗有致，与“断壁过云”隔水相望，枝叶随风势向左上方摇曳，与云的动势对应，同时也唤起了“奏笙簧”之听觉通感。诗、画对应性可谓颇强。

再如第五开“秋山红树”（图 1－3），画面题诗：“含风翠壁孤烟细，背日丹枫万木稠。”画面中出现了王时敏擅长的“横云断山”之景，不同于上图云雾呈开花之态，此幅中则是呈带状细柔缭绕，正应了“孤烟”“含风”而“细”句意。另外，翠壁、红枫、树木簇集皆与诗中物象对应。第十二开“雪涧寒林”（图 1－4），画面题诗：“涧道余寒历冰雪，石门斜日到林丘。”群山覆盖白雪，树木枯瘦凋零，连涧水都细寒滞结，一派冰天雪地。

图 1－3 《画杜甫诗意大册》第五开“秋山红树”

图 1－4 《画杜甫诗意大册》第十二开“雪涧寒林”

诗意画在景观呈现方面，除了直接对应诗文内容之外，有时还会有更为主动的表达。袁耀《山雨欲来图轴》（图 1－5）即非常典型。

图 1－5 袁耀《山雨欲来图轴》

画面自题：“山雨欲来风满楼，袁耀拟意。”此幅取唐代诗人许浑《咸阳城东楼》诗意，原诗为：

一上高城万里愁，蒹葭杨柳似汀洲。
溪云初起日沉阁，山雨欲来风满楼。
鸟下绿芜秦苑夕，蝉鸣黄叶汉宫秋。
行人莫问当年事，故国东来渭水流。

颔联两句的景观感与气势最强，画面立意描绘的正是山雨即来之前的浓烈景致，其核心在于“风满楼”。然而，风为大气流动，其形原不可见，不像乌云叠起、遮天蔽日之类容易描画，画作者便发挥想象力，添加了许多狂风肆虐下的物态甚至人事，以使其可见可感。

物态方面主要是狂风中植物的形态：松树咬定青山弓腰曲背以抵御狂风，枝叶却猛烈右倾成团（图 1－6）；柳树纤条在劲风中几成直线，狂扫屋瓦院墙（图 1－7）；岸边的丛草荆棘般狂舞；江水波纹层叠不尽。人事方面更为出彩：江水里，船夫们一面拉扯随风翻飞的篷布，一面奋力划桨逆流而进（图 1－8）；小桥上，赶驴者正挥鞭弓腰顶风前行（图 1－9）；山坡上，运货者正前拉后推艰难爬坡（图 1－10）；村舍前，老翁稚孙正招手呼唤牧牛的孩童快快回家（图 1－11）；庭院里，提水归来的仆人，迎头看见堂屋里的蒲扇飞到了眼前（图 1－12）；山坳处，狂风吹开了柴门，竹茎倾斜，家犬受惊出门狂吠不已（图 1－13）。如此一来，无形之风，便借这些鲜活的人事场面有力有趣地突显了出来。

图 1-6　袁耀《山雨欲来图轴》（局部）

图 1-7　袁耀《山雨欲来图轴》（局部）

图 1-8　袁耀《山雨欲来图轴》（局部）

图 1-9 袁耀《山雨欲来图轴》(局部)

图 1-10 袁耀《山雨欲来图轴》(局部)

图 1-11 袁耀《山雨欲来图轴》(局部)

图 1-12 袁耀《山雨欲来图轴》(局部)

图 1-13 袁耀《山雨欲来图轴》(局部)

然而,更常见的情况是,画家描状景物时并不以细致周全甚至创造性地补充诗文物象作为重要考虑,而仅仅是取其大概,得其大意而已。如袁耀《阿房宫图轴》(图 1-14),取意唐杜牧《阿房宫赋》。画作仅取赋文中山川与亭台楼阁部分,不涉当日人事盛况。相关段落原文如下:

六王毕,四海一,蜀山兀,阿房出。覆压三百余里,隔离天日。骊山北构而西折,直走咸阳。二川溶溶,流入宫墙。五步一楼,十步一阁;廊腰缦回,檐牙高啄;各抱地势,钩心斗角。盘盘焉,囷囷焉,蜂房水涡,矗不知其几千万落。长桥卧波,未云何龙?复道行空,不霁何虹?高低冥迷,不知西东。歌台暖响,春光融融;舞殿冷袖,风雨凄凄。一日之内,一宫之间,而气候不齐。……

图 1-14 袁耀《阿房宫图轴》

对照赋文可知,画作所呈现的行宫之景,虽也坐落于山水之中,有北构西折之势,有宫墙、游廊、檐牙之构,但此山未必是骊山,此水未必是渭水、樊水,此宫也未必是阿房宫,也未见赋中遮天蔽日的规模,蜿蜒雄壮的气势,一日万象的诡谲,也就是山水楼台的一般画意,忠实物象与忠实赋文的意识都还是比较淡薄的。而且这种取其大意的情况,属于中国画的常态。

叙事层面,中国古典诗文都有不同程度的叙事性,文自不必说,即便是历来被视为言志抒情体的诗,篇幅较长的如排律,叙事性也较强,短制如绝句也常常有叙事成分。文人画旨趣多在山水意境,而不在刻画人事,但也有在叙事表达方面着意追求的。

如袁耀《浔阳饯别图轴》(图1-15、1-16),取意白居易的长篇叙事诗《琵琶行》。原诗对于景观描写本着笔不多,只"枫叶荻花秋瑟瑟""别时茫茫江浸月""唯见江心秋月白"等数句点染,意境全出。叙事线却非常细致全备:从秋夜送客,下马上船,有酒无乐,郁郁伤别;到忽闻琵琶,移船相邀,沉浸弦声之中;再到一曲之后,琵琶女自述飘零身世,举座皆哀,诗人尤叹天涯沦落,泪湿青衫。再观画面,左下部一带江岸,几株老树,一只画舫,其余大部留白,水天相浸,一丸秋月静谧当空,景观简约却不失意境。画者笔墨更集中于人事,颇有创意的一点是,画作者布局了三个子空间:画面的核心场景是画舫之中,主客听琵琶女弹奏与述说,画舫舱门大开,以便观者看清内部,舱中主客位于远端,面向画面,而琵琶女在近端,背对画面,主客中又尤其突出诗人,这种构图是切中文意的。画面的次要场景有两个,一个是画面左部,仆从数人牵马立于岸边等候,另一个是画舫侧边有一小舟倚靠。这两个场景有着非常重要的时间维度的功能:前者关涉了主客行至江边的前事,而后者关涉了移船相邀琵琶女这一节点。这种空间安排有效拓宽了画面的时间表达范围,强化了绘画的叙事效果。

图1-15 袁耀《浔阳饯别图轴》

图1-16 袁耀《浔阳饯别图轴》(局部)

然而,相较景观与意境,叙事始终是绘画表意的短板。根本原因在于,叙事的时间性对于绘画这种瞬间永固的空间视觉媒介而言,确实是难以周全的。加之文人画往往意不在此,故而更普遍的情况是于叙事有所照应,但并不十分刻意求全。

王时敏《画杜甫诗意大册》所取杜诗中很多涉及迎客、陪客、送客这样的情节场面，诗意画中如果有意涉及，一般是“取其一点”；而画面表现力的强弱，则取决于这个动作点是否鲜明，是否具有牵前带后的包孕性。如第十开“秋山枫菊”（图1－17），画面题诗：“石出倒听枫叶下，橹摇背指菊花开。”此为杜甫《送李八秘书赴杜相公幕》诗颔联，这两句动作性强，为画面作“点”状描绘提供了便利，画作呈现可谓到位。再如第十一开“巫峡弈棋”（图1－18），取杜诗《七月一日题终明府水楼（其二）》尾联：“楚江巫峡半云雨，清簟疏帘看弈棋。”此联前句为景观情境后句为静态动作场面，画面表达起来也是十分稳妥。

图1－17 《画杜甫诗意大册》第十开“秋山枫菊”

图1－18 《画杜甫诗意大册》第十一开“巫峡弈棋”

然而，如果诗文的叙事信息量大，或者有明显的时间线，画面表达就很容易捉襟见肘。如第二开“江村月色”（图1－19），画面题诗：“白沙翠竹江村暮，相送柴门月色新。”此联取自杜甫《与朱山人》诗，全诗如下：

锦里先生乌角巾，园收芋栗未全贫。
惯看宾客儿童喜，得食阶除鸟雀驯。
秋水才深四五尺，野航恰受两三人。
白沙翠竹江村暮，相送柴门月色新。

杜甫这首诗里的朱山人其实是他的邻居。全诗信息相当密集，从打扮寻常，到家境贫寒，再到性情平和，乐于交友，最后聚焦到他夜月柴门恭送友人的场面，一位安贫乐道的隐士形象十分清晰丰满。画面很难对诗中如此丰富的描述性信息作周全的展现，仅取揖别这一核心动作，就选择而言，可谓适当，但若不以诗文作语境，诗中立起的人物形象怕是难见几分。类似的再如第三开“山村春色”（图1－20），画面题诗：“花径不曾缘客扫，柴门今始为君开。”取意杜甫《客至》诗，写诗人历尽颠沛流离，终于在成都西郊浣花溪头盖了一座草堂，暂时定居下来，孤寂之中，客人忽然来到，由衷的喜悦之情。对比诗文，画面仅下部有一人弓身立于柴门外，此意未可谓昭然。

图1－19 《画杜甫诗意大册》第二开“江村月色”

图1－20 《画杜甫诗意大册》第三开“山村春色”

再如杨晋《赤壁图卷》（图1－21），取意苏轼《前赤壁赋》，赋文中除了敷陈赤壁景色之外，还有大量人物动作描写，如“饮酒乐甚，扣舷而歌”“苏子愀然，正襟

图1－21 杨晋《赤壁图卷》

危坐”“客喜而笑，洗盏更酌”“杯盘狼藉”“相与枕藉乎舟中”，而且，人物的心情与作为心情外化的表情、动作是在时间里进阶转变的，读来历历在目且非常具有层次感。然而，对比画面内容可知，画面着意之处更在于景观，“月出东山”“水光接天”“纵一苇之所如，凌万顷之茫然”皆有所表现，而舟中人物则粗具形貌，并不细致，也并未针对性呈现赋文中的特定动作，更谈不上周全叙事线或动作过程的考虑。

意境于中国古代诗文而言，其实是一种综合性或谓整体性的层面，它是包含景观与人事所有在内的诗文所传达的意绪、况味。由于中国古代特有的文化传统和文人旨趣，诗文和文人画所着意的从来不是穷形尽相，而是所谓山水味道。诗文用语言文字这种深度表意符号，很容易揭示山水物象与抽象之道或意的关联，诉诸读者感性与理性，便可心神领会。文人画在表达意境方面，情况有所不同。若是较为简单的，如以山水寄旷达、隐逸情怀，画面若能在笔法、墨法和构图方面着意经营，还是能够渲染情境，烘托意境的，再加上隐士、柴门等经典意象，亦谓可感。上述王时敏杜诗画册即可为例，其余比比皆是，此不赘述。

需要提出的是，若诗文中表达了比较复杂的心情或人生感受，这类况味便是绘画难以呈现的。前文曾述及，苏轼《前赤壁赋》写苏轼与友人游赤壁，并非观览自然物象，实质是赤壁怀古，且有一个从悼古伤古到豁然开朗的情绪或观念内在转变线路。而杨晋《赤壁图卷》，尽管描绘景观、点染人物，却至多传达出山水空阔、人事渺小之感，赋文中于古今于人生的思辨与领悟所构成的大意境则是绘画所无法抵达的。

再如杜诗，更是如此。杜诗可谓景观、人事、意境皆自然浑成，登峰造极。杜诗里的景观单独抽取出来，画面感很强，确宜丹青；但只有放置在全诗的语境中，才能体会出杜甫之意从不在状物，而是凝结了他一直在表达的深切情怀——年华弹指老去，为国为民的一片丹心却片刻无歇。上述王时敏画册第一开“丛山落涧”所取意的《九日蓝田崔氏庄》诗，真正令人动容之处恰在于诗中那位垂暮老人面对萧瑟秋景，与友人强颜欢笑，那种自悲、自嘲又自宽、自强的可敬、可爱与可怜。更有名的《登高》：

风急天高猿啸哀，渚清沙白鸟飞回。
无边落木萧萧下，不尽长江滚滚来。
万里悲秋常作客，百年多病独登台。
艰难苦恨繁霜鬓，潦倒新停浊酒杯。

王时敏画册第六开“落木江帆”，取“无边落木萧萧下，不尽长江滚滚来”句意。与前述类似，画面物象描摹算是切近，秋天之萧瑟意境也算可感，然而诗中意象、音律所凝结起来的高密度情绪内核，那种人生层面上的意境，终究是画面难得触及的。

所以无怪乎王时敏在画册后幅页自跋云："少陵诗体宏众妙，意匠经营高出万层，其奥博沉雄，有掣鲸鱼探凤髓之力，故宜标准百代，冠古绝今，余每读七律，见其所写景物，瑰丽高寒，历历在眼，恍若身游其间，辄思寄兴磅礴。适旭咸甥以巨册属画，寒窗偶暇，遂拈景联佳句，点染成图，顾以肺肠枯涸，俗赖填塞，于作者意惬飞动之致，略未得其毫末。诗中字字有画，而画中笔笔无诗，漫借强题，钝置浣花翁不少，惭愧！西庐老人王时敏。"绘画与诗文符号不同，表意各有长短，本不必苛求，然王时敏所言，更多抒发了中国古代文人用心在意之处，始终在一种"诗意"，而非物象，于诗于画皆然。

第二节　清代图像与前代小说

清代丰富的图像资料中也包含与前代小说相关的部分，这部分图像资料能够体现相关小说作品在清代的流传与接受情况，故而也应当得到关注。鉴于小说主要是流传于民间的通俗文学形式，其图像以版画和民间工艺图像这两种类型为主。以下将对与前代小说相关的这两类图像分别加以论述。

一、与前代小说相关的清代版画

版画与小说的关系最为密切，小说版画包括随小说刊行的版画插图，也包括依据小说人物、情节所刊刻的独立版画。

小说版画由明入清，总体而言是呈衰落之势，这与清王朝的专制文化政策有直接关系。以"文治"和"诲淫诲盗"之名对小说进行禁毁的谕令可谓贯穿整个有清一代。

顺治九年(1652)，清廷入关后即下了第一道禁书令："坊间书贾，止许刊行理学政治有益文业诸书；其他琐语淫词，及一切滥刻窗艺社稿，通行严禁。违者从重究治。"[①]矛头直指戏曲小说。

清世祖玄烨于康熙二十六年(1687)允刑部给事中刘楷清除淫书疏，下诏令曰："书肆淫词小说，刊刻出卖共一百五十余种……亦应一体查禁，毁其刻板。如违禁不遵，内而科道五城御史，外而督抚，令府州县官，严刑稽察题参，该部从重治罪。"[②]五十三年又下谕："欲正人心，厚风俗，必须崇经学……近见坊间多卖小说淫词，荒唐俚鄙，殊非正理，不但诱惑愚民，即缙绅士子，未免游目而蛊心焉。所关于风俗者非细。应即通行严禁……"[③]

---

① 王利器编:《元明清三代禁毁小说戏曲史料》，上海古籍出版社 1981 年版，第 23 页。

② 同①，第 25—26 页。

③ 同①，第 27 页。

乾隆帝藉修《四库全书》之机，掀起了全国范围内焚书、禁书的狂潮，小说所受压制更胜于前，版画业也深受打击。乾隆十九年江西按察司衙门有定例言："坊间书贾，止许刊行理学政治，有稗文业诸书，其余琐语淫词，通行严禁，违者重究。"①

嘉庆七年(1802)又有谕旨："著在京之步兵统领顺天府五城各衙门及外省各督抚通饬地方官，出示劝谕，将各坊肆及家藏不经小说，现已刊播者，令其自行烧毁，不得仍留原板，此后并不准再行编造刊刻，以端风化而息诐词。"②这样的禁令对小说刊刻肯定是有很大影响的。由此才可解释由明入清小说刊刻的衰落之势。

然而，小说尤其是带有版画插图的小说毕竟深为民众所喜闻乐见，坊间刊刻一直未绝，其中也不乏值得称道的作品。前代小说中的著名作品依然是清代刊行的兴趣集中之所在，其中最主要的是《西游记》《水浒传》《三国演义》和《金瓶梅》几部名著。

1.《西游记》

《西游记》《水浒传》两部在众小说中所受压制最为深重，有清各类禁令中被提及的频率甚高。如乾隆十八年(1753)曾明谕："近有不肖之徒，并不翻译正传，反将《水浒》《西厢记》等小说翻译，使人阅看，诱以为恶……不可不严行禁止。"③《水浒传》更被视为洪水猛兽，清廷谓之"以凶猛为好汉，以悖逆为奇能，跳梁漏网，惩创蔑如……一体严禁"④。

《西游记》小说的清刊插图本最有影响的当属《西游证道书》。《西游证道书》全称《新镌出像古本西游证道书》，凡一百回，目录题"钟山黄太鸿笑苍子、西陵汪象旭憺漪子同笺评"，正文题"西陵残梦道人汪憺漪评，钟山半非居士黄笑苍印正"。作者汪淇，字憺漪、象旭；黄周星，字九烟、太鸿，均明末清初人。《西游证道书》补充了内容，重分了回，清代后世百回本西游均据此翻印，遂为定本。

《西游证道书》康熙初原刊本(日本内阁文库藏)，前附图16幅，题胡念翊绘。插图为方形叙事图，其内容起于孙悟空拜师学艺(图1-22)，中段是取经路上斩妖除怪的14个代表性打斗场景(图1-23至1-26)，止于师徒四人终得正果(图1-27)，虽未逐一呈现所谓九九八十一难，却也不失为一个可以括笼情节的图像叙事小全本。

①④ 《元明清三代禁毁小说戏曲史料》，第44页。

② 同①，第56—57页。

③ 同①，第43—44页。

图 1 - 22

图 1 - 23

图 1 - 24

图 1 - 25

图 1 - 26

图 1 - 27

此版插图刀法虽不能算精湛流丽，但相关场景中主要人物全备，形象鲜明，辨识度高，尤重呈现打斗动作，形态活泼夸张，作为背景的山石、树木、亭台、云雾也可谓细致，图像的完备程度和表现力都值得肯定。如孙悟空收服猪八戒（图1－23）、观音菩萨助孙悟空收服红孩儿（图1－25）、孙悟空得来昴日星官之助制服蝎子精（图1－26）等经典场景中，每个人物皆有其视觉标志：孙悟空之猴脸、金箍棒，猪八戒之猪鼻、钉耙，观音菩萨之穿扮、莲台、净瓶，红孩儿之红缨枪、风火轮，昴日星官之大公鸡本身，令人一望即知。构图也十分简洁明朗：对立双方直接对峙，剑拔弩张；若有辅助者，则居构图相对高位，使得打斗之结局昭然，惩恶扬善，读者观之心安。这类叙事图像随书刊行，定能增加不少观阅的趣味。

至乾隆时，构图繁富，布景精丽的小说版图日少，绣像本则大增。《悟一子批点西游记》即附有绣像，然而所刻大多表情呆板，刀刻涩滞，图绘滞拙。

2.《水浒传》

《水浒传》在康熙时即有宝翰楼刊本行世。宝翰楼是明末清初吴郡人尤云鹗开设的书坊，入清后刊刻了很多流行小说。《水浒传》刊本即有《文杏堂批评水浒传》30 卷、《李卓吾忠义水浒全传》不分卷，120 回，皆有图。

然而清代《水浒传》版画中最有成就的并非小说插图，而是晚清木版画集《水浒全图》。明崇祯时陈老莲绘《水浒叶子》，仅 40 人。而清光绪六年（1880）广东臧修堂刊本《水浒全图》，有图 54 幅，每幅二人，绘梁山一百单八将。卷首刘晚荣序称此版乃据明代成化年间画家杜堇之水浒人物画择版刻名手钩摹付梓而成。杜堇，本姓陆，后改姓杜，号柽居、古狂，江苏丹徒人，成化中举进士不第，《明画录》说："（杜堇）画界画楼台最工，严整有法，人物亦白描高手，花卉并佳。"①刘晚荣生活之世，去杜甚远，其所得是否出自杜堇之手，尚存疑问。但此版水浒人物图像全备，绘刻俱佳，实在难得。

此图册把一百零八位水浒英雄人物两两合图，单个人物线条劲挺秀畅，衣饰精细考究，形神兼备；人物之间也紧密互动，呼应成势；再点缀以背景，外景有山水草木、亭台楼阁，内景有屏风画壁、几案摆设，十分大气又精致可观。

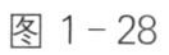
图 1－28

图 1－29

① 徐沁：《明画录》，中华书局 1985 年版，第 12 页。

图 1－30

如“王英　扈三娘”一幅（图 1－28），二人合图原因是二人为夫妻关系。虽然地慧星一丈青扈三娘武功美貌双绝，而矮脚虎王英却五短身材，武功平平，还好色如命，二人乃宋江设计方得以成全，但毕竟确是夫妻，二人在水浒故事中有直接关系，将此二人合图无疑是合理的。此图突显了二人在形貌上的对比反差，二人间的形态关系也是相隔相让而非彼此亲近。装扮方面，扈三娘手持日月双刀，肩挎阵前套敌的绳索，王英也是凸肚踮脚，一把弓箭反执于身后。再如“公孙胜　樊瑞”一幅（图 1－29），天闲星公孙胜师从罗真人，深谙道术，手持松文古定剑，能呼风唤雨，驾雾腾云，江湖人称“入云龙”；地然星樊瑞早年曾作全真先生，习得一身妖法，善使流星锤，神出鬼没，绰号混世魔王。樊瑞曾在芒砀山聚集兵马，扬言吞并梁山泊，后被随军赶来的公孙胜用八阵图和五雷天心正法大败。此图将二人合于一图，一人仪貌堂堂，一人则黑衣散发，颇有凶相，二人相对之高下也由构形构图一目了然。又如“燕青　李逵”一幅（图 1－30），天杀星黑旋风李逵，形容粗壮，腰别两把夹钢板斧，赤胆忠心，却有勇无谋；天巧星浪子燕青，则是身材轻捷，多智多艺，善用弩箭，精通相扑，能以四两拨千斤巧胜李逵。此图中二人形象、穿着、装备皆十分吻合，李逵对着燕青作揖状，也符合李逵对燕青的信服态度。

3.《三国演义》

《三国演义》顺治元年有三槐堂刊本名《第一才子书》，19 卷 120 回，署“茂陵毛宗岗序始氏评”，书首有金人瑞序，前冠绣像，绘刻精整，声名较著，不同于清中晚期常见的粗制滥造之图。

康熙时刊行了多种《三国演义》版本，绿荫草堂刊《李卓吾先生批评三国志》，有插图 240 面；《李笠翁批阅三国志》，亦有图 240 幅，绘刻较前者更为精美。这两版当为清初刊《三国志》诸本版画中绘镌最精的代表作。其他如宝翰楼、藜光楼、楠槐堂所刊《三国》，版画插图亦颇宏富。仅宝翰楼所刊《三国》就有《毛宗岗评四大奇书第一种》《李卓吾先生批评三国志真本》诸本，皆有图。

《三国画像》，光绪七年辛巳（1881）桐荫馆刊本，锡山潘锦画堂摹写，梁溪秦祖永逸芬鉴定，书尾有“顺德冯廉校刻”字样。潘锦，字昼堂，别号醉烟道人，江苏无锡人诸生，工诗词，尤擅画，山水人物俱佳。此本绘《三国》人物 119 人，其中上册 59 人，下册 60 人，分汉、魏、晋、吴四国人物进行描绘，汉人物图 59 幅，魏人物图 33 幅，晋人物图 4 幅，吴人物图 23 幅。潘锦在卷末题记中写道："此稿自春历夏而秋，每人皆数易稿而成。如用之，须择好手镌刻，庶无遗憾。"[①]所幸冯廉擅木刻版画，刀法极精，未负画意。

人物图案描摹传神，线条流畅，刀刻细劲轻利，刚柔相济，繁简得宜，气脉通连，且与人物身份性情有契合之处。如曹操（图 1－31）作为一代奸雄，性情偏执，挟天子以令诸侯，用笔方硬、转折有力的铁线描可谓合宜；相形之下，汉献帝（图 1－32）虽为帝王，线条则柔和很多，这与人物威仪不足、尊严有失还是相应的。仪表非凡、风流倜傥、才气横溢的周瑜（图 1－33），则用均匀圆转的游丝描，愈显其俊逸之气。除了笔法之外，人物形态动作、服饰装备亦能突显人物个性，如吕布（图 1－34）的武将装扮以及引弓时大幅度侧身的姿态。

图 1－31

图 1－32

图 1－33

图 1－34

4.《金瓶梅》

《金瓶梅》在清代的插图刊本有康熙年间本衙藏版本（大连图书馆藏），全称

① 潘画堂绘:《三国画像》，上海书画出版社 1987 年版，第 74 页。

《皋鹤堂批评第一奇书金瓶梅》，100 回，不署撰人。扉页右题“彭城张竹坡批评金瓶梅”，中大字“第一奇书”，收图 100 幅。

此版插图为方形叙事图，无题字，刻画较简略。类似简笔画，人物形貌粗略且雷同，只能从装束上粗分男女与主仆。数量虽多，质量却不高。100 幅图并未一一对应章回内容，而是依刊行者兴趣所在而择定，当中自然应该也充分考虑了读者的兴趣点，以偷会行欢场景为最多，且直接描绘，不加隐晦（图 1－35、1－36），格调甚低。

图 1－35

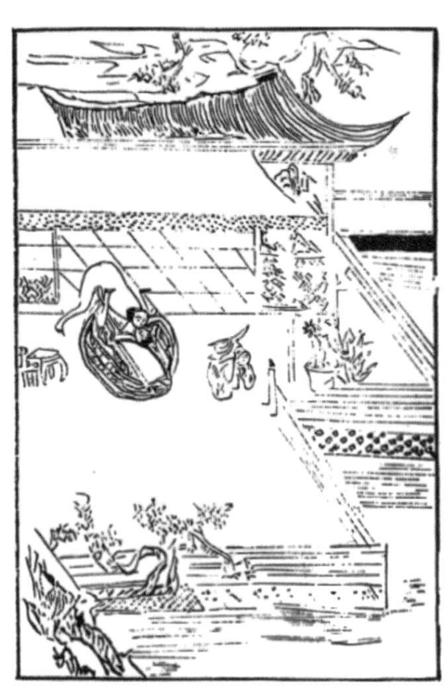

图 1－36

尽管整体质量不高，但此版插图的叙事意识堪称自觉明确。这首先表现在其人物绘刻虽线条简陋，但动作明了，对小说人物、故事比较熟悉的读者还是能够立刻锁定画面所对应的情节点的。另外，单幅插图的叙事信息量颇大。这表现为单一场景的全景式构图和多场景合图这两种方式。单一场景的全景式构图指的是画面内容为某个单一情节场景，但画面取景并未仅限于目标人物动作而作贴近式呈现，而是采取比较高远的视角，加以全景式描绘。如图 1－37，视点抬高，可以俯视（由左上角沿对角线至右下角）从室内到廊檐再到台阶、门径，直至大门这较长空间范围内的众多人物动作；再如图 1－38，视点拉远，可以看见（由右下角沿对角线至左上角）从大门到院内，再到阁楼，再至远方的广阔场景。因《金瓶梅》中“偷窥”的情节特别多，因此画面很多也是就此加以表现，一个偷会的主场景加上一个偷窥人物的副场景这种构图方式很普遍（如图 1－39、1－40、1－41）。这也比只以客观视角展现主场景多了一重叙事层面，容量自然也增加了。除此之外，此版插图中多场景并置的也很多，如图 1－42 即为前后(近远)双场景并置，而图 1－43、1－44 皆是三个场景并置，前者为由下部至中左部再至上部的构图方式，而后者为由左上角至左下角再至右下角的构图方式。多场景并置显然使得图像的叙事容量很大，这也是叙事意识强烈之表现。

图 1－37

图 1－38

图 1－39

图 1－40

图 1－41

图 1－42

图 1－43

图 1－44

除以上四部著名小说作品之外，前代的其他小说在清代也有插图版行世。如顺治时消闲居刊《绣像拍案惊奇》、三桂堂刊《警世通言》，也值得关注。此两书明代刊本国内已不存全帙，上述两个本子图版自明刊本传摹，绘镌不若明刊精细，且略去了山石几案等精巧的背景饰物。但其毕竟是这两部文学名著国内所存全帙的最早刊本，自有其价值。顺治时另有小说版画《今古奇观》40卷，图月光式，绘镌之精，不让晚明。《新镌绣像冯犹龙先生定本列国志》，也有不错的版刻插图。清康熙间褚人获的四雪草堂有覆明天启本《新刻钟伯敬先生批评封神演义》，图版与天启本同，唯将图题自版面移至版心。刀刻不若明版灵动，但亦可观。如此等等不加赘述。

二、与前代小说相关的清代民间图像

前代一些小说中的人物、故事到了清代依然在民间深受喜爱，广为流传。清代民间年画、剪纸、皮影、雕塑等丰富多彩的图像类型中都包含有这部分资料。其中《西游记》《三国演义》《水浒传》仍是被表现得最多的。

《西游记》故事中的经典形象和经典场景屡屡被以各种形式加以图像演绎，经典形象如猪八戒（图1-45）、哪吒（图1-46）、李天王（图1-47）、白龙太子（图1-48）等。经典场景如收服红孩儿，出现的频率特别高（图1-49、1-50、1-51），其中有妖精鬼怪，有神鸟异兽，有激烈的打斗，也有壮观的烈焰，十分热闹好看。民间图像非常自由随意，如图1-51，坐在莲座上前来度化红孩儿的观世音

图1-45　清同治陕西铜川窗花《猪八戒》

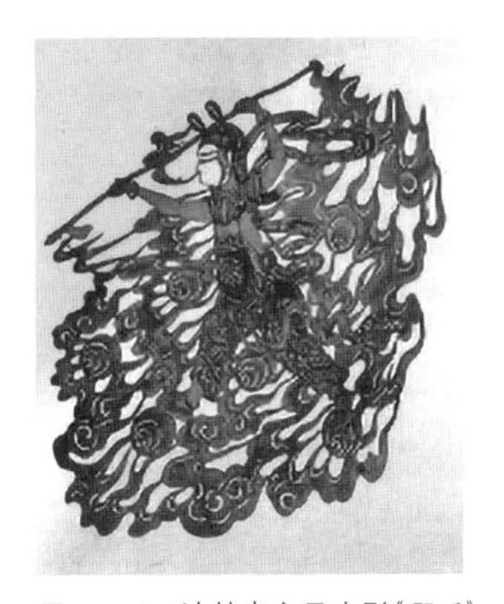

图1-46　清甘肃宁县皮影《哪吒》

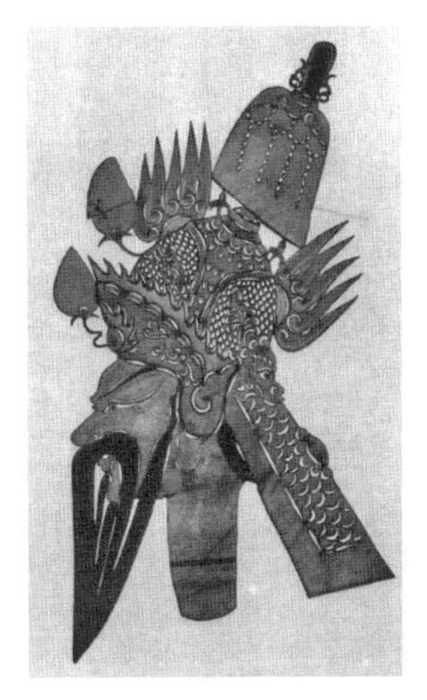

图1-47　清初北京皮影《李天王》

图1-48　清甘肃宁县皮影《白龙太子》

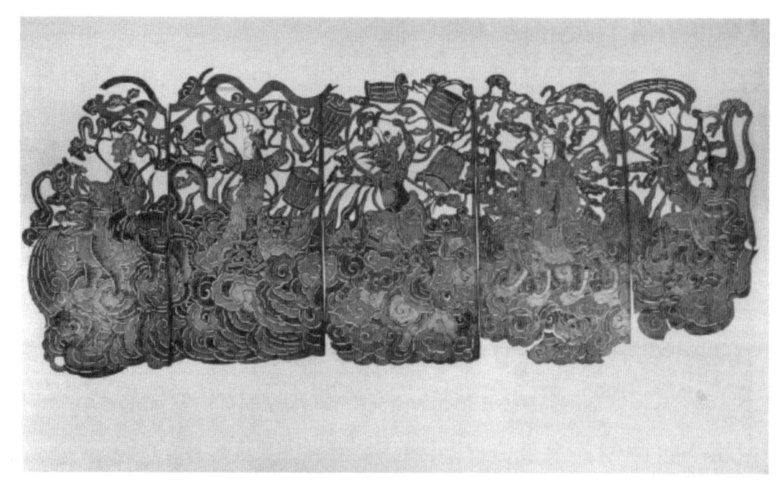

图 1-49 清中叶山西曲沃云朵子《红孩儿》

图 1-50 清陕西皮影《火云洞》

图 1-51 清末山西侯马皮影《收红孩》

菩萨竟是一副满族人的穿扮！

《三国演义》故事中脍炙人口的人物，如曹操、吕布、董卓、诸葛亮、周瑜、关羽、张飞等，也在民间图像中活色生香；著名的情节如捉放曹、曹操发兵、白马坡、凤仪亭、三顾茅庐、三战吕布、卧龙吊孝、空城计、吕布刺董卓等，在民间各类图像中表现颇多(图 1-52 至 1-61)。民间图像里的三国故事，未必以《三国演义》这部小说为唯一依据，而是杂合了相关民间资源，其图像表现也有着浓重的戏台化特征。人物的装扮、道具、动作姿态，甚至脸谱都得到了运用。这说明了戏曲在民间的强势影响力，同时也与民间图像追求典型、夸张、活泼、明了的趣味相合。

图 1-52　晚清陕西乾县《关羽张飞》(熏样)

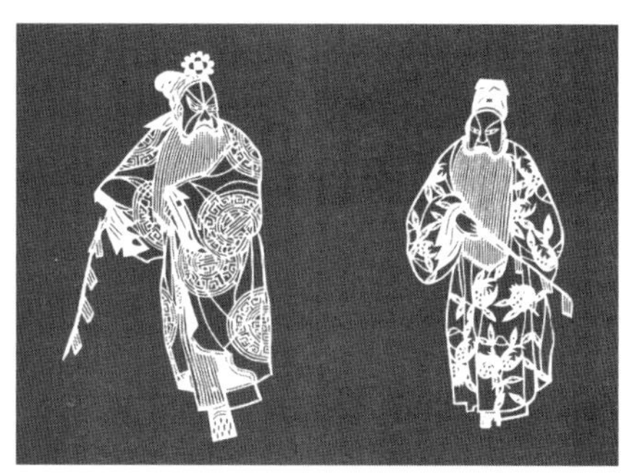

图 1-53　清河北丰宁《捉放曹》(窗花)

图 1-54　清陕西皮影《白马坡》

图 1-55　清陕西渭南皮影《曹操发兵》

图 1-56　清陕西皮影《凤仪亭》

图 1-57　清陕西皮影《三顾茅庐》

图 1－58 清陕西皮影《三英战吕布》

图 1－59 清陕西皮影《卧龙吊孝》

图 1－60 清浙江浦江《空城计》(熏样)

图 1－61 清康熙五彩陶盘《三国故事》

《水浒传》人物也是深受民间喜爱的，清代年画中就曾以“彩选格”（亦名“升官图”）的形式，绘制了水浒人物群像（图 1 - 62）。这幅图由长宽各 25 厘米的小格子回旋排布构成，自时迁、鲁智深、林冲……到吴用、卢俊义、宋公明为止，除宋江居中为单人外，其余都是一人双影，总共 25 人 49 影。图像绘刻朴拙，不同水浒人物的形貌、装扮、兵器等个性特征也算鲜明，当时应颇合民间老少之观赏兴致。水浒人物还被雕刻成大型组雕以作为建筑外面装饰（图 1 - 63），人物造型丰满流畅，细节精致，背景繁复，颇具功力。

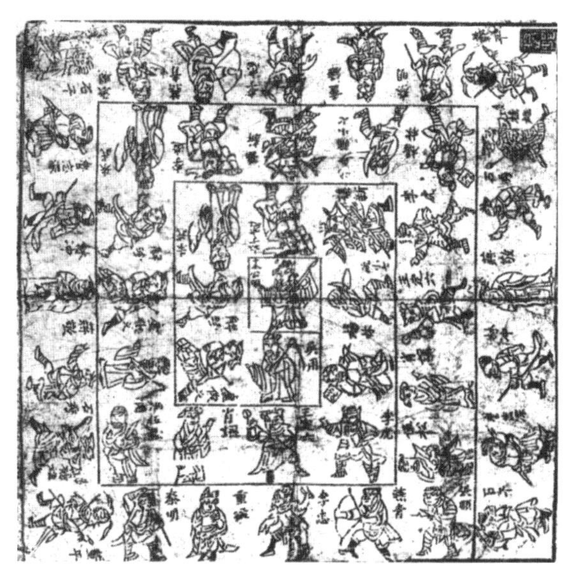

图 1 - 62　清四川成都年画（彩选格）《梁山泊》

图 1 - 63　清雕塑《梁山聚义》

除此而外，前代小说中其他一些故事资源也在清代民间流传，并以流行图像的方式加以展现，如黄粱梦（图 1－64）、狸猫换太子（图 1－65）、李存孝打虎（图 1－66）、人面桃花（图 1－67）等。人物、故事有雅有俗，制作工艺有精细有稚拙，图像风格或自然态或戏台化，都装点着人们的生活，诠释着民间鲜活的趣味。

图 1－64　清末山东蓬莱窗心《黄粱梦》

图 1－65　清末河北丰宁窗花《狸猫换太子》

图 1－66　清陕西宝鸡窗花《李存孝打虎》

图 1-67 清陕西皮影《人面桃花》

第三节 清代图像与前代曲本

清代各类图像与前代曲本相关者主要有三大类：一是清代刊刻的前代剧目的戏曲刊本插图，例如清乾隆年间刊刻明代阮大铖《燕子笺》时作了大量插图；二是清人创作的前代剧目的戏曲绘画，例如清道光、咸丰时人李涌绘制了明代文人创作的传奇《连环记·掷戟》《浣纱记·赐剑》等的戏画；三是民间工艺品中所反映的前代曲本。

一、清刻前代剧目的戏曲刊本插图

古代戏曲版画是中国古版画史上数量最多、绘镌最精美的品类之一，在一定意义上代表了中国古版画的最高成就。所谓版画，是指将画稿反向刻镌于雕版上，通过刷墨覆纸取得的复制品。因为中国古代用于雕刻和印刷的材质一般是木板，故版画又被称为木版画、木刻画。自唐代发明雕版印刷术以来，版画由最初的佛教宣传画，逐渐向农业、科技、日用等书籍中的说明图流变，到元代以后则以戏曲、小说刊本插图作为主体的形式而呈现。戏曲文学情节曲折，曲文重视环境渲染，采用以图配文的形式，故现存明清时期刊刻的剧本很多都带有插图。古代戏曲版画的辉煌时期是明代中晚期，入清以后，版画技艺虽继续向前发展，也出现了不少佳作，但戏曲题材版画创作开始转入低潮，总体来说不如明代发达，插图数量大大减少。清嘉庆以后，戏曲插图版画创作江河日下，除了个别刊本外，好的版画作品几成绝响。

虽然清代戏曲插图本在数量上远少于明代，但其中仍然有一些刊刻的是前代戏曲剧目，我们按照剧本形态大致将其分为两类：一是以一部或数部完整剧作的形态进行刊刻，例如清康熙十五年（1676）刊刻的《毛西河论定西厢记》是双面连式插图；二是以曲选即戏曲散出选集的形态刊刻，例如清初古吴致和堂刊本《醉怡情》（书名全题为《新刻出像点板时尚昆腔杂出醉怡情》）凡 8 卷，选收来自于元明两代南戏、传奇和杂剧 44 种剧目中的单出戏 166 出，大都为当时舞台上流行的剧目，插图颇为精美。

首先来看一部或数部完整剧本的刊刻形态。据初略统计，常见的有以下一些戏曲刊本：

《杂剧三集》	清顺治十八年（1661）刊本	单面方式插图
《毛西河论定西厢记》	清康熙十五年（1676）刊本	双面连式插图
《怀永堂绘像第六才子书》	清康熙五十八年（1719）刊本	单面方式插图
《第六才子书》	清乾隆四十五年（1780）刊本	单面方式插图
《燕子笺》	清乾隆刊本	单面方式插图
《牡丹亭还魂记》	清初刊本	单面方式插图
《吴吴三妇合评本牡丹亭还魂记》	清康熙刊本	单面方式插图
《芥子园绘像第七才子书琵琶记》	清雍正十三年（1735）刊本	单面方式插图
《杀狗记》	清晚期刊本	单面方式插图

图 1-68　清乾隆刊本《燕子笺·拒挑》插图

图 1-69　清雍正刊本《琵琶记》插图

图 1-70 清刊本《牡丹亭还魂记》插图

图 1-71 清末刊本《杀狗记》插图

图 1-72 清刊本《杂剧三集》正图

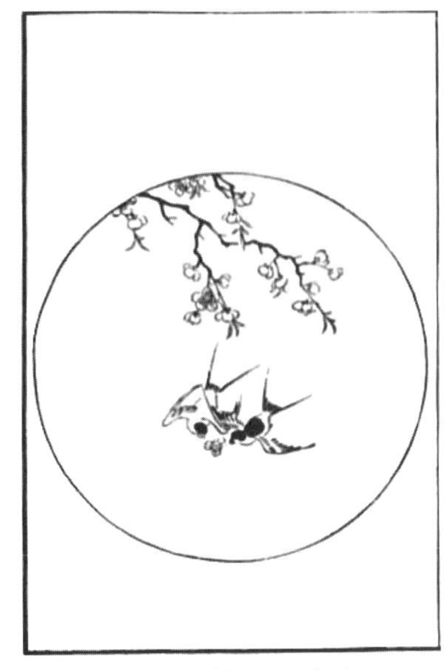

图 1-73 清刊本《杂剧三集》副图

其中《杂剧三集》是杂剧剧本的合集，而其余都是一部南戏或传奇剧本的刊本。杂剧一般四折，比几十出的传奇字数要少得多，所以适宜合数部一起刊刻。《杂剧三集》是明末清初人邹式金编辑，34 卷，今存清顺治十八年(1661)刻本，收明末清初诸家杂剧共 34 种，其中不少是名家的名作，每卷一剧，每剧首一图。有意思的是，该编正图是单面版式，副图则是月光形版式。明代万历中叶后，戏曲插图中开始出现与正图(剧情图)相配合的一种与剧情无关的插图，因而称之为副图。一般情况下，插图前页是正图，后页为副图，副图多为花鸟、山水、虫鱼、博古等图像。《杂剧三集》副图的插图形制，又是明末清初戏曲版画比较流行的月光形版式，所以其可以作为明末清初戏曲刊本插图风格的代表。

除了《杂剧三集》之外，其余刊本都是一部南戏或传奇的完整剧本，这些前代作品之所以在清代还能被刊刻，大概是名剧的缘故，例如《琵琶记》《牡丹亭》《西厢记》(即《第六才子书》)，只有名剧才有这样高的待遇，而且其中《西厢记》《牡丹亭》都不止一种插图本。这些信息可以作为戏曲传播的研究素材。

其次来看曲选的形态刊刻。中国古代选本传统源远流长，就中国古代戏曲刊本而言，除了以一部或数部完整剧作的形态进行刊刻之外，还有一类以出选、曲选的形态刊刻与流传。目前汇集众多明清时期曲选刊本的书籍主要是 1984 年、1987 年台湾地区学者王秋桂主持学生书局出版的《善本戏曲丛刊》(现出 1 至 6 辑)，此丛刊汇集了海内外众多散出选集以及《九宫正始》一类曲谱曲学著作，蔚为大观。据初步统计，清代刊刻的与前代剧目相关的曲选刊本，常见的有以下一些：

《歌林拾翠》初集、二集	清初覆刻本	《善本戏曲丛刊》第二辑	单出
《南音三籁》	清康熙七年(1668)刊本	《善本戏曲丛刊》第四辑	单出曲文
《醉怡情》	清初刊本	《善本戏曲丛刊》第四辑	单出
《乐府歌舞台》	清初刊本	《善本戏曲丛刊》第四辑	单出
《缀白裘》	清乾隆四十二年(1777)刊本	《善本戏曲丛刊》第五辑	单出
《审音鉴古录》	清道光十四年(1834)刊本	《善本戏曲丛刊》第五辑	单出
《昆弋雅调》	清顺治广平堂刊本	《中国版画史图录》(下)①	单出
《万锦清音》	清顺治十八年方来馆刊本	《中国版画史图录》(下)②	单出

下面选取其中具有代表性的两种曲选刊本予以详细介绍。

《歌林拾翠》初集、二集，明无名氏编，清初奎壁斋、宝圣楼、郑元美等书林复刻本。该编戏曲选集选录元明传奇散出，计初集 16 种，二集 14 种。初集、二集目录后、正文前有叙事图各 10 叶 20 幅，共计 40 幅。每幅图上有题字，与目录中出目基本对应，然具体表述不尽一致，图的剧目顺序不尽按目录中剧目顺序，但同一剧的数幅图是集中放置的。初集有 20 张插图，所绘分别为：后访、歌舞、归湖(《浣纱记》)；活捉(《水浒记》)；夜宴、追信、点将(《千金记》)；见母、祭江(《荆钗记》)；入赘(《焚香记》)；问神、心许、私奔(《红拂记》)；劝妻(《烂柯山》)；执戟(《连环记》)；打虎(《义侠记》)；游街(《破窑记》)；梳妆(《连环计》)；辞朝、馆逢(《琵琶记》，正文中出名叫“书馆相逢”)。二集也有 20 幅插图，所绘分别为：桑园(《金貂

① 周芜编：《中国版画史图录》，上海人民美术出版社 1988 年版，第 871 页。
② 同①，第 869 页。

记》）；犒赏（《白袍记》，此为附在一二剧之间的）；对操、窃词（《玉簪记》）；鞠问、赴法（《金锁记》）；幽会、鬼辩、判奸（《折梅记》）；点将（《百花记》）；汲水（《白兔记》）；生辂、断机（《三元记》）；佛殿、听琴、跳墙、巧辩、送别（《西厢记》）；当钗、团圆（《金印记》）。

图 1－74 《万锦清音》之《水浒记·活捉》插图

图 1－75 《昆弋雅调》之《宝剑记·智深救契》插图

图 1－76 《歌林拾翠》初集之《浣纱记·后访》

图 1－77 《歌林拾翠》二集之《西厢记·跳墙》

《醉怡情》，明代清溪菰芦钓叟编，清初古吴致和堂刊本，全名《新刻出像点板时尚昆腔杂曲醉怡情》，卷前有编者自序，不署撰人及日期。该曲选共收录 44 种戏曲作品的散出164出，曲辞科白俱全。共有插图4叶8幅，燕尾处题剧目及出目（如“西厢记·游殿”），图上题此剧中某句曲词（如“正撞着五百年风流业冤”），以跟插图的情节对应。此8幅插图题词如下：

1. 正撞着五百年风流业冤（《西厢记·游殿》）
2. 抬头忽见双飞燕，某某坠下某笺片（《燕子笺》）
3. 总然您衣怜定状，怎阻我某某锋某（《精忠记·写本》）
4. 好一段江上细风（《玉簪记·送别》）
5. 章台柳色系情长，何事花骢蜥得恁忙（《西楼记·病晤》）
6. 哪晓得鸳鸯性打熬未暝，花柳情摧颓犹胜（《水浒记·活捉》）
7. 这桃花从蓬岛分，休则向玄都问（《红梨记·再错》）
8. 这回打动相思债（《义侠记·捉奸》）

图1-78　《醉怡情》之《精忠记·写本》插图

图1-79　《醉怡情》之《西楼记·病晤》插图

不过，清代曲选刊本多为坊间刊刻。众所周知，坊刻以营利为目的，少有精良之作，编者、刊刻者、刊刻时间等各类信息常不完整或不确切。虽然如此，这些曲选中的曲文和插图仍然为我们提供了戏曲研究的资料。

二、清人所作前代剧目的戏曲绘画

所谓“绘画”，是指直接绘于纸、绢、墙壁上的画，可分别称之为纸本画、绢本画和壁画。如果一幅绘画中有与戏曲相关的内容，例如人物扮相、演出场面、演出场所等，我们就将其列入“戏曲绘画”之范畴加以考察。宋元时期戏曲绘画的数量极其有限，纸帛画只是两张南宋杂剧绢画（其中一幅周贻白定名为“眼药酸”），壁画则主要是元代洪洞明应王殿杂剧演出壁画和山西西里庄元墓戏曲人物画。到了明清时期，与当时戏曲大繁荣及其在中国民众生活中的地位愈加重要相呼应，戏曲绘画大量出现。在戏曲绘画中，有以整出戏中一个精彩舞台场面作为画题的，我们可称之为戏出场面画。它们画幅较小，一般采取册页的装帧形式，便于案头欣赏与把玩。而在清人创作的戏出场面画中，就有不少是以前代剧目中的单出戏作为画题的。关于清代的戏出场面画，后文会对其专门予以介绍和研究，此处只就其中与清代以前剧目有关者简要论述。

现存最早的清代戏出场面图是文人画家章丽江的《花面杂剧》。画家慨于“画人物者多矣，未有画所未经人画者”，决定别开生面“从戏场中所演花面杂剧随意画之”[①]，都是精彩的、代表性格的演技场面。“花面”即小丑，计 12 帧。原作不传，阿英曾得到一部咸丰五年（1855）的木刻摹本。阿英在《〈花面杂剧〉题记》一文中介绍，在书前有嘉庆十九年（1814）宗圣垣的序，从序可知绘者章丽江是乾隆间的文士，名辰，字丽江，又字云龙，浙江山阴人。书后并有项仙舟道光壬寅年（1842）及咸丰乙卯年（1855）两跋，跋云：“山阴章丽江先生所画原本，几呼之欲应，真绘声手。”[②]今观摩刻本，刻绘人物，极为现实，且能抓住特点，加以渲染，将人物表现得栩栩如生，须发衣褶，并极婉妙。可惜此组画现今不知藏于何人之手，我们仅能看到从阿英的文章中获知《出塞》里王龙的扮相。

图 1-80 《花面杂剧》之《出塞》王龙

清道光年间，江宁织造府官员周氏及其子周蓉波二人，以记实之笔绘就清嘉庆、道光年间尚见于红氍毹的昆曲折子戏 83 出（其中周父绘 61 出，周蓉波绘 22 出）[③]。戏画现存 300 余页，绘制时间止于道光末年至咸丰之际。画本高 28 厘米，宽 16.5 厘米，分别用连史纸和玉版毛边纸绘成。虽然周氏父子二人皆非专门画家，所作戏画纯为遣兴自娱，但其所绘的这批昆曲戏画，是对当时昆曲折子戏包括舞台调度在内的整体艺术形象

①② 阿英：《剧艺日札・花面杂剧题记》，晨光出版公司 1951 年版，第 86 页。

③ 关于周氏父子所绘昆曲戏画的介绍和描述，此处主要参考了丁修询《思梧屋昆曲戏画》一文，丁文载蒋锡武主编：《艺坛》第三卷，上海教育出版社 2004 年版，第 106—113 页。

的再现，从而构成一份具有内在系统性，又自成系列的历史文献，而更具文物价值、艺术价值和学术价值。现存的周氏昆曲戏画 83 出，出自 46 本传奇和杂剧、时剧。每本多的画 4 出，少的画 1 出；每出画面则截取一个演出瞬间予以“定格”。一般画面两页合为 1 幅，活动位置紧凑的，则仅画在 1 页上。戏画皆为线描勾勒，黑白无彩，少数衣褶部位用浓墨晕衬。昆曲服饰装扮发展成熟后形成一种稳定状态，所谓“宁穿破，不穿错”。据我们对丁修询《思梧书屋昆曲戏画》一文中提及戏画的统计，其中涉及清代以前剧目者主要有以下一些：《琵琶记·杏园》《牡丹亭·惊梦》《绣襦记·教歌》《荆钗记·别祠》《翠屏山·交账·送礼·反诳·杀山》《义侠记·别兄》《鸣凤记·醉二》《浣纱记·养马》《红梨记》等。

图 1-81　戏画《荆钗记·参相》

在文人开始绘制戏出场面画的风气之下，与周氏父子约略同时代即道光、咸丰时期的昆班大雅班的名演员李涌也绘制了《昆剧人物画册》。此册残存 8 帧，每帧长 30.3 厘，宽 22.5 厘米。水墨淡彩。包括八出昆戏，其中六出是《虎囊弹·山亭》《后寻亲记·后金山》《连环记·掷戟》《孽海记·下山》《琵琶记·弥陀寺》《浣纱记·赐剑》，其中除了《虎囊弹·山亭》《后寻亲记·后金山》之外，其余四出都是明代作品。另二出所绘何戏，还有待考证。李涌是苏州老资格的昆班大雅班的名演员，乃以兼擅绘事的名伶，以工细笔法描绘生平耳濡目染、深刻体验之剧中人物，传神入微，须眉毕现，实极难得，从中可以辨味大雅班早期演戏之风格①。

① 陆萼庭：《昆剧演出史稿》，上海教育出版社 2006 年版，第 313 页。

例如在《弥陀寺》戏画中，李涌表现了赵五娘寻夫途中进入弥陀寺正吟唱行孝曲的场面，她声情并茂的唱词，感动了在一旁暗听的两个人，这两人本来乔装打扮要行不轨，被赵五娘唱说世人要及时孝敬公婆父母等道理打动后，居然边听边把自己的衣物等脱下来送给赵五娘，最后连自己的假胡子也扯下来了，变成了喜剧。

图 1-82　李涌绘昆曲戏画四幅　1.《后金山》　2.《弥陀寺》　3.《下山》　4.《山门》

清中叶以来戏曲画也颇有可述，最引人注目的是作《返魂香》传奇的戏曲家宣鼎。他是安徽人，晚年久居上海，观剧阅历有感，编绘了一部《三十六声粉铎图咏》（以下简称"图咏"），绘于同治五年（1866），并于光绪年间正式石印出版。所谓"三十六声粉铎"，这是雅言，大白话即指此册一共画了 36 出净丑戏[①]。铎是一种大铃，古代用以宣传教令，意谓净丑敷粉，把真貌隐去，以滑稽相警世。折子装，每页（双）19 厘米×35 厘米，左画右诗。每戏一画，附歌行体诗一首（诗后均有作者的题识）；册末载《铎余逸韵》七言绝句 17 首，诗前有小序，末附题识。每首诗下有作者自注。画册首有希古题篆"仙蝶来馆三十六声粉铎图咏"，署"光绪二年六月"；陈含光题词"如幻三昧"；樊遁园题词"傀儡侏儒世界，嬉笑怒骂文章"。现藏扬州市博物馆。戏画所绘 36 出净丑戏中，大多是清代以前的作品：《拜月亭・请医》《白兔记・麻地》《绞绡记・写状・草相》《牡丹亭・问路》《绣襦记・教歌》《东郭记・陈仲子》《金锁记・思饭》《水浒记・活捉》《精忠记・扫秦》

① 赵景深：《宣鼎和他的"粉铎图咏"》，《文汇报》1961 年 11 月 9 日。

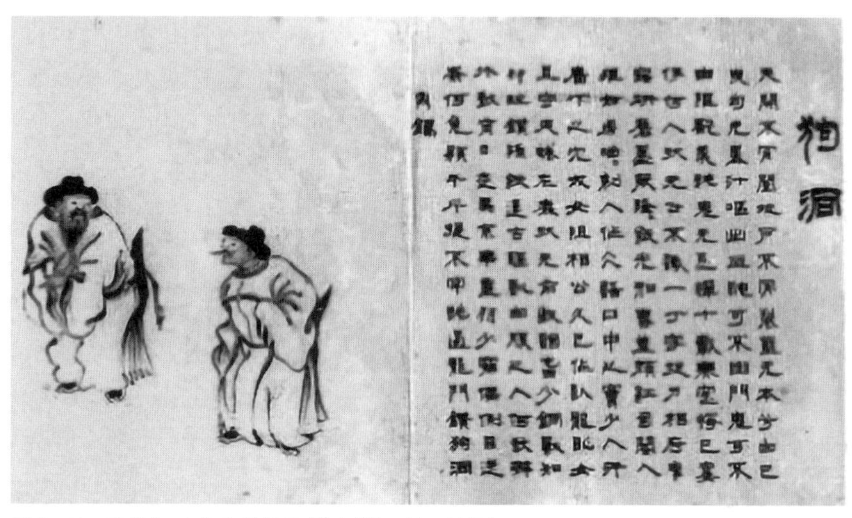

图 1－83　宣鼎《三十六声粉铎图咏》之《燕子笺·狗洞》

图 1－84　胡锡珪《琵琶记·拐儿》

《孽海记·下山》《燕子笺·狗洞》《四节记·贾志诚》《白罗衫·贺举》《蝴蝶梦·回话》《寻亲记·茶访》等[①]。

晚清时期著名吴门画家胡锡珪所绘的昆戏画也很著名。胡锡珪，初名文，字三桥，江苏苏州人，布衣，长居吴下。幼习丹青，笔墨生动，时罕其匹。胡锡珪的戏画是罕见的四条屏形式，每条画戏一出，共换了四出戏。就画而言，要比册页加大一倍，背景是空白的，人物凸显，舞台表演的特色就更为鲜明。现在可知其戏画描绘清代以前剧目的有《绣襦记·教歌》《白罗衫·贺喜》《琵琶记·拐儿》等。胡锡珪熟悉昆戏无足为怪，值得注意的是戏画风格与他轻灵明丽的仕女画大异，用的是率笔，但人物装扮，砌末道具全从舞台实践中来，毫不马虎[②]。

综上所述，清代戏曲绘画所展现的前代剧目，多是元明时人创作的南戏、传奇和杂剧，而绘画具体所绘又都是从这些整本剧目中脱离出来的某出折子戏的一个精彩演出场面。此外，在脚色上，以净丑戏为主，笔法则崇尚简率写意。净丑折子戏多而精彩，足供挥洒点染，净丑面傅粉墨，滑稽有趣，不仅充分体现“戏者，戏也”的本意，还可借题发挥以警世。此

① 车锡伦、蒋静芬：《清宣鼎的〈三十六声粉铎图咏〉》，《戏曲研究》2004 年第 3 期。

② 陆萼庭：《清代昆曲与昆剧》，中华书局 2014 年版，第 198 页。

外，画戏必折子戏，未见画整本的，此与乾隆以来折子戏的空前盛行有关。

三、清代民间工艺品与前代戏曲

清代尤其是乾隆年间以来，由于全社会的热爱和参与，或者说“无可逃避”，戏曲自然转化成“固定”的视觉文化，在没戏可看的时间里，或需要“戏”来娱乐时，出现于各种“物”上，例如瓷器、家具、剪纸、织绣等民间工艺品中。这些民间日用工艺品，并非专为戏曲而制作，却都“不约而同”地以戏曲故事和演出为其一大表现题材，可见戏曲作为一种雅俗一体的文化对各种民间文化的强势影响，而这些“物”上之图像也是戏曲传播的重要途径。这些民间作品如果从故事内容方面来说，大多是前代戏曲的反映。主要包括以下几种类型：

1. 建筑雕饰中的“人马戏文”

在与戏曲密切相关的民间艺术中，建筑雕饰是除年画之外的又一大种类，我们将建筑雕饰中的戏曲题材作品称为“戏曲雕饰”[①]。宋元时期的戏曲砖雕、石刻多见于墓葬，很少见于地上建筑，且其分布地区及数量非常有限。到了清代，戏曲雕饰则呈现出蔚为大观之势，不仅砖雕和石刻从宋元的墓葬中走了出来，大量进入俗世的建筑环境，而且增加了新的品种木雕，其分布区域更为广泛，数量更是明显增多。

清人钱泳《履园丛话》卷十二“艺能”之“营造”条载：“屋既成矣，必用装修，而门窗槅扇最忌雕花。古者在墙为牖，在屋为窗，不过浑边净素而已，如此做法，最为坚固。试看宋、元人图画宫室，并无有人物、龙凤、花卉、翎毛诸花样者。又吾乡（按，指苏州）造屋，大厅前必有门楼，砖上雕刻人马戏文，玲珑剔透，尤为可笑。此皆主人无成见，听凭工匠所为而受其愚耳。”[②]这段话的前一部分指出，宋元时期地面建筑中的雕饰较为朴素，很少出现明清时期流行的“人物、龙凤、花卉、翎毛诸花样”。钱泳历经乾隆、嘉庆、道光三朝，其《履园丛话》史料价值非常丰富，我们若结合目前遗存的建筑雕饰和相关材料来考察，还可从这段话中认识到以下三方面的信息：

首先，在清代建筑雕饰中，表现戏曲故事和表演的作品非常流行，当时称为“人马戏文”，我们称其为“戏曲雕饰”。用“人马戏文”来统称建筑雕饰中的戏曲题材作品，显得颇为贴切，既说明现存戏曲雕饰多表现人物骑马打斗之类，也表明在画面结构的布局和人物形象的造型方面，它们大都近似于“戏文”的表演。

---

① “建筑雕饰”概念，借鉴于徐建融《清代建筑雕饰及其戏剧精神》（《戏剧艺术》1989 年第 4 期）一文，指会馆、衙邸、祠庙、戏楼、园林、住宅、牌坊等建筑物以及床榻、案几、屏风、花轿等家具上的装饰性雕饰。

② 钱泳：《履园丛话》，上海古籍出版社 2012 年版，第 219 页。

其次，“此皆主人无成见，听凭工匠所为而受其愚耳”之语，说明戏曲雕饰一律出自民间雕刻艺人之手。他们对历史知识的获取往往来自戏曲舞台，所谓“民不识书，多好观戏”，所以他们所塑造的人物基本上是按照戏曲人物造型，而他们所观之戏多是花部，这与现存戏曲雕饰剧目多为花部的现象密切相关。即使房屋建造者也部分参与戏曲雕饰的设计，由于这些建造者多是巨商大贾，也主要体现为市民文艺的审美趣味。

再次，根据目前遗存戏曲雕饰的年代，结合钱泳的这段文字，我们大致可以认为，地面上建筑雕饰中流行表现戏曲演出人物和场面的时代，应该是康熙、乾隆以来，尤以清代中后期居多。据《中国戏曲志》各省卷的初步统计，明清戏雕有50组之多，其中只有一组判定为明代之物，即河南省淇县戏楼造型石雕①，其余均为清代遗存。建筑雕饰在明代已经流行，“但当时的作品风格粗犷，形象简陋，强调对称的图案装饰效果，缺少独立的、情节性的戏剧美感，手法也局限于浮雕，并借助于线刻造型，缺少深透的空间层次变化。尽管明代的杂剧也相当可观，在中国戏剧史上地位极高，但建筑雕饰的取材和结构处理，戏剧性并不突出……相比之下，清代的建筑雕饰无疑具有杰出的戏剧艺术性”②，这段话或可作为我们对戏曲雕饰流行时代判断的一个佐证。

建筑中的戏曲雕饰，就材料质地而言，主要有砖雕、木雕、石雕、陶塑。它们主要分布在全国各地的商业会馆以及衙邸、祠庙、戏楼、园林、住宅、牌坊等建筑物上，还包括床榻、案几、屏风、花轿等家具上。砖雕一般装饰在住宅大门的门罩、门楼或照壁，以及官邸或祠庙的八字墙等部位。门罩、门楼、照壁本身，就是一个缩小了的繁简不同的“戏台”天地，在其中雕饰戏文故事，具有舞台演出效果。木雕多用于梁、柱、枋、斗棋、栏杆以及门窗的槅扇、棂花等构件，还有的施于橱、桌、几案、床榻等家具上。石雕多雕琢于房屋、牌坊、桥梁的壁柱、栏板、华板或柱础等构件上。陶塑主要用于瓦脊，例如清代佛山祖庙戏曲人物陶塑，用可塑性强的含沙的石湾陶土塑制，宜于表现筋骨苍劲、肌肉表露的形象。此外，在温州清代时期的建筑中，有一种特别的房屋部件也会雕刻戏曲图案，那就是瓦当。

据《中国戏曲志》各省卷初步统计，清代戏雕就有50组之多，全国各地还有很多庙观、祠堂等建筑物及家具上所镶嵌的戏曲木雕、石雕、砖雕还未被发现和整理。从《中国戏曲志》来看，戏曲雕饰分布的地域较为广泛，山西、江西、四川、河南、安徽、浙江、广东、江苏、上海、云南、山东、甘肃、天津各地的寺庙、祠堂、会馆、楼阁、民居、牌坊、墓碑、戏台和其他建筑物及家具上都有出现。车文明《20

① 参见《中国戏曲志·河南卷》，文化艺术出版社1992年版，第556页；杨健民：《中州戏曲历史文物考》，文物出版社1992年版，第97页。

② 徐建融：《清代建筑雕饰及其戏剧精神》，《戏剧艺术》1989年第4期。

世纪戏曲文物的发现与曲学研究》附表"戏曲雕塑"已对《中国戏曲志》中的相关材料做过统计[①]，此处不再赘述。下面仅就其中具有代表性的，以及未见于统计和全国绝无仅有的温州戏曲瓦当做些简单介绍，再从其中总结出清代戏曲雕饰的整体风格。

四川省自贡市西秦会馆戏曲木雕。西秦会馆戏台与钟鼓楼的楼沿栏板长约23米，宽0.6米，上面雕镂人物350个，并配以山川、屋宇、花鸟、鱼虫等景物。木雕分上中下三层，分割成大小不等的208幅画面，下层画面较大，以高浮雕表现数十出戏曲场景，计有《追潘》《辨琴》《忠义堂》《失泰州》《游月宫》《王母献寿》《截江夺斗》等，见图1-85。木雕为清乾隆十七年(1752)所刻[②]。

山西省襄汾县丁村民居戏曲木雕。丁村目前遗存明清时期民居院落20余座，其中清乾隆五十四年(1789)所建的院内正厅前檐木板上，雕刻戏曲故事四幅，画面约40厘米见方，分别为《宁武关》《岳母刺字》《双官诰》《忠义侠》，见图1-86。按其内容来看，分别表现的是"忠""孝""节""义"的观念。[③]

图1-85　戏曲木雕《忠义堂》《截江夺斗》

图1-86　戏曲木雕《岳母刺字》《宁武关》

① 车文明:《20世纪戏曲文物的发现与曲学研究》,文化艺术出版社2001年版,第200—219页。

② 徐建融:《清代建筑雕饰及其戏剧精神》,《戏剧艺术》1989年第4期;另参见《中国戏曲志·四川卷》有关戏曲文物部分,中国ISBN中心出版1995版。

③ 《中国戏曲志·山西卷》,文化艺术出版社1990年版,第586页;另参见常之坦:《丁村民宅的清代戏剧木雕》,《戏友》1992年第4期。

广东省佛山市祖庙戏曲琉璃陶塑、木雕、砖雕、灰塑。琉璃陶塑嵌于祖庙后楼屋脊，烧制于清光绪十七年(1891)，长 8 米、高 1.6 米，共塑穆桂英、八贤王等戏曲人物 42 个。木雕在祖庙前殿，贴金，雕刻于清光绪二十五年(1899)，为《荆轲刺秦王》《李元霸伏龙驹》等剧演出场面。砖雕嵌于祖庙山门山墙外侧，为清光绪年间所制，内容为《海瑞十奏严嵩》《牛皋守防州》等剧场景，共雕戏曲人物 80 多个。灰塑亦为清光绪年间之物，在祖庙门楼顶部，塑《桃园结义》《唐明皇游月宫》等场面①。此外，佛山祖庙正殿有一张清代光绪二十五年(1899)制作的金漆木雕神案，下层为“薛刚反唐”戏曲故事②，见图 1－87。

图 1－87 戏曲木雕《比武招亲》

浙江宁波清代万工花轿。这顶喜轿子，把民间漆工的本事几乎都用上了，木质的轿身朱漆泥金，遍饰天官赐福、八仙过海、榴开百子、喜上眉梢等雕刻。四面装置的舞台上还在演出《荆钗记》《拾玉镯》等戏曲③。

此外，清代温州民间建筑部件瓦当上的图案，也有描绘戏曲故事和演出的情况。瓦当在南方习惯称为花檐、檐头瓦、檐瓦等，它们都是古建筑上用来扣挡于檐头保护椽木和装饰用的。在民间，上当或上檐有叫“勾头”，下当或下檐有叫“滴水”的(图 1－88)。它们都印制有文字或图纹，从篆隶文字到祥禽瑞兽，从花

图 1－88 古代建筑中的屋檐瓦当

图 1－89 温州瓦当中的戏曲场面

① 《中国戏曲志.广东卷》，中国 ISBN 中心 1993 年版，第 453 页。
② 潘国欣:《佛山祖庙正殿神案“薛刚反唐”戏曲人物木雕考释》，《文化遗产》创刊号。
③ 孙机:《中国古代物质文化》，中华书局 2014 年版，第 281 页。

卉翎毛到草木虫鱼等，但还没有见到过把戏剧人物、传奇故事印制到花檐或瓦当上的。发现这道风景并进行系统搜集、整理和研究的，是温州的林成行。通过走访调查，林成行近几些年来在温州及其辖区永嘉、乐清、瑞安等县（市）一些明清时期遗留下来的古民居、古宗祠、旧戏台上，陆陆续续发现了一些印制有戏曲故事、传奇人物的瓦当，见图 1－89，现已出版专著《温州明清戏曲瓦当》（中国民族摄影艺术出版社 2008 年版）。

在总体风格上，戏曲雕饰中的人物穿戴戏服，场面也比较集中，但大多包括山川树丛、房廊瓦舍、亭台楼阁等写实环境的配置，以及桌椅杯盘、舟车鞍马等写实道具的刻画。此外，戏曲雕饰上的人物在穿戴戏服的同时，胡须形状一般流于自然，非如戏剧挂须髯口之制，人物脸上也很少有脸谱，这两点需要特别提出，或许是由于雕刻工艺自身的局限（或曰传统）而不加以表现。这些都是戏曲雕饰的常态呈现形式，并不纯为舞台表演的再现。也就是说，在与舞台表演的“相似度”上，戏曲雕饰是低于戏曲年画的。

这与建筑雕饰的材质以及民众的欣赏习惯有关。戏曲雕饰一律出自民间雕刻艺人之手，而雕刻艺人对历史知识的获取往往来自戏曲舞台，所以他们所塑造的人物基本上是按照戏曲人物造型，因而戏曲故事雕刻成了人物场面的主要内容。但是，民间戏曲雕刻往往不是戏曲舞台的照搬，一般情况是雕刻中的人物穿戴戏服，场面也是比较集中和典型的舞台场面，但还包括写实环境的配置和写实道具的刻画，乃是一种半故事半表演的风格。究其原因，雕刻毕竟是一种造型艺术，需要发挥其长处，手拿一根马鞭不如骑着真马“好看”，这些既源自舞台又出自生活的戏雕形象，才为广大群众所接受和喜爱。这是戏曲雕饰的一大特点，必需对此有“审虚实”的观念，例如其中人物在穿戴戏服同时，却骑在“真马”上打仗，不能不归结于雕刻艺人的“艺术创造”。

2. 瓷器上的戏画

瓷器是用瓷土或高岭土做胎，表里均有一层玻璃质的釉，经过 12000℃左右的温度烧结而成。瓷器上的纹饰，一直是伴随古代瓷器的不可缺少的装饰艺术。宋元时期的瓷器，只能用刻、划、印、堆塑以及用单色或二色花纹进行装饰，尚不能完成太过复杂的纹饰，瓷器上的人物故事较为简单，可以是戏曲故事，也可以是历史故事，不太容易截然分界。到了明清时期，随着社会经济中工业成分的迅速增加，以及社会生活中人们对于日用商品和装饰品需求量的增大，制瓷业获得了长足的发展，工艺的进步使得艺人可用毛笔在瓷胎上随意构图而后烘烧而显现。而与明清时期中国戏曲的大繁荣相应，明清瓷器成为戏曲传播的重要载体，在全国各地的产品中，保留了众多带有戏曲场面或戏曲故事的器型。

清代除了青花瓷外，彩瓷成为制瓷工艺的主流。康熙官窑生产五彩器，绘法是先用蓝、红或黑色勾勒出人物的面部和衣褶轮廓，然后用平涂敷以各种鲜艳的色彩。康熙以后,宫廷里兴起受西方工艺影响的珐琅彩瓷,在瓷胎上用珐琅绘法绘制图画,使用进口彩料,其器质地细腻,款式新颖,绘事精致,其效果典雅鲜艳,流光溢彩,为康熙、雍正、乾隆三朝御窑制作,用作宫廷御器,数量不多,极其名贵。其中乾隆御窑古月轩瓷器,多以戏曲题材为表现对象。传说古月轩主人为吴县人,姓胡字学周,先在苏州烧小窑,所制鼻烟壶,彩绘山水人物翎毛花卉,十分精致华美。乾隆皇帝下江南见之,大加赞赏,携之回京,令主御窑。民国二年(1913),胡氏第七世孙将其世传古月轩瓷 180 件售与外籍人士施德之(Star Talbot),遂流至国外。雍正时发明了在含铅的玻璃质中加入砷的成分制成玻璃白,再用玻璃白掺合色料绘瓷,是为粉彩。其绘法是在五彩画面的某些部分用玻璃白粉打底,用中国传统绘画中的没骨法渲染,突出了阴阳、浓淡的立体感,人物面部往往施用淡赭晕染,风格绵软,色泽柔和,效果娇艳淡雅。这是一种在五彩瓷器的绘制基础上,接受珐琅彩制作工艺影响而形成的釉上彩新品种。粉彩被大量应用于民间器皿的绘制,其内容与戏曲有着千丝万缕的联系。[①]

目前发现的清代戏画瓷器较明代为多,分别统计如下。首先,《中国戏曲志》各省、直辖市卷"文物古迹"部分收录了一些戏曲瓷器,分别为:康熙景德镇《红梅记》青花瓷碗[②]、康熙景德镇《西厢记》戏画瓷盘[③]、康熙景德镇《西厢记》绘画瓷砖[④]、康熙景德镇戏曲人物花觚[⑤]、清代高安《战长沙》瓷罐[⑥]、光绪南通石港戏画瓷盘[⑦]、清代徐州黑釉五彩戏曲人物画瓶[⑧]等。其中特别需要提出的是光绪南通石港戏画瓷盘,工笔重彩,金水勾勒,瓷盘由当地乡绅于光绪年间从江西瓷窑定制,分送票友,可谓"以瓷会友"。有两种规格,一种直径为 11 厘米,现存 8 只;另一种直径为 12.8 厘米,现存 5 只。分别绘画《闯山》《四杰村》《铁弓缘》《庆顶珠》《黄鹤楼》《大嫖院》《翠屏山》《辛安驿》等八出戏,人物扮相、动作场面都如舞台样式,加以写实背景,并有剧目题记。

廖奔《中国戏剧图史》有清代戏画瓷器如下:康熙五彩人物故事瓶、康熙《萧何追韩信》瓷盘、《刘备招亲》五彩瓷瓶、康熙五彩三国故事瓷瓶、康熙五彩《连环计》瓷盘、雍正五彩人物故事瓷盘、乾隆古月轩粉彩人物故事瓷盘(三件)、咸丰水浒故事茶壶等。[⑨]

---

① 参看孙机:《中国古代物质文化》,中华书局 2014 年版,第 294 页;廖奔:《中国戏剧图史》(修订本),大象出版社 2000 年版,第 191—193 页。

②③《中国戏曲志・江西卷》,中国 ISBN 中心 1998 年版,第 711 页。

④ 同②,第 708 页。

⑤⑥ 同②,第 719 页。

⑦ 同②,第 813 页。

⑧ 同②,第 811 页。

⑨ 廖奔:《中国戏剧图史》(修订本),大象出版社 2000 年版。

我们从穆青《清代民窑彩瓷》一书中稽出以下清代戏画瓷器：顺治《空城计》筒瓶（图 1－90）、康熙五彩《西厢记》瓷板画、道光青花人物纹盘（剧目不明）、咸丰粉彩人物纹花口瓶（剧目不明）（图 1－91）、同治粉彩人物纹什锦盘（剧目不明）、同治粉彩人物鼻烟壶、光绪青花釉里红《盘丝洞》鼻烟壶（题有剧名）、光绪青花釉里红《二里沟》鼻烟壶（题有剧名）、光绪青花《赵家楼》鼻烟壶（题有剧名）（图 1－92）等。[①]

图 1－90 《空城计》筒瓶

图 1－91 粉彩人物纹花口瓶

图 1－92 《赵家楼》鼻烟壶

曹林《另类中国戏曲史——戏・瓷》一文，列举的清代戏曲瓷器有：康熙青花刀马人物将军罐、康熙五彩《西厢记》人物盖罐、清末青花蓝彩《铡美案》合碗、清末五彩《吕布戏貂蝉》棒槌瓶等[②]。其他清代戏曲瓷器还有：康熙《红拂记・掷家图国》瓷盘[③]、清末《赵家楼》戏画瓷盘[④]等。

目前发现的带有戏画的瓷器，多是比较珍贵的名窑出品，其实还有很多民间一般日用瓷器中的戏画尚不被研究者注意，尤其以清代中后期居多。这类质量较次的瓷器不被藏家注意，亦不被博物馆关注，反而是我们戏曲研究者应该重视的一类。

3. 剪纸（熏画）与织绣中的前代戏曲图像

民间剪纸和织绣品一般出于农家妇女之手，其中剪纸经常作为织绣的底样。中国古代的女子，在闺中待字时要从事女红，亦即进行描画、针线、纺绩一类的手工作业，从而锻炼自己手和心的灵巧程度，也为嫁人之后承担日常生活事务做准

① 穆青：《清代民窑彩瓷》，河北人民出版社 1999 年版。

② 曹林：《另类中国戏曲史——戏・瓷》，《戏剧艺术》2013 年第 3 期。

③ 扬之水：《关于〈瓷盘上的一出戏〉》，《东方早报・艺术评论》2014 年 4 月 9 日。

④ 苏州市文化局、苏州戏曲志编辑委员会编：《苏州戏曲志》，古吴轩出版社 1998 年版，第 405 页。

备。剪纸和织绣品，就是女红的一部分艺术成果。这种风气在民间长期保存下来，因此农家妇女常常多会从事这类手工艺术创作。母传女，姊传妹，一个好的花样还会传至周围几十里，村村落落、老老少少，初学者用以重复制作，巧手者进行改造加工，使得这些技艺衍生不息。由于明清时期戏曲娱乐几乎可以说是农村女子最重要的娱乐样式，那么戏曲表演中的故事情节、人物造型就常常成为剪纸和织绣品的题材来源和图案样板。她们在看过一场戏后，凭借自己的印象和理解，能捕捉到最有代表性的人物神态，把戏曲中的人物或场面制作成剪纸或织绣，大家互相传递交流和欣赏，不断改进和创新，于是为后人留下了很多民间戏曲工艺品。

剪纸也被称作“纸花”“纸样”“剪花”等，是运用剪刀或刻刀和纸进行镂空造型的艺术，它伴随着各类民间习俗而产生，并应用于生活的诸多方面，其流行地域极其广泛，几乎在全国各地都有踪迹。在工具上，汉代就具备了产生剪纸的条件，因为汉代的剪刀造型已经成熟，并且发明了纸。而“剪纸”二字，最早见于杜甫《彭衙行》五言古诗：“暖汤濯吾足，剪纸招我魂。”反映了唐代民俗生活中有剪纸招魂的活动。剪纸的类型根据用途有门笺（贴在门楣、柜箱等处）、窗花（贴在居室窗户上）、龙船花（贴在灯笼上）、圈盆花（送礼时放在礼物上）等之分，内容包括花卉图案、鸟兽虫鱼、神话和历史人物、戏曲故事等。其制作工序分起稿、选纸、剪刻三步，通常都是按照现有底样，再剪出图画来。底样常常是历代相传、家家相借之物，一部分是民间专门在庙宇里画神像艺人的副产品，一部分则是普通剪纸者的创造。有一些心灵手巧并达到一定手工艺术修养的妇女，在经过了长期的实践之后，逐渐达到了可以随心所欲进行构图创造的程度，她们就是剪纸底样的创作者。例如在看了一场戏之后，她们就能够凭回忆把其中最为动人的场景描画出来，剪成底样，以后这些底样就会在其他妇女手中流传。

民众会把优秀的剪纸熏成黑色的熏画，以便于保存下来。熏画的制作方法，是首先将剪纸放在一张白纸上，然后把它放在水面上，当纸浸湿后，把它取出来，放在木板上铺平。接着把木板翻转过来，剪纸朝下，木板朝上，放在油灯上方，以烟熏烤。当剪纸全部熏成黑色后，取下原来的剪纸，在白纸上就出现了白色的剪纸图案，而其周围是黑色的，黑白对照，清晰可见（图 1－93）[①]。熏画与剪纸是共生的，哪里有剪纸，哪里就有熏画，后者是前者的产物。过去我国美术史、戏曲史研究，对剪纸较为重视，对熏画则比较忽视，其实很多剪纸图案赖熏画才保存下来[②]。

戏曲剪纸有单个人物的，也有多个人物组成一个戏出场面的（图 1－94），后者又分单幅的、多幅的，多幅的往往按照戏出成套剪制。浙江省金华地区的永康

---

① 宋兆麟:《中国传统熏画与剪纸》，世界图书出版公司 2006 年版，第 123 页。

② 依靠熏画而保存下来的戏曲剪纸图案有很多，参见①。

图 1-93 清末熏画戏人

图 1-94 清末剪纸《空城计》

县、浦江县，还有温州、丽水、台州等地，都是戏曲窗花创作的集中地区[①]。山西省祁县、新绛等地也是剪纸流行区域。河北省的蔚县窗花风格独特，它不同于他处的用单色（白色或红色）彩纸剪制，而是先用白纸剪成花样之后再进行染色（称为“点色”），通常可以染上三四种不同的颜色。染色由人工操作，一般由妇女和儿童承担，每人专染一种颜色。所用色料是洋红、大绿一类的“品色”，染成的窗花五色辉映，十分清新可爱。

在民国时期的蔚县，有一位著名的剪纸窗花艺人，他就是农民出身的王老赏，其作品成为周围村落剪纸艺人的底样。王老赏注重创作戏曲题材的窗花，随时留意观察戏台人物和场面，苦心琢磨，并参考同类题材的年画构图，达到了极高的造诣。他一生创作戏曲窗花千幅以上，留下了众多的民间艺术品，不但保留了许多舞台人物活生生的形象，也保留了许多秦腔梆子失传及久已不演的剧目，像《五雷阵》《马芳困城》《百花亭》等[②]。

织绣是中国古老的手工技艺。织绣的底件为包括衣物、巾帕、单被在内的各种民间布料品。织绣的内容和剪纸一样，都包括花卉图案、鸟兽虫鱼、神话和历史人物、戏曲故事等。其制作的方法通常都是按照现有底样，以之为底稿织出或绣出新的图画来，在流传过程中也会不断发生移形和变迁，逐渐走向更加洗练和美化。织绣品的种属也因时因地而异，多为生活用品，如其中有“帐幔”“镜帘”“钱包”“耳套”（新娘赠新郎所用），以及给小宝宝的“兜肚”“项圈”“风帽”之类。织绣工艺来源于古老的经验，在长期的实践中积累了丰富的技巧和手段。

民间织绣以其纯朴、稚拙的风格受到人们喜爱，其中的戏曲场面织绣较为引

① 参看郑巨欣主编:《浙江民间剪纸史》，杭州出版社 2013 年版。

② 阿英:《王老赏的戏曲窗花》，《新观察》1953 年第 1 期。

人瞩目。织绣与戏曲的联姻可谓是水到渠成之事，戏曲故事和人物出现在织绣品上，以满足群众随时随地可以借物欣赏，从而产生对戏曲故事的联想，工匠的专业制作还可以此来换取商品价值。例如山西新绛县（古称绛州）文化馆现存有清末民初织绣艺术品约二百余件，其中属戏剧人物刺绣为47件，有《拾玉镯》（图1－95），《断桥》《藏舟》《卖水》《闹书馆》《梅降雪》《吕布戏貂蝉》《吴家坡》《回荆州》《穆桂英挂帅》《木兰从军》等。现举其中"风帽"织绣《藏舟》为例，这件"风帽"上刺绣了《藏舟》人物故事（图1－96），上有田玉川和胡凤莲患难相遇的图景，尽管刺绣工匠们没有勾勒出二人在一个船舱内的谈情说爱、海誓山盟的图景，但观众见图思景，就会勾起一片联想①。

图1－95 戏曲刺绣《拾玉镯》

图1－96 戏曲织绣"风帽"《藏舟》

民间剪纸、熏画和刺绣可归为戏曲图像者不多，目前也较少有人关注，但其和年画、建筑雕饰、泥塑、瓷器等民间工艺品中的戏曲图像一样，体现出戏曲作为一种雅俗一体的文化对各类民间文化的强势影响，也是戏曲传播的重要途径。

① 参见傅仁杰、行乐贤等编：《河东戏曲文物研究》，中国戏剧出版社1992年版，第220—221页。

第二章　明遗民画家的诗与画

在董其昌“南北宗论”的倡导之下，明末清初的主流画坛对于当行本色的职业画家评价并不高，而是推崇深具文人修养的“业余”画家。一方面，文人在吟诗、著文、书法之外的绘画才能，成为文化修养的重要组成部分。如清初著名学者顾炎武，岭南三大诗家之屈大均、陈恭尹，文学家郭都贤，理学家吕留良，史学家查继佐、万寿祺等都颇能画，并留下了一些绘画作品。另一方面，清初著名画家多能诗文，“四王”“四僧”、吴历、恽寿平等无不能诗。能画而不能诗的画家往往受到诟病。画面上诗、书、画、印的结合从视觉上让整件作品的书写性增强，而文人蕴藉的表达方式又增强了画面物象的象征性。题画诗、论画诗、诗意图、诗画对题等艺术形式反映了诗与画结合的广度，而画家在诗歌与绘画中意象凝练的表达更反映了诗与画结合的深度。

明遗民画家的诗与画之所以值得关注，是因为明清易代之际有一大批遭遇国变的文人画家，他们的政治文化倾向性在他们的诗与画上都有鲜明的体现，从而使得他们的诗与画带有浓厚的遗民色彩，值得深度分析。

第一节　明遗民画家的诗作

明遗民画家同时也多为文学家、诗人，其诗文创作情况如何？因文献浩瀚，如做出全面细致的描述，目前仍有极大困难，我们主要依据谢正光、范金民编《明遗民录汇辑》（南京大学出版社，1995）、上海图书馆编《中国丛书综录》（中华书局，1959）两书对明遗民画家诗文创作情况做出如下统计。

明遗民画家诗文集统计表

作者	诗集名称	资料来源	传世[①]
卜舜年	《云芝集》 《绿晓斋集》	《静志居诗话》	《云芝遗诗》
文柟	《溉庵诗选》	《吴中名贤传赞》作《慨庵诗选》	

① 据《中国丛书综录》，上海古籍出版社 1986 年版。

续 表

作者	诗集名称	资料来源	传世
文点	《南云集》		
文震亨	《香草诗选》	《吴中名贤传赞》	
方以智(僧)	《浮山全集》《烹雪录》	《皇明遗民传》卷一	《稽古堂文集》
方颛恺(僧)	《咸陟堂集》	《胜朝粤东遗民录》卷一 《清诗别裁集》	《咸陟堂集》曾入禁书目
冒襄	《朴巢诗集》	《清诗别裁集》	《巢民诗集·文集》《寒碧孤吟》《泛雪小草》《朴巢诗选·文选》
王鉴	《染香庵集》	《吴中名贤传赞》	《染香庵集》
王弘撰	《待庵稿》《鹿马山人集》	卓尔堪辑《遗民诗十二卷》	《待庵日札》《西归日札》
戴本孝	《前生诗稿》《余生诗稿》	《皇明遗民传》卷三 《清诗别裁集》	《余生诗稿》《不尽诗稿》
陈恭尹	《独漉堂集》	《清诗别裁集》 《皇明遗民传》卷五 孙静庵《明遗民录》卷二五 《胜朝粤东遗民录》卷二 卓尔堪辑《遗民诗十二卷》卷六	《独漉堂集》
恽格	《南田集》	《皇明遗民传》卷五 孙静庵《明遗民录》卷五 《清诗别裁集》	《南田画跋》 《题画诗》 《画筌》
申涵光	《聪山集》《荆园小语》	《皇明遗民传》卷三 陈去病《明遗民录》卷一八	《荆园小语》《荆园进语》《聪山诗选》《聪山文录》《申凫盟诗》
伍瑞隆	《临云集》《辟尘集》《怀仙廷草》《金门草》《白榆园草》《游梁草》《石龙草》《铁篴草》《雩乐林草》《鸠艾山近赋》《少城别业近草》	《胜朝粤东遗民录》卷二	《胭脂纪事》
朱昂	《借庵诗草》	《明季滇南遗民录》卷上	《秋潭诗选》《竹屿诗选》《绿阴槐夏阁词》《借庵诗草》等
朱一是	《为可堂集》	黄容《明遗民录》卷四 孙静庵《明遗民录》卷二五	《为可堂诗集钞》
朱茂曙	《春草堂遗稿》	《皇明遗民传》卷一	
何九渊	《弹铗山房集》		

续 表

作者	诗集名称	资料来源	传世
何其伟	《涛园别集》	孙静庵《明遗民录》卷一六	
何蔚文	《浪楂稿》	《明季滇南遗民录》卷上	《何蔚文遗集》
吴历	《桃溪集》《三巴集》		《墨井画跋》《墨井诗钞》《三巴集》
吕潜	《叶闻斋稿》 《怀归草堂集》 《课耕堂集》	黄容《明遗民录》卷三 《皇明遗民传》卷一	
吕留良	未名诗集	孙静庵《明遗民录》卷七	《吕用晦文集·续集》 《东庄吟稿》
周容	《春涵堂集》①	《皇明遗民传》卷二 孙静庵《明遗民录》卷一二	《春酒堂文存·诗存》
周燦	《泽畔吟》	《皇明遗民传》卷一	《泽畔吟》
周齐曾	《囊云诗文集》	《鲒埼亭集外编》卷二十五	
屈大均	《九歌草堂集》《寅卯军中集》《道援堂集》共汇之为《翁山文外》《翁山诗外》《附骚屑词》	《胜朝粤东遗民录》卷一	《翁山文钞》 《翁山文外》
金堡(僧今释)	《遍行堂集》	黄容《明遗民录》卷一 《皇明遗民传》卷二	《遍行堂集·续集》
金俊明	《退量集》	《皇明遗民传》卷三	《退量集》
	《春草闲堂集》 《耿庵诗稿》	《吴中名贤传赞》	
姜实节	《焚余草》		《鹤涧先生遗诗》
查士标	《种书堂遗稿》		《种书堂遗稿》
唐泰(僧普荷)	《担当使者集》 《橛庵草》 《修园集》②	黄容《明遗民录》卷三 孙静庵《明遗民录》卷六 《明季滇南遗民录》卷上	《担当遗诗》
徐白	《竹啸庵诗钞》	《皇明遗民传》卷四	
徐枋	《居易堂集》	孙静庵《明遗民录》卷四三	《居易堂集》

① 《鲒埼亭集外编》卷六,《周征君墓幢铭》为《春酒堂诗集》,《鲒埼亭集外编》卷二十五还有全祖望所撰《春酒堂文集序》,见《全祖望集汇校集注》上册第861页、中册第1220页,上海古籍出版社2000年版。

② 《明遗民录汇辑》上册第503页引《明季滇南遗民录》卷上"唐泰"一条中有"工诗,有《修园集》,儒生时作《橛庵草》,则出世后诗也"。我们疑句读有误,当为"工诗,有《修园集》儒生时作,《橛庵草》则出世后诗也"方妥。因其所录《题画四首》,提到"僧""茅堂""痴僧""地偏""老僧"等词语,应为"出世后诗",孙静庵《明遗民录》卷六载此四首诗出自《橛庵草》。

续 表

作者	诗集名称	资料来源	传世
徐柯	《一老庵集》	《皇明遗民传》卷二	《一老庵文钞》《一老庵遗稿》
徐士俊	《雁楼集》	《皇明遗民传》卷六	《雁楼集》
徐石麒	《松芝集》《倦飞集》《三亿草》《白石篇》另有词集、曲集数卷	孙静庵《明遗民录》卷一九	《坦庵诗余瓮吟》
张风	《双镜庵集》 《上药亭诗余》	《尺牍新钞》 《皇明遗民传》卷四	
张穆	《铁桥山人稿》	《皇明遗民传》卷三 《胜朝粤东遗民录》卷二	
张以恒	《白溪渔者》《蒿园》	《明季滇南遗民录》卷下	
张家珍	《寒木楼遗诗》	《胜朝粤东遗民录》卷二	《寒木居诗钞》
梁琏	《松菊集》	《胜朝粤东遗民录》卷二	
郭都贤	《衡岳集》《止庵集》《秋声吟》《西山片石集》《破草鞋集》《补山堂集》《些庵杂著》	孙静庵《明遗民录》卷七	
陈梁	《苋园集》	《皇明遗民传》卷五	
陈子升	《中洲草堂集》	《胜朝粤东遗民录》卷一	《中洲草堂遗稿》
陈洪绶	《宝纶堂集》	孙静庵《明遗民录》卷二二	《宝纶堂集》
陆元泓	《水墨庐诗》①	孙静庵《明遗民录》卷二九	
陆嘉淑	《辛斋遗稿》	《皇明遗民传》卷五	《燕台剩稿》 《射山诗钞》
傅山 傅眉	《霜红龛集》眉诗附焉	陈去病《明遗民录》	《冷云斋冰灯诗》 《霜红龛诗略》 《傅征君霜红龛诗钞》
彭孙贻②	《茗斋集》	《皇明遗民传》卷六	《茗斋集》
程邃	《萧然吟遗》	《明清篆刻流派印谱》	《萧然吟》
项圣谟	《朗云堂集》	《皇明遗民传》卷四	
薛始亨	《南枝堂集》		

① 陆元泓，有时称陆玄泓，盖因清朝避“玄”而改“元”。自号“水墨中人”，因其好奇，所以钱谦益曾作《嗜奇说》以题他的诗集。除孙静庵《明遗民录》卷二九称其有《水墨庐诗》。

② 善诗文，与同邑吴蕃昌（仲木）创瞻社，为名流所推重，时称“武原二仲”。

续 表

作者	诗集名称	资料来源	传世
万寿祺	《隰溪内景诸集》	《皇明遗民传》卷二	《隰溪草堂词》《隰溪草堂诗集·文集·拾遗》《万年少遗诗》
赵焞夫	《草亭稿》	《胜朝粤东遗民录》卷一	
蒋易	《石间集》	卓尔堪辑《遗民诗十二卷》	《石间集》
黎遂球	《莲须阁集》	《胜朝粤东遗民录》卷一	《莲须阁集》
黎邦瑊	《洞石稿》	《胜朝粤东遗民录》卷三	《洞石集》
萧诗	《南浦集》	孙静庵《明遗民录》卷一七	
	《南村诗稿》	《宋元以来画人姓氏录》卷十	
萧云从			《萧汤二老遗诗合编》
赖镜	《素庵诗钞》	《胜朝粤东遗民录》卷一	
钱士馨	《赓�集》	《皇明遗民传》卷四 孙静庵《明遗民录》卷一	
钱邦芑			《大错和尚遗集》
归庄	《恒轩集》《山游诗》《悬弓集》	《皇明遗民传》卷三 《吴中名贤传赞》	《归玄恭先生文续钞》《看花杂咏》《万古愁曲》
归昌世	《假庵诗草》	《明清篆刻流派印谱》 《吴中名贤传赞》	《假庵杂著》
顾炎武	《亭林集》《日知录》	《皇明遗民传》卷三	《日知录》《亭林杂录》《菰中随笔》《日知录之余》《亭林文集》《亭林诗集》《亭林余集》《亭林铁诗》《亭林先生集外诗》《亭林文录》《亭林文钞》
龚贤	《草香堂集》	《皇明遗民传》卷三	
魏禧			《魏叔子文集外篇·日录·诗集》《魏叔子文钞》《勺庭文钞》
柳如是	《湖上草》等①	《柳如是别传》	《柳如是诗》
李因	《竹笑轩吟草》	《清画家诗史》	《竹笑轩吟草》

① 丁祖荫《重修常昭合志·常熟艺文志》说柳如是诗文集尚有《河东集十二卷》《柳如是集》《湖上吟》《戊寅草》等。见谷辉之编《柳如是诗文集》第245页附录二。

由此来看，明遗民画家有诗文集者甚多，多才多艺者甚众。如周亮工评价祁豸佳："曹顾庵曰，止祥书不在董文敏右，画则入荆关之室。诗文填词皆有致。能歌能弈能图章，以至意钱、蹴鞠之戏无不各尽其致。"[①]万寿祺"自诗文书画外，琴棋剑器，百工技艺，细而女工刺绣，粗而革工缝纫，无不通晓"[②]。巢鸣盛擅长花卉养殖，著有《老圃良言》，书中讲到园圃下种、分插、接换、移植、修补、催养、却虫等法，内容实用，至今被奉为养花经典。黎遂球参加科举考试多次均不如意，但是他能诗善画，有名当时。崇祯六年(1633)北上应试时，陈子壮、陈子升等十位诗友共聚于光孝寺为他饯行，席上每人赋诗相赠，后来把这些送行的诗文手迹辑成《南园诗子送黎美周北上诗卷》，这诗卷成了岭南书法名迹，今天仍然藏于广州市艺术博物馆中。崇祯十二年(1639)，黎遂球又一次上京赴试落第，归途时一路上以诗会友，到达扬州的时候，正值江南名士在城南影园雅聚，举行诗会。影园中黄牡丹竞放，黎遂球即席赋诗十首，借牡丹诗倾诉了忧国忧时的情感，江南文宗钱谦益评定名次，黎遂球荣获桂冠。黎遂球夺冠后，文人们拥他穿上华服上街炫耀三天，被称为"牡丹状元"，一时传为佳话。而顾炎武更是怀着经世致用之才，写有《天下郡国利病书》，考古今音韵变化的《音学五书》，研究金石的著作《金石文字记》等，他虽然浪迹不定，但由于善于理财，每到一处便能很快致富[③]。遗民画家的种种技艺之中，除绘画以外还有一种共通者，就是诗词创作。

艺术形式是一种物质表现手段，它用以塑造艺术形象，传达审美情感。但是艺术形式在表述中是有长短之分的，所谓"宣物莫大于言，存形莫善于画"，所以艺术家是会因为所要传达情感的不同而选择不同艺术形式的。对于文人占绝大多数的明遗民画家群体来说，其遗民情结不止局限于绘画这一种艺术形式来传达。他们有人精于音律、有人是剧作家，音乐形式、戏剧形式也是他们传达遗民情感的方式。他们的艺术修养中最为普遍的还是诗文，诗文是他们常用的艺术形式。

1. 诗文反映出的遗民情结

南宋末年和明末都有一些学者负有国家兴亡感，扶持清议、发扬民族气节，表面上谈经史，谈历代的典章制度和文学艺术作品，其实在褒扬遗民，在作品中寄寓着爱国的无限深义。如清代史学家全祖望、当代史学家谢国桢等都对明遗民给予了特别的关注。吴钟峦有《岁寒集》，全祖望为之作跋："稚山吴尚书在海上时，合累朝革命之际仗节死者，自孤竹两公子始，合为一集，题曰《岁寒松柏》，

① 周亮工：《读画录》卷之一"祁止祥"条，上海商务印书馆1936年版。

② 王晫：《今世说》，卷七"巧艺"，见周骏富辑：《今世说·新世说》，台湾明文书局1985年版。

③ 见《鲒埼亭集》卷第十二，《亭林先生神道表》有"所至每小试之，垦田度地，累至千金，故随寓即饶足"。《全祖望集汇校集注》上册，上海古籍出版社2000年版，第231页。

而陶泉明、谢皋羽之徒，则附见焉。”[①]记其序首曰：“国有以一人存者，其人亡，而国不可亡。故商亡，而易暴之歌不亡，则商不亡；汉亡，而出师之表不亡，则汉不亡；宋亡，而正气丹心之诗不亡，则宋不亡。”[②]发明深意，借题说出了自己欲抒之言。

邓之诚说：“丁丑（1937）之秋，遭逢变乱，念明清之际，先民处境，有同于我者，不识何以应变。乃取其诗时时观之，钦其节操，忧患中赖以自壮焉。”[③]所以《清诗纪事初编》全书八卷，以明遗民列为前集，而有别于甲、乙、丙、丁四集中所列顺治、康熙两朝的诗人。全书共收作者六百人，明遗民就有 168 位，占 28%。可见其对遗民诗人的重视。

清李浚之编著的《清画家诗史》[④]“采有清一代画家遗诗凡二千余人为之传，以为诗史，作读画之助”[⑤]。雪桥居士杨钟羲说《清画家诗史》“体虽辑诗，意在庀史，与艺术家斤斤于装背褫轴之式，鉴别玩阅之方相去远矣”[⑥]。《清画家诗史》所收画家之诗不一定是题画诗、论画诗，却更能反映出当时画坛的思想，画家的审美。李浚之认为“孙绍远编声画集”“康熙时敕纂题画诗”都是将士人游艺、诗与画合而为一的典范，但它们强调诗与画两种艺术语言的结合与互补，但是抛开绘画语言，仅仅将画家所作的诗汇为一集是对画家身世、思想、心境的总结和探讨，是与其他诗集不同的地方，[⑦]可见以诗补画史是此书的一个初衷。另外将画家的诗加以收录整理，体现了明清时期文人画愈演愈烈，画坛内外更注重才学、画艺的全面修养的趋势。

明遗民画家的诗文中反映出了很明显的遗民情结，尽管当时文网很严，很多诗文集曾经被禁，但隐含着反清复明的思想、控诉战乱杀戮的诗层出不穷，处处透露着遗民气息。

明遗民画家与诗人的身份重叠在清初是值得注意的情况。陈子升、陈恭尹、郭都贤、屈大均、申涵光、伍瑞隆、朱一是等，他们的名字不常出现在美术史、绘画史中，而更多地出现在中国古代文学史、诗歌史中。即使是今天以画名显著者，如傅山、龚贤、程邃、萧云从、丁元公等，在明末清初的诗坛上也都堪称一家。他们的诗常被辑入当时的诗歌总集或诗话中，如王士禛《感旧集》、邓孝威《诗观》、魏宪《诗持》、卓尔堪《遗民诗》、朱彝尊《明诗综》《静志居诗话》、黄传祖《扶轮广

---

① 《鲒埼亭集外编》卷三十一，《跋吴稚山岁寒集》，见《全祖望集汇校集注》中册，上海古籍出版社 2000 年版，第 1390 页。

② 《鲒埼亭集外编》卷三十一，《跋吴稚山岁寒集》，见《全祖望集汇校集注》中册，第 1390 页。

③ 邓之诚：《清诗纪事初编》自序，上海古籍出版社 1984 年版，第 1 页。

④ 李浚之：《清画家诗史》，中国书店出版社 1990 年版。

⑤ 同③，第 3 页，陶庐老人王树楠序。

⑥ 同③，第 1 页，杨钟羲序。

⑦ 同③，第 4 页，李浚之自序。李浚之，即李濬之（1867——?），号响泉，河北宁津人，善画。《清画家诗史》刊于 1930 年。所以他卒年当在 1930 年之后。

集》、沈德潜《明诗别裁集》《清诗别裁集》、杨钟义《雪桥诗话》等，都包含很多遗民画家的诗。

有很多遗民画家的诗文在当时就很有影响，如王士禛《杂题萧尺木画册四首·为郑御史作》之二有“太息欧湖老诗史，直将劲笔压关穜”[①]。这便是将萧云从的诗与画并重。“梅磊《响山人稿》：‘世知萧尺木以画显，而不知六书六律更精也。尝手札规予读书，甚切。直谅哉，此岂可尽人求之者？’”[②]申涵光，“称诗广平，开河朔诗派”[③]；黎遂球是岭南诗坛上“南园十二子”之一，其诗高华俊爽、雄直痛快；陈恭尹尤擅七律诗，为诗坛所推崇。他提出诗歌贵在创新，但所谓创新须求新于性情而不必求新于字句，求妙于立言而不必专斯于解脱的见解，反对盲目崇古与拟古。他的诗大多以感怀身世，以矢志抗清、反映民疾及描述岭南风物为主题。

画家萧诗本隐于木匠，但王士禛有关于他这样的记载：“予前记云间有木工萧姓者，能诗，未详名字。近读《觚剩》，乃知萧名诗，字中素，别字芷厓。博学能文，尤长于诗，尝有五言云：‘辽海吞边月，长城锁乱山。’七言云：‘山寺落梅伤别易，天涯芳草寄愁难。’皆佳句也。”[④]

作为文人画家所必备的素质之一，诗文有时候可以印证画家的才情、思想，故文人画自兴起之日就和诗歌结下了不解之缘。我们在搜求、统计明遗民画家姓名当中也发现了一个现象，即遗民诗人名单与遗民画家名单上名字的大量重合。在明遗民卓尔堪所辑数百家明遗民诗中，这里所录画家的名字比比皆是，未录而有载其善画者亦不乏其人。诗画兼工成为明末清初画坛上司空见惯的事情，画家诗文数量多且成就不逊于诗歌专工者，这就难怪李浚之要编《清画家诗史》来彪明“以人存诗、以诗存画”之意了。这也是文人画在明清愈演愈烈的一种体现吧。

一般认为，诗歌发展到明清已为低潮，风骨气韵自不能与唐宋相比，但是明遗民诗由于浸淫了时代与身世的悲剧思想，面貌大为不同。

2. 明遗民画家诗中约定俗成的遗民词汇

遗民画家多有着不屈的人格精神，这在诗文中多有表现。《静志居诗话》载，丁元公负奇，“诗不屑作庸俗语”[⑤]。黄宗炎“生平作诗几万首，沉冤凄结，令人不能终卷。晚更颓唐，大似诚斋”[⑥]。卜舜年更是负才任诞，“恒衣茜衣入市，题其

---

① 米芾《画史》称关仝为“关穜”，夏文彦《图绘宝鉴》也曰“五代关同，一名穜，长安人”。

② 李毓美等整理：《渔洋精华录集释》（上册），上海古籍出版社 1999 年版，第 279 页。

③《渔洋诗话》：“申凫盟涵光，称诗广平，开河朔诗派。其友鸡泽殷岳伯岩、永年张盖覆舆、曲周刘逢源津逮、邯郸赵湛秋水，皆逸民也。”见《渔洋精华录集释》，第 367 页。

④ 王士禛：《香祖笔记》卷四，第 76 页。

⑤ 朱彝尊：《静志居诗话》卷二十，人民文学出版社 1990 年版，第 609 页。

⑥《鲒埼亭集》卷第十三《鹧鸪先生神道表》，见《全祖望集汇校集注》上册，上海古籍出版社 2000 年版，第 251 页。

门曰：'乡人皆恶，国士无双'"。他喜欢摹仿屈原，关心国家战事，赋长谣以诟奸党，并因为结友好施而穷窘不堪，其"诗尚崛奇，间有合律者"[①]。他曾有一首对仗工整、语词婉丽的诗，其颈联、尾联为"莺坐一身柳，蜂归两股花""人言无事得，多事最山家"[②]，为人所称，但是他自己认为"诛虱等群小，放鹤如身游"这样狂放恣肆的诗句才是生平最得意句。[③]

归庄的《万古愁》曲，自盘古开天辟地叙起，到清兵南下，金陵陷落；"瑰玮恣肆，于古之圣贤君相，无不诃诋，而独痛哭流涕于桑海之际，盖《离骚》《天问》一种手笔"[④]。全曲共二千余字，全祖望称此曲曾为清顺治皇帝所闻，大加称赏，常常在吃饭时命令乐工演唱。全祖望感慨："古之遗民野老，记甲子，哭庚申，大都潜伏于残山剩水之间，未闻有得播兴朝之钟吕者，是又一逸事也。"[⑤]

好奇、拒俗，在明遗民画家由人格转至诗文，也表现为诗歌中的诃骂、凄怨、怀古情绪较为浓厚，虽不敢直呼"奴酋"名号，而讽刺之句以及以南明纪年的现象频出，以发泄胸中的不平。所以明遗民画家中吕留良、金堡、屈大均等之诗文，尤在禁毁之列。方颛恺的《咸陟堂集》、程邃的《萧然吟》也都曾遭禁。

在遗民诗充斥的清初诗坛，出现了一些约定俗成的遗民词汇，我们仅就明遗民画家诗中"避秦"及与其相关的词语作分析。

"避秦"指避秦时苛政以及战乱而隐居。陶渊明所创作的桃花源是一个百姓为避秦之暴政而深居不出的地方，避秦者在那里过着没有统治、没有压迫的大同生活，《桃花源记》有云："先世避秦时乱，率妻子邑人，来此绝境，不复出焉。"这个典故在清初被明遗民接受的过程中，尤其看重桃花源中居民的遗民身份，在他们的诗中常用避秦暗指避清。

徐枋《诗画卷》题诗云："千春绿水渺无津，万树桃花好避秦。高卧此中堪白首，不知人世有红尘。"[⑥]遗民画家文点评价其人其诗曰："交游满于吴会，曾结香山之白社。诗篇脍炙于人口，宛得浔阳之隐逸。"[⑦]查士标称他"痛饮狂歌无俗韵，始知天壤有遗民"[⑧]。张宗涛更有"叠山艰苦唐山坂，姬水伶仃泽水浔。小隐市廛归涧上，大怀河海识初心"的题句，将他比作南宋有民族气节的谢枋得、

---

① 《静志居诗话》卷二十，第 601 页。

② 《百城烟水》卷四吴江，"徐贞惠先生墓"条，第 358 页。

③ "谓檇李蒋之翘曰：'此生平得意句也。人称余莺坐一联，殊不然。'"见《百城烟水》第 358 页，卷四吴江，"徐贞惠先生墓"条。

④ 《鲒埼亭集外编》卷三十一，《题归恒轩万古愁曲子》，见《全祖望集汇校集注》中册，第 1391 页。

⑤ 徐沁：《明画录》，见《中国古代美术丛书》第 14 册，国际文化出版公司 1993 年版，第 144 页。

⑥ 陆心源：《穰梨馆过眼录》卷三十一著录，见《中国书画全书》第十三册，上海书画出版社 1993 年版，第 192 页。

⑦ 《穰梨馆过眼录》卷三十一所著录《徐俟斋小影卷》，南云山人文点之题跋。

⑧ 《穰梨馆过眼录》卷三十一所著录《徐俟斋小影卷》，见二瞻查士标之题跋。

文天祥[1]。徐枋、屈大均甲申后所更字号“秦余山人”“华夫”都和“避秦”的典故有关，在这里与其诗作正可互相参证。

项圣谟有“自写隐居门，幽栖似远村。松风一解带，城郭几销魂。图史犹秦劫，兹因方外存”[2]的诗句，用秦之暴政焚书坑儒比喻明末战争、外族入侵对中原大地文化的破坏。申涵光《广羊绝顶同伯严作》有“久别山园路，空惭避世心”“桃源开复闭，此地可重寻”[3]句。金陵八家之首龚贤常自称“武陵龚贤”，武陵正是陶渊明《桃花源记》中所述的世外桃源所在地，很明显，是取“避秦”的典故，以“秦”暗指清王朝统治。另外，在龚贤的诗作中也能看到类似的暗指，如有诗曰“伐虢兵相及，椎秦事再传。敢言柔舌在，宁望死灰燃”，便是一首十分明显的寄意反清复明的诗作，其中的“椎秦”指的就是当时仍在进行的反清复明斗争。

明遗民诗中还多有对“首阳”“采薇”（喻商伯夷、叔齐不食周粟）、“汉使”（喻汉苏武不变节降匈奴）、“野哭”（喻南宋谢皋羽西台恸哭）等发挥和引申。如屈大均《孤竹吟》有“夷齐忧无臣，叩马空慨慷”“吁嗟命之衰，挥涕归首阳”句。[4] 顺治七年（1650），萧云从绘《雪景》题诗：“身处穷庐望雁飞，独怜汉使旄节秃。”吴历《墨井诗钞》中经常出现“西台恸哭”的典故，如《无端次韵》：“十年萍迹总无端，恸哭西台泪未干。到处荒寒新第宅，几人惆怅旧衣冠。……”另外他还作过《读西台恸哭记》数首。

南宋英雄文天祥，遗民谢翱（皋羽）、谢枋得（叠山）、汪元量（水云）、龚开（圣予）、钱选（舜举）、郑思肖（所南）等人的名字和事迹在遗民诗中多次被隐含地歌颂。以宋喻明是遗民画家在历史上找寻处世榜样的过程，八大山人的《题画》就提到黄公望的故国之情：“郭家皴法云头小，董老麻皮树上多。想见时人解图画，一峰还写宋山河。”[5]

徐枋《居易堂集》中的赋文，多半借物言遗民之志，抒怀国之情，他自比鹧鸪：“心同向日之葵，翼比好风之箕，轩翥而背北风，戢翼而朝南枝，名曰怀南，亦称越雉。……违穷发之玄漠，向赫曦之朱明，随托类于羽类，固殊志而异心。”[6]在他的文章中，这种心向“朱明”，远离清朝政府的志向，满纸皆是。

诗文中的遗民情结，在汉族知识分子中是一股强大的思潮，由遗民画家之间的交游，以及其他文人（如周亮工、宋荦、钱谦益等非遗民）与他们的交游之中可

① 《穰梨馆过眼录》卷三十一所著录《徐俟斋小影卷》，见张宗涛之题跋，叠山是南宋谢枋得的号，文天祥则有《过零丁洋》一诗传诵天下。前者是元初著名的南宋遗民，后者为南宋英勇就义。

② 项圣谟《重题三招隐图咏三十韵》之一，著录于《穰梨馆过眼录》卷三十一。

③ 卓尔堪辑撰：《遗民诗十二卷附近青堂诗一卷》遗民诗之卷五，清康熙刻本，北京师范大学图书馆藏，华东师范大学出版社2013年版。

④ 卓尔堪辑：《遗民诗十二卷》卷七，华东师范大学出版社2013年版。

⑤ 卓尔堪辑：《遗民诗十二卷》卷十一，华东师范大学出版社2013年版。

⑥ 徐枋：《鹧鸪赋》，见《居易堂集》卷十六。

以看出，遗民思想在清初数十年间成为文坛主流思潮，众多文人对明遗民以及明遗民所代表的这种思潮表现出无比的羡慕和崇敬，而且这种思潮不但表现在诗坛上涌现出的大量咏史、怀古之作，在戏曲、小说中也多有反映，绘画也不例外。

3. 蕴含颇深的遗民绘画

较之爱憎分明的遗民诗，明遗民的绘画显得平静多了。一些遗民画家在很多诗文中所表达的遗民之志非常明确，经常能发现在他们的诗文中对历史上建功立业者或者道德高尚者的崇拜，有时以其自比。

如龚贤崇拜张良、荆轲、鲁仲连等历史人物，其《草香堂集》中有一首作于明亡之后的《独夜》诗："倚杖空堂独吟诗，酒醒开眼傍凄其。烟迷四野犬仍吠，月上三更人不知。已与白头成老友，再逢黄石愧吾师。此生懒种篱边菊，忍见空花霜雪时。"[①]诗中提到的"黄石"，即"圯上老人"黄石公。史载，韩遗民张良椎秦事不成，遇黄石公，老人授兵书《太公兵法》给张良，使其足智多谋，辅佐刘邦反秦并统一天下。这首诗以"秦"代"清"，称"黄石"为"吾师"则很明显有自比张良之意。叙述作者本怀有椎秦立汉（反清复明）之志，但年岁已高又总事与愿违，在无奈的隐居生活中，觉得既不甘又羞愧。

其《扁舟》一诗曰："扁舟当晓发，沙岸杳然空。人语蛮烟外，鸡鸣海色中。短衣曾去国，白首尚飘蓬。不读荆轲传，羞为一剑雄。"[②]也有愿学刺杀秦嬴政的荆轲，舍身报国。类似的还有《九日》："边隅地远足风尘，荡子凭高忆所亲。不有黄花来傍酒，苦将白发暂随人。水凫独叫凄凉晚，野哭无声战伐新。北极朝廷消息断，此身应愧是王臣。""北极朝廷"暗指南明政权，对于时政的无能为力，画家总是怀有愧意，恨自己不能如张良一样建功立业，也不能像荆轲一样有所作为。

傅山也经常提到张良、诸葛亮、管仲、鲁仲连、陈同甫等人。傅山常以历史人物自期，他加入道教之后有诗："贫道初方外，兴亡着意拼。入山直是浅，孤径独能盘。却忆神仙术，无如君父关。留侯自黄老，终始未忘韩！"[③]以韩遗民张良自况，虽入道教（黄老）但仍要"兴亡着意拼"，不忘复兴之志。

傅山曾自论其书说："弱冠学晋、唐人楷法，皆不能肖，及得松雪、香山墨迹，爱其圆转流丽，稍临之，则遂乱真矣。已而乃愧之曰，是如学正人君子者，每觉其觚棱难近，降与匪人游，不觉其日亲者。松雪何尝不学右军，而结果浅俗，至类驹王之无骨，心术坏而手随之也。"[④]表示对以宋宗室入仕元朝的赵孟頫的鄙视，这种鄙视由否定其人格到否定其书法艺术、美学观点，于是他改学颜真卿，并提出学书之法"宁拙毋巧，宁丑毋媚，宁支离毋轻滑，宁真率毋安排"。[⑤] 这一美学观

① 《龚贤研究集》上集，江苏美术出版社 1988 年版，第 57 页。
② 卓尔堪：《遗民诗十二卷》卷八，华东师范大学出版社 2013 年版。
③ 傅山：《霜红龛集》卷八《龙门山径中》。
④⑤ 《鲒埼亭集》卷第二十六《阳曲傅先生事略》，见《全祖望集汇校集注》上册，第 480 页。

点也有抒发其遗民之志的意思。

屈大均晚年筑祖香园，园的中部为骚圣堂，祭祀屈原，并以宋玉、景差配左右。“自以屈氏本三闾苗裔，园中草木又皆先祖三闾之遗香，故因以为名。”[①]屈大均诗《赠朱士稚》有“子房久破产，一身如浮萍。英雄不失路，何以成功名”句[②]。《鲁连台》有“一笑无秦帝，飘然归海东。谁能排大难，不屑计奇功”“从来天下士，只在布衣中”[③]句。赞美了有谋有勇，功成而身退的英雄形象和理想中的建功立业的人物。《云州秋望》有“遥寻苏武庙，不上李陵台”[④]句，也是对忠贞不屈精神的颂扬。

另外魏禧对曹操、诸葛亮；弘仁对袁闳、陶渊明、林逋、郑所南等人的向往与崇拜也溢于言表；顾炎武多作怀古诗，凭吊一代忠臣良将；申涵光、方以智、陈恭尹、方兆曾等都不同程度地有对战争的残酷、家国的衰落的描写与感慨，以及对古代王朝盛衰之际将军立功的赞扬。[⑤]

诗文中的情感锐气和对英雄人物的崇拜自期并没有带到绘画中来，在他们的绘画中不但难以见到当时水深火热的战争灾难的情景，也不易看到诗中所吟咏的英雄人物的影子，若有这个需要，他们也经常赖画中的诗文题跋以阐明。个别表现古代人物的画作，艺术成就显然没有山水画那样高。

这反映出一部分遗民画家的遗民情结仅仅用绘画难以表达清楚或者不够得心应手，还需要用对于他们来说更容易、或更适当、或更纯熟的语言去完成。在这个方面能够做到得心应手实在不易。但也有画家能够实现，如遗民画家萧云从绘《离骚图》、陈洪绶画《归去来图》等，用形象语言展现出屈原、陶渊明等形象在这个时代画家心中的光辉。一个题材在画家心中有个酝酿的过程，这有时通过其诗歌及前后绘画作品可以发现，有的画家经常重复一个题材，往往是生命中最强烈的感受。

据《明遗民画家诗文统计表》以及其他史料记载，明遗民画家中诗画兼工者占绝大多数，不仅平时以画为寄、为乐者如此，就连当时已经非常著名的画家和以画为生的职业画家们也都在诗文上有一定成就，如龚贤、程邃、戴本孝、项圣谟等。明遗民画家群体的诗文修养较之历史上任何一个画家群体都毫不逊色。换言之，明遗民画家在人品、学问、才情、思想的建设上，较之其他时代的文人画家有过之而无不及，这一群体将文人画推向又一高峰。

自宋以来，中国画用于叙事之时，往往用典，以暗喻的方式言志。宋代除了《清明上河图》《货郎图》等风俗画以外，政治讽谏画常用典，出现了一批以历史故

---

① 《胜朝粤东遗民录》卷一，见《明遗民录汇辑》上册，第393页。

②③④ 卓尔堪:《遗民诗十二卷》卷七，华东师范大学出版社2013年版。

⑤ 如申涵光《村雨》、陈恭尹《人日新晴即事》、方以智《乙酉腊月廿四夜》、方兆曾《大宛马》《长平坑》(借汉、战国时的典故歌颂英雄)，见卓尔堪辑《遗民诗十二卷》卷五、卷六、卷十。

事、神话故事寓志的人物画。明遗民画家亦如此，据陶渊明诗绘《归去来图》以言归隐之志；绘《三顾茅庐》诸葛亮高卧隆中以言虽处隐居却怀报国之志；绘《九歌》屈子行吟以诉去国之怨、爱国之心。即使这样隐讳的作品，在遗民画中还算是比较暴露的言志题材，仅仅在宋元易代、明清易代那样强烈震撼的时代中才能激发出一批这样的作品。更有绘花鸟、山水用以表达情志者，可谓用心良苦。南宋郑思肖的无根兰，没有历史知识的人看到后会有所感悟吗？即使有宋元易代的历史知识，还要先对郑思肖这位画家知人论世一番，才可能去欣赏他的绘画。

中国画作品在绘画之外往往有一些附加的语言出现，如花押、款署以及更多的对文学语言的借助。有时候一幅画的绘画笔墨部分，所占画幅面积不及题跋的五分之一、十分之一。

比如项圣谟的《招隐图》，所画主要为山水树木，图中尽管有人物出现，也很程式化，若不是有“招隐”二字作为解题之纽，很难注意到它和一般的山水画在取材上有何不同。即使知道了此图依照陆机、左思的《招隐》诗而画，也难完全读懂画面上画家所想表达的意思。可能项圣谟本人也认为其《招隐图》无法完全表达他“将借砚田以隐”，并且又有入世之情难以自已，保国之情难以平歇的矛盾心情，所以就出现了我们现在所能看到的长篇累牍的诗篇与题跋[①]。诗篇和题跋的内容非常丰富，特别是六十首五言诗，情境交融、一波三折，娓娓倾诉，无异于一部心史，对于研究和理解项圣谟当时的思想活动起到了绘画难以替代的作用。另外两幅《大树风号图》（图 2－1）和《且听寒响图》也都有很精彩的诗文相佐，诗中出现了“日薄西山四海孤”“采薇”等影射时局以及反映遗民思想词句。但是遗民画家诗文水平高超，并试图用以诗补充绘画语言的贫乏，但诗愈感人，则愈夺画色，还造成绘画对语言文

图 2－1　项圣谟《大树风号图》

① 《三招隐图》后有丁亥（1647）十月题跋，言此图于战乱中失而复得的过程。自题三招隐图隐居诗三十首并序，言此图创作的缘起、意旨，三十首五言隐居诗分以“隐居何所谓”“隐居何所学”“隐居何所适”“隐居何所随”“隐居何所非”“隐居何所居”“隐居何所用”“隐居何所尚”“隐居何所感”“隐居何所事”“隐居何所见”“隐居何所闻”“隐居何所别”“隐居何所有”“隐居何所关”“隐居何所先”“隐居何所聊”“隐居何所交”“隐居何所胜”“隐居何所好”“隐居何所夸”“隐居何所藏”“隐居何所盟”“隐居何所得”“隐居何所最”“隐居何所修”“隐居何所守”“隐居何所谈”“隐居何所占”“隐居何所乐”为首句，从自然环境、心理意志等种种因素，思接千古，纵横想象，以说明隐居的各种情志。后又有第二接纸，重题三招隐图咏三十韵，前后三题，60 首诗，可谓洋洋大观。见《穰梨馆过眼录》卷三十一。

字的依赖性。诗文是时间艺术，而绘画是空间艺术，引时间艺术入画，在一定程度上可以弥补空间艺术本身所具有的短处，但此一习惯一旦养成，就会愈来愈形成绘画对文字语言的依赖性，削减绘画语言的创造力。近千年来文人画技法无甚变化、形式日渐贫乏，和此种依赖性不无关系。

遗民绘画中言胜于画、诗胜于画的现象造成了绘画阅读中的困难。绘画对读者的要求太高了，如果读者没有一定的历史知识、文化积淀和一定的阅读范围的话，一定会造成理解的空缺，从而形成广泛传播的困难性。

遗民诗普遍存在着以诗存史的观念，顾炎武说："有亡国，有亡天下。亡国与亡天下奚辨？曰：易姓改号，谓之亡国；仁义充塞，而至于率兽食人，人将自食，谓之亡天下。……是故知保天下，然后知保其国。保国者，其君其臣，肉食者谋之；保天下者，匹夫之贱，与有责焉耳矣。"[①]遗民意识到仅仅在亡国后哭天抢地对于保天下是没有裨益的，于是很多遗民书写乱世历史，记载明末斗争、总结亡国经验，这些除了以史书的形式完成以外，诗也起了很大作用。以"诗史"杜甫为传统的现实主义诗歌源头，为诗歌补史打下了良好的基础。

中国早期的绘画也强调记载历史，辅助政治，所谓左图右史，虽言积书盈侧，恐怕最早来源于绘画作为对于历史的形象的记载功能。春秋孔子观乎明堂，"有尧舜之容，桀纣之像，而各有善恶之状，兴废之戒焉。……"[②]唐张彦远曰："留乎形容，式昭盛德之事；具其成败，以传既往之踪。记传所以叙其事，不能载其容；赋颂有以咏其美，不能备其象；图画之制所以兼之也。"[③]这说明中国绘画早期的功能论很强调绘画的政治教育功能，所以《历代名画记》载："昔夏之衰也……太史终抱画以奔商；殷之亡也……内史挚载图而归周。……图画者，有国之鸿宝，理乱之纪纲。"可见绘画在中国奴隶社会及封建社会早期是承负着图史之重任的。魏晋以降，一直延续有反映当时政治生活的绘画。由顾恺之、杨子华、阎立本、吴道子、张萱、周文矩、顾闳中、张择端等绘画大家，能勾连出一串历史事件或场面来。而到了南宋，画家就似乎更善于用典了，隐喻性质的人物画就多起来，《采薇图》《晋文公复国图》《折槛图》《望贤迎驾图》等都是以历史影射时政的故事画。

明末清初的百十年，也是中国历史上较为动荡的年头，发生了不少惊天动地的历史事件，其中更有着一些戏剧性的变化，但是奇怪的是，这个时期反映现实政治的作品几乎没有。明遗民画家在绘画作品中对于家国兴亡的表达十分含蓄，我们将在下一节中试析之。

---

① 顾炎武：《日知录》卷十三，见《日知录集释》(外七种)，上海古籍出版社 1985 年版。

② 《孔子家语・观周》，中华书局 2011 年版。

③ 张彦远：《历代名画记・叙画之源流》，见俞剑华编著《中国古代画论类编》上册，人民美术出版社 2007 年版，第 28 页。

第二节　明遗民画家诗与画中的遗民情结个案分析

1. 亡国之际的奔逃——李肇亨的诗与画

李肇亨，浙江嘉兴人，是明太仆少卿、文学家李日华（字君实，号竹懒）之子，字会嘉，号珂雪，又号醉鸥。其父李日华家富藏书、藏画，与董其昌、王惟俭齐名，是著名的“博物君子”。

1646年国变之际，李肇亨与他的世交好友项圣谟（项元汴之孙）一起度暑，曾作小册，共绘六景，其中一册（图2－2）题句有云：“丙戌伏日，归住螺溪，兵火之余，颇少还往，惟与易庵项子戏弄笔墨。”检阅历史，可知此前一年（1645）的四月，距离嘉兴不远的扬州和嘉定发生了惨烈的“扬州十日”与“嘉定三屠”，随之不久后的闰六月，嘉兴也发生了屠城事件，称为“乙酉兵事”①。李肇亨与项圣谟在1646年夏天的“兵火之余”避居在天台山麓的螺溪，无疑是为了躲避还在南下的

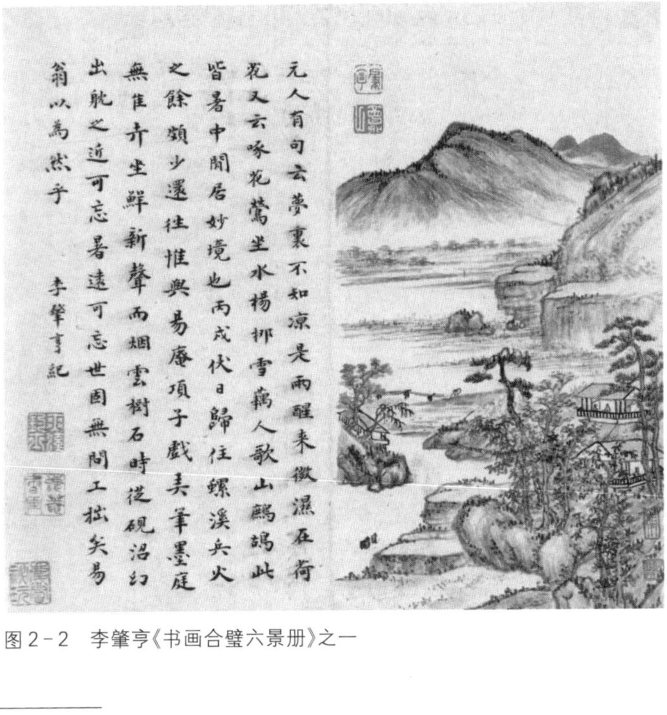

图2－2　李肇亨《书画合璧六景册》之一

① 乙酉兵事，指的是南明弘光元年（1645）闰六月二十六日，在浙江布政使司隶嘉兴府进行的一次大规模屠城。闰六月初五，剃发令到嘉兴，闰六月初六，嘉兴民众揭竿起义，推在乡的明翰林学士屠象美、明兵科给事中李毓新主其事，降清的明嘉兴总兵陈梧反正任大将军指挥义师，前吏部郎中钱棅助饷，张起反清复明的旗号。二十六日城陷，清兵屠城，居民除年轻妇女被清军大批掳掠和一些僧人幸免外，几乎全遭屠杀，史称嘉兴之屠或称乙酉兵事。义师失败三年后，吕留良至嘉兴，所见仍是荒凉残破，面目全非，有诗云：“兹地三年别，浑如未识时，路穿台榭础，井汲髑髅泥，生面频惊看，乡音易受欺，烽烟一怅望，洒泪独题诗。”参见《嘉兴市志》（上）“清兵占领嘉兴与‘乙酉兵事’条”，中国书籍出版社1997年版，第35—36页。

清军。而这一年的夏天，就在李肇亨绘制这个册页之际，清军已占领绍兴、金华，直逼福建，天台山附近的螺溪也在军队的辐射范围之内。在这样紧迫的环境下，李肇亨怎能无动于衷？他作于1646年的这套山水册页，虽曰闲居度暑，处处流露出流亡士人的悲情。

在此册中的另一幅画（图2－3），李肇亨描绘了一个凭栏远眺的人物，正手扶栏杆，仰头眺望大江对岸。画家特意勾画出激流的江水以及长满焦墨树苔的倒悬的山崖，展示出画面人物内心的激荡与不平。题诗中所写是对画面的叙述："断霞明灭射澄波，石壁空青水气多。手拍栏杆思往事，浩歌情态未消磨。棲苴生悲，黍离增感，偶然落墨，情见乎词，醉鸥。""手拍栏杆"的画中人内心正是黍离之悲。再一幅（图2－4），李肇亨描绘了一片江南的秋季美景，却在题跋《鹧鸪天》的最后一句说："江乡好片秋清处，只恐哀鸿未可招。"并释义道："水村风物，妙在初秋，寇盗未宁，人多离散，故有哀鸿之叹也。时丙戌立秋前五日，醉鸥。"两幅连缀，那"手拍栏杆"的人物以及"哀鸿"的强调，极易令人联想到南宋爱国词人辛弃疾那首著名的《水龙吟·登建康赏心亭》："落日楼头，断鸿声里，江南游子。把吴钩看了，栏杆拍遍，无人会登临意。"不但哀鸿飞临的秋景是一致的，就连此时此刻北望江淮，效力无由，中原疆土收复无日的愁与恨也是一致的。

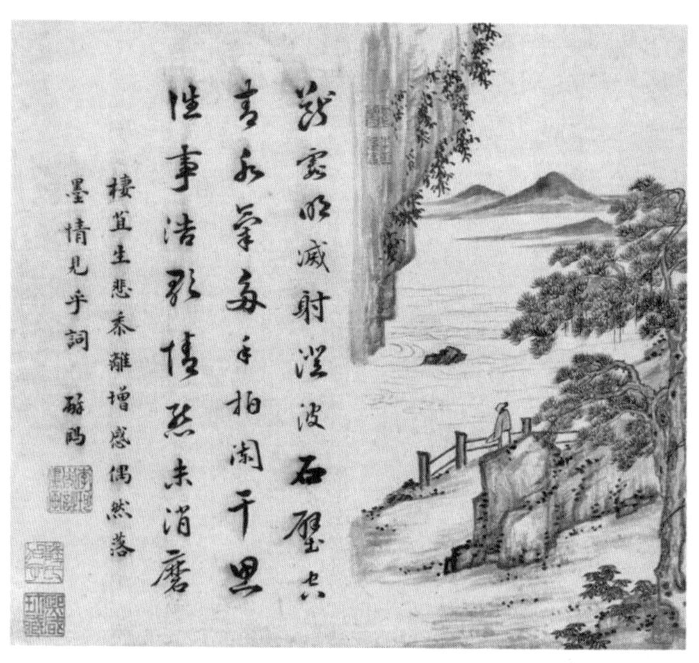

图2－3　李肇亨《书画合璧六景册》之二

但回看第一册的题跋，我们发现了一个问题。在册页的题跋中，感叹了"兵火之余，颇少往还"之后，画家笔锋一转，似乎对目前的居住环境有所不满。他特别提到"庭无佳卉，坐鲜新声"，环境的萧条于他们的"闲居妙境"少了很多情调。

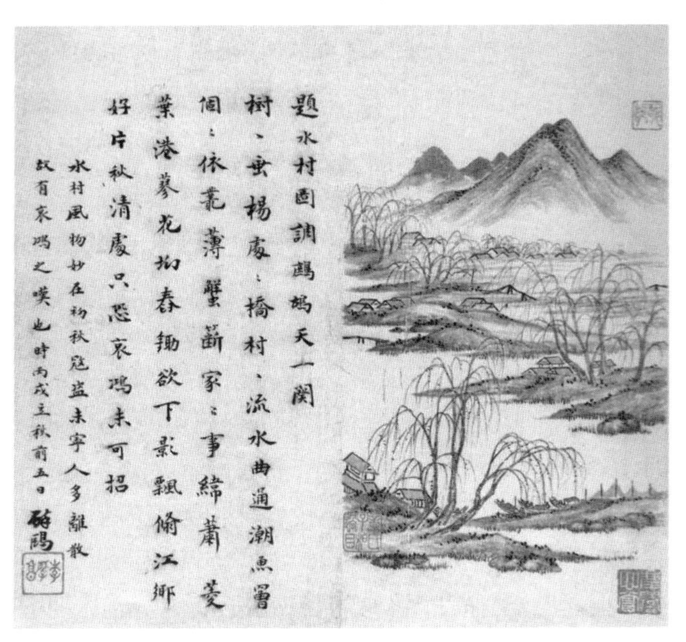

图2-4 李肇亨《书画合璧六景册》之三

在生灵涂炭，江南一片横尸遍野的乙酉（1645）、丙戌（1646）年，这样的论调无疑让人唏嘘，但从中也可窥见晚明奢华习气在一个士人的身上留下了多么深刻的印痕。在绘制此册的丙戌年，李肇亨已是55岁的中年人。毕竟，李肇亨乃明太仆少卿李日华之子。其父精于鉴赏，在晚明的士人群中，声名仅次于董其昌。在上述册页中，李肇亨还记起了自己嘉兴春波里的宅第，曾经和梅花道人吴镇的故居“笑俗陋室”比邻，自己家中收藏的黄公望长卷有三十尺：“我家所藏大痴长卷，展之满三十尺。”并且笔墨精妙，堪称极品。的确，李氏父子收藏宏富，并在嘉兴拥有数处园居和别墅，偃松堂、嘉树堂、宕雪轩、美荫轩、写树斋、清樾堂、味水轩都曾出现在他父亲李日华的日记中。李肇亨在明末就是在这样的环境中生活，他还曾经参与父亲选址建园的活动中：万历四十四年五月六日，李日华曾带着儿子李肇亨和一个朋友去看一个范家废宅，那所宅子本是要出租的，肇亨显然很喜欢那里的环境，所以当主人家表示想把它卖掉时，他就力劝父亲买下。清初朱彝尊选诗时，在《静志居诗话》中这样记载李肇亨所居之地的园子：“吾乡鲜岩壑之胜，然园亭之参错，水木之明瑟，舟楫之沿洄，纵游览所如而不倦。万历以来，承平日久，士大夫留意图书，讨论藏弆，以文会友，对酒当歌，‘鸳社’之集，谭梁生偕会嘉和之，先后赋诗者三十三人，事未百年，而闾阎故老，已莫能举其姓氏。玉杯锦席之地，皆化为宿草荒烟，惟李氏写山一楼，尚未椒飞粉落，宛然灵光之在鲁。”他感叹晚明的“玉杯锦席”奢华之地，到清初已经化为“宿草荒烟”，而李肇亨的写山楼幸而得存，堪比劫后的鲁灵光殿。

2.“秦馀山人”徐枋

徐枋字昭法，晚号俟斋，甲申后自号秦馀山人，明少詹事徐汧[①]长子，崇祯壬午(1642)举人，甲申(1644)国变时，徐枋 24 岁，正值学有所成、踌躇满志之时。次年，才建一年的南都又破，其父徐汧在虎邱之长荡，或曰新塘桥自溺而亡，徐枋从此开始了他的遗民生涯。徐枋把这段生活总结为“觍颜偷生于丧乱忧患之中”“其所遭万死而一生，及自分以必死而不死，及必不欲生而复幸生者，不可以缕述也”，[②]所受生平之坎坷、骨肉之崎岖可想而知。

乙酉(1645)之后，在 50 年衣食无着、贫病交加，妻儿继丧、独苦零丁的遗民生涯之中，徐枋非常勤奋地进行着文学、书画的创作，一日三省己身，“于土室面墙形影相吊之时而往往自得师也。于古于今所闻所见有一人一事之可敬可羡者，辄以自验吾能如是否也；有一人一事之可羞可恶者亦辄以自验吾能不如是否也。……”[③]其作文、作赋、作诗、作画及作史论笔记无不将己之国恨与忧国、遗世与世用渗入其中。

随着近年对明遗民资料的整理，明遗民研究也逐渐升温。明遗民作为一个群体有着很多的共同特点，作为明遗民画家群体中的个体，徐枋在甲申后境遇的苦难、志节的砥砺、学问的刻苦，都是首屈一指的，而他的绘画和诗文一样，都有深深的遗民烙印。

明遗民的诗文，在清初文网甚严的情况下，仍旧处处透漏遗民气息，徐枋《居易堂集》中的赋文，多半借物言遗民之志，抒怀国之情，他自比鹧鸪：“心同向日之葵，翼比好风之箕，轩翥而背北风，戢翼而朝南枝，名曰怀南，亦称越雉。……违穷发之玄漠，向赫曦之朱明，随托类于羽类，固殊志而异心。”[④]在他的文章中，这种心向“朱明”，远离北方清朝政府的志向，满纸皆是。

他也常用典故类比，如“避秦”本指避秦时苛政以及战乱而隐居。晋陶渊明《桃花源记》有云：“先世避秦时乱，率妻子邑人，来此绝境，不复出焉。”“桃花源”遂被描写成百姓为避当世之暴政而深居不出的地方，明遗民诗中常用“避秦”暗指避清。徐枋《诗画卷》便有题诗云：“千春绿水渺无津，万树桃花好避秦。高卧此中堪白首，不知人世有红尘。”[⑤]遗民画家文点曾评其人其诗曰：“交游满于吴会，曾结香山之白社。诗篇脍炙于人口，宛似浔阳之隐逸。”[⑥]查士标称他“痛饮狂歌无俗韵，始知天壤有遗民”[⑦]。张宗涛更将他比作南宋有民族气节的谢枋得、文天祥。值得注意的是，徐枋除了昭法、俟斋、云涧叟、雪床庵主人以外，还自

---

① 徐汧，字九一，曾以贫困之身资助魏大中、周顺昌。崇祯元年(1628)登进士，改庶吉士，授检讨。曾因上书力颂黄道周、倪元璐而遭贬。国变后，投虎邱新塘桥下溺死。《明史》有传。

② 徐枋：《居易堂集》卷 2，《四部丛刊三编集部》，上海书店据商务印书馆 1936 年版影印，第 1 页。

③ 同②，第 2 页。

④ 徐枋：《居易堂集》卷 16，《四部丛刊三编集部》，上海书店据商务印书馆 1936 年版影印，第 10 页。

⑤⑥⑦ 陆心源：《穰梨馆过眼录》，《中国书画全书》第 13 册，上海书画出版社 2000 年版，第 192 页。

号“秦馀山人”，目前所见的徐枋绘画作品中常署“秦馀山人”，由他的居处的转换可知，徐枋得居涧上之前曾避迹秦馀杭山房，不过时间很短，在徐枋的诗文中没有提到过对于秦馀杭山的特殊情感，各种明遗民传记的“徐枋”条中也都没有提到“秦馀山”或者“秦馀杭山”这个地点对于徐枋有什么特殊的意义。徐枋后隐居涧上草堂，地处天平山麓，似乎如果徐枋自号“天平山人”“邓尉山人”或者“天池山人”更容易让人理解。另外，据《百城烟水》中也不见有“秦馀山”条，盖此山很小或为古地名[①]。故我们认为徐枋自号“秦馀山人”，且对此号情有独钟，应当另有情由。很有可能和遗民中所流行的“避秦”典故有关，也属于一种借号而明志的举动。

徐枋的诗中还经常自称“吴儿”，实则反映了他的绘画师承的渊源。

徐枋在与其他遗民画家们的交游中受到了一些潜移默化的影响，但毕竟并不师从他们的书画。历来史料及书画论著中对徐枋山水画的师从多有记载：《吴县志》载其“工山水，笔意在荆关董巨间”，《画征录》谓“山水有巨然法，亦间作倪黄丘壑，布置稳妥，不事奇异”。《迟红轩所见书画录》中著录其《深山读易图》“秃笔细皴平远险易布置深邃”；花木大帧《群仙拱寿图》“用笔古健极有锋棱”[②]。考徐枋的重要绘画作品，从题材看，多为山水，偶作兰石，从山水画题来看，多宗宋元名家，特别是董源、黄公望等，这种情况符合画史记载，也符合当时把南宗文人画奉为正脉的画坛风气。但其作品多为临仿之作，皴法细腻，笔墨明净，个人特点不强，极易隐没在临仿成风的清初画坛中，不见独特之处。而引起我们注意的是徐枋所绘的一批实景山水画。

徐枋甲申后不入城市，42 岁以前虽然过着居无定所的流浪生活，但活动范围基本在吴地，定居涧上草堂后，他的活动范围就更小了，他自称：“仆三十年来息影空山，杜门守死，日慎一日，始则不入城市，今更不出户庭。”[③]这是他遁世晦名、贞然自守的遗民生活观所决定的。未能像杨补、吴祖锡那样远游名山大川，也导致了他的绘画作品常常因袭古代名家，风格单调。他所见多为南方山水，绘画风格也多宗董源、巨然、黄公望等南方山水画派画家。值得注意的是，徐枋久居山中，与吴县周遭的秀美山水相对晨昏，对吴县的各处景色更是了若指掌，故其山居图、吴县风物图，显得更具特色。

吴地明清以来，画家辈出，自小在吴门长大的徐枋，最为津津乐道的就是明四家，特别是沈周，徐枋经常临仿沈周的绘画作品。由于少年时家藏甚丰，二十年后徐枋还经常忆起所藏沈周的绘画。癸卯（1663）盛夏，面对秦馀杭山房，徐枋想起沈周《夏山飞瀑图》的“笔墨浓润、苍翠欲滴”[④]，遂“纵笔写此景，原本董巨而

① 明代有另一画家岳岱也自号“秦馀山人”《列朝诗集小传》下：“期父始好读书，辟草堂于阳山。秦馀杭山，越王栖吴王夫差山也。去浒市可数里……”此处的“阳山”在江苏吴县西北，一名秦馀山，一名万安山。

② 迟红轩：《所见书画录》，《中国书画全书》第 12 册，上海书画出版社 2000 年版，第 11 页。

③ 徐枋：《居易堂集》卷 3，《四部丛刊三编集部》，上海书店据商务印书馆 1936 年版影印，第 12 页。

④ 徐枋：《居易堂集》卷 11，《四部丛刊三编集部》，上海书店据商务印书馆 1936 年版影印，第 8 页。

仍以白石翁意出之”。《临石田四景跋》中，就提到临仿沈周的“姑苏台”“桃花坞”“长洲苑”“灵岩”等吴地胜景。同为吴人，同绘吴景，也给了徐枋很多绘画题材上的启示，在这个过程中对于宋元名家的笔墨有了更深刻的体会，可以说徐枋是从吴门画家上溯元四家的。

徐枋对于吴门画家的追随，不仅在于他们的画名流布，还在于对其隐居的生活方式的认同，如对于唐寅的放浪不羁，他认为是一种寄托，称其“有至性、敦大节，放浪不羁其寄也”[①]。对于沈周则赞之“启南高隐盛明时，江左唯传大布衣”[②]，怀济世之才却不容于当世，在此一点，徐枋自认和沈、唐有同种命运。他在诗文中也透露出由吴门画家的高隐传统，到自身对于隐居的认同，并屡次提到“吴儿”。他的《题石田墨梅》中称：“冰为心兮铁为骨，岁寒惟共青松色，自写吴儿同木石，使我抚卷增叹息。”[③]又《病中放歌》“自是吴儿同木石，超然浊世无纤埃”[④]一词，表现了身为吴人的自豪。他已经是自觉地将自己划进了怀才而归隐的画家的行列。

吴地的景色经常出现在徐枋的诗文、绘画作品中，从他的很多文章来看，他经常绘制所居的山景，如《邓尉画册复还记》记载为剖翁绘《邓尉十景册》，他也作有《邓尉十景记》；《甲寅重九登高记》记载了携冯子鹤等良朋登灵岩之支山，曾为冯绘图；徐枋亦多次收“涧上草堂”入画，《潘氏三松堂书画记》和《穰梨馆过眼录》都著录有他自绘的《涧上草堂图》，图中题曰：“上沙在天平灵岩之间，其地最胜。大樵仰天界其右，笏岭岝崿崎其左，中为村落，断续近远不一，多乔林古藤苍松翠竹与山家村店相掩映，真画图也。地产茶，春夏之交则为茶市。樱笋正熟，丝管时闻，而茶香氤氲如踞香国，此为山中最胜时矣。一涧从灵岩大樵逾重岭而来，涧声潺潺，水周屋下。时雨既过，则奔流汹涌，洄游激注如雷鸣。涧之所出自为一村，名涧上，余草堂在焉，此又山中最胜处也。轩窗四启，群峰如拱，空翠扑人，朝霏夕霭，明灭倏忽，可卧而游又不假少文图画矣。俟斋徐枋。”[⑤]

画史所记载的徐枋绘画师承多提及巨然。从“淡墨轻岚”来看，徐枋无疑属于董巨所开创的南方山水画一派，笔墨秀润似巨然似乎还说得过去，但是巨然喜画大幅，气势峻拔，笔力纵横磅礴，此一点上，徐枋则完全不同。徐枋多作小幅，山水多谨细明净，气势上已逊色许多，还是更接近于明代吴门画家风格。倒是《画征录》所谓“布局稳妥，不事奇异”为一中肯之评。从吴门画家上溯元代倪

① 徐枋：《居易堂集》卷 11，《四部丛刊三编集部》，上海书店据商务印书馆 1936 年版影印，第 2 页。

② 同①，第 10 页。

③ 同①，第 20 页。

④ 同①，第 26 页。

⑤ 吴县潘奕隽：《潘氏三松堂书画记》和归安陆心源：《穰梨馆过眼录》都著录《涧上草堂图》，分别见《中国书画全书》第 14 册 246 页、第 13 册 193 页。二图所题仅有一两处微小差别，但由于没有尺寸记录，没有他人题跋记录，也不能肯定它们就为同一幅画。

(瓒)黄(公望),是明末清初很多画家的师承道路,在遗民画家中也较为普遍,此一特点也是徐枋作为一个典型的明遗民画家的代表性之一。

3. 戴本孝诗与画中的遗民意象

戴本孝的遗民情怀源自他的生平遭际,并显现和渗透于他的处事态度、诗文与绘画创作之中。1645年至1646年,戴本孝的父亲戴重在抗清战事中身负重伤,继而在伤情渐好的情况下,于子辈的关注之中立志殉国、绝食身亡,年仅45岁。[①] 作为长子的戴本孝,不仅目睹了父亲组织义军抗清的惨烈,还亲手把中箭受伤的父亲护送回乡,经历了父亲痛苦的绝食身亡的过程。他对于旧朝的怀念与新朝的仇恨凝聚在以孝为忠的道德质量中,化为遗民的情怀。在这样的背景之下,戴本孝虽然饱读诗书,却没有参加过科举考试,也没有其他的出世之举,一生隐居在安徽和州的鹰阿山迢迢谷,成为一个存活在清初的明遗民,他的遗民身份可以说是"以孝为忠"的结果[②]。1665年,戴本孝将自己45岁以后的诗文编订为《余生诗稿》,"余生"用以表达对父亲卒龄的纪念,也是对自己遗民身份的认同。

戴本孝在绘画中善于运用意象——从实景中提取一种图像,加以诗文的生发,来表达他的遗民情志。他的作品每画必题,且多有寓意,这种表现纵贯其40年的绘画生涯。他将遗民情志寓于绘画题材、绘画手法、画中意象以及由其所延展出来的遗民话语背景之中。所以,我们认为对戴本孝绘画图像的语意辨识以及源头追溯、层次分解是理解其绘画意义的重要途径。

戴本孝的诗被收录在时人编纂的《渔洋诗话》《清诗别裁集》中,受到王士禛、沈德潜等文坛泰斗的肯定[③]。《余生诗稿》(10卷本)是目前可以看到的戴本孝的诗文集,其中的诗文有明显的编年顺序,写时纪事、寄托情怀,使得它可以被作为一部诗化的自定义年谱来看,也可以用以佐证戴氏的身世、交游以及绘画创作。从深层来看,《余生诗稿》更是一部明遗民的心史,对父亲、家国和自身的生命思考含蕴颇深。戴本孝的诗也常赋予客观世界的物象以象征意义,以达到隐喻的效果,用意象传达感情。1666年至1669年,戴本孝以北京为中心,进行了将近4年的北游。他在北京的时候,开始用"尘"作为意象进行多方面的隐喻。1666年夏他快到北京的时候便写过三首七言律诗《咏尘》,其中一首是:

---

① 戴本孝,字务旃,号鹰阿山樵,安徽和州(今和县)人。他的遗民情志与他的家世以及生平经历有关,相关资料见其父戴重著《河村集》,载《四库禁毁书丛刊》集部第十一册,北京出版社1997年版;戴本孝著《余生诗稿》,全国图书馆文献微缩中心1985年版;薛永年《戴本孝三题》,载《横看成岭侧成峰》,台湾东大图书公司1996年版,第116—145页。

② 遗民身份的形成情况复杂,遵照祖辈遗愿而成为遗民者,我们称之为"以孝为忠"。参见付阳华《明遗民画家研究》,河北教育出版社2006年版,第16—17页。

③ 戴本孝诗作情况载《清诗话》上册,中华书局1963年版,第212页;又载《清诗别裁集》卷七,岳麓书社1998年版,第195页。

争逐焚轮拂面来，要衢亟避哪能回。扬从海上曾谁见，生向甑中良可哀。一着朱颜真易改，即为青眼强难开。虚空总是何人解，五岳飞时看劫灰。①

在他的诗中，我们可以读出“尘”至少有以下含义：构成喧嚣的世界，充满着人们的耳目，无可躲避的尘俗；生不逢时、生不逢地的无奈；面对强大的命运，自身渺小和无助的悲哀；无论多么辉煌终究归于尘土的虚无感。在后来的诗中他也常常用到“尘”：“长安谁无两眼尘，尘中车马何晓晓。”②他还把自己在北京的住所称之为“破尘之馆”③。“尘”在其后的诗中逐步固定为“尘俗”的意思。

这种文学上的修辞手法也常被戴本孝运用在绘画中，一旦找到一个贴合他情感的意象，他会变换形式，经常使用，使之成为他绘画中一个常见的、重要的符号。我们注意到戴本孝多幅绘画中的“孤亭”的形象，都是有暗喻性的。

1662 年是戴本孝绘画创作的早期，他在《山谷回廊图》（图 2－5）中，画了回廊和一座孤亭，寓意深刻的是，画面上亭的周围象征性地环绕着松、竹、梅岁寒三友，并题词《菩萨蛮》一首，其中称“峰欹阁坐倚，梅影松声里”，其孤高与执着的寓意非常鲜明。

1668 年，戴本孝在《赠冒青若山水册》之八（图 2－6）绘制了立于绝壁上的孤亭形象，并在所题诗中点明主旨：“壁绝随云过，亭孤借石扶。写成枯寂性，或恐笑狂夫。”这幅画中，“孤亭”是他在诗中所吟咏的主角，与绝壁相结合，便有“不是真逃世，悬崖谁敢居”的含义。④ 以孤亭这个建筑物的场域概念，指代孤亭中所居人物的壁立千仞的性格。

十年后（1678），在戴本孝的《傅山对题山水册》之十（图 2－7）中也出现了孤亭的意象，其构图和立意都和上一幅非常接近。题诗有“草亭何孤高，似为迁客作”的句子，图中亭子的高度和孤立性画得更加夸张。在 1683 年的《片石孤亭图》中，孤亭不在绝壁，而是和“片石”“素琴”相结合，孤亭中有石桌椅以及一把琴，题诗有“片石孤亭一素琴，霜枯树古动长吟。几回欲谱箕山操，且听天风万壑音”。通过几个意象的迭加，并在诗中点出箕山许由隐居，不受唐尧禅位的典故，阐明了他在新朝避世隐居的拳拳之心。在他生命的最后一年（1693），他在一套赠给子青的《山水册页》中描绘孤亭，其中增加了孤鹤和素琴的意象。另外在《华山毛女洞图》（1677）、《苍松劲节图》（1693）中，孤亭都有出现。从这些画的时间跨度来看，从早期一直到晚年，戴本孝都在用孤亭作为意象，并和其他意象进行迭加，用建筑物的“场域”属性，表达自身的政治环境和隐居的决心。

① 戴本孝：《余生诗稿》卷一，第 6 页。
② 戴本孝：《燕郊逢钱础日却赠》，载《余生诗稿》卷二，第 5 页。
③ 戴本孝：《赠冒青若山水画册》中的题跋落款，上海博物馆藏。
④ 戴本孝：《画岩居图》，载《余生诗稿》卷七，第 12 页。

图2-5 戴本孝《山谷回廊图》

图2-6 戴本孝《赠冒青若山水册》之八

图2-7 戴本孝《傅山对题山水册》之十

树木也是戴本孝常用的意象。1668 年的《赠冒青若山水册》之二（图 2－8），他画了几棵树木，其中杂乱矮小者（“丛薄”）繁华峥嵘，而高大者（“乔木”）则枯枝老椏，甚至主干上有很明显折断、砍伐和被摧残的痕迹。正像题诗中所写：

丛薄何蓊薉，乔木无余阴。斧斤向天地，悲风摧我心。不知时荣者，何以答高深。

图 2－8　戴本孝《赠冒青若山水册》之二

他用此暗喻国变之后正直君子与趋炎附势的小人位置颠倒的情况，以及在世态的变幻下，他所遭受的摧残。在这套山水册页中，每幅画中图像的安排，都和题诗丝丝入扣，是符合诗意的图解，无一幅、一诗不寄托他的独特的遗民情怀。考察这套画册的创作背景可以发现，戴本孝作此册是将之作为一种讽诫赠送给来京城“逐富贵”的冒青若（遗民冒襄之子），以提醒他在国变 20 多年之后，保持遗民的节操。

其册页中的绘画以及题诗都浸满了他自己的身世苦衷，足以唤起人们对来自鹰阿山的他独特身世的关注，继而也从他册页中“守砚庵”的名款引发出对他父亲的追思[1]。在北京那样一个特殊的地方——前朝故都，并充斥着旧朝老臣和满清新贵——提示着他的明遗民的身份。

主观情怀借助意象的使用得到一唱三叹式的强化，戴本孝通过这种表达方式让明清之际很多难以言说和入画的情感得以展现。我们通过探讨其意象的重复使用及变换迭加，发现更大的意象群，似乎得到了一把解读画面形象、打开画家心灵之锁的钥匙。

4. 画僧八大山人和石涛

清初的“四僧”是具有典型遗民情结的画家，其中八大山人和石涛同为明代皇族宗室，在他们的绘画和诗文中，家国兴亡之感的表达更加明显。八大山人与石涛终生未曾见过面，竟然引为好友，他们曾通过中介人的沟通利用补题书画互相赞誉欣赏，传为后世佳话。由于年龄的差距，面对亡国之痛时二人对待故国的情感也有差别。八大山人表现得尤为强烈，这种强烈不仅表现在他对故国的感情，还有对禅道深邃的体悟。虽然形式上的僧人身份可以让他们免于削发易服的耻辱，但是禅道思想的确也为他们留出了心灵安顿的空间，特别是八大山人的绘画，表达出深刻的禅理哲思，他的题画诗、跋极其晦涩难懂。

前文提到的八大山人的诗：“郭家皴法云头小，董老麻皮树上多。想见诗人解图画，一峰还写宋山河。”以同为汉族王朝的“宋山河”来比喻明代故国，其情感表达已较明显直白。

就八大山人的遗民情感来说，在其一生的艺术生涯中并非是没有变化的。有学者指出，在 1681 年到 1684 年有一个特殊时期，他开始使用“驴”号，有“驴屋”“人屋”“驴屋驴”等印章出现，这个时期被称为八大山人遗民情感变化的“驴”期。山人的“驴”号，有禅宗的原因，但多少反映了他心中的不满。[2] 其间的一幅著名画作《古梅图》(图 2－9)表现的遗民情感尤为强烈。《古梅图》作于 1682 年，画老梅一株，主干已经空心，于一侧发出新枝，绽开花瓣数朵，硕大的根部裸露于外，给人以历经风霜劫后余生之感。根据画中题诗，可知他有仿郑思肖画兰不着土，以暗示土地为蕃人所夺之意。画中第一首题诗道：“分付梅花吴道人，幽幽翟翟莫相亲。南山之南北山北，老得焚鱼扫□尘。”落款为“驴屋驴书”。方框内的字，可能是被当时或稍后的收藏者有意剜去，以避免文字狱灾祸。挖去一字，或是“虏”或“胡”字，清代统治者以满族入主中原，最忌讳的也是这两字。“梅花吴道人”是指元代画家吴镇，自号“梅花道人”，吴镇为元代著名隐士，此诗由吴镇画

① 戴本孝之父戴重有一块珍稀的宋代澄泥砚，在南明时曾为马士英勒索，但他没有因屈服而献出，坚定地保留了下来，并因此事被马士英暗地加害。戴重死后，澄泥砚作为父亲的旧物和一种气节的象征被戴本孝保留，并题室名为“守砚庵”，刻有印章为“守砚”。

② 朱良志：《八大山人研究》，安徽教育出版社 2008 年版，第 156 页。

梅说起。梅花道人吴镇甘于隐遁，留恋于竹韵清幽的生活，但八大山人反指不可与清幽过于“相亲”，面对这山南山北，应当扫除虏尘。这种遗民情结的表达已经非常的直接和强烈。

图 2-9　八大山人《古梅图》

第二首诗写道：“得本还时末也非，曾无地瘦与天肥。梅花画里思思肖，和尚如何如采薇。”署年写“壬小春”，只有天干“壬”，而不写地支“戌”，是“有天无地”，失去故国之意。诗中用了两个典故，一是元初遗民画家郑思肖，在南宋灭亡之后隐居吴下，画兰花露根不画坡土，以兰花失土来比喻自己失去故国的悲痛。二是殷遗民伯夷、叔齐隐居首阳山采薇而食的典故（前文已提）。原来八大这幅《古梅图》虬根外露，也不画坡土，是仿照郑思肖画兰之意，暗含着国土被清人所抢夺，他这个明代宗室子孙，之所以遁入空门，正如伯夷、叔齐采薇首阳山那样，不肯臣服于新王朝。

最后一段题跋开头写道：“前二未称走笔之妙，再为《易马吟》，夫婿殊如昨，何为不笛床。如花语剑器，爱马作商量。苦泪交千点，青春事适王，曾云午桥外，更买墨花庄。”落款为“夫婿殊驴”。最后一段题诗引东汉曹彰“爱妾换马”的典故,前人用此多以此故事和故国情怀联系起来,比喻故国如旧主一样离我而去。八大也是借此来抒发自己的故国情思。“墨花庄”典故源自北宋黄庭坚好友,善画梅的僧人华光老人,今有《华光梅谱》传世。八大意为,我如今就像华光老人一样,躲在艺术之中安顿自己。这三段题识,反映了八大山人由愤怒、思念到哀伤再到释然的心理变化过程。[①]

与八大山人截然相反的是,石涛对自己身世的日益认同与对清朝保持友好态度之间并无冲突。[②] 和八大山人相比,石涛对清政府的情感要复杂得多,但是他也有一部分画作流露出了自我的遗民情感。例如在《对菊图》(图 2-10)中,石涛在画幅左上题款道:“连朝风冷霜初薄,瘦菊柔枝蚤上堂。何以如松开尽好,只宜相对许谁傍。垂头痛饮疏狂在,抱病新苏坐卧强。蕴藉余年惟此辈,几多

图 2-10 石涛《对菊图》

图 2-11 石涛《秋林人醉图》

① 朱良志:《八大山人研究》,安徽教育出版社 2008 年版,第 215 页。

② 乔迅:《石涛:清初中国的绘画与现代性》,生活·读书·新知三联书店 2016 年版,第 165 页。

幽意惜寒香。”把菊花当做“残存”的象征，即最后一代残存的明遗民。虽然没有在这些字句中明白表达——他也无须清楚说明——但他确实是将菊花（寒香）当做“残存”的象征，即最后一代残存的明遗民。①

石涛在其《秋林人醉图》（图 2－11）中有三段长题，无论是从题识内容、图像的含义还有受赠人的意图来解释，都证明其为石涛表达遗民情感的典型画作。画幅上的第一首题诗为：“常年闭门却寻常，出郭郊原忽恁狂。细路不逢多揖客，野田息背选诗郎，也非契阔因同调，如此欢娱一解裳。大笑宝城今日我，满天红树醉文章。”紧接着又写了一段文字，道明了此幅画作绘制的缘由：“昨年与苏易门（苏辟）、萧征乂（萧差）过宝城看一带红叶，大醉而归，戏作此诗，未写此图。今天余奉访松皋先生，观往时为公所画竹西卷子，公云：‘吾颇思老翁以万点朱砂、胭脂，胡涂乱抹秋林人醉一纸。翁以为然否？’余云：‘三日后报命。’归来发大痴癫，戏为之并题。”这幅约作于 1699 年至 1703 年间的《秋林人醉图》，描绘的地点为扬州的北郊。宝城位于扬州城外西北数里处，因宝城是隋代的遗迹，文人多前来激荡文思，而且朱元璋在南京城外的陵寝也被称为“宝城”，很有可能成为这些遗民发故国之思的隐喻性符号。学者乔迅认为，石涛通过“万点朱砂、胭脂”（此画无其他颜色）在画作材质上指涉明朝。对画家而言，使用“朱”色是表达忠诚的一种方式，因为“朱”与明代皇室姓氏“朱”同音。通过种种象征方式，石涛以明代宗室的身份出现在扬州山水中。②

石涛的另一幅画作《岳阳楼》（图 2－12），更是抒发了自己感伤：“万里洞庭谁，苍茫失晓昏。片帆遥日脚，堆浪洗山根。白羽纵横去，苍梧涕泪存。军声正摇荡，极目欲销魂。”也许是为了和八大山人通过图像建立一种情感的共鸣，石涛借岳阳楼感怀，在后面又写道：“此诗是吾少时离家国之感，过洞庭阻岳阳之作。今日随笔写此，从旧书中得之，无端添得一重愁也。”

石涛的宗室身份，还出现在一部追忆性山水册中，《岳阳楼》（图 2－13）落款为“零丁大涤子”，“零丁”显然也是表达自己宗室遗孤的意念。

5. 龚贤的逃世情感

遗民画家龚贤为“金陵八家”之首。又名岂贤，字半千、半亩，号野遗，又号柴丈人、钟山野老，江苏昆山人，流寓金陵，早年曾参加复社活动，明末战乱时外出漂泊流离，入清隐居不出。他与同时活跃于金陵地区的画家樊圻、高岑、邹喆、吴宏、叶欣、胡慥、谢荪等并称“金陵八家”。工诗文，善行草，源自米芾，又不拘古法，自成一体。著有《香草堂集》。

龚贤曾提出“画者诗之余”的观点：“画要有士气，何也？画者诗之余，文者道之余。不学道，文无根；不习文，诗无绪；不能诗，画无理。固知书画皆士人之余

① 《石涛：清初中国的绘画与现代性》，第 50 页。

② 同①，第 65 页。

图 2－12 石涛、八大山人合作《岳阳楼》

图 2－13 石涛《岳阳楼》第五幅

技,非工匠之专业也。”[①]可见,龚贤的诗确实表达了自己的画理,其中,遗民情感就占有很大一部分。现藏苏州博物馆的龚贤《山水册》(十二开),此册无款印,末页诸元鼎1664年所作题跋说:“龚柴丈栖寄高邈,壁立寡偶,能诗、能书、能画,其近作七律,可与翁山颉颃,画笔遂称独步,然非所至好,不轻为捉笔。尝为予画古树荒祠,题云:‘老树迷夕阳,烟波涨南浦,古庙祠阿谁,诗人唐杜甫。’又曾为旅堂画菰蒲艇子,亦题云:‘此路不通京与都,此舟不入江与湖,此人但谙稼与穑,此洲但长菰与蒲。’其高趣如此。”在题跋中诸元鼎说到了龚贤赠画时题写的两首诗,特别是第二首中“此路不通京与都,此舟不入江与湖”,其中不与新朝合作的志向非常明显,并且以这种方式与诸元鼎进行遗民情感的交流。

美国纽约大都会博物馆藏的龚贤《山水册》(十六开)是龚贤作品中的精品,因图画精致周到,到了加一笔嫌多、减一笔不足的完美境地,故不着一字,也未钤一印,只在每页的裱边上题七绝一首。其中第二开(图2-14)题诗为:“人家俱辟向阳门,左右图书对酒尊。何必逃秦入深洞,桃花开处即桃源。”

图2-14 龚贤《山水册》第二开

表现类似情思的龚贤的此类画作还有很多,又如他的《仙山楼台图》(图2-15)中的题诗,也是用了避秦的典故:“楼台一片是仙家,煮食为餐酿紫霞。常笑武陵避秦客,犹谈鸡犬与桑麻。”此处龚贤皆用了“桃源”和“避秦”的典故,来表达自己的遗民情怀。在《山水册》第十五开(图2-16)题诗:“昭明太子读书台,卷轴犹存待我来。四面山光波万顷,召风门牖一时开。”萧统因曾读书招隐山,所以

① 龚贤:《课徒稿》,《龚半千山水画课徒稿》,四川人民出版社1981年版,第74页。

图2－16　龚贤《山水册》第十五开

图2－15　龚贤《仙山楼台图》

有昭明太子读书台的遗迹，此处“招隐”也是典型的隐士文化符号。西晋时以“招隐”为题诗作蔚然成风，此册页通过描写隐士的生活及居住环境，表达诗人不与世俗同流合污的决心，题跋也多是表达这种情操。

值得注意的是，在龚贤的题诗中还经常出现“古皇”的文字符号，例如他在《山水册》第三开题诗：“两峰中劈与天开，斧迹犹存长绿苔。借问岩头老松树，当时曾见古皇来。”同样，其在《水村烟树图》这幅画作中，也出现了对“古皇”的向往：“山势逶迤百里长，隔烟波外映斜阳。谁家楼上薰香坐，蝌蚪书中颂古皇。”“古皇”经常出现在龚贤画作的题诗中，这也是他对现实社会一种选择性的逃避，因此才会时常产生这种精神性的向往。另其《云壑松阴图》题诗：“山中何所有，只是白云多。拭目看峰顶，钻空结翠螺。人家依半壁，小室即岩阿。无事弄苔藓，得闲修茑萝。茶芽随手摘，烹鼎待僧过。世宰知谁是，娲轩今若何。新诗调字稳，黄鸟亦能歌。”其中“世宰知谁是，娲轩今若何”虽没有出现“古皇”两字，但对上古社会安居乐业生活的一种向往，也是其遗民情思的一种表达。

龚贤通过他的诗画，在他的艺术中表达着家国之痛和对崇高志节的颂扬，以及对远去故国的思念。龚贤思想和艺术是在其一生故国情感的挣扎中形成的，他的艺术被涂上重重的遗民色彩。纵观龚贤的一生，虽然对故国的情感从来没有动摇过，是友人口中公认的“无一点尘俗气”的高士，但他的遗民思想没有明显的愤激之势，似乎只是在诗画之中憧憬着对上古社会的一种向往。

清初明遗民数量的庞大、遗民中文人学术建树的宏富，让我们看到诗坛和画坛上都有着作品丰富、艺术精湛的诗人和画家。而每一个明遗民即使是同为抒发家国兴亡之情，却因身世出处的差异显示出情感表达的丰富性。“诗画皆为文之余”的修养，让遗民诗人和遗民画家的身份也有着大量的重叠。个案研究推动我们了解图像背后的深意，群体研究则将各种意象汇集成丰富的遗民诗文、图像的语汇，成为解读明遗民思想的钥匙。清代画坛上著名的“四王”“四僧”、金陵画派的代表龚贤、常州画派的代表恽寿平、人物画家“南陈北崔”“画中九友”的杨文骢、程嘉燧，加上当时的一些大文人，如明末四公子之一冒襄、桐城方以智、广东屈大均、山西大儒傅山、宁都魏禧、昆山顾炎武、归氏父子等几乎涵盖了整个明清之际的美术史，他们的诗文也随画呈现，诗和画互为补充、相互映照，成为明清之际画坛上的一股潮流。

第三章 《丽姝萃秀》文图之关系

《丽姝萃秀》是清代乾隆年间由满族官员赫达资所绘的一套仕女图册，其所绘图像以历史上著名的女性人物为主题，每一图像以一首唐诗相配，故《丽姝萃秀》对于我们探讨文图关系提供了极好的文本。

第一节 《丽姝萃秀》图册及其作者

《丽姝萃秀》共 12 开，每开一幅，摺装、绢本设色，纵 30. 1 厘米，横 22. 5 厘米，末幅落款“臣赫达资恭画”并钤印。左幅有内阁学士梁诗正誊抄的古诗，末幅落款“乾隆戊午秋八月上澣。臣梁诗正奉敕敬书”。这套图册收录于《石渠宝笈初编 · 重华宫著录》之中，印有“鉴赏宝玺”“乾隆御览之宝”“乐善堂图书记”“重十二”“嘉庆御览之宝”“宣统御览之宝”共六枚玉玺。[①] 现藏于台北“故宫博物院”。

册页右幅的 12 幅画图像以历史上著名的女性人物为主题，并基本按照时间顺序进行排列。每幅绘有一名女性及其标志性事件，内容多取材于历史故事、寓言传说或传奇、戏曲等通俗文艺作品，如西施浣纱、文君卖酒、木兰从军；画家在画法上继承了仇英“工笔重彩”的仕女画特征，以工细流畅的线条和浓丽明艳的色彩描绘出女性的身材修长、体态轻盈之貌。人物情态细腻精微，仕女容貌端庄娟美。亭台楼阁皆采用“界画”的绘画技巧，建筑器皿工整精细，整体显得秾丽典雅，富有装饰性。

册页左幅为时任内阁学士的梁诗正誊写的 12 首唐诗，每首诗与右幅的图像相配，两者在内容或主题上有直接或间接的联系，我们将在后文进行分析。12 首诗体裁多样，有古体、歌行体、五言律诗、七言绝句、七言律诗，避免了形式上的千篇一律，呈现出灵活、多变的审美特征。诗的作者均为唐代人，分为两类。第一类作者是名贯古今、才华横溢的大诗人，如杜甫、王维、李商隐、杜牧。这些诗人早在当时就已经声名鹊起，其作品也不时出现在后世的选集中，供人们研习、品鉴。因此，将这些名家之作搭配“富艳精工”的仕女画，既提升了图册的文学内

① 王耀庭主编:《故宫书画图录》卷二十五，台北“故宫博物院”2006 年版，第 312 页。

涵,也使其从一般仕女画的悦目性中升华,彰显了收藏者不俗的品位。

有意思的是,第二类作者是才情卓著的女性,即杨容华和徐贤妃。在"宋寿阳公主"图旁边搭配的是杨容华的《新妆诗》。根据宋代李昉《太平广记》的记载:"杨盈川侄女曰容华,幼善属文,尝为新妆诗,好事者多传之。"[①]杨盈川,即"初唐四杰"之一杨炯。杨容华作为他的侄女,也拥有过人的天资,善于写诗作文。这首《新妆诗》不仅当时就流传甚广,还被后来的《太平广记》《唐诗镜》《全唐诗》等多部著作收录。乾隆在此选择这首诗誊录,足见其对于杨容华和她的作品的肯定态度。搭配"吴丽居"图像的是徐贤妃写的《北方有佳人》。根据欧阳修的《新唐书》记载:"太宗贤妃徐惠,湖州长城人。生五月能言,四岁通《论语》《诗》,八岁自晓属文。"[②]徐贤妃是唐太宗的妃子,天资聪颖,不仅文思敏捷、精通典籍,还具有良好的修养和品行。比如,她曾上疏谏言唐太宗不应大兴土木、劳民伤财;在太宗驾崩后,她哀慕成疾却不肯进药,以报当年太宗待她优渥之恩,翌年,她便香消玉殒[③]。《丽姝萃秀》册以历史上著名女性为主题,供欣赏者对她们的才貌举止进行品评,乾隆在这里选择徐贤妃的诗是非常合适与巧妙的。

此外,梁诗正作为内阁学士,其书法端正得体,运笔灵活流畅,字体依誊写内容的长短而做出相应的变化,整体显得美观、大方,富有韵致,与仕女画纤细、精致的整体特征相呼应。其浓淡适宜的墨色与右幅鲜丽的色彩形成对比,中和了每个册页中过剩的色调,达到悦目而又并不"令人盲"的视觉效果。两相呼应,可谓相得益彰。

根据《石渠宝笈》记载,《丽姝萃秀》册为赫达资所绘[④]。清宫档案显示,赫达资为乾隆年间的满族七品官员[⑤]。从记载清宫造办处的档案《清宫内务府造办处档案汇总》(以下简称《活计档》)中,赫达资第一次出现是在乾隆元年(1736)的清宫画院处:

> 初十日,七品官赫达子持来汉字帖一张,内开画院处奉旨着画画应用材料等件俱向造办处要,钦此。
>
> 于本月十八日七品官赫达子将画绢二块,各长七尺七寸,宽六尺七寸,杉木柾子两件,夹皮连四□四十张,黄油幔子二,颜料等件将去讫。[⑥]

值得注意的是,档案里的"赫达子"就是赫达资本人。尽管在《活计档》中画

---

① 参见李昉:《太平广记》第六册,中华书局 2001 年版,第 2132 页。

②③ 参见欧阳修等:《新唐书》第三册,中华书局 1999 年版,第 2846 页。

④ 参见张照等撰,故宫博物院编:《石渠宝笈》第二册,海南出版社 2001 年版,第 389 页。

⑤ 乾隆年间修订的《八旗满洲氏族通谱》中有关于赫达资的记载:"索理,夸色同族,其孙赫达资现任七品官。"参见弘昼等编:《八旗满洲氏族通谱》,辽海出版社 2002 年版,第 57 页。

⑥ 中国第一历史档案馆、香港中文大学文物馆合编:《清宫内务府造办处档案汇总》第七卷,人民出版社 2007 年版,第 180 页。

院处有关的条目下有赫达塞、黑达塞、赫达子、达子等名称，但这些名字都不另有所指，因为清宫画院系统中并无上述名字的官员，应为赫达资的误写。

赫达资担任画院处主管，具体承担过员外郎、库掌、催长等职务[①]。乾隆二十七年(1762)，乾隆下令将画院处合并至法琅处，并考虑到赫达资事务繁忙，命其不必管法琅处事务。《活计档》中这样记载：

旨：法琅处着赫达塞协同花善管理所有春雨舒和画画人，亦着归法琅处画院一体行走。达子所管事务繁多，不必令其管法琅处事务。钦此。[②]

据查阅，至迟至乾隆二十八年(1763)，《活计档》中都有关于赫达资活动的相关记载。也许有人会产生疑问：赫达资只是一个官员，并不是职业画画人，他如何能画出这套精美的册页呢？事实上，清宫内有不少进行绘画创作的人并不是职业画师，其中有文官大臣，也有管理绘画事务的官员。比如雍正五年(1727)，画院处郎中海望就曾画过一张通景画[③]。他们在长期与画家、艺术作品打交道的过程中，不自觉地提升了自身的艺术品位和修养，甚至可以有机会直接向画家请教和进行创作练习。因此，这些管事官员能画出不错的作品也在情理之中。

第二节　《丽姝萃秀》中的吴西施、唐红拂文图关系分析

《丽姝萃秀》册页右幅的12幅图像以历史上著名的女性人物为主题，以时间为顺序，依次为吴西施、秦罗敷、秦弄玉、汉李夫人、汉卓文君、汉蔡文姬……唐红拂。因篇幅有限，只分析排在开头的吴西施和排在最后的唐红拂。

1. 吴西施

(1) 图像与诗文的基本描述。

《丽姝萃秀》册的第一幅图像为“吴西施”(图3-1)，此开册页中图像部分的右上角有相应标题。

春秋时期吴国的西施，是历来被国人认可的“四大美人”之一。在图像中，一名女子半蹲在小溪畔的石阶上，左手屈肘支撑于膝上，右手持枝条在浣纱。其头部微微左倾，目光停留在所浣的纱上，又似出神沉思。她的身旁有一只竹篮，里面还摆放着几束白纱。溪中零散分布着几块青绿色的石块。女子身后有几棵树木生机勃勃，枝干粗壮、郁郁葱葱；其中一棵枝干苍劲奇崛的树斜伸出枝条，上面开满了粉色花朵。此开左幅有梁诗正誊抄的王维诗作，如下：

---

① 中国第一历史档案馆、香港中文大学文物馆合编：《清宫内务府造办处档案汇总》，赫达资事迹散见于第七卷到第二十八卷。

② 同①，第二十七卷，第363页。

③ 同①，第二卷，第468页。

图3-1 《丽姝萃秀》册第一开“吴西施”

艳色天下重，西施宁久微。
朝为越溪女，暮作吴宫妃。
贱日岂殊众，贵来方悟稀。
邀人傅脂粉，不自着罗衣。
君宠益娇态，君怜无是非。
当时浣纱伴，莫得同车归。
持谢邻家子，效颦安可希。

这首五言古诗名为《西施咏》，前两联叙述了西施凭借着美貌一朝显贵的际遇，此后她脱离了浣纱女的卑微身份，贵为吴王宫中的宠妃。在第三联中，作者描写了旁人今夕态度的对比，而这种炎凉态度的反差完全是由西施前后地位的差别来决定的，颇具讽刺意味。接下来的两联中，王维对西施受宠后骄奢恣意的举动进行讽刺——西施仿佛完全背离了曾经简单朴素的生活作风，流露出了小人得志后的世俗气息。在最后的两联中，诗人通过对旁人的描写，借此表达了对人间世事难料、世态炎凉的感叹，并在结尾告诫那些想要效仿“西子”一朝得势的“邻家子”们，这种效仿是无谓的。诗人通过两重对比：西施曾经浣纱女的卑微身份与后来吴宫妃子的尊贵地位之对比，及其今日备受宠爱、衣食无忧的生活状况与昔日同伴依旧清贫的结局之对比，借古人之事，抒发了对今人在识人、用人上的不满，以及对小人得意忘形和世态炎凉的不尽感慨。

(2) 图像与其文学出处的关系。

从西施的图像与其文学出处的关系来看，两者并不能完全吻合。相反，赫达资笔下的这幅图像更接近于后世对西施形象接受过程中再创作出的成果。根据图像学家潘诺夫斯基(Erwin Panofsky)的观点，当我们从构造一个艺术图案的世界进入到构造一个图像、故事与寓言的世界时，我们就从前图像学的描述进入一个更为狭义上的图像学分析阶段。在这一阶段中，我们可以运用实际经验、文学出处知识以及综合直觉作为解释的工具①。在对这幅图像中西施及其浣纱这一举动的辨识中，首先需要运用实际经验，以及对对象和事件的熟悉。从图像上来说，虽然此女子所穿的并不是春秋战国时期人们常穿的广袖曲裾长袍，反而颇似明朝的襦裙，但从图像的标题以及“浣纱”这个动作，我们可以推测赫达资在这里就是想要描绘西施。左幅的王维诗歌以及其中明确的“西施”二字更进一步证实了这个推论。接下来我们将从文学出处进行阐释。

古往今来，关于西施的典故不胜枚举，比如成语“沉鱼落雁”“东施效颦”，又如经典形象“西子捧心”“西施浣纱”，更有文人墨客笔下脍炙人口的诗词文赋，如苏轼《饮湖上初晴后雨》中的“欲把西湖比西子，淡妆浓抹总相宜”以及《丽姝萃秀》册中所选的王维的《西施咏》。不过有趣的是，“西施浣纱”这个形象并没有出现在早期记载西施的典籍中。作为春秋末期倾国倾城的美人，西施在战国时期各学派的著作中往往是作为“美人”这个符号来承载各家的观点，而这些思想家对西施本人的背景、经历或历史意义倒不那么关注。例如，尸佼将毛嫱、西施与黄帝、尧舜、汤武进行对比。他认为人们想要见这两类人，前者不过是因为她们“美其面也”，而后者则是有重要的“言”与“行”②。善于类比论证的孟子曾言“西子蒙不洁则人皆掩鼻过之”③，意为即使外表再美丽，一个人如果不洁净自己(诚心)，人们也不会喜欢她。此外，墨子、荀子、庄子也都曾借西施之美来说明道理，但是这些典籍里的西施形象除了“美”这一个共同点外，各异其趣。因此，《丽姝萃秀》册中或人们印象中最熟悉的西施浣纱形象并不是其原本的形象，而是一个后人建构的产物。

现能查到较早将西施与“浣纱”联系在一起的是汉代赵晔撰写、徐天祐注的《吴越春秋》。这是一部记载春秋末期吴越两国争霸的杂史，其中有不少正统史籍未记载之事，具有一定的文学虚构色彩。其中的《勾践阴谋外传》一篇就描写了越王勾践是如何通过敬献西施、郑旦两位美女从而使吴王夫差沉迷美色，直至最终被灭国的故事。不同于战国时期思想家就仅留于对西施美貌的描写，徐天祐注对西施的背景资料进行了比较详细的介绍：

会稽志：苎萝山在诸暨县南五里；舆地志：诸暨县苎萝山，西施郑旦所居；十

① 潘诺夫斯基从图像学角度对“艺术解释”这一行为进行多层次分析，并概括为两个简洁的表格。可参见 Erwin Panofsky: *Studies In Iconology: Humanistic Themes In The Art of The Renaissance*, Westview Press, 1972, P14-15.

② 参见尸佼:《尸子》，见李海雷:《尸子译注》，上海古籍出版社 2006 年版，第 66—67 页。

③ 参见孟轲:《孟子》卷八，见方勇译注:《孟子》，中华书局 2010 年版，第 161 页。

道志：勾践索美女以献吴王，得之，诸暨苎萝山卖薪女也。西施山下有浣沙石。[①]

在此，西施的背景资料中出现“浣纱”这个词，并且这个“浣纱石”也在同期关于西施背景的文字资料中经常出现。不过，徐天祐注并没有说西施本人是浣纱女，只是说她所居住的山下有浣纱石。回到《丽姝萃秀》册页中，西施身前的小溪中确有几块石头，并且其中一块体量巨大，十分突出显眼。也许，画家在创作西施的人物形象时也将“浣纱石”这个意象考虑在内，以便通过多种线索来向观赏者暗示西施的身份。根据谢芳芳的考证，第一次将“西施”形象与“浣纱”行为联系起来是在南北朝时期[②]。这段时期，“西子浣纱”这一形象频繁出现在文人的诗作之中。比如梁元帝《乌栖曲》中就有“复值西施新浣纱，共泛江干瞻月华”[③]。梁朝王僧孺《鼓瑟曲·有所思》中有“不堪长织素，谁能独浣纱”。徐陵注“成山边有石云西施浣纱石”[④]。从徐陵的注解里，我们能推测“西施浣纱”形象的诞生，是文人从“浣纱石”这个意象联想到“浣纱”这个动作的结果。因为先秦思想家们表达自己的思想，只需要利用“西施”这个美的符号就够了，她的背景、个人经历并不在考虑范围之内。相反，魏晋南北朝涌现出了大量文学家。在他们的创作过程中，“西施”仅仅作为美的符号而缺乏美的内涵是不够的，也是不生动的。他们需要将这个形象丰满化、具体化，增添审美的色彩。显然，西施作为砍柴人的女儿这个形象并不是特别符合审美的要求，而江南水乡的浣纱女这个身份所富有的灵动、温柔、轻盈的特征则可以激发人们的审美想象，达到了文人的要求。也正是南北朝时期“西施浣纱”这一形象的成功塑造，形成了此后尤其是唐代以来的人们心目中“西施”最经典的形象。赫达资在《丽姝萃秀》册中描绘了“西施浣纱”的经典形象，以便欣赏者们对画作进行理解和品鉴。

（3）图像与诗文之间的关系。

从图像与诗文的关系来看，两者是部分相符的。但正如前文所分析的结果，王维的这首《西施咏》并不是专为歌颂、怀念历史上的西施而作，只是借古讽今，抒发其对当时社会状况的不满与讽刺之情，因而从根本上说，图像与诗文之间存在着指向性的偏差。此开册页中的西施图像与左幅诗文的开篇联系更为紧密。王维在诗文的前两联“艳色天下重，西施宁久微。朝为越溪女，暮作吴宫妃”中就直接点出了西施曾为越国浣纱女的身份，以及姿色优美的特征。而这也正是赫达资选择来描绘西施的背景。图像中，西施身着寻常人家的服饰，正在小溪边浣纱。此时的西施尚为越溪女的身份，还没有被吴王宠幸而一朝显达。这是图文关系最相互协调的部分。

但在接下来的篇幅中，王维着重刻画了西施成为宠妃后恃宠而骄的负面形

---

① 赵晔：《吴越春秋·勾践阴谋外传第九》，见徐天祐注：《吴越春秋》，商务印书馆 1968 年版。

② 参见谢芳芳：《〈浣纱记〉故事源流考》，苏州大学硕士学位论文 2004 年，第 24 页。

③④ 徐陵：《玉台新咏汇校》，上海古籍出版社 2014 年版。

象，并将之与昔日其他浣纱女进行对比。而赫达资则没有选择以这样的方式来表现西施的形象，这一方面是由于缺乏历史证据来证明西施确曾有过这样得意忘形的举措，事实上这很有可能是王维"六经注我"的自创之举；另一方面，既然画册名为《丽姝萃秀》，赫达资就应该按照主题选择这些女性最有代表性而又富有审美价值的一面来表现。西施在溪边浣纱的时刻正是她遇见范蠡从而改变身份与命运的关键时刻，因此这是她人生的转折点，也是最具有戏剧性和包容性的艺术时刻。即便了解典故的欣赏者们知晓接下来会发生的重要剧情，赫达资却没有在图像中透露出半点征兆，而是将一切都凝聚在西施若有所思的情态之中，让之后惊天动地的变化暂时停滞在这一刻的宁静和安稳之中，显示出了画家高超的取景与构思能力。

正是由于画家与诗人的创作初衷不同，两者对西施形象的塑造也采取了大异其趣的方式，一方对西施的态度较为负面与不满，另一方则表露出欣赏其容貌、同情其身世的情感。这两种态度的并行存在，表现出后人对这一形象的矛盾态度。故此开册页中，同为塑造西施形象的图像与文字与其说能够相互映衬，不如说是在相互补足出一个完整的形象与态度。

（4）人物形象的选择。

根据前文中有关西施的文献材料可见，人们对西施的态度和欣赏方式是随着时代的变迁而有所变化的。基于"西施美艳"的共识，文人们经过对其故事的加工改造，展现出不尽相同的观看方式与欣赏角度，比如有对西施身世浮沉的同情、对其与范蠡之间爱情的讴歌，甚至有对其红颜祸水身份的责备。到了明代，随着俗文学的发展，西施又一次成为文学作品中的经典形象，在民间产生了广泛的影响。明代嘉靖年间，戏曲作家梁辰鱼根据史书《吴越春秋》中的故事创作了同名传奇，后改编为影响深远的传奇《浣纱记》。在《浣纱记》的第二出《游春》中，范蠡和西施在苎萝山下偶遇。梁辰鱼这样介绍西施：

奴家姓施，名夷光。祖居苧萝西村，因此唤做西施。居既荒僻，家又寒微。貌虽美而莫知，年及笄而未嫁。……年年针线，为他人作嫁衣裳；夜夜辟纑，常向邻家借灯火。今日晴爽，不免到溪边浣纱去也。[①]

众所周知，明清时期的戏曲作为通俗文艺的一种，得到了蓬勃的发展，诞生了许多如雷贯耳的经典作品。上至王侯贵族，下及文人雅士、普通百姓都表现出了对这一艺术形式的极大兴趣和喜爱，这也为戏曲的传播和影响营造了良好的土壤。《浣纱记》作为一出经典戏剧，其所塑造的深明大义并且忠于爱情的浣纱女西施形象成为当时社会背景下的典型，也让西施的传说故事最终定型。

此外，西施还有另一种身份——红颜祸水。这一形象也是从汉代才开始被塑造出来的。在袁康的《越绝书》以及前文提到的《吴越春秋》中都有关于勾践是

① 参见梁辰鱼著，吴书荫校点：《梁辰鱼集》，上海古籍出版社2010年版，第451页。

如何运用美人计反败为胜的故事记载。正是因为吴王夫差贪恋西施的美貌，沉迷女色，从而荒废朝政又不听谏言，最终被越王勾践打败，落得国破家亡的下场。这些作者往往是从史学家的角度出发，以国家利益为标尺对人物进行臧否。尽管西施本身不过是勾践计谋中的一个关键道具，她的命运并不掌握在自己手中，但是很多人还是将祸国殃民的罪责推到了她的身上并给予负面性的历史评价，如王嘉在《拾遗记》中就直接用“吴王妖惑忘政”几个字来谴责西施[①]。但是，正如前文所言，文学家希望选取西施身上的审美特质来抒发感情，而非像史学家一般从道统的角度对人物进行批判。因此，在大部分的文艺作品中，西施的形象往往是一位美艳动人的浣纱女，而非蛊惑君王的妃子。赫达资在《丽姝萃秀》册中也选择了“西施浣纱”的形象，从审美角度去欣赏这位绝代佳人。并且，西施身后盛开的花枝，暗示着春天的到来。这与《浣纱记》中西施浣纱时与范蠡相逢的背景正相吻合！可见，这幅图像确实受到了明末戏曲的影响。从西施若有所思的眼神中，我们可以猜测也许她正在思考自己未来的命运，也许她正在等待着那个注定和她纠缠一生的情人。也正是在这些细节中，赫达资将图像所传达的意义从表象上的赏心悦目过渡到对女性内心世界、命运的思考。

2. 唐红拂

（1）图像与诗文的基本描述。

《丽姝萃秀》册第十二开为“唐红拂”（图 3 - 2），右上角有相应的标题。

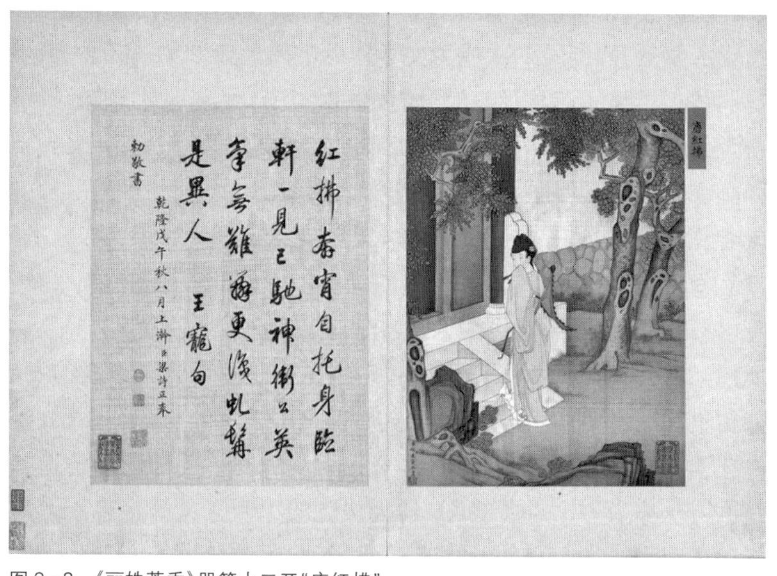

图 3 - 2 《丽姝萃秀》册第十二开“唐红拂”

① 参见王嘉：《拾遗记校注》卷三，中华书局 1981 年版，第 87 页。

红拂是一个文学虚构人物，唐代传奇《虬髯客传》中的女主人公。图像中央一名女子男装扮相，她将头发束起，戴幞头，幞头下方露出女子佩戴的簪子，身穿浅紫色圆领对襟大袖袍，腰间束革带。这套服饰是典型的唐代男子常服。该女子头部微微回侧，将目光瞥向身后；左手执一面镶蓝边小红旗，右手用衣袂掩面；她正快步走下一处台阶，连幞头的两根软脚和手中的红旗都一齐左右摇摆。在图像中，这名女子立于石阶与草地的交界处，被树木和山石所环绕。起伏的坡地与山石和树木构成了图像的近景。中景与远景连为一体，由女子和左侧的建筑物立面以及右侧的树木所组成。这个建筑物规模甚大，朱漆大门及其前面的石阶都只露出了一部分，并且围墙也因画幅的限制，没有完全纳入画面之中。右侧的两棵树枝干粗壮、树叶繁茂，横斜伸出的枝条占据了图像顶部的大部分空间。在图像的左下角，赫达资落款"臣赫达资恭画"，以标识这套册页的创作者。从整体上看，这幅图像中的意象丰富、色泽饱和、留白较少，但是并没有给人过于杂乱的感觉。并且从人物和环境的关系中可以看出这幅图像是一个精彩片段的特写，富有戏剧性和叙事性特征，较之前面的图像更能引人入胜。

此开左幅有梁诗正誊抄的王宠诗作，如下：

红拂奔宵自托身，
临轩一见已驰神。
卫公英气无难辨，
更识虬髯是异人。

这首诗的题目和出处都不明，在现有的资料中难以找到与之相关的有效信息，因此无法断定王宠在何时何地出于何故创作了这首诗。仅仅从诗文的内容看，这首诗与红拂这个人物形象关系密切，不仅将"红拂"两个字直接嵌入进诗文之中，还与这个传奇的内容紧密联系。诗的一开篇，诗人就点出了红拂最为人称道的地方——她曾于夜里从主人杨素家出逃，私奔托身意中人。接下来则娓娓道出红拂能够做出如此大胆行为的原因——当时红拂临轩一见李靖，就已心驰神往，知晓他是能够托付终身的理想对象。最后两句是将红拂生命中的两位重要男性进行对比，卫公李靖是当世难得一见的盖世英豪，而虬髯客则是一位不拘礼法的异人。诗文结尾处梁诗正自陈抄录的时间——"乾隆戊午秋八月上瀚，臣梁诗正奉敕敬书"。总之，诗人以极其简练的七言绝句将有关红拂的传奇故事加以概括，虽然难免失之浅近、直白，而缺乏深度和情感，但是却紧扣传奇内容，让图文关系更紧密地联系在一起。

尽管这首诗与红拂的故事很相关，但是诗人王宠的身份却并不是很明确。唐代确有诗人王宠，但名气不是很大。宋代李昉的《文苑英华》中收录有王宠所作的《从军行》[①]，但并不见这首关于红拂的诗。而这位诗人的诗作亦不见于其

① 参见李昉:《太平广记》第四册，中华书局 2001 年版，第 1445 页。

他唐诗选集之中。另一方面，明朝也有一位知名文人叫王宠。此人是吴县人，正德年间有名的才子。他博学多才，在书法、绘画、诗文方面都有很高的造诣，是当时苏州才子唐寅和文徵明的至交好友。明代钱谷所编写的《吴都文粹续集》中收录了他的诗文数十篇，其他明人文集中也间或能看到他的诗文，足见其文学才能之高、影响力之大。再考虑到红拂的文学出处《虬髯客传》出自唐代，而到明清时期文艺界开始兴起将这则传奇改编为戏曲和小说的风潮，红拂这个人物形象也随之成为文人们所关注和讨论的对象，比如明代才子唐寅就曾创作过《红拂妓图》[①]。因此，这两位异代同名的诗人都很有可能接触到与之相关的文艺作品并赋诗一首。而正是由于现有的资料中与这首诗及其作者有关的内容较少，所以无法精确地推断出到底是哪位诗人创作了这首诗。不过，根据之前 11 幅图中梁诗正都誊抄的是唐人的诗作来看，这首诗较有可能是唐代诗人王宠的作品。

（2）图像与其文学出处的关系。

从图像与其文学出处的关系看，这幅“唐红拂”与唐代杜光庭所作的《虬髯客传》中的情节是基本相符的。红拂原是隋朝权臣杨素家的一名家妓，常手持红色拂尘侍奉于杨素左右。一日，尚未得志的李靖前来拜访，红拂见其不卑不亢、谈吐不凡，就暗自查明其住址，深夜偷偷逃离杨府，私奔李靖。在与李靖相处的过程中，两人有幸结识了虬髯客，并相互结拜为兄妹。故事的结尾，虬髯客将全部家当与兵书赠予二人后，独自离去。李靖帮助李渊父子打下江山，被封为卫国公。赫达资在此选择了其中最有名的“夜奔”一段将红拂勇敢、独立与机智的形象鲜活地表现出来。《虬髯客传》中的相关情节如下：

靖既去，而拂妓临轩指吏问曰：“去者处士第几？住何处？”吏具以对，妓颔而去。靖归逆旅。其夜五更初，忽闻扣门而声低者。靖起问焉，乃紫衣戴帽人，杖揭一囊。靖问：“谁？”曰：“妾杨家之红拂妓也。”[②]

图像中红拂形象与原文中“紫衣戴帽人”的描述基本相符。不过，赫达资为红拂增添了一枚发簪，以此来暗示欣赏者这其实是一名女性。此外，杜光庭在原文中描写红拂夜奔时“杖揭一囊”，可以推测囊中应该放置着红拂的家当和日用品，这是合情合理的。但在图像中，赫达资并没有完全按照原文的描写，而是将行囊换成了红旗。事实上在杜光庭的文字中，红旗这个道具也并没有出现。红拂本姓张，之所以被唤作红拂，是因为她总是手持红拂侍立于杨素身旁。因此，红色拂尘才是应该配备的道具，而非红旗。我们或可认为赫达资在此故意做了

① 已有不少学者梳理过有关红拂的文艺作品，他们对唐代和明清时期是这些文艺作品的兴盛时期的观点基本一致。这类作品的发展历史可参见冯保善：《从传奇〈红拂记〉到明杂剧〈北红拂〉》，《戏曲研究》2002 年第 2 期。

② 参见李昉：《太平广记》，第 1445 页。

个偷换概念的游戏，因为他本人是满族正红旗人，所以有意识地将能够代表自己族群身份的符号放入其中，让会心人能够微微一笑而不明其故的人也不易察觉异样。在背景方面，图像中半露出的朱漆大门与门前石阶，暗示了这是一所豪门府邸。但建筑物围墙的设计并不属于宫殿建筑的范围，而是一所民居。画家对杨府的描绘与原文中杨素身为“司空”并且“奢贵自奉”[①]的特征是相符合的。

画家选取了红拂夜中偷偷逃出杨府的情景，尽管这个场面在原文中并没有过多具体的描写，只有“妓颔而去”四个字，却是夜奔环节中最紧张刺激和引人入胜的情节，能够激发读者、观赏者的无尽想象。红拂到底是如何在深夜中随意走动的，她有没有碰到障碍，她是如何骗过侍卫的？这一系列疑问都深深吸引着欣赏者。正因为大家深知家妓出逃的不易，因而更加钦佩红拂的胆识与智慧。赫达资没有刻画红拂在杨府中小心出逃的场景，而是选择了她成功离开的画面。这先让欣赏者们稍稍放心，明确了红拂夜奔的成功；但同时也让他们还略存一丝紧张感，不但红拂自身在遮掩面部和回头张望，以再三确定逃脱的成功，连她的头饰、衣摆和手中的红旗都在不住摇晃，画家以此表现出一种动态的、不确定的感觉，扣人心弦。可以说，这幅画面是对原文省略部分的合理想象，与原文的内容、事情发展逻辑是相符合的，并将最紧张的部分生动地表现出来，从而衬托出红拂勇敢、独立与机敏的形象。

（3）图像与诗文之间的关系。

从图像与诗文的关系上来看，两者之间是部分吻合的。诗的前两句“红拂奔宵自托身，临轩一见已驰神”正是将红拂夜奔的行为以及原因概括出来，与图像及其文学出处是直接对应的。这样，当欣赏者读到左幅的诗文时就能立刻与右幅图像联系在一起，从而更快速与更正确地进行理解与欣赏。之前的诗文中有图文不符的例子，这就会给欣赏者对图像的理解造成一定的阻碍。然而，这首诗的后两句“卫公英气无难辨，更识虬髯是异人”却是将“风尘三侠”中的另外两位男性角色加以比较，而非进一步深化对红拂形象的塑造或对图像内容的诠释。卫公指的是唐朝建立后被封为卫国公的李靖，当时身为一介布衣的他在拜见杨素时就显现出卓尔不凡的谈吐和风姿，比如他直陈杨素对贤士的不恭——“公为帝室重臣，须以收罗豪杰为心，不宜踞见宾客”[②]，也正是李靖这种不卑不亢的态度赢得了红拂的芳心。此后，他还辅佐李渊父子成就霸业，实数当世罕见的英豪。虬髯客自一出场表现出异于常人之处：“忽有一人，中形，赤髯如虬，乘蹇驴而来。投革囊于炉前，取枕欹卧，看张梳头”[③]，他骑驴而来，进入人家时也不避嫌，直接躺卧在床头，看红拂梳发。在李靖找到自己的君主后，虬髯客将所有家

①② 参见李昉：《太平广记》，第 1445 页。

③ 同①，第 1446 页。

当悉数赠予两人，然后与妻子绝尘而去。从虬髯客出人意料的登场以及果断坚定的退场，都能看出这个人物不拘礼节、慷慨豪迈的个性特征，也确实当得起“异人”这个名号。因此，王宠诗文的内容并不仅仅在于刻画红拂的奇女子形象，而是囊括了李靖和虬髯客在内的“风尘三侠”，可以说是对传奇中主要人物的介绍。与之相反，赫达资受《丽姝萃秀》册的限制，只能聚焦于红拂一人，但他精心选择的情节片段与诗文中有关红拂的文字基本对应，也可算作图像与诗文之间的相互印证。只不过图像所表达的内容以及对主人翁的塑造比王宠诗更加具体和丰满。

（4）人物形象的选择。

从人物形象上看，红拂这一形象的选择与之前的花木兰、公孙大娘和红线有着一脉相承之处，即她们的身上都体现出了勇敢、坚强与独立等侠义品质和巾帼不让须眉的气势。李昉将有关红拂的传奇《虬髯客传》列入了《太平广记》中的“豪侠”卷中，说明了宋人对于红拂形象的定位——“风尘三侠”之一。而传奇中最能突出红拂豪侠气质的正是赫达资选择的夜奔情节。目前，已有不少学者关注到了传奇、戏曲、小说中的私奔情节，并将其滥觞——汉代卓文君与司马相如的私奔与红拂夜奔加以比较①。赫达资也将两位女性都画入了《丽姝萃秀》册中，足见他或者乾隆对这种类型女性的重视与喜爱。不过同为为了追求理想中的爱情而冲破礼教约束的女性，卓文君与红拂之间存在着一些差别。

首先，两人的身份地位不同。卓文君是巨富卓王孙的女儿，属于大户人家的小姐；而红拂则是权臣杨素的家妓，身份卑微。不过两人尽管身份差距悬殊，但都有着因私奔而带来的焦虑。卓文君选择私奔就要放弃自己的名誉和家产，而红拂则必须冲破杨府的重重阻碍。幸运的是，两人的夜奔都取得了成功，这是两人胆识过人的直接表现。

其次，两者私奔的缘由不同。文君是被司马相如的精湛琴艺和风姿所挑动，大胆追求爱情；而红拂则是在阅人无数之后，挑选了李靖这样的英豪作为终身所托。两相对比可见，文君的选择更具有理想主义与冲动性的元素，而红拂的则更为理性与谨慎。尽管她只是一名侍女，但所表现出的识人之明并不输于大家小姐。此外，司马相如的蓄意挑逗也促使文君选择私奔，可以说是两人共谋的结果；而李靖拜见杨素只是为了献策，而并无勾引家妓之意。可见，红拂的选择是其自主决定的结果，更具有独立性的特征。

最后，两者私奔后的态度不同。文君私奔后跟随相如过着清贫的日子，这与

---

① 学者徐光明就“司马相如与卓文君”“红拂夜奔”这两个私奔故事的爱情主题、内容情节与人物形象做过细致的比较，详情参见徐光明:《试论文君夜奔和红拂夜奔故事的异同》,《青年文学家》2015 年第 5 期。

她之前锦衣玉食的生活形成了巨大的反差。最终,“文君久之不乐”[1]。而红拂则时刻伴随尚未显达的李靖左右,不曾流露出对其漂泊状态的不满。文君与红拂的不同反应自然与其原来所处的社会地位息息相关,并且也符合原文语境中的逻辑,我们在此无意褒贬其中任何一位。但是,红拂能够具有超越自己阶级地位的胆识和勇气乃至识人之明,这是非常难能可贵的,也正是历代文学家不断将其故事加以改编创作的原因。赫达资将之与文君一齐纳入《丽姝萃秀》册之中,并不是将同一类人物反复运用,而是在辨别两者的差别后,将之作为历代著名女性的多样性与丰富性的代表来加以呈现。

第三节 《丽姝萃秀》文图中所呈现出的价值与意味

1. 明清时期仕女画发展的新模式及新女性形象

上溯到秦代,中国就有了刻画女性形象的艺术作品。在早期,这些作品与伦理教化紧密相关,这一特征在两汉魏晋有着最突出的体现。汉代刘向所做的《列女传》一书选取了一百余个与女性有关的历史故事,从伦理道德上对她们进行褒贬,以起到教化当时和后世女性的目的。以此文本为依托,这一时期出现了许多列女图像,比较有名的当属武梁祠的列女石刻以及收藏于山西博物院和大同博物馆的北魏《列女古贤图》(图 3－3)。

图 3－3 《列女古贤图》(局部)

① 司马迁撰,韩兆琦等译:《史记》第四册,中华书局 1999 年版,第 2248 页。

值得注意的是,《列女古贤图》展现出了图文关系。在每一幅图像中,人物旁边都会用黄色的方框突出她们的名字,从而让观者能够更清楚明确地知道这些图像的所指。同时,在图像左边会有相同的黄色方框,简要记载了《列女传》中对这则历史故事的论述,更进一步地强化图像的叙事性特征。直到唐张彦远的《历代名画记》中才出现了如今被人们所熟知的“士(仕)女”①一词。也正是自唐代起,仕女画的功能出现了转型,其所包含的教化和劝诫意味逐渐弱化,相反娱乐性、观赏性在一步步加强。美国学者 Mary Fong 与 Ellen Johnston Laing 都注意到宫体诗对仕女画的影响,这使得宋朝时的仕女形象从儒家伦理的束缚中解放出来,变为“男性目光的对象”,甚至带有情色意味。②

到了明代,这种世俗化倾向的仕女画出现了新的模式。不同于之前的仕女画家多描绘群体出现的贵族女性,明清时期的画家开始重视单独的女性形象,这种新的仕女画采取了图谱的模式,展现了古往今来的才女佳人。从图像内容上看,这类仕女图册中的女性形象往往有一定的模式或套路。清颜希源所编的《百美新咏图传》中西施画像(图 3-4)与《丽姝萃秀》册中的“吴西施”(图 3-1)的呈

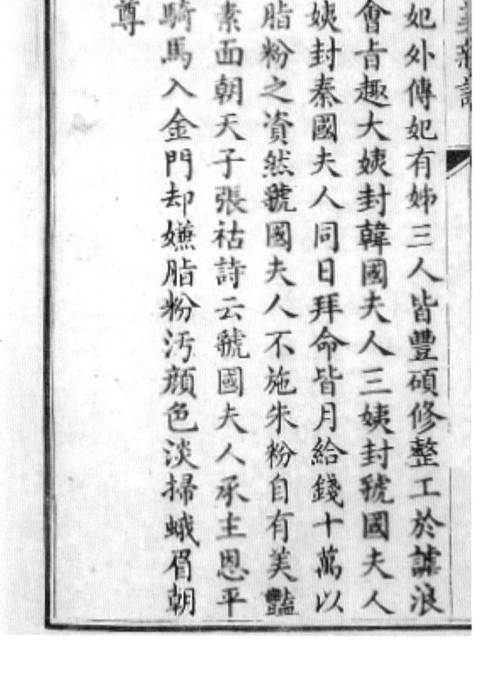
楊妃外傳妃有姊三人皆豐碩修整工於謔浪巧會旨趣大姨封韓國夫人三姨封虢國夫人八姨封秦國夫人同日拜命皆月給錢十萬以爲脂粉之資然虢國夫人不施朱粉自有美豔常素面朝天子張祜詩云虢國夫人承主恩平明騎馬入金門却嫌脂粉汚顔色淡掃蛾眉朝至尊

图 3-4　王翙《百美新咏图传》之九《西施》

① 参见《中国书画全书》第一册“周昉条”,上海书画出版社 1993 年版,第 164 页。

② Ellen Johnston Laing, “Chinese Palace - Style Poetry And The Depiction of A Palace Beauty”, *The Art Bulletin*, Vol. 72(2), 1990, P284 - 295; Mary H. Fong “Images of Women In Traditional Chinese Painting”, *Woman's Art Journal*, Vol. 17(1996), P68 - 91.

现方式相当接近。两位画家都选取了西施在河边浣纱的场景，并且从背景的选择到女主人公的神情、动作、服饰都极度相似！收藏于上海博物馆的清陶宏《仕女册》中翩翩起舞的赵飞燕（图 3－5）与《丽姝萃秀》册中跳舞的李夫人（图 3－6）也是如出一辙。因此，我们可以推测这种美人图谱中的女性形象有其图像来源，足以让画家在不同的场合创作出类似的作品。此外，《丽姝萃秀》册由官员赫达资完成于乾隆戊午年（1738），而《百美新咏图传》的最早版本为乾隆五十七年（1792），两者在创作时间上也较为接近，并且颜希源在《百美新咏图传》图像部分的序言中曾提到画家“王君名翙，家寿春雅士也，曾供奉内廷……而于人物为尤著”[①]。可见，王翙曾在宫廷任职，他极有可能看过《丽姝萃秀》册或赫达资所临摹的画作，因此才能在日后绘制出如此相似的作品。

图 3－5　陶宏《仕女图》之二

从表现形式来看，这种用画谱展现女性的方式与当时的民间和宫廷流行的谱录书写形式息息相关。明末的江南文人徐震撰有《女才子书》，又名《美人谱》。在这本书中，他挑选了 12 位才情俱佳的女子，分别为她们作传，使其卓越的才华与行迹为后人所铭记。在正文之前，他附上了描绘 12 位女性的图画并在左幅附上了前人诗文。这种图文相呼应的模式与《列女古贤图》有类似之处，但其实是遵循了传统的图像赞和图解的“左图右史”形式。如张小莲画像（图 3－7）的图文排版形式与《丽姝萃秀》的极为相似。只是后者为了方便乾隆的阅览，将图像和

① 颜希源著，李乔译评：《百美图记》，河南人民出版社 2007 年版，序言第 1 页。

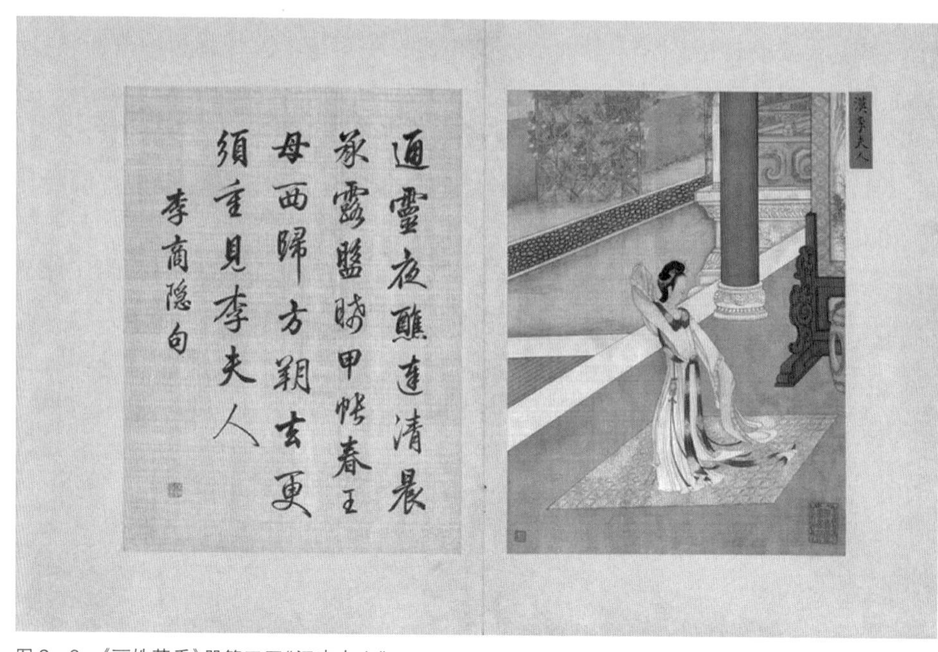

图3－6　《丽姝萃秀》册第四开“汉李夫人”

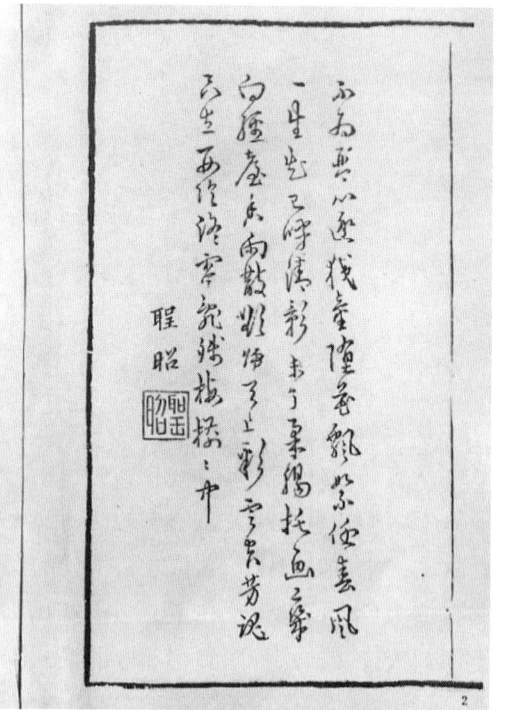

图3－7　《女才子书》之“张小莲”

文字的顺序相颠倒。法式善在《百美新咏图传》的序言中也明确提出:“颜鉴塘先生以所刊百美图诗问序于余。余维古人左图右史之重也久矣。”[①]事实上,此书中的图像也是以此形式来呈现的。由此可见,这种美人图谱的绘制形式在当时比较普遍。还有学者指出,在这一时期“一组十二幅表现美人或女性情境的构图模式变得越来越普遍”[②]。此外,清初宫廷画院也制作了许多动植物图谱,这些图谱也采用了册页的形式,右侧为图像,左侧为相应的文字介绍。如完成于乾隆二十六年(1761)的《仿蒋廷锡鸟谱》(图 3-8),其表现形式就与《丽姝萃秀》册非常类似。正是受到宫廷和民间普遍流行的谱录书写形式的影响,画家们也有意或无意地将各种类型的女性作为相应的描画对象,像器物一样将她们收录于图谱之中,归为档案。

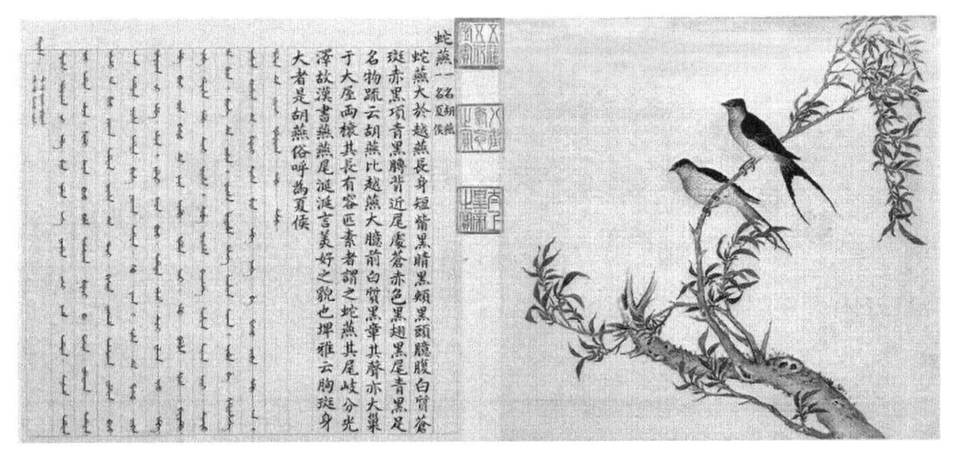

图 3-8　张为邦、余省《仿蒋廷锡鸟谱》

明末清初,随着城市的不断发展,整个社会经济、文化也愈加繁荣。市民阶层的壮大催生了对通俗文学的需求。这些通俗文学塑造出了丰富多彩的女性形象,她们或才华横溢,或有勇有谋,或身怀绝技,总之有别于传统的教化作品中温顺、贤良而没有太多特色的女性形象。同时,这些女性的身份也不止于教化作品中的贵族妇女,还包括了许多其他身份的平民百姓,如平民女子、青楼女子、婢女、仙女。与之相类似的,伴随着世俗化倾向,仕女画的题材也变得更为丰富,尤其是历史故事、神话传说中的女性形象变得更为流行。

从《丽姝萃秀》册中女子的身份来看,有来自宫廷的弄玉、丽居、寿阳公主,也有地主阶级的小姐,如蔡文姬、卓文君,更有出身底层的李夫人、红拂、红线等。她们或凭借美貌得宠,或因为才艺扬名,更有文君、木兰、红线和红拂这些胆识过人的奇女子。其中红拂这一形象较有代表性。红拂的形象最初来自唐传奇《虬

---

① 《百美图记》序言,第 2 页。

② 巫鸿:《时空中的美术》,生活·读书·新知三联书店 2009 年版,第 272 页。

髯客传》中，后因明末的传奇戏剧《红拂记》被世人所熟悉。在剧中，她原是隋朝权相杨素的侍妓，深得杨素的宠爱，但她并不满足于这样的生活。有“识人之明”的她在见到气度不凡的李靖后，大胆违反礼教，于夜中私奔李靖，争取自己的爱情。一般而言，这种身份低贱、不守礼教的女性往往是被正统的画家所排斥的，更不可能出现在代表权威的宫廷画作之中。但是在《丽姝萃秀》册中，红拂身着紫色男装，头戴男式帽子，用袖子遮掩面部从杨府中偷偷离开。这一形象与文学描述中的大体一致。从技法上说画家继承了仇英仕女画的风格，用工笔重彩的方式表现出女性的婀娜多姿，并没有透露出半点道德上批判或轻视的意味。从册页中女性身份和特点的多样性中可以看出，明末清初之际民间对女性的审美趣味也影响到了宫廷之中，使传统仕女画带有民间美人画的色彩，装饰性与娱乐性更为突出。

2.《丽姝萃秀》册中的图文意味

正如在前文中提到的，“左图右史”这种表现形式原本应用于像赞或图解。在这种传统中，图像和文字之间往往是彼此依赖、相辅相成的关系。如《列女古贤图》中人物旁边的名字标签可以让观者更直接、准确地理解图像所指，而图像左侧的《列女传》内容摘要亦可以帮助不清楚典故的人理解图像所要表达的内容。反过来，图像以更形象的方式将抽象的文字展现出来，通过各种绘画技巧，给观众留下最直接和深刻的印象。在一些更不正式的情形中，题画诗、题画词也起到了传达作者观点、辅助理解图像的作用。有学者统计，自宋至明的题画词中，明代的题画词占三朝题画词总数的绝大多数。而明人做的最多的就是美人画的题画词，其中有描写美人生活情态的，也有点评历史和文学创作中的女性形象的①。这一现象与前文所论述的明清之际仕女画与美人画中女性形象的增多和丰富是吻合的。

在《丽姝萃秀》册中，赫达资在右侧作图，梁诗正于左侧誊写古人诗句，达到效仿“左图右史”的并置形式的效果。但不同于《列女古贤图》中图文相呼应的效果，《丽姝萃秀》中的图文关系，则呈现出较为复杂的关系特征。由于《列女古贤图》以刘向的《列女传》为蓝本，并且图像旁的文字往往是《列女传》的直接摘录或缩略，故其文学出处与图像旁边的文字是基本吻合的。一般而言，与“罗敷”形象关系最密切的诗为汉乐府《陌上桑》，与“木兰”形象关系最密切的诗为北朝民歌《木兰诗》，而《丽姝萃秀》册中选录的 12 首诗文均为唐诗。除“唐公孙大娘”和“唐红线”所搭配的诗文即其文学出处外，其余 10 首则与图像只有个别语词或内容上的联系，甚至出现了“吴丽居”一开中图像与其文学出处、左幅诗文均无联系的“二重断裂”。如果将二重图文关系的一致性与否具象为一道光谱的话，那么

① 具体数据参见周明初：《词人与美女：宋元明词人对美人画的观看与题咏》，《“中正大学”中文学术年刊》2009 年第 2 期，第 197—234 页。

这12开册页中“唐公孙大娘”位于最接近“二重一致”的一端，而“吴丽居”则位于另一端，其余的10个分布于其间。

在图文关系中，这12开中图像往往与其文学出处更为符合，除了画家根据后世文艺作品中的革新以及自己的创新做出的改动外，这些图像基本是符合欣赏者的预期，并且与其出处保持紧密联系的；但它们与左幅的诗文偏差较大。考虑到这几首唐诗基本不是图像的文学出处，故诗人往往只是借用典故，他们所要塑造的对象、表达的情感以及阐明的道理都与这些人物形象出自的原始语境大为不同。而为了弥合图像与左幅诗文之间的出入，赫达资或乾隆采用了一些技巧。首先，册页中的12首诗均没有标题。虽然这一现象也出现在其他美人画谱中[①]。但是画家这么做并不仅仅是遵循范式，因为这12首诗中有一些并不是描写旁边的美人图像的，因此它们的标题与图像无关甚至会妨碍观者对于图像的理解。据统计，这些标题包括配“秦罗敷”的《戏赠赵使君美人》，配“秦弄玉”的《赠美人四首》，配“汉卓文君”的《同郑相并歌姬小饮洗赠》，配“蔡文姬”的《踏歌词》。其次，诗的内容和图像出入较大的有六首，即配“秦罗敷”“秦弄玉”“汉李夫人”“汉卓文君”“汉蔡文姬”“吴丽居”的六首诗。比如搭配“汉李夫人”的诗其实是在描写汉宫，其诗名就是《汉宫》。然而，大部分诗文很好地起到了辅助理解图像的作用。这12首诗中有六首直接镶嵌了所画的女性的名字，包括“西施”“罗敷”“李夫人”“文君”“公孙氏”“红拂”。如前文搭配“汉李夫人”的《汉宫》一诗的最后一句就是“更须重见李夫人”，显得清楚明了。此外还有四首诗中有文字暗示，如搭配“梁木兰”的诗文“弯弓征战作男儿”，暗示了木兰替父从军的文学典故。这样，熟悉历史典故和文学知识的人能够轻易解读出图像的内容来。

正是运用这些修辞技巧，赫达资或乾隆加强了图文关系。并且，正是这样的解读方式和解读顺序，可以看出这套册页中往往是文字配合图像。然而，并不是《丽姝萃秀》册中的每一开都是如此。在“汉蔡文姬”(图3-9)中，赫达资描绘了一位身形单薄、面露愁容的女子形象。她正拉着胡琴，似乎想以此排遣心中的抑郁之情。而旁边谢偃的《踏歌词》却全然不同于图像，诗文描写了春季女子到郊外踏歌的情景，风格轻快活泼，措辞简洁新巧，强调了这次踏歌所带来的无尽欢乐。这首诗从内容到主题、风格与蔡文姬不幸流落胡地的悲惨遭遇完全不符，形成了一次图文之间的断裂。然而，赫达资或乾隆在此并没有意图通过在诗文中镶嵌名字或给予暗示的形式来加深图文关系。事实上，唐代的骆宾王和刘长卿都曾写过有关蔡文姬的诗文，但这些诗作刻画了汉族女子出塞后的忧伤、思乡之

① 如徐震的《女才子书》中的十二幅旁边的诗文就没有标题。参见烟水散人：《女才子书》，上海古籍出版社1994年版，第1—15页。

图3-9　《丽姝萃秀》册第六开“汉蔡文姬”

情，所描写的景物也是带着愁怨的，让读者的心情变得抑郁、沉重。骆宾王和刘长卿在对出塞的昭君和文姬寄予同情的时候，也暗含着尊汉抑胡的民族主义心理。

有趣的是，《丽姝萃秀》册的创作者赫达资以及收藏者乾隆都是满族人，其祖先都曾远居塞外，是所谓汉人眼中的“蛮夷”。因此，出于对自身民族性的尊重和维护，乾隆可能不会选择这类带有民族偏见的诗作，即便它们确实与图像的关系更为密切。而谢偃家族原本姓直勒，直勒是少数民族的姓氏，故而谢偃家族的血统并不一定是汉族，有可能是胡人。因此，乾隆在唐代那么多表现欢愉的诗作中选择了谢偃的《踏歌词》恐怕与其北方少数民族的身份有着密切的关系。他将谢偃《踏歌词》所传达的欢快气氛与文姬在塞外的孤寂、痛苦进行中和，淡化了这幅图像背景之后的民族对立、民族矛盾的情绪，具有浓厚的政治色彩。此外，前文中也曾探讨过“吴西施”图像中图文之间存在着并行关系，“吴丽居”中图文关系是“二重断裂”的。因此，《丽姝萃秀》册中文字往往是配合图像而存在，少数情况下会出现“断裂”，而这些“断裂”往往是有其深层的缘由的。

《丽姝萃秀》册是一幅由满族宫廷画家奉乾隆皇帝之命，与大学士梁诗正合作完成的一件艺术珍品。其中的 12 开册页分别选择了历史上著名的 12 位女性来描绘，并在旁边配上了唐人所做的诗文。这些图像与文字不仅生动地展现出了历代文艺作品中经典的女性形象，具有较高的艺术价值与深厚的文化底蕴；还将唐代诗人笔下体裁繁多、内容丰富的诗歌呈献给欣赏者，尤其是两位女性诗人也包括在内，足见乾隆对女性欣赏方式的多样性与包容性。

经过梳理“仕女画”这一绘画类型的演变流程以及对图册中图文关系的仔细分析，还可看出《丽姝萃秀》册并不只是一套简单的、老调重弹的仕女画册。它从形式和内容上都体现了清代“仕女画”发展的新特征，兼有仕女画和美人画的特点，以及宫廷艺术与民间艺术潮流的融合趋势。在这种谱录式书写的新特征下，《丽姝萃秀》册中所呈现出的多种图文关系不仅让欣赏者可以从多个角度对这些经典的女性形象进行理解和品鉴，还蕴含着乾隆作为满族统治者对历史文化、民族身份、满汉关系等意识形态层面的思考。

第四章 扬州八怪题画诗文与画作之关系

“扬州八怪”是清代康雍乾时期活跃于扬州画坛的一个重要流派。扬州八怪的成员组成一般据光绪二十三年(1897)李玉棻《瓯钵罗室书画过目考》一书中所载,为金农、黄慎、郑燮、李鱓、李方膺、汪士慎、高翔、罗聘等八人。但清人以“八怪”为名提到者却不止这八人,一些研究者认为“八”字未必是确指,凡提及者均可计入,故去其重复,计有十五人,分别为:浙江仁和金农、福建宁化黄慎、兴化郑燮、李鱓、通州李方膺、安徽歙县汪士慎、甘泉高翔、安徽歙县罗聘、福建上杭华嵒、淮安边寿民、江西南昌闵贞、安徽怀宁李葂、浙江鄞县陈撰、江宁杨法、山东胶州高凤翰。

所谓扬州八怪,虽不宜视为一个自觉的艺术流派或团体,但确实存在某些共性特征。在观念上,他们一反清前期以“四王吴恽”(王时敏、王鉴、王翚、王原祁、吴历、恽恪)为代表的正统画派过分“仿古”“泥古”的主张,而更多认可徐渭、朱耷、石涛等人的革新观念,强调外师造化、中得心源。他们拓宽了绘画题材,创新了书画技法,在书画结合方面更是有着自觉意识和鲜明特色。尤其是郑燮,堪为诗、书、画有机结合意识和实践的代表人物。

郑燮以及扬州八怪其他成员的诗文所受到的关注历来相当有限,主要原因是他们的诗文以题画诗文为多。传统文学史出于较为狭隘的文学本位立场,倾向于忽略文学文本之外的元素,将题画诗文从诗画共在的文本环境中剥离出来,按单纯诗文的标准加以品评、研究,得出其艺术性不高的结论,其实是存在偏颇的。

故本章立意突破传统诗文研究狭隘的文学本位立场,将以郑燮为代表的扬州八怪的题画诗文置于与画面图像之互文关系中予以考察,探求题画诗文比较适当的品鉴观念和方法,尝试一种较为宽宏的文学史视阈。

在思路上拟首先探索扬州八怪题画诗文的基本观念,进而考察其题画诗文与画面图像之互文关系。互文具体包括两个方面:一是内容层面,考察题画诗文所包含的元素与画作图像所包含的元素两者之间的对应情况;二是形式层面,考察题画诗文的位置、排布与画作构图之间的关系,以及题画诗文之书体与诗、画风格之间的关系。

第一节 扬州八怪题画诗文之基本观念

在画作中题写诗、文，当然非始自扬州八怪。清钱杜《松壶画忆》追述此种传统云：

画之款识，唐人只小字藏树根石罅，大约书不工者多落纸背。至宋始有年月纪之，然犹是细楷一线，无书两行者。惟东坡款皆大行楷，或有跋语三五行，已开元人一派矣。元惟赵承旨犹有古风，至云林不独跋兼以诗，往往有百余字者。元人工书，虽侵画位，弥觉其隽雅。明之文（徵明）、沈（周）皆宗元人之意也。①

按钱杜的说法，唐至宋初，中国画的题款多为信息性文字，且以单行小楷题在不显眼之处，以保证画面图像的绝对主体地位。东坡之后尤其至元、明时期，题诗文于画面之上的风气日益兴盛，且篇幅较大，位置显著，注重书法。入清则此风更盛，几至无画不题的程度。一画既成，若得文人名士之题，则传为佳话，如潘莲巢之画得王文治题诗，人称“潘画王题”；相反，若佳画不得佳题，则引为憾事。

从中国绘画史演进来看，对题画诗文的日渐看重，实际上反映了中国传统文人的精神诉求。中国文人作画一般不满足于模山范水、雕虫刻鸟，称徒求形似之画为“画工”之画，而意图使绘画继诗文之后也成为文人抒发情志的手段。在这种诉求之下，中国文人画在图像语言和构成元素两个层面实现了转型。

中国文人画的图像语言，笔法由工笔转为写意，设色由重彩转为水墨，构图则注重计白当黑，虚实相生。不脱物象却不囿于物象，超越物象而抒写性灵。在秉性卓绝的文人手下，甚而至于变物形而写己意。如八大山人朱耷，所画鸟鱼，线条简约粗硬，墨色暗沉，形态僵滞，白眼向人，兀立于萧索寒荒的背景之中，真乃朱耷本人历世事而内心郁结、孤独而执拗的形象外化。

然而，图像基于其符号性质，在表情达意方面毕竟不如诗文直接有力，故在画面之上题写诗文以表现其情志，便逐渐成为中国文人画的普遍样态。中国文人画，就构成元素而言，往往不再是图像的独语，而是诗、书、画的同体互文本。

在抒发情志的共同诉求之下，因文人个体情况的差别，到底是偏重图像语言的写意，还是偏重利用诗文来表意，还是因人而异的。前述朱耷图像语言的写意性很强，因而画面题诗文的情况相对较少，图像自足性较高；而以扬州八怪为代表的大多数中国传统文人，他们并不像朱耷那样能够运用如此个性化的图像语言来进行自我表达，在这样的情况下，同样是梅、兰、竹、菊等传统意象，就只能借助题画诗文来传达其个人意趣。

---

① 钱杜：《松壶画忆》（卷上），西泠出版社 2008 年版，第 74 页。

郑燮在他的题画文中就曾多处明白表述其对题画诗文意义的自觉体认，援引两段如下：

文与可墨竹诗云："拟将一段鹅溪绢，扫取寒梢万尺长。"梅道人云："我亦有亭深竹里，也思归去听秋声。"皆诗意清绝，不独以画传也。不独以画传而画益传。愚即不能诗，又不能画，然亦勉题数句曰：雷停雨止斜阳出，一片新篁旋剪裁；影落碧纱窗子上，便拈毫素写将来。鄙夫之言，皇惭前哲。[①]

文与可寄东坡墨竹题诗云：拟将一段鹅溪绢，扫取寒梢万尺长。东坡为与可洋州诗云：料得清贫馋太守，渭川千亩在胸中。古人诗画更唱叠和为不虚也。老夫画竹郁葱葱，最爱清凉涤肺胸。任是祝融司夏政，华堂先已挂秋风。不知大手笔，何以和我也。[②]

郑燮看出前人书画作品在传世过程中，题画诗文起着非常重要的作用，题画诗文可以点出画者之情志，助益画者及其画作之不朽。故而郑燮一直追求"诗画更唱叠和"的和谐境界，期待有好诗与其画相配，无奈知音难觅，于是郑燮虽自叹诗才有限，也要勉题数句。实际情况也正是如此，郑燮存世画作几乎每画皆有自题诗文，足见其观念之明确与践行之执着。

扬州八怪中另一位非常有名的文人金农，亦多次在其《冬心先生杂著》中表明其对题画诗文的倚重。一次，金农之友人新得"江湖钓鱼师"之号，金农画一枝竹赠予他，并书题记曰：

楚州陆三竹民新拜头衔曰："江湖钓鱼师"，予以纸上一竿赠之，直钓乃可，不可效籍人沈毒钩也，此是老夫痴想观者，莫以为有此事耳。并题小诗，申广其意，"新妇机头懒寄书，竹竿笑赠莫踟蹰，钓鱼需钓一尺半，三十六鳞如抹朱。"[③]

金农画竹赠友，为的是表达劝诫——他希望友人不效以叉获鱼、以毒钩钓鱼之法，不要成为为求名利不择手段之人。作为画面内容物之"竹"，虽历来有君子清风之寓意，但金农眷眷之心实则靠题画诗文才能具体表达出来。这正是金农题记中所谓借"诗"以"申广"画意。

再如，金农曾有"画马题记"云：

唐贤画马世不多见，元赵魏公名绩尚在，人间诸储藏家皆是粉缣长卷，马之群五五十十，自八至百，或柳阴晚浴，或花底滚尘、芳草斜阳中交嘶相啮之状也，骐骥骅骝未有貌及独行万里者。予画非专师，爱其神骏，偶然图之，昂首空阔，伯乐罕逢，笑题一诗以写老怀，诗曰："扑面风沙行路难，昔年曾蹑五云端。红鞯今敝雕鞍损，不与人骑更好看。"[④]

---

① 曹惠民编：《郑板桥诗文书画全集》，中国言实出版社2006年版，第53页。

② 同①，第132页。

③ 金农：《冬心先生杂著·冬心先生画竹题记》"楚州陆三竹民"则，《丛书集成续编》第106册，台北新文丰出版公司1989年版，第79页。

④ 金农：《冬心先生杂著·画马题记》，《丛书集成续编》第106册，第83页。

金农画马，意不在马之外形，而在其“神骏”；而之所以爱其“神骏”，实又在借马“写怀”。为了点出“写怀”的具体内容，金农也是借助于题画诗。

由此可见，无论是题诗以“申广”画意，还是借诗以“写怀”，金农对诗画有机结合还是有相当自觉的意识的。

第二节　扬州八怪对诗画和谐的自觉追求

以郑燮为代表的扬州八怪对诗画唱和的自觉追求，使得其题画诗文与画面图像的和谐程度很高。本节即考察其题画诗文所包含的元素与画面图像元素之间的对应关系。

1. 对应性元素

所谓对应性元素，指的是题画诗文与画面图像内容相对应的部分。题画诗文多少都含有紧扣画面图像的部分，有些诗文指涉具体而巧妙，达到观者仅读其诗文便可想见画面图像元素乃至其布局的程度。扬州八怪尤其是郑燮的诗、画在内容方面如此紧密匹配的情况在传统文人画里是不多见的。

郑燮以题画诗文指涉画面图像的方式多样，最常见的是寓图像指涉于写景之中。如《兰竹芳馨图》(图 4－1)，上有题诗曰：

兰竹芳馨不等闲，同根并蒂好相攀；百年兄弟开怀抱，莫谓分居彼此山。[①]

由此诗一、四句可知，此幅画面图像元素有兰、竹和山，且山为近处和略远处各一座，由二、三、四句可知，这些图像元素的相对态势是：兰竹为同根并蒂，分居两山的兰竹呈开怀相对状。这也正是画面的具体内容和实际布局。

郑燮题画诗文的图像指涉方式也有更加巧妙一些的，如寓图像指涉于论述之中，如《竹石图》(图 4－2)有题文曰：

昔东坡居士作枯木竹石。使有枯木石而无竹，则黯然无色矣。余作竹作石固无取于枯木也，意在画竹，则竹为主，以石辅之。今石反大于竹、多于竹，又出于格外也，不泥古法、不执己见，惟在活而已矣。[②]

此文提供的信息有三层：此幅画作图像元素为竹、石而无枯木；竹、石的具体排布比较耐人寻味：表面看石大于竹、多于竹，然而使画面生“色”的是竹，竹为主，石为辅。郑燮认为这样的安排是在规矩与己见之间取得了某种灵活的平衡。对照实图很容易见出此文与此图的高度对应性，且寓画面指涉于论述之中，避免了刻意感，十分巧妙。

再如郑燮《兰竹石图》(图 4－3)题文曰：

---

① 《郑板桥诗文书画全集》，第 60 页。

② 同①，第 42 页。

图 4－1 《兰竹芳馨图》

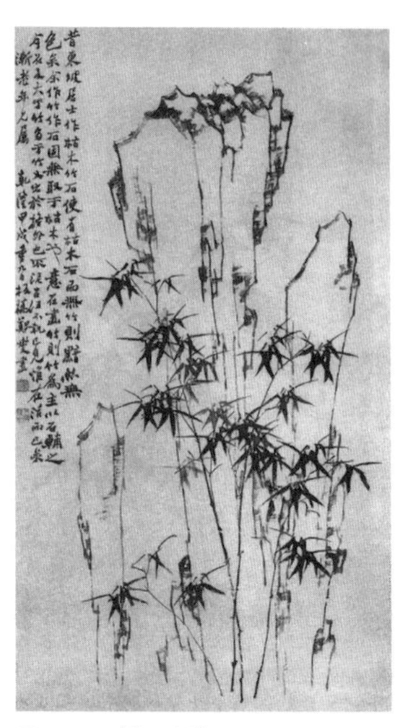

图 4－2 《竹石图》

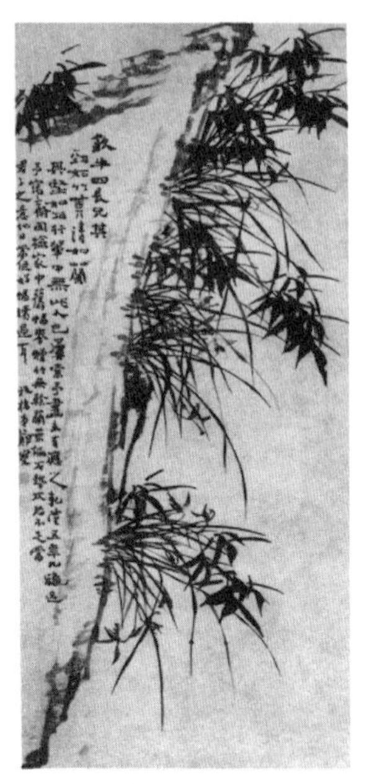

图 4－3 《兰竹石图》

饮牛四长兄其劲如竹，其清如兰，其坚如石，行辈中无此人也。屡索予画，未有应之，乾隆五年，九秋遇予寓斋，回检家中旧幅奉赠。竹无干，兰叶偏，石势仄，恐不足当君子之意，他日当作好幅赎过尔。①

其中“竹无干，兰叶偏，石势仄”，是对画面元素及形态的直接描述，却寓于叙事和评论之中，亦十分巧妙。

此类画例甚多，恕不尽举。

2. 附加性元素

扬州八怪所画绝大多数为竹、兰、石之类，换言之，画作的图像元素是相对单一的。竹、兰、石是自然物象，画者引其入画并非仅想描摹其形状，那么，通过题画诗文赋予物象以某种意义，从而使之成为意象，便是中国文人画的通常手法。因此，我们考察题画诗文与画面图像的元素对应关系时，会发现一个一般规律，即题画诗文所包含的元素往往大于图像元素。题画诗文中超出图像元素的附加元素十分丰富，可略分为三类：

第一类附加元素赋予表层物象以深层寓意。这种寓意的形成机制可以是象征、譬喻或联想。

（1）象征意义。

扬州八怪所画之梅、兰、竹、石等，皆非单纯物象，而是寄寓了明确的象征意义，这种象征意义根植于传统之中。梅之傲雪、清高，竹之有节、虚心，兰之素心、

① 《郑板桥诗文书画全集》，第 4 页。

幽香，石之孤寂挺然、不屈不移，在中国文化传统中素被用来比配君子之德，历代文士也正是在这层意义上对其反复摹写吟咏。扬州八怪出于其文人秉性，对入画题材的选择高度自觉，梅、兰、竹、石之所以能成为他们一生摹画的对象，正是因为梅、兰、竹、石在中国文化传统中凝成的象征意义符合郑燮的价值观和自我认同。

郑燮画竹、兰还经常杂以荆棘。以竹、兰为君子，以荆棘为小人，这是一种传统象征，此前苏轼、郑虔皆如此；然而郑燮的独特之处在于对"小人"存在状态和存在价值的认可。郑燮认为"龟龙混杂"正是自然界和人类社会的常态；所谓小人的存在，在为人层面上可以铸就或表征君子能容的胸怀，在世道层面上则可以激励警惕与忧患意识，以维持长治久安。

扬州八怪中，郑燮之外，金农所绘的梅象征意义也非常突出。其《梅花册十二开之八》，画中为一株粗干细枝的老梅，姿态曲折，花却繁茂。画面左上方有题画诗曰："老梅愈老愈精神，水店山楼若有人。清到十分寒满把，始知明月是前身。"此诗盛赞老梅临寒着花之傲气，与明月相比，更象征清高不随俗。

由此可见，画虽小道，文人寄兴却是意味深长的。

(2) 联想譬喻义。

除了赋予表层物象以深层象征意义之外，文人还通过题画诗文赋予某物或某场面以联想或譬喻意义。

如郑燮著名的《衙斋听竹图》题诗："衙斋卧听萧萧竹，疑是民间疾苦声。些小吾曹州县吏，一枝一叶总关情。"[①]此诗将窗外风吹竹摇之声与民间疾苦之声相联系，表达了郑燮无时无处不在的爱民忧民之心。

再如《竹图》题诗："竹枝刷石傍山根，岁久年深石有痕。千古文章无捷获，惟求问此且关门。"[②]竹枝虽轻，但积年累月，顽石亦能刷出痕迹；郑燮以此来譬喻写作之理，勉励后学写文章没有捷径可走，惟勤勉刻苦一途。类似的还如《墨竹图》题诗："减之又减无多叶，添又加添著几枝。爱竹总如教子弟，数番减削又扶持。"[③]郑燮借画竹之理来譬喻教养子弟的方法，须于减削与扶持之间取得适度的平衡，立意堪称巧妙。

郑燮还有一些应酬之作，如：

新竹高于旧竹枝，全凭老干为扶持。明年再有新生者，十丈龙孙绕凤池。[④]

两竿修竹入云根，下有峰峦石势尊；甘雨和风三月四，满庭篁条是儿孙。[⑤]

前者为贺"懒石十哥弄璋之喜"，后者为贺某老翁寿辰。诗作本身不甚高妙，

① 《郑板桥诗文书画全集》，第 97 页。
② 同①，第 103 页。
③ 同①，第 120 页。
④ 同①，第 139 页。
⑤ 同①，第 67 页。

然郑燮以旧竹扶持新竹或老竹护佑小竹之场景譬喻父子人伦，殊有情味。

我们对照相应的画作会发现，画面图像是非常单一的，不外乎郑燮常画之物，以上所举皆为竹，即便末两幅竹，郑燮画出了老竹新竹及其护佑之势，我们单凭画面也是无法产生多少意义联想的，而这类联想或譬喻意义的引入正极大增加了图像的想象空间和情感认同。

与郑燮的做法相似，金农《花果册》（之一），所画为一株萱草，画面右侧题曲一首曰："花开笑口，北堂之上，百岁春秋，一生欢喜，从不向人愁，果然萱草可忘忧。"落款为"曲江外史小笔并赋萱草曲"①。金农将萱草画成枝叶轻柔和婉的曲线，宛若慈祥疏朗的笑颜。然而若不与题曲对读，这样的联想意义怕是很难读出。

第二类附加元素赋予画面所难以表现的色彩、气味、声音、动态等。

郑燮画作图像多为水墨竹、兰、石，画本体是静态而单调的，但题画诗文给出的是一个色香味俱全的世界。

郑燮写竹之色，好用"青""玉""清"等字样，新竹之青青如玉，微风细雨新晴后之清光照人，新霜之后青色之老成遒劲；竹色随着时间、情境和心态在微妙流转。即便是郑燮不常画的菊花、牡丹，题画诗中亦是有色之象，"金碗红心翠叶铺"②俨然工笔重彩之菊，"最怜红粉几条痕"③则类似淡彩牡丹。

郑燮写兰之味，好用"妙香""幽香"等字样，爱其"香远而长"，配合画面清疏而有韵致的几笔幽兰，感觉馨香清远，沁人心脾。

郑燮写竹之动态，好将竹置于风中。风竹之动态有柔和轻盈的"几叶风前竹"④；亦有十分激烈的："立根"乱岩，"咬定"青山，任狂风"千磨万击"，依然"坚劲"⑤。

郑燮写竹之声音，则多将其置于秋夜风雨的情境之中。中国文士素有伤春悲秋的传统，《红楼梦》中林黛玉曾赞李义山一句"留得残荷听雨声"颇有意味。郑燮诗画之中亦多处呈现这样的场景：秋夜不眠，倚枕听窗外秋风秋雨、竹声萧萧，忧思满怀，诗意盈胸。郑燮反复引用梅道人一联诗句："我亦有亭深竹里，也思归去听秋声。"郑燮留竹听秋寄寓的是他不屈流俗的铮铮傲骨背后深藏的归隐情怀。

郑燮有一小幅画竹根，题诗曰："立根坚固何能拔，雨叶风枝纸外寻。"⑥这可谓夫子自道语。郑燮画面图像是水墨静物，而其色、香、味、态则可在其题画诗文

---

① 中国美术全集编辑委员会编：《中国美术全集·绘画编·清代绘画》（下册），人民美术出版社 1988 年版，第 26 页。

② 《郑板桥诗文书画全集》，第 76 页。

③ 同②，第 77 页。

④ 同②，第 140 页。

⑤ 同②，第 63 页。

⑥ 同②，第 92 页。

中寻到。

类似的如汪士慎《猫石桃花图轴》(图 4-4)。

画面主体自然是桃花枝下团蹲于石上的那只猫,其实独就画面而言,此猫谈不上多么特别或可爱。再看画面左上部的题画诗:“每餐先备买鱼钱,曾记携归小似拳。一自爪牙勤黠鼠,傍人安稳卧青毡。”这首题画诗补充了很多维度,如时间维度——猫儿被带回之初,玲珑如小小一拳,现已如画面那般圆滚“大物”;动态维度——伶俐捕鼠;还有关系维度——作者与猫儿感情甚笃——主人每餐优先考虑猫儿的买鱼钱,猫儿则乖巧依傍主人身边。诗画结合之下,画面的内涵不止是静物,顿时丰厚了许多,也多了人情味。

图 4-4 《猫石桃花图轴》

第三类附加元素赋予物象以某种情境,所谓情境可能是事件情境,也可能是场景情境,都属于时间维度上的拓展。

绘画是一种空间艺术,它呈现的是事物某个瞬间的形态。如上所述,郑燮画作题材单一,若单纯只看画面图像,很容易产生意义缺失和审美疲劳的感觉。但如果结合题画诗文,情况就不同了,一幅画宛如一则小品,充满着性情意趣。这其中很重要的策略就在于,郑燮擅于在题画诗文中引入时间维度,赋予一帧静态画面以某种叙事情境,使其成为一个叙事序列里的某个有意味的点。如《竹石图》(图 4-5)题诗就是很好的一例:

图 4-5 《竹石图》

昨夜西风动窗竹,一枕秋寒睡不足。未便呼僮尽斫之,石畔还留一枝秃。①

这首小诗叙述了一则充满生活情趣的事件:郑燮嗜竹如命,怎奈秋夜寒凉,加之风吹竹摇,响声不歇,搅得诗人一夜未眠,忍不住对竹子动了杀伐之心,但又实不忍让家僮将之斫尽,石畔便留存了一枝秃竹。此诗清新有趣,读过诗后再看画面,心中便知道,这一幕是一桩“紧张”“事件”结局之点的呈现,骚动不安已过,竹君子劫后余生,不由一笑。

---

①《郑板桥诗文书画全集》,第 101 页。

郑燮赋予画面物象的叙事情境中有一类比较特别，就是他常常于题画诗文中展现绘画过程。如郑燮《墨竹通景图》有大段题文如下：

画大幅竹人以为难，吾以为易。每日只画一竿，至完至足须五七日。画五七竿，皆离立完好，然后以淡竹小竹碎竹经纬其间，或疏或密，或浓或淡，或长或短，或肥或瘦，随意缓急，便构成大局矣。①

此段文字常被学界引录，目的在于揭示郑燮题画诗文中所包含的画理观念。而在我们看来，郑燮用意不止于此。一幅既成的图画，已然用最终的物象遮蔽了作画的动态过程，而郑燮很多题画诗文正是将这种过程展现出来，观者可借诗文拟想见画作一点点落成至面前的模样，这是一种在时间维度上的拓展，是很多感性趣味和理性趣味的来由。

这类文字仿佛呈现了画家提笔思量、布局、作画以至画成的鲜活过程，兼具行动感和理趣，弥补了静物画面可能带来的单调贫乏感。

第三节 扬州八怪题画诗文之位置、排布、书体与画作之关系

以上从内容层面，阐述了题画诗文对画面图像元素的对应性摹写与附加性拓展生发。本节则从形式层面，考察题画诗文的位置、排布及其书体与画作图像之间的关系。如果对于单纯诗文研究来说，这样的形式问题无从涉及，那么对于题画诗文研究而言，则是题中应有之义。

扬州八怪中，郑燮对于题画诗文的位置和排布最为用心。郑燮的很多画作，如果去除题画诗文，单看画作图像在画幅中所处的位置，我们会发现，图像呈略偏之势，且这种略偏并不是中国传统绘画的留白，取如图 4－6、4－7 两例。

这说明郑燮在构图时即已考虑好并预留了题画诗文的位置。明沈颢所著《画尘》“落款”条云：“一幅中有天然候款处，失之则伤局。”②这也是对题字位置恰当的强调，但似乎还是以画作图像为本位，即画成之后，视情况择取一处宜于题字的地方，以求协调的效果。郑燮在作画之前即已考虑好题字位置，在观念上是更为自觉的。

郑燮在构思阶段即已将图文相对位置考虑在内，这使得郑燮画作常常可以运用中国传统绘画中不常见的非稳定性构图，即画面图像本体呈倾斜之势，在这种情况下通过题字位置的适当排布，起到帮助恢复视觉平衡的作用，如图 4－8 至 4－11 四幅图例：

---

① 《郑板桥诗文书画全集》，第 22 页。

② 沈颢：《画尘》，黄宾虹、邓实编：《美术丛书》，江苏古籍出版社 1997 年版，第 321 页。

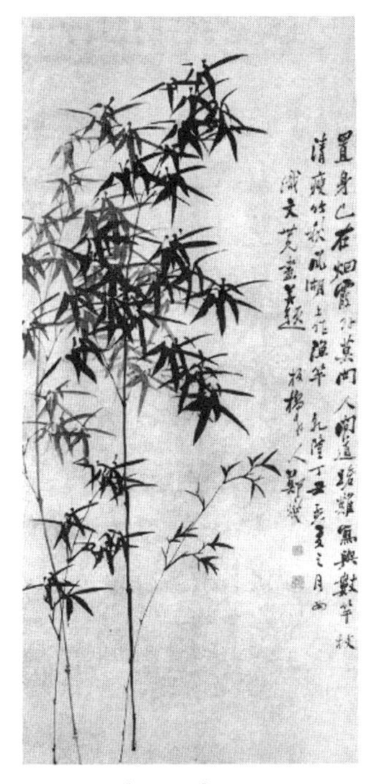

图 4-6 《墨竹图》

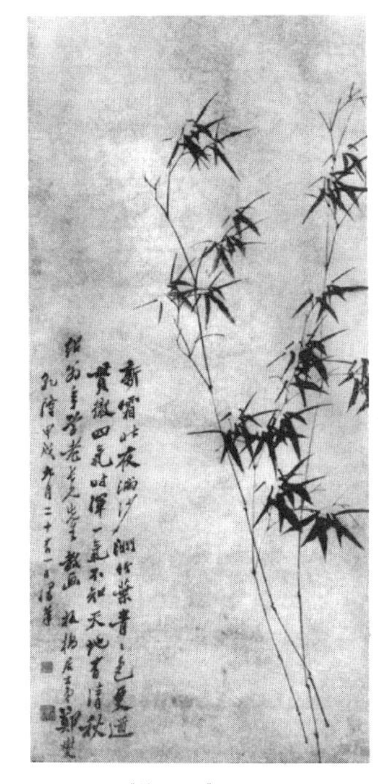

图 4-7 《修竹图》

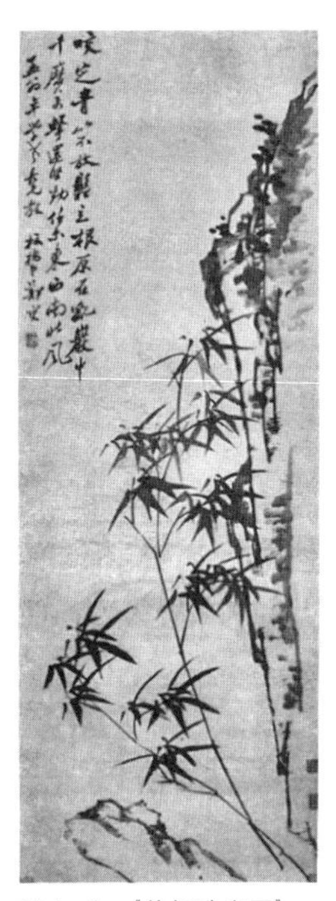

图 4-8 《扎根乱岩图》

图 4-9 《竹石图》

图 4－10 《竹石图》

图 4－11 《兰竹石图》

以上几幅图，构图皆险：竹遇劲风，立根仍在原处，枝叶却齐向风势而转；石也非传统下大上小的稳态，而是柱石，且顶端重大底部窄小，更非直立。而且，竹石相配时倾斜的方向是一致的。这几点造成了画面图像的明显不平衡感。郑燮正是靠操纵题字的排布和位置，来使画面重新获得视觉平衡。策略有二，一是以文字排布之正直以救竹石之偏倚，二是于弱势方位题字以救图像的倾势。以此综合分析图 4－12 就是：画幅右侧两列题字以其正直端方的排布，与画面图像兰石皆斜，构成一对张力；兰石齐向右下角倾斜，题字居于右侧下部，正好起承托之势。画面图像和题字以此看似平常的方式共同保持着画面有张力而又平衡的视觉感受。

然而，画面空间有限，图像和诗文共享同一文本时，彼此之间的张力是始终存在的。特别是当画面图像元素比较多或者比较大，画者身为文士又特别看重题写诗文，那么该如何处理呢？郑燮自然也会遇到这样的问题，并且表现出了他的自觉探索和独特的处理方式。

比较通常的做法是，考虑题字的位置和排布，尽量避免把画面虚空处、生长处填实，为画面留下“气口”。以图 4－12、4－13 两幅画为例解析：《竹子石笋图》气口和气势往上部，郑燮题画诗文安排在右侧下部预留的空处，使得画面平衡又不失疏朗开阔。《竹兰石图》气口和气势往左上角，郑燮将题画诗文题于右下部，且右下部属石头轮廓内部，质地可以较实，且某种意义上可以说题字没有占据画面空白空间。

除此之外，郑燮还有更加个性化的处理方式。他有意识削弱题字的独立部件感，而试图将其转化为某种形式的类图像元素。因为郑燮画作对象主要是竹石之类，所以较常使用的类图像转换是两种：第一种是题诗文于竹茎或近根处，以形成类似竹茎或竹根处土壤草石的视像。如郑燮著名的《墨竹通景图》（图 4－14），正是将这种纵向小字题文平行穿插进竹枝之间，形成类似竹枝及底部泥土

图 4－12 《竹子石笋图》

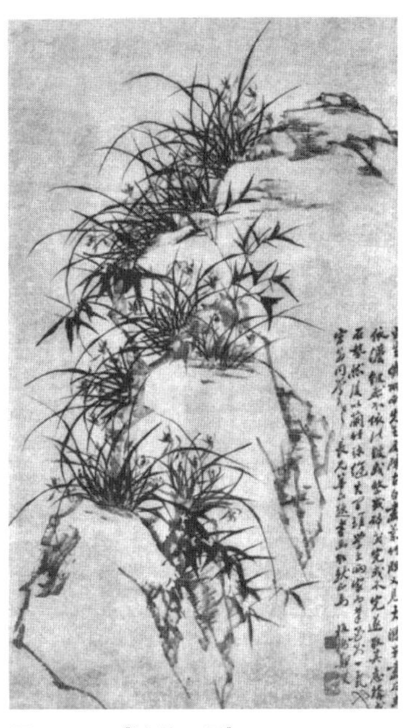
图 4－13 《竹兰石图》

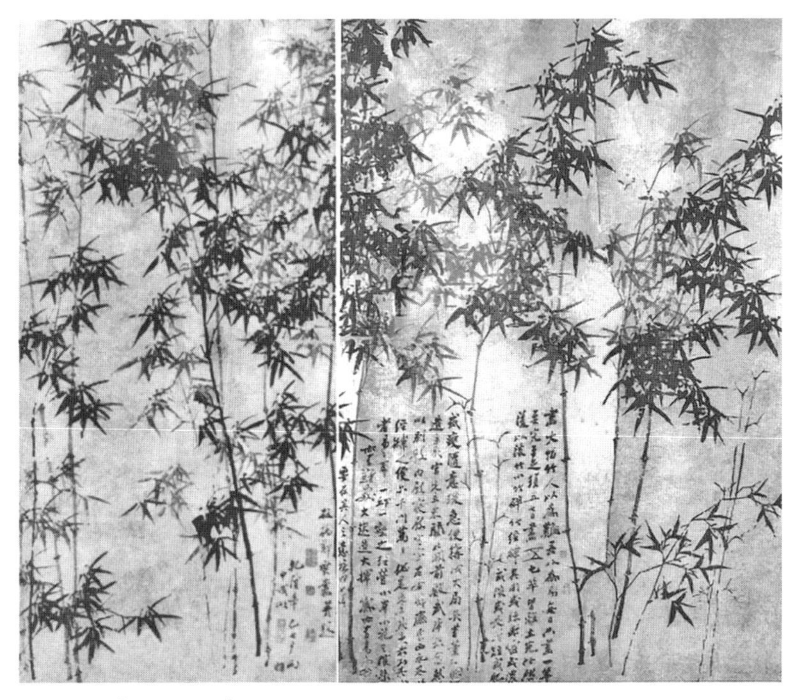
图 4－14 《墨竹通景图》

的视像，兼以字迹墨色浓淡的安排，达成了与画面图像光影中的竹林十分和谐的视觉感受，又成功实现了大幅题文。郑燮还有一幅《墨竹图》（图 4－15），长篇题文与《墨竹通景图》几近一致，构图的思路却迥异。它采取的是比较普通的处理方式：题文分八列并立于画面左侧略偏下的位置，整幅画明显感觉拥挤得多。因

图 4－15 《墨竹图》

图 4－16 《墨竹图》

为年代不详，无法确定孰先孰后，但这一组画确实反映了郑燮对题字方式的自觉探索，也确实可以看出不同处理方式的不同效果。另外如《墨竹图》（图 4－16），在构图上的名气虽不如《墨竹通景图》大，其实处理更为巧妙：题字依竹茎长势排列，高矮错落在画面左下角呈扇形展开，似泥土中丛生的小竹，将几竿大竹向右下的倾势紧紧拉回，体现了画面的虚实相生，保持住了画面的平衡。

在化画外为画内的思路之下，郑燮常用的第二种做法是，于石块轮廓区域内题文,配合书体,形成似石之纹理的视像。下列一组四幅(图 4－17 至 4－20)兰竹石图,前三幅郑燮分别画成于 1758、1761、1764 年,第四幅年代不详。这四幅的画面图像皆是芝、兰、竹、石。题画诗文方面,前三幅题文,末幅题文兼题七绝诗一首,所题之文内容几乎无差异。几幅最大的不同仍在于题字的方式。

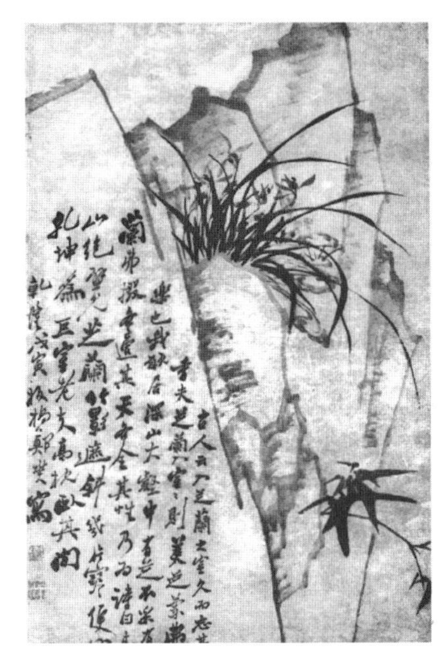

图 4－17 《兰竹图》

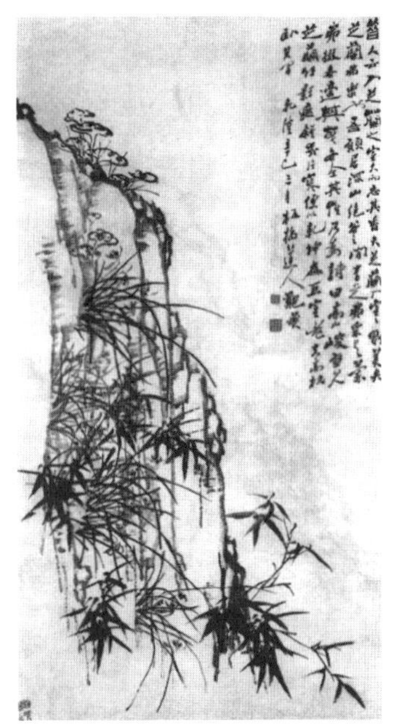

图 4－18 《兰竹图》

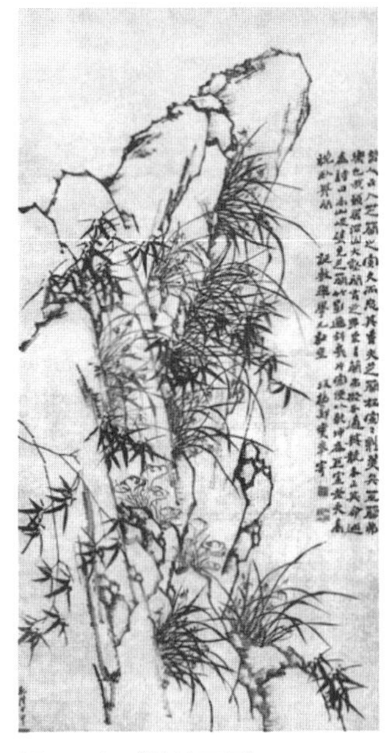

图 4－19 《兰竹石图》

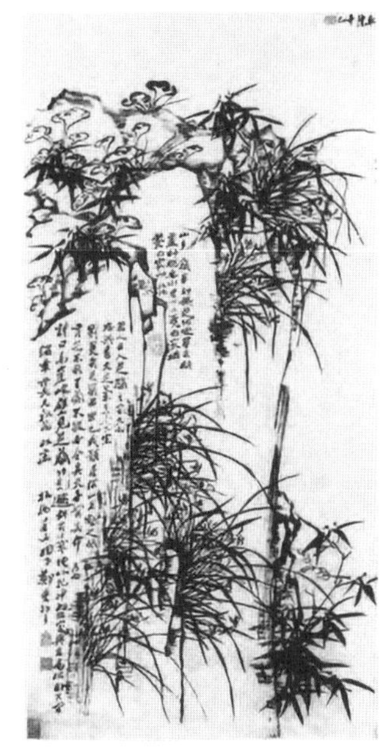

图 4－20 《兰竹图》

这组画作画面图像元素多,郑燮想题于其上的诗文字数也多,连诗加文 130 余字,要达到诗画和谐确实很有难度。遗憾的是末幅年代不详,无法理出郑燮相关构图思路的轨迹,单从画面可以看出,郑燮是反复尝试不同的方法和效果的。四幅中两幅将诗文题在图像内即石面上,另两幅题在图像外画面空间。对比发现各有利弊:前者巧妙地化题字为石面纹理的视像,画面整体感统一感较强,但为了容纳那么多字,画面图像不得不处理得比较铺张,难免失了峭拔之气,而且山石缝里生出的兰竹本已显得密集且墨色深重,石面又被方块状文字填满(虽然郑燮已努力使其字在书和画之间更偏向画),整幅画面失之过密,很难有气韵可言。图像外题字是比较传统的处理方法,这种方法同样遭遇了较多的图像元素和较多的题字"争夺"画面空间的困境。因为是图像外题字,字数又多,又要适当留出空白,所以难免出现了图像过分收缩的情况,如图 4-18;如果图像尝试膨胀一些,而题字无论多小,字数行数仍然可观的情况下,便又出现了画面过密的不良观感,如图 4-19。

题画诗文的载体是书法,郑燮的书法富于独创性,其同时的著名文人阮元论及其书法云:"(郑燮)工画兰竹,书法以隶楷行三体相参,古秀独绝。"[1]

郑燮书法独特,且常常自觉运用其独特的书体去配合不同的诗文风格和画面风格。中国书画同以笔墨为基本工具,笔法墨法皆通,所以对作者而言作法相通,对观者而言品鉴也相通。故方玉润《星烈日记汇要》说郑燮"书中有画,画中有书",其兰竹画用了书法尤其是草书法中竖长撇法。此言不虚,例证在在皆是,如《竹兰图》(图 4-21),竹兰之叶的姿态与书法之运笔出锋呼应甚妙。

图 4-21 《竹兰图》

① 阮元:《淮海英灵集(丙集卷四)》,清嘉庆三年小琅嬛仙馆刻本,第 261 页。

郑燮每幅题字的布局，每个字的形态、大小，字与字之间的呼应相背，以及墨色之深浅浓淡，都经过精心设计。有两组画例特别典型，略作解析。

郑燮《兰竹册》里有两幅（图 4－22、4－23）画的都是竹枝近根之处。两幅画上都有题诗，题诗位置皆属与竹茎平行并列式。一首题曰“立根坚固何能拔，雨叶风枝纸外寻”，另一首题曰“一团劲悍气，一团倔强意。若遇潘桐冈，定然成竹器”。两首诗都是赞美竹的品质，但强调的具体品质不尽相同，一首着眼于竹立根坚固，于风雨中挺拔不屈；一首则强调竹之劲悍、倔强。立意的不同，同时带来了画风的不同，前者竹枝直且坚，后者竹枝则扭曲遒劲。为配合这样的立意和画风，郑燮两幅题字的书法风格迥异，一则清疏峭拔，一则扭结有力，诗、书、画相得益彰。

图 4－22 《兰竹》之一

图 4－23 《兰竹》之三

另一组是郑燮的两幅竹子(图 4-24、4-25),幅上皆题诗句曰:“我亦有亭深竹里,也思归去听秋声。”此诗句是梅道人所作,诗意清绝,深合郑燮之心,郑燮曾多处以之题画。题诗的位置,其一紧靠石壁,另一则悬在竹枝间。题诗所用之书法,前者笔画粗直遒劲,结体横宽纵窄,墨色深重,视像近乎布有苔藓的石面;后者笔画细弱,婉转写意,类画而不类书,视像近乎竹之纤枝细叶。书法迥异其趣,然皆与画风绝妙契合。

图 4-24 《竹石图》

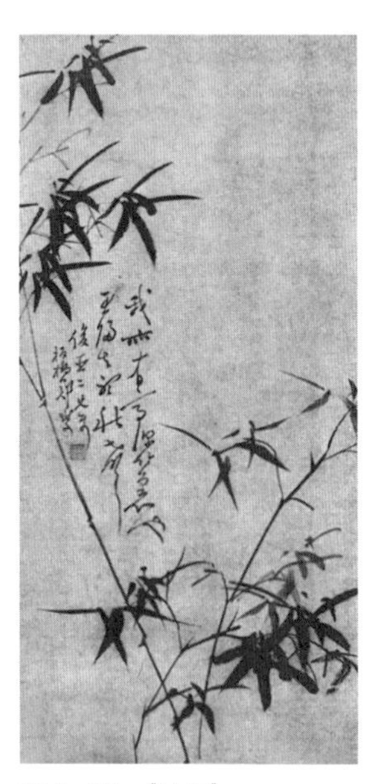

图 4-25 《竹图》

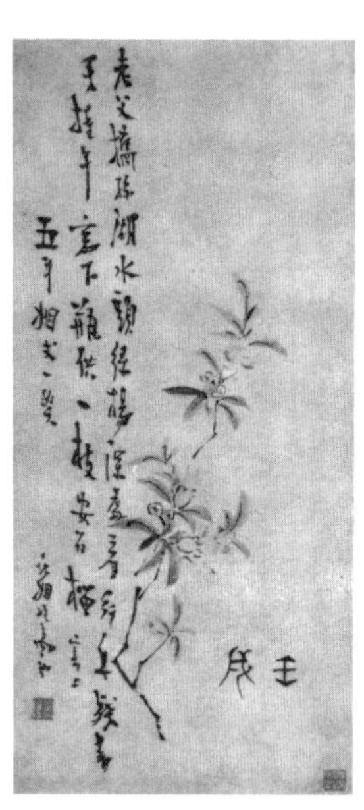

图 4-26 《折枝榴花图轴》

扬州八怪文人中,有自觉的题画构图意识,以及擅长用个性化的字体与画面内容及风格相呼应的不在少数,如高翔《折枝榴花图轴》(图 4-26)。

若去掉画面题诗,独剩一枝榴花,就构图而言,显然过于偏下,重心也向右倾斜,可谓失衡。高翔在画面左侧竖向题写了几列疏朗的诗文,有效平衡了画面构图。另外,题款的字体与榴花的折枝形态相似并相连,成功制造了以字为枝的视觉印象,堪称巧妙。

再如李鱓《芭蕉睡鹅图轴》(图 4-27)与《蕉竹图轴》(图 4-28)。这两幅图为同一人所画,题字也是同一人所题,然而字体截然不同。前图所配字体墨色粗重,字形横短,笔画直折,颇似芭蕉叶上纤维感很强的横向纹理。而后图字体轻柔卷曲,墨色清淡,撇画与末笔都向左出锋,与整幅画面风吹蕉竹,枝叶向左飞动的秀劲俏丽之态特别契合,可谓相得益彰。

如上所论,以郑燮为代表的扬州八怪诸多文人的题画诗文在内容上和形式上都和画面图像达成了深度互文关系。其题画诗文一方面与画作图像对应勾连紧密巧妙,另一方面运用各种手段进行深度模式的建构,予以空间层面的拓宽和

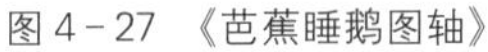

图 4－27 《芭蕉睡鹅图轴》

图 4－28 《蕉竹图轴》

时间层面的补充；其精心排布题画诗文和画面图像的相对位置关系，运用其自创的独特书体与诗风画风相配合；如此种种使得郑燮画作中诗、书、画诸元素的和谐程度远非其他文人画可比，正如蒋宝龄《墨林今话》中称赞郑燮之言：

板桥道人郑燮，兴化人，诗词书画皆旷世独立，自成一家。……板桥题画之作与其书、画悉称，故觉妙绝，他人不宜学也。①

这可谓是扬州八怪文人都不同程度具有的优长特质。然而，我们同样不可忽略问题的另一面，即诗、书、画共处于同一文本时的矛盾和张力。因为我们的研究尚处于才“发现”图文共在的欣喜之中，所以比较强调二者协调性的一面；但事实上其矛盾和张力也无处不在。

中国文人画的题画诗文中常常出现一诗或一文多题的情况，包括郑燮亦如此，虽然因为画面图像元素差异不大，画面图像的象征意义也比较固定，所以这种移用并没有显得特别不协调，但是这种移用的行为本身就已说明了文与图之间关系的非必然性。另外，如文中已详细论及的图像元素较多同时诗文篇幅较大时，二者关系的紧张和妥协，亦是非常重要的一个表现。更为深层的张力还在于，文字和图像本是两种不同性质的符号，它们共处于同一文本时，文字的强势

① 蒋宝龄：《墨林今话》（卷一），上海古籍出版社 2015 年版，第 13—14 页。

常常导致画本体的被遗忘,[①]而这种情况在中国的绘画传统中表现得更为突出[②]。

文字和图像的矛盾和张力,在如此追求诗书画和谐的郑燮那里尚且难以避免,在其他文人画中则更为普遍。具体的文本考察和深入的学理分析都将导向一个认识:互文和张力是诗书画关系的一体两面,这也是我们不得不面对的客观问题。

---

① 赵宪章:《语图互仿的顺势与逆势》,《中国社会科学》2011 年第 3 期。

② 相形之下,西方绘画始终注重画本体的自足表现力,竭力避免用语言自白的情形。

第五章　清代宫廷演剧与戏曲绘画

历代宫廷演剧，以有清一代为最，满清历代帝王们的倡导是其最主要原因。历代王朝的统治阶级，几乎无一例外，都要追求豪华奢侈的物质享受，也要充分满足精神上的文化娱乐。虽然清廷编撰的《四库全书》不收一部戏曲作品，又三令五申地禁止、限制民间的演剧活动，但他们自己在宫廷中的演戏，则大大超过了过去的任何时代，尤以乾隆、光绪两朝为极盛。与此演剧盛况相应，此时也出现了不少描绘清代宫廷演剧的戏曲绘画，其数量亦远远超过之前的任何时代。这类戏曲绘画多出自宫廷画师之手，按其用途和载体可分为三类：一是表现宫廷庆典长卷绘画中的演剧图，例如《康熙万寿图卷》《崇庆皇太后万寿盛典图》等大型绘画中的戏台演戏场景；二是作为帝后个人欣赏物的戏曲人物画，它们的装帧形式都采取册页形式，一开一出戏或一个戏曲人物，取其简便，易于捧于手中欣赏，今故宫博物院就藏有此类戏画几百幅；三是装饰性的宫廷戏曲壁画，例如钟粹宫外檐上的彩色戏画。本章结合相关历史文献记载，着重对此三类清代宫廷戏曲绘画予以介绍和研究。

第一节　清代宫廷演剧概况

宫廷演戏本是帝王家的隐私，宫禁森严，外人不易得知，我们现在之所以能对清宫演戏的情况有所了解，主要来源于“文献”一途，其不外乎这样几条渠道：有关清宫文献档案的流散、传播和出版，使我们不仅能读到卷帙浩繁的连台大戏和各种节令、庆寿承应小戏的剧本，而且还可读到有关宫廷演戏记载详备的各种档案材料，它们是了解清宫演剧最具权威性的材料，此其一。其二，民间名艺人入宫当差，把在宫中的所见所闻透露出来。这些人在南府时代通称外学学生，升平署时代叫外籍或民籍学生，晚清所谓“内廷供奉”只是民间的美称而已。其三，有资格参与宫廷戏剧活动的少数官员以及外国使节的有关记载，也是一种重要的渠道，例如《翁同龢日记》以及朝鲜使臣《燕行录》中的相关演剧记载。下面我们便依据这些文献，同时参考学界研究成果，对清代宫廷演剧的基本历史情况予以简略介绍。

顺治初年宫内演剧沿袭了明代钟鼓司、教坊司管理演戏事宜的旧例。清初内廷档案制度尚未完善，至今未见有记录顺治年间演戏活动的档案，但从清初笔记、诗文中可获知，顺治年间宫内时有戏曲上演。例如尤侗自著年谱载："顺治十五年，年四十一岁，有以予《读离骚》乐府献者，上益读而善之，令教坊内人播之管弦，为宫中雅乐。"[①]尤侗所撰《读离骚》是根据楚辞《天问》《卜居》《九歌》《招魂》等篇写成的关于屈原遭谗被放逐故事的杂剧，顺治帝读后加以赞赏，因而传旨命教坊司排练后在内廷上演。但大规模的戏曲演出此时还不太可能提到议事日程上来，因为历经改朝换代的战乱之后，国家百废待兴，内廷的管理也有待规范。

清内廷戏剧演出兴于康熙年间，并建立了专职管理演剧的衙署——南府、景山，将戏曲纳入宫廷正规文化活动范畴，为后世内廷演剧制定了初步的规范。康熙年间清王朝统治得到了巩固，社会日趋稳定，经济也在逐步恢复，百姓生活有所好转。从内务府相关开销的满文题本中可以看到，自康熙二十年左右，内廷已有了教授弹琴和舞碟的"教习"。康熙二十五年题本中记有南府、学艺处的开销，继而有了景山、南府学艺处的记载。南府位于南池子南口路西处，和景山观德殿后一带均为伶人住所，清廷常将地名作为管理相关事物衙署的名称，两处都有内学（指太监伶人）和外学（指民间召进伶人）。西郊皇家园林畅春园附近还曾有过六郎庄学艺处。

雍正时期内廷演剧甚有节制，却也没有间断。雍正帝胤禛同样酷好看戏，他在位十三年，处于康乾盛世之间，起到承前启后的重要作用，为乾隆前期清王朝的鼎盛奠定了坚实的基础，也为乾隆时期奢侈挥霍，进行大规模的戏曲表演活动创造了必要的条件。雍正帝对宫廷演戏事十分重视，第一座三层大戏楼圆明园同乐园清音阁就建于雍正四年。

乾隆朝是清代内廷演戏的鼎盛时期。尤其前、中期国势如日中天，财政经济实力雄厚，乾隆四十七年清高宗有谕旨称："朕即位之初，部库之贮银不及三千万两，今已增至七千八百万两，尚何不足用之有？"内廷风气十分奢靡，乾隆生母崇庆皇太后六十、七十、八十以及乾隆帝八十万寿操办了规模宏大的万寿庆典，其间戏曲演出十分兴盛，有无数外地戏班进京演出。清内廷的戏台大都修建于乾隆年间，演戏规模恢弘，达到巅峰。此时内廷演剧机构已完善，内学（太监伶人）和外学（指民间伶人，包括由南方选进的民籍伶人和由内府包衣子弟中挑选的旗籍伶人）人数众多，据近人王芷章在《清升平署志略》一书中的估计，有一千四五百人，比之明代宫廷戏曲的极盛时期（万历年间）的人数超过一倍到两倍。

演剧被纳入清廷的礼仪活动之中。据礼亲王昭梿《啸亭续录》卷一"大戏节戏"条云：

乾隆初，纯皇帝以海内升平，命张文敏制诸院本进呈，以备乐部演习，凡各节令皆奏演。其时典故如屈子竞渡，子安题阁诸事，无不谱入，谓之月令承应。其

① 转引自王芷章：《清升平署考略》，上海书店出版社 1991 年版，第 5 页。

于内庭诸喜庆事，奏演祥征瑞应者，谓之《法宫雅奏》。其于万寿令节前后奏演群仙神道添筹锡禧，以及黄童白叟含哺鼓腹者，谓之《九九大庆》。又演目犍连尊者救母事，析为十本，谓之《劝善金科》，于岁幕奏之，以其鬼魅杂出，以代古人傩祓之意。演唐玄奘西域取经事，谓之《升平宝筏》，于上元前后日奏之。其曲文皆文敏亲制，词藻奇丽，引用内典经卷，大为超妙。[①]

康熙年间进士、雍正朝曾任刑部尚书的张照、庄亲王允禄(康熙帝十六皇子)以及词臣周祥钰等人奉旨编撰了一批与年节、时令、喜庆活动内容有关的剧目，其中部分修改自前朝(包括康熙朝甚至明代)保留下来的大量宫廷戏剧本，为内廷的演出树立了规范。从此各个节令及喜庆活动，都有了内容相关的剧目，这些戏情节相当简单，多为演唱一段恭贺吉祥喜庆的曲子，配上舞蹈而已，大体和唐代甚至现代的歌舞相类似。他们还受命创编了《昭代箫韶》《劝善金科》《升平宝筏》等数部连台本大戏。这些剧本词藻华美，大都动用伶人众多、服饰富丽堂皇、切末制作精良，多位朝鲜使臣和清朝大臣等都留下了观看宫廷大戏的印象记录。戏曲演出当时被当做炫耀寰宇太平的一种形式，出现在世人面前。此后，清内廷演剧规模缩小，虽然清末慈禧太后也曾为演剧耗费巨资，却再没有了乾隆年间的辉煌。

今人常依照昭梿的说法推论说清宫演戏分为月令承应、法宫雅奏、九九大庆、朔望承应等类，或许嘉庆以前确曾有此一说，而现存演剧档案中几乎不见这些称谓，所记载的演出从不按此分类。《啸亭续录》所说月令承应原意是指每个月里固定的节日、节气和赏花、赏雪等活动所演的戏，如元旦、端阳、中秋、冬至等，档案中通常称之为节令戏。“法宫雅奏”是指各种喜事如皇上大婚、皇子诞生、结婚、给太后上徽号和册封嫔妃等，都有专门为之恭贺剧目的演出，档案将其归结为喜庆戏。“九九大庆”指帝后寿诞即万寿节的演出，清帝的谕旨和南府、升平署太监习惯称作“寿戏”或“万寿节戏”。

嘉庆朝是清王朝由盛渐衰的转折，内廷演戏机构虽然没有大的变化，伶人人数却逐渐缩减了一半。此时连台本大戏尚能连续演出，直到嘉庆帝去世前两年，《劝善金科》《升平宝筏》《昭代箫韶》等都曾演过一遍。嘉庆七年的旨意档是现今所见最早的宫中演剧档案，其中记载详尽，由此可知，嘉庆帝颙琰观剧兴趣浓厚，当时内廷已在演出“侉戏”(指乱弹腔或秦腔曲种)。

清宣宗道光帝旻宁登基即发生西北边陲叛乱，鸦片的输入和走私，继而英国入侵的鸦片战争，加之连年的自然灾害，国事始终处于严重的内忧外患当中，因而道光帝即位伊始便对管理演戏的衙署进行了裁减。先是撤消了成立已有百余年的景山，随即在道光七年裁退了所有在内廷演戏的民籍伶人。将南府改为升平署，只留下太监伶人在内廷唱戏，连同随手以及写字人等，不过一百人左右。

---

① 昭梿:《啸亭续录》，中华书局 1980 年版，第 377 页。

以往台上百余人的大戏只剩下二十余人上演，大大缩减了原有的规模。其实道光帝同样喜好看戏，寝宫养心殿里的帽儿排、花唱十分频繁，只不过在艰难的时局之下，不得不一切从简。道光以后，动用伶人、切末极多的连台本戏《昭代箫韶》等无法再连续全本演出，《劝善金科》只能以单折的形式上演了。

咸丰帝即位于国难当头之际，年轻的皇帝没有能在困境中励精图治，反倒恣意作乐，深深沉溺于声色之中，内廷戏剧因之愈演愈盛。咸丰十年皇帝奕詝三旬诞辰前夕，在裁退民间伶人三十余年后，内廷重新开始在京城的著名戏班挑选技艺出众的演员，进入升平署承差，传京城著名戏班进宫唱戏。此前自康熙至道光年间，清代内廷所演传统戏和新编戏的数量，浩如烟海，但不外昆腔和弋阳腔两大类别。至于乱弹戏只偶尔出现。而咸丰帝挑选民间艺人进宫承应演出之举动，使得京城盛行的乱弹腔戏（或称二簧戏或皮黄戏）堂然进入宫廷，新挑进的伶人带进了精湛的技艺和流行的新戏，大大丰富了内廷演出的剧目。不久，英法联军兵临城下，咸丰帝携宫眷逃往承德行宫，他仍不甘寂寞，将升平署的太监伶人连同新挑进的民间艺人传到承德唱戏作乐，进而继续从京城挑选了部分擅长演唱的伶人前往避暑山庄承差，直至他病逝为止。

同治二年，内廷裁退了咸丰末年挑进的民间伶人，只保留了数名随手（主要指乐队伴奏人员）。同治大婚前，升平署总管两次上奏要求挑进外边伶人担任教习，均“奉佛爷旨意不允”，抑或慈安皇太后对演剧事有所节制，慈禧则时常连续多日传太监伶人到寝宫长春宫承差。总体来说，同治年间内廷演戏较为适度。

光绪九年慈安太后去世服期结束之后，清宫演剧进入最后的高峰时期。独断朝纲的慈禧太后指使升平署从京城民间戏班里挑进各个行当的著名艺人，如谭鑫培、杨月楼、汪桂芬、孙菊仙等，几乎各班主要演员都被挑进承差。入清宫承差，都有“内廷供奉”的名头，且赏赐甚厚，名利双收，故晚清名伶无不看重。光绪十九年起，内廷开始经常传在京戏班进宫唱戏，演出后支付雇佣戏班的银两。三庆、四喜、同春等著名戏班新编排的剧目及最新崭露头角的艺人都能很快出现在内廷的戏台上。光绪二十六年庚子之乱，慈禧太后挟光绪帝西行避难，第二年回銮后，再没有召外班进宫唱戏，但挑选伶人承差却没有停止，王瑶卿、杨小楼、金秀山、朱素云、王凤卿等名角都是这个阶段陆续挑进的。

光绪初年开禁唱戏后，内廷还出现了一个被称作演出本宫或本家戏的以内廷太监组成的科班。这个以慈禧宠幸的大太监李莲英为总管，长春官及其他各处太监担任各行角色的科班经常出现在宫廷戏台上，他们既能单独演戏，又能在升平署伶人不足时协助演出，这个科班一直延续到清亡后溥仪的小朝廷时期。

清代宫廷演剧之盛为历代所不及，戏曲成为宫内诸多娱乐文化的主体，是宫廷文化的主要部分之一。宫廷演剧与民间演剧是有所不同的，作为宫廷文化的一部分，宫廷演剧不可避免地带有宫廷文化的意味，主要表现为功能上的礼仪性质、表演上的尽善尽美和形式上的皇家气派。内廷演剧的变化客观上也是清王朝兴衰的缩影。演剧兴于康乾盛世，随着清王朝国运每况愈下，慈禧也曾为看戏不惜大肆挥霍民脂民膏，却再没有了早年的恢弘，宫廷演剧实为清宫生活一个重要侧面的写照。[①]

第二节　点缀繁华——清代宫廷庆典绘画中的演剧场面

表现清代宫廷各类庆典活动的绘画，一般都是长达几十米的巨幅长卷，是当时大型庆典的实况描摹，多创作于国力强盛的康熙、乾隆两朝，例如宫廷画师们为康熙、乾隆皇帝绘制的万寿图、南巡图等。这些绘画中之所以出现演剧场面，是因为戏曲演出在其所绘庆典活动中作为点缀繁华、助兴娱乐之用，可见当时戏曲演出对宫廷生活的参与，也在客观上为戏曲研究提供了珍贵的图像材料。因为是对实际戏台或演出场所的描绘，除了演出场面之外，此类绘画还包括舞台和观众，即是完整的戏曲观演图。据统计，包含演剧场面的清宫庆典类绘画现存 9 幅。鉴于此类图像数量较少、史料价值极高，所以下文根据相关文献记载，将它们一一列出考述，并尽可能提供相关丰富的信息。

1.《康熙南巡图》

绢本，设色，共 12 卷，各卷均高 67.8 厘米，而长短不一。长的有 2600 厘米，短的也有 1500 厘米。绘于清康熙三十三年(1694)，参加创作的画家有王翚、冷枚、杨晋、王云、宋骏业、徐玫、虞沅、吴芷和顾昉等人[②]。现藏北京故宫博物院。

此画卷绘康熙第二次南巡(1689)时的实况。作者在描绘时，必须将康熙南巡所经过的地方和事情如实地表现出来，因之这些画卷既可以看作是康熙出巡而作的类似“起居注”式的记录，又可以从中看到大量反映当时风土民情、地方风貌以及经济文化繁荣的景象。其中第九卷之一局部所绘为浙江绍兴府柯桥镇迎驾时的戏曲演出场景，见图 5-1。

画面上绘一江边木结构戏台，尖顶席棚，建于高出地面的木板座基上，底部用木柱支撑。左右角柱与后柱间加辅柱，辅柱与后柱间以苇席封闭，左右二辅柱以隔板相连，将戏台分割为前台与后台两部分。前台两侧无遮挡物，可三面观看。隔板左右两端设角门，上挂门帘，供演员上下场用。前台台口上方饰以红、粉二色檐幕及彩球，台口下方设蓝色勾栏。前台正中铺红氍毹一方，其上三人正在表演：一红脸长须，绿袍玉带，戴蓝色将士巾，提袍露甲，扮演关羽；一黑脸虬髯，披甲举剑，是为周仓；第三人纱帽蓝袍，扮演鲁肃，躬身向二人作揖，所演剧目

① 需要说明的是，本部分“清代宫廷演剧概况”内容对朱家溍、丁汝芹《清代内廷演剧始末考》(中国书店 2007 年版)一书多有参考。

② 聂崇正：《“康熙南巡图”作者新考》，《紫禁城》2003 年第 2 期；《中国大百科全书・戏曲曲艺卷》图版第 11 页，中国大百科全书出版社 1983 年版；齐森华、陈多、叶长海主编：《中国曲学大辞典》，浙江教育出版社 1997 年版，第 883 页。

当是《单刀会》。氍毹后方，置一方桌，上覆蓝色桌围，乐工四人于桌后演奏，所持乐器分别为笛、拍板、唢呐、板鼓，另置有筚篥、铜锣、云锣等乐器。上下场门内，各有一人掀帘外窥。后台左侧苇席破处，露出一丑角正在化妆，准备上场。戏台前方，是宽广平地，数百名观众或站平地，或立凳上，环绕观看演出。戏台左右两侧舟船上，亦有许多观众。这幅画卷生动地表现出清初江南地区水畔临时搭台演戏情景。

图5-1 《康熙南巡图》第九卷(局部)

2.《康熙万寿图卷》

绘于康熙五十二年(1713)，共两卷，设色，由宋骏业、王原祁、王奕清、冷枚、邹文玉、徐玫、顾天骏、金昆等人合作完成，记录了康熙六十岁生日的庆典盛况。宋骏业当时任兵部右侍郎，他主持这次绘图事宜，勾出了一份墨线稿，被刊入《万寿盛典》一书中。在《万寿盛典初集・卷四十・庆祝一・图画一》前，有一段文字概括了这次庆祝活动："康熙五十二年三月十八日，皇上六旬正诞，天下臣民赴京庆祝者以亿万计。时上方幸霸州水围。臣民拟自畅春园至神武门，辇道所经数十里内，结彩张灯，杂陈百戏，迎驾登殿受朝贺。"康熙帝在看过交上来的稿本后，称赞说"万寿图画得甚好，无有更改处"。该图现藏北京故宫博物院。

图卷中有多处戏台演戏庆典活动，画上的路线自神武门始，经金鳌玉蛛大桥、西四牌楼、新街口、西直门、海淀到畅春园止。在这条大道两旁，共有戏台49座，其中可见的戏中人有20余座。朱家溍《〈万寿图〉中的戏曲表演写实》一文对此有详细描述，兹选取其中两处演戏场面加以介绍。

都察院等祝寿的戏台中，有一戏台单檐歇山卷棚式，后台五脊硬山式，台上演的昆腔戏《邯郸梦・扫花》。《邯郸梦》传奇，亦作《邯郸记》，是明代戏曲作家汤显祖的一部重要作品。山东卢生，醉心于功名富贵，时有不得志之慨。一日，与前来度他入仙的吕洞宾巧遇于邯郸县赵州桥西一小店。吕赠其磁枕，度其入梦，梦中卢生享尽荣华富贵……一场历经数十年的荣华梦醒来之时，店小二为他煮的黄粱饭尚未熟透。卢生大梦惊醒，经吕洞宾点化，终于领悟了人生真谛，随仙翁到蓬莱山门顶替何仙姑扫落花去了。图中所绘正是吕洞宾和何仙姑相见，何仙姑说“洞宾先生”稽首，吕洞宾“还礼”之时的场景，见图5-2。

图5-2 《康熙万寿图卷》(局部)之《邯郸梦・扫花》

又一直隶戏台，长方形五脊歇山式，后卷平台式。台上演的昆腔《西厢记》中《游殿》一出，小和尚法聪陪着张生游览，正遇到崔莺莺与红娘的一幕。图中拿折扇、穿蓝褶的是张生，穿紫僧衣戴僧帽背着手的是小和尚，穿蓝衣白裙手执折扇遮面垂颈的是崔莺莺小姐，穿背心系红汗巾手拿团扇的是红娘。台上其他人是检场人和吹笛的人。图中呈现的情节是红娘随着莺莺小姐在台上，莺莺唱道“那鹦鹉在檐前巧啭”，小和尚同张生突然从下场门走上看见莺莺，这时候莺莺接着唱“蓦听得有人言，须索回还”，红娘这时候转过身来挡住张生与小和尚的视线，并挥扇让张生走开，见图5-3。这出戏现在在江苏省昆剧团还是这样演出。

《康熙万寿图卷》图中可以辨认的剧目共计：《安天会・北饯》《白兔记・回

图 5-3 《康熙万寿图卷》(局部)之《西厢记·游殿》

猎》《醉皂》《浣纱记·回营》《邯郸梦·扫花》《邯郸梦·三醉》《上寿》《列宿遥临》《单刀会》《金貂记·北诈》《连环计·问探》《虎囊弹·山门》《刘海戏金蟾》《玉簪记·偷诗》《西厢记·游殿》《双官诰》《鸣凤记》等,大多都是昆腔戏[①]。既然这些剧目被选入京城为皇帝庆寿演出,那说明它们都是康熙时期最为流行之剧目。

3.《康熙庆寿图》

纸本,设色,描绘康熙寿诞庆祝场面,现藏中国音乐研究所。该图之一部分是演剧场面,见图 5-4。画上园中一亭,上坐主人,旁立官员数人。周设栏杆,前面中间为通道,亭前月台上铺红氍毹,画中一男角身穿官服,正背身举手表演,可能是正式剧目开演之前致祝颂之词。画面两边靠下方绘有演员化妆、候场情景,右边是伴奏乐队,有三弦、笛子、笙、长号,云锣、拍板、鼓、锣等乐器;左边是等待上场的角色,架上悬挂髯口、面具等。面具有整面具和半截面具两种,造型比较怪异[②]。

4.《崇庆皇太后万寿盛典图》

张廷彦等绘,又名《乾隆御题万寿图》,创作年代约为乾隆二十年至二十二年(1755—1757),描绘乾隆十六年为崇庆皇太后六旬寿辰庆祝活动场面[③]。现藏

① 参看朱家溍:《〈万寿图〉中的戏曲表演写实》,《紫禁城》1984 年第 4 期。

② 中国艺术研究院音乐研究所编:《中国音乐史图鉴》,人民音乐出版社 1988 年版,第 158 页。

③《中国大百科全书·戏曲曲艺卷》图版第 12 页,中国大百科全书出版社 1983 年版。

图 5-4 《康熙庆寿图》中演戏场面(局部)

北京故宫博物院。

此乃乾隆十六年为崇庆皇太后六旬万寿庆典时，自西华门至清漪园(光绪年改名颐和园)大道左右所设点景的写实画。图中绘有戏台多座，清人赵翼《檐曝杂记》卷二“庆典”条对此描述说：“自西华门至西直门外之高粱桥，十余里中，各有分地，张设灯彩，结转楼阁……每数十步一戏台，南腔北调，备四方之乐。”[①]例如在图 5-5 中，有一座台上演的是《风云会·访普》。这是宋太祖赵匡胤雪夜私访赵普的故事。穿红斗篷、戴蓝风帽、挂黑髯的是赵匡胤，靠台栏杆穿青袍、戴圆

图 5-5 《崇庆皇太后万寿盛典图》(局部)

① 赵翼:《檐曝杂记》,上海古籍出版社 2012 版,第 14 页。

翅纱帽的是门官张千，在桌后穿紫衣的是赵普。这出戏的赵匡胤，向来是老生和花脸都可以扮演，花脸勾油红脸，老生则不勾。图中的赵匡胤是老生扮演的。

《崇庆皇太后万寿盛典图》中见到的两个花脸角色的脸谱，“和明代脸谱风格是很接近的，而和咸丰以来戏曲画册中的脸谱相去甚远，和近代相比则更远了。”①朱家溍道出了这幅画在戏曲脸谱演变史上的重要价值，即至迟在乾隆十六年，净脚脸谱尚为“整脸”谱式。据现存史料来看，此幅画之后出现的脸谱就是咸丰以来的清宫戏曲人物画，中间出现了脸谱材料的断层。

5.《乾隆南巡图》

纸本，设色，共 12 卷，纵 68.6 厘米，总长 15417 厘米，由宫廷画师徐扬奉命“御制诗意为图”而作，描绘乾隆十六年(1751)乾隆皇帝第一次南巡的情景。原藏北京故宫博物院，现藏中国国家博物馆②。

《中国戏曲通史》曾从该图卷中选出两幅演剧图，分别题为“杭州涌金门外演剧图”“杭州西湖边演剧图”，均出自于第八卷“驻跸杭州”③。其实，在第七卷“入浙江卷到嘉兴烟雨楼”中也有一幅演剧图，我们可命之为“八仙庆寿演剧图”。下面分别介绍。

第七卷“入浙江卷到嘉兴烟雨楼”描绘乾隆二月二十七日自苏州府吴江县起行，经平望、吉庆寺进入浙江省嘉兴南湖和烟雨楼。画中的乾隆盘坐在船头红漆金交椅上，众多大小官员跪列岸边接驾，一座戏台上八名演员装扮成八仙模样，皆拱手站于台前。“八仙庆寿”寓意吉祥，故在皇帝巡视路途中安排演出，而当皇帝经过戏台时，演员暂时停止演戏，拱手毕恭毕敬地迎驾，见图 5－6。

图 5－6 《乾隆南巡图》(局部)八仙庆寿演剧图

① 朱家溍：《〈万寿图〉中的戏曲表演写实》。

② 王宏钧：《神游盛清的黄金年代——读〈乾隆南巡图〉》，《紫禁城》2014 年第 4 期。

③ 张庚、郭汉城：《中国戏曲通史》(下卷)，中国戏剧出版社 1981 年版，第 153 页。

第八卷“驻跸杭州”描绘乾隆二月二十八日离开嘉兴，三月初一日到达杭州，最后驻跸于圣因寺行宫的路途场景。画中的西湖边临湖面建有一亭，单檐歇山顶，三面观。台上正在演出，一官员装扮的演员正拱手面对观众，从其穿戴相貂、穿蟒袍可以看出这是在演戏。亭后面挂帘，准备上场的其他角色从另一间屋子走出，亭后有回廊，无顶。亭前湖面上停泊数艘船，上立观剧者，见图5-7。此外，在杭州涌金门处，有一座临街搭建的戏台，重檐歇山顶，三面观，台上铺红氍毹，正在演出，台下众人围观，街上行人不断，见图5-8。

图5-7 《乾隆南巡图》(局部)西湖畔演剧图

图5-8 《乾隆南巡图》(局部)涌金门演剧图

6. 乾隆《八旬万寿图》

纸本，设色，上下两卷。乾隆皇帝《八旬万寿图》所描绘的，是乾隆五十五年(1790)八月十二日(乾隆生日前一天)，从西华门外到西北郊圆明园门外，其间几十里所举行的全国各地官员代表和外国使节及沿路百姓商家为乾隆皇帝庆祝八十大寿的各种庆典活动。

乾隆八旬万寿，京师庆典规模达到顶峰。大学士阿桂等奉旨筹办，依照二十六年、三十六年崇庆皇太后万寿庆典旧例，将西华门至西直门分为三段，“令两淮、长芦、浙江商众来京自行办理点景，以遂其衢歌巷舞之忱”①。出资选派戏班进京唱戏，再次成为两淮等地官员、商人的重要差务。外地专程赴京伶人超过三千，两淮扬州地区乃南方戏曲中心，竟有两千余名艺人北上祝趋，现在大型剧团编制在百人左右，当时戏班一般规模较小，足有数十个戏班涌进京城。《八旬万寿图》中有多处戏台正在演出，见图5-9、5-10。

图5-9 乾隆《八旬万寿图》(局部)之戏台

图5-10 乾隆《八旬万寿图》(局部)之戏台

① 摘自中国第一历史档案馆“高宗纯皇帝八旬万寿庆典”档案。

7.《御制平定安南战图》

这张图刊载于1932年出版的《国剧画报》1卷10期，命名为“清乾隆时代安南王阮惠遣侄阮光显入觐赐宴在热河行宫福寿园之清音楼观剧图”；廖奔《中国古代剧场史》(中州古籍出版社，1997)中所附图片第117幅，题名为“弘历热河行宫观剧图”，自然是为了突出三层戏台的性质，才使用了“观剧图”这样的题名。其实，据《国朝宫史续编》载，此图名称当为《御制平定安南战图》之第六幅“阮惠遣侄阮光显入觐赐宴之图”，并非专为“观剧”而绘，其中演剧场面只是作为庆功图中之一小点缀而已[①]。现存承德避暑山庄博物馆。

图的右侧，画的是热河福寿园的清音阁三层大戏台，福台、禄台、寿台上，满台的伶人都面向左方跪着。图的左侧，画的是观剧正殿，乾隆皇帝端坐在正对戏楼的殿内。图的中间，画有两侧侧殿内被赏看戏的大臣，正殿和戏楼之间，许多内廷的侍卫和太监之类，他们都站着。在这些侍卫、太监的中间，有八个跪着的人，那就是入觐的安南王阮惠遣的侄子阮光显和他的随从了，见图5－11。

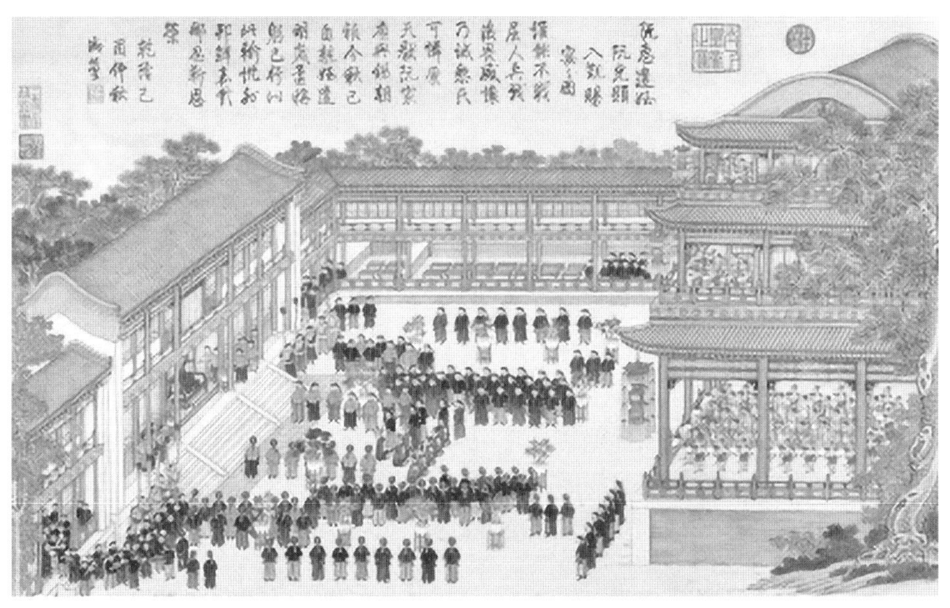

图5－11 《御制平定安南战图》(局部)

这张图的珍贵之处在于：第一，它是今存唯一的乾隆在热河清音阁观剧的实况绘写。第二，它是已经毁于抗日战争时期兵火的清音阁的形制图画。所以，今人在研究清代宫廷大戏台时，一般都会使用到这张图。

8.《香林千衲图》

纸本，设色，描绘乾隆于乾隆二十六年(1761)在万寿寺为其母崇庆慈宣皇太

① 参见么书仪：《晚清戏曲的变革》，人民文学出版社2006年版，第18—26页。

后作七旬大寿庆典场景，场面恢弘壮观。现藏故宫博物院。

在这幅图卷中的长河北岸，万寿寺门前为宫廷官员们的聚集地，只见宫廷官员们正在寺前指挥清扫场地，忙于接待皇帝和皇太后的准备工作。在长河南岸，有一个亭台，众多僧人聚于此亭之前，画卷中有千余僧人身披袈裟，手持法器，见图 5－12。关于此处亭台，有两种解释，一为场景台，唱经台内高僧们正在和官员们寒喧、磋商，千余名僧人聚于唱经台两侧，准备为皇太后唱经祝寿[①]；另外一种解释为戏台，正在演戏，台下众僧在观看[②]。至于孰是孰非，尚有待考证。

图 5－12 《香林千衲图》(局部)中万寿寺祝寿景象

9. 清宫大戏台庆寿演戏图

绢本，横幅，工笔设色，清末画师绘，无题款。现藏中央美术学院。

图中三层戏台均为演出场面，下层“寿台”饰文武官员，“仙楼”饰王母娘娘及云中仙童仙女，台口匾额处悬挂如意形彩灯。中层“禄台”饰天官赐福，额匾题“益寿延年”。上层“福台”饰福禄寿三星。庭院被巨大的彩棚笼罩，唯戏台之顶部露于棚外。棚顶及两侧以玻璃阁采光。庭院内摆设一系列方桌，为贵戚及重臣就坐之处。戏台左侧有男宾出入，左廊亦有男宾；戏台右侧有女宾出入，右廊列女宾。正面设供桌，面对看戏殿，供桌两侧有熏香炉等物。就图中情形来看，供桌前有帝王跪拜，女宾处有后妃施万福礼。画外看戏殿内接受仪典者似为皇太后。此图所绘，应是皇太后万寿节庆祝演戏之情景[③]，见图 5－13。

---

① 徐征：《海淀风物丛考》，北京出版社 1998 年版，第 136 页；胡介中、李路珂、袁琳等编著：《北京古建筑地图》(中)，清华大学出版社 2011 年版，第 125 页。

② 廖奔：《中国戏剧图史》，河南教育出版社 1996 年版，第 489 页。

③ 周华斌：《京都古戏楼》，海洋出版社 1993 年版，第 91 页。

图 5－13 清宫大戏台庆寿演戏图

这张图的珍贵之处在于，它是今存唯一的将露天三层大戏台以彩棚笼罩，成为一个室内的观剧空间的实况绘写，可与乾隆年间《御制平定安南战图》中在大戏台露天观戏场景对比考察。

上述 9 幅绘画，前 8 幅都是长达数十米的高头巨幅的大画，可谓史无前例的巨构，此种创作都产生于国力强盛的康熙、乾隆两朝。随着清王朝国运每况愈下，政治日坏，民生日艰，朝廷难以举行如此大规模的万寿、南巡等活动，表现宫廷庆典活动的巨幅长卷绘画亦随之不复存在。到了慈禧太后主政时期，虽看戏不惜大肆挥霍民脂民膏，却再没有了早年的恢弘，留下的一幅描绘清宫大戏台演戏绘画只是小型的横幅绢本，可被看成是清王朝兴衰的缩影。

这些写实长卷绘画中的演剧场面，作为一种直观形象的史料，不仅对了解清代宫廷生活，而且对于当时所演剧目、脚色扮相、动作排场、砌末使用、演出场所等方面都有重要的研究价值。例如在清宫三层大戏台的演剧场面和演出风格方面，就有《崇庆皇太后万寿盛典图》和《清宫大戏台庆寿演戏图》两幅绘画涉及；在上演剧目方面，仅《康熙万寿图卷》中可辨认出的剧目就多达 16 出；在脚色扮相上，《崇庆太后万寿图卷》中的人物脸谱在脸谱流变史上具有重要价值，等等，都是戏曲史研究者需要留意的地方。

第三节 后妃赏玩之物——清代宫廷戏曲人物画

20 世纪前期，清宫戏曲资料逐渐显露于世，成为学术研究的对象。在这些资料中，有一种绘工精细、绢本设色的清宫戏曲人物画（以下简称“清宫戏画”），数量达数百幅之多，画中的戏曲人物都是演员化妆穿戴齐整之后在舞台上的形象，不仅砌末行头、脸谱须髯、场面搭配极为考究，就是人物所穿的褶、帔、氅、靠上的游龙团凤、折枝花卉、祥云立水等装饰图案，还有人物的细微表情、动作，也画得写实严谨，神意并到，有的还捕捉住精彩的戏出场面进行描画，可以说是照相技术未传入中国之前的写真剧照。这些被人习称为“升平署扮相谱”的戏曲人物画，所演多为花部戏，乃是研究清代后期宫廷演剧史极为宝贵的图像资料。

学界目前对这批画像的整理研究还比较薄弱，此项研究的开拓者是朱家溍，虽然只是对其来源、用途、年代、作者和风格做了“提要”式的研究，却已代表目前该领域的最高水平。后来零星见于报刊的研究多为简介性质的论述，仅仅是有关这些戏画的系统梳理这一最为基础的工作都还没有全面细致地进行。有鉴于此，本节拟在考察清宫戏曲人物画的数量、剧目、分类、用途、流散情况等基础上，研究清宫戏画对晚清宫廷演剧史的意义与价值，以及其与清宫演剧之关系等问题。

一、清宫戏画的分类、时代、数量、剧目及其相关问题

提及清宫戏曲人物画，人们往往笼统称之，其实它们是有区别的。按照单幅戏画中所绘人物之形象、数量的不同，我们可将其分为三类：第一类是单人半身像（图 5 - 14），第二类是单人全身像（图 5 - 15），第三类是多人全身像（戏出场面图，图 5 - 16）。第一类戏画通常被称为“升平署扮相谱”，在每出戏的第一幅下端有“穿戴脸儿俱照此样”小字，这是其与第二类戏画除半身像与全身像之外的另一个不同。第一类戏画在溥仪未出宫前即从宫廷内流散而出，被多家藏书机构及私人所购藏，第二类与第三类戏画仍然完好保存于宫廷，溥仪出宫之后连同其他文物被故宫博物院接收。

图 5 - 14　清宫戏画《百草山》之雇路

图 5 - 15　清宫戏画《探母》之铁镜公主

图 5-16　清宫戏画《打金枝》

对清宫戏画的三种分类，并非只是为了避免称呼之模糊与笼统，具有实际意义。第一类戏画虽然比较分散，但综合各家藏品考察，发现其原是一整套互不重复的戏画，可见其原是一个整体。这三类戏画都各自形成一个整体，每类上的字迹都不相同，宫廷画师在创作它们时，就是有意分类完成的，或者是分批次完成的。朱家溍曾撰文考证，第二类清宫戏画即单人全身像绘制时代的上限是咸丰十年。[①] 结合朱家溍的研究，我们认为，清宫戏画绘制时代的上限是咸丰十年，下限是光绪年间，但它们并非绘于同一时间，而是分批次完成的。清宫戏画同其他事物的发展过程一样，一般遵循着从简单到复杂、由低级向高级渐近的规律，从第一类戏画的单人半身像，到第二类戏画的单人全身像，再到第三类戏画的多人全身像(演出场面图)，它们绘制时代是愈来愈后的。

据我们调查，从 1931 年《国剧画报》刊载梅兰芳所藏至 2011 年《中华戏曲》公布周贻白所藏，清宫戏曲人物画进入公众视野已整整 80 载。如果细检 80 年来陆续出版的有关资料，我们可对清宫戏曲人物画的剧目、人物等做出一篇总账式的数量统计，也可顺带梳理其发现、流散和整理情况。对于还未出版公布的部分，我们也可沿着一些线索搜寻和推测其大致情况。下面我们就按照以上对清宫戏画的三种分类，分别对其做出统计与分析。

① 朱家溍有四篇文章对此话题有所涉及，按照发表时间先后顺序，依次为：《清代的戏曲服饰史料》，《故宫博物院院刊》1979 年第 4 期；《漫谈京剧服饰》，《中国京剧》1992 年第 4 期；《北京图书馆藏升平署戏曲人物画册・序言》，北京图书馆出版社 1997 年版；《梅兰芳藏戏曲史料图画集・说略》，河北教育出版社 2002 年版。

1. 第一类戏画:单人半身像

第一类戏画是单人半身像。绢本,工笔,设色,每幅约高27厘米,宽21.5厘米。册页装,每幅画一人,画面上角书此人姓名,每出戏画2至12幅不等,间有多至23幅者。每出戏的一组画中,其第一幅上角写明剧目,下端通常有一行小字:“穿戴脸儿俱照此样。”1932年至1933年《国剧画报》曾连载过梅兰芳的藏品,单色影印,题为《升平署扮相谱》,这个名称成为后人对这类清宫戏画的通行名称。清宫戏画中,以此类数量为最多。

这类戏画是册页装,每出戏的众人物是前后相连排列的,而且每出戏的第一幅画上都写有剧目名称,故不会与前后剧目及其人物相混淆。这类戏画在溥仪出宫之前全部从宫中散出,被多家藏书机构和个人购藏,而无论商家还是顾客,都比较亲睐一出戏的整套人物画,所以各家入藏基本也是某些剧目的整套戏画,按照原先的顺序井然排列。当然也有某出戏的一套组画因为种种原因而被拆散卖给不同的藏家,导致有的有剧名但缺人物,有的有人物但缺剧目(即缺少写着剧目名称的第一幅画),这就需要我们综合比对各家藏品,使“失群”的戏画形成互补,从而将虽属同一剧目但分散于不同藏家的戏画整合在一起。

整合工作分为两个步骤,第一,依据各家所藏戏画原有的排列顺序,这是第一原则,不能随意打破,除非由于明显的装订错误而导致某剧中人物窜入其他剧目。中国戏曲中的某些人物“出场率”很高,例如“三国戏”中的诸葛亮、赵云和“隋唐故事戏”中的尉迟敬德、秦琼等人,他们可以归属于很多不同的剧目,如果我们随意打破原有顺序,那么在归属剧目上就会出现困难。第二,在尊重各家藏戏画原有排序的原则下,再依据清宫升平署“乱弹题纲”中的人物表以及剧情,判断某些“失群”戏画的归属剧目。“乱弹题纲”是清宫升平署总管掌握的派戏手册,内容全是乱弹剧目中角色以及演员的名字,这是判断清宫戏画中人物归属哪个剧目最为准确的材料,因为宫中演剧可能与民间有所不同。

第一类戏画在溥仪出宫之前全部从宫中散出,可能是被太监偷带出宫牟利,被多家藏书机构和个人所购藏,所以相当分散,其数量究竟有多少,亦无从知道。目前关于清宫戏画的披露,主要是公私家藏品的单独出版和公布,除此之外,尚有戏画集的编撰,即编者将四处搜罗来的清宫戏画结集出版,因为其搜罗范围广、用力勤,会找到少量以前未见之戏画,可弥补已出版公私家藏品的不足。现在我们姑且把可考的戏画先来统计一下。

(1)《国剧画报》。

《国剧画报》从1932年1月至1933年8月对梅兰芳“缀玉轩”个人藏品的连载,使得清宫戏曲人物画第一次进入公众视野,当时齐如山命名曰“升平署扮相谱”。《国剧画报》连载时在画旁有文字说明,其体例以最后一幅为例,即“升平署扮相谱之六十二——取荥阳之项羽”,如此算来共连载了62幅,其实不然。《国剧画报》连载时,数据计算出了一些讹误,重复者有“二十五”“三十二”“四十七”

“六十二”等四个数据，遗漏者有“四十八”一个数据（明显是为了补救上期重复的“四十七”）。这样算来，《国剧画报》刊载的戏画共有 65 幅。现今书刊在提及它们时，多著录为 63 幅，因为只是注意到最后一幅“六十二”数据的重复。此外，“段勇”“马贵”二幅，虽然在刊载顺序上位于《法场》之后，但并未标注出自哪个剧目，待考。《国剧画报》载 17 个剧目 65 幅，统计如下：[①]

《玉堂春》　王金龙、玉堂春、刘炳义、张能仁、大夫

《三叉口》　任堂辉、焦赞、琉璃滑、刁氏

《五台》　杨延昭、杨延德、韩昌、长老

《樊城》　伍子胥、申保胥、费无忌、伍奢、伍夫人、乌成黑、伍尚、家将

《昭关》　伍员、皇甫诺、东皋公、米兰凹

《牧马圈》　朱春登、赵君堂、朱老夫人、婶娘、中军、朱春科

《十面》　韩信、霸王

《胭脂血》　金香瑞、白怀、白俭、白其

《汾河湾》　薛仁贵、柳氏

《摔琴》　俞伯牙、钟元谱

《乌盆记》　刘世昌、张别古

《洪洋洞》　杨景、佘太君、孟良、焦赞、八千岁、杨宗保、陈宣、柴氏

《扫雪》　周员外、定生、丑氏、宝柱

《吊金龟》　张氏夫人、张义

《诉功》　李渊、秦琼[②]

《法场》　掌刑（一）、掌刑（二）、段勇、马贵

《取荥阳》　陈平、项羽

（2）《梅兰芳藏戏曲史料图画集》。

梅兰芳所藏清宫戏画的连载因《国剧画报》停刊而中止，故其所藏数量不止该报所刊，那么梅氏所藏究竟还有哪些呢？《梅兰芳藏戏曲史料图画集》给出了答案。该画集是“从梅兰芳纪念馆现存的全部缀玉轩珍藏戏画、脸谱原件复制而成”。[③] 其中“清代乱弹戏单人戏画”部分著录了清宫戏画 44 幅，除《取荥阳》之陈平、项羽两幅已见于《国剧画报》所刊外，凡 8 个剧目 42 幅：

《渭水河》　文王、散宜生、姜子牙、太子（一）、太子（二）、武吉

① 由于当时升平署除了太监之外，就是从戏班挑选进的民间教习，这两种人很多是不识字，或虽然识字但文化水平很低，对于剧目名及戏中的人名只知读音，而在画上写字的人虽然会写字，但并不见得懂戏，所以会出现不少笔误，大多是同音字的讹误，例如将“申包胥”写成“申保胥”。这里在著录画中所写的剧目与人名时，俱保持“原貌”，如此可在不影响阅读的情况下，呈现原始史料之面貌。

② 故宫博物院编：《故宫珍本丛刊》第 690 册《各种题纲》（一）中的剧目名称为《表功》，海南出版社 2001 年版，第 134 页。

③ 刘占文主编：《梅兰芳藏戏曲史料图案 · 刘曾复序》。

《取荥阳》 刘邦、纪信、张良、遂和

《借云》 刘备、赵云、公孙瓒、中军

《观山》 姜维、探官

《南阳关》 伍云昭、韩秦虎、韩氏、伍保、尚师徒、马盛莫

《断密涧》 李密、王伯当、李世民、唐高祖、河阳公主、太监

《四郎探母》 萧太后、官督、杨宗保、杨六郎、佘太君、孟金榜、八姐、九妹

《艳阳楼》 高登、徐小姐、花凤春、徐世英、呼延豹、青任

《国剧画报》与《梅兰芳藏戏曲史料图画集》两种所列，应该就是梅兰芳所藏清宫戏画的全部或大部分，共 24 个剧目 107 幅。据朱家溍说，这批戏画是梅兰芳“民国十年左右的时候在琉璃厂德友堂买的”[①]。

(3) 阿英藏品。

据阿英 1951 年《升平署扮相谱题记》一文载，其于“古董肆中，觅得十二帧”清宫戏画，[②]情况如下：

《打金枝》 唐明皇、娘娘、郭夫人、金枝、郭子仪、郭艾

《摩天岭》 薛仁贵、猩猩胆、哑哩托金、哑哩托银、葫芦大王、红幔幔

按，郭子仪、郭艾二幅，阿英未标明剧目。根据“乱弹题纲”，《打金枝》一剧所列角色有“唐王、娘娘、公主、老旦、郭子仪、郭爱、宫女、校尉、大内侍、内侍（四人）”等 13 人，[③]“郭爱”就是“郭艾”，可知郭子仪、郭艾两幅亦属于《打金枝》。

(4)《北京图书馆藏升平署戏曲人物画册》。

北京图书馆编《北京图书馆藏升平署戏曲人物画册》（北京图书馆出版社，1997）藏清宫戏画 9 个剧目 97 幅：

《泗州城》 状元、知州、灵官、玄壇、伽蓝、挲嗟、青龙、白虎、化身、韦陀、孙悟空、水母

《太平桥》 老大王、公主、朱温、卞宜随、李存勖、旗牌郭义、李广、师敬司

《空城计》 司马懿、诸葛亮、夏侯霸、司马师、司马昭、老军、马谡、王平、赵云、黄忠

《玉玲珑》 王成、梁红玉、庞勋、韩世忠、土地、节氏

《落马湖》 李裴、黄天霸、万君照、何路通、于亮、李大成、关泰、李五、郭起凤、朱光祖

《普天乐》 城隍、门神（一）、门神（二）、千里眼、顺风耳、阎王、判官、判官张魁、游流鬼、阴阳判官、夜游神、柳金蝉、丫环、李保儿、刁氏、柳员外、柳夫人、知县、阎槎栅、阎福、风旗、阎夫人、家人阎义

---

① 刘占文主编：《梅兰芳藏戏曲史料图画集 · 朱家溍序》。

② 阿英：《升平署扮相谱题记》，《剧艺日札》，上海晨光出版公司 1951 年版，第 89 页。

③ 故宫博物院编：《故宫珍本丛刊》之第 690 册《各种题纲》（一），第 184 页。

《千秋岭》　李世明、徐茂公、罗成、尉迟敬德、秦琼、程咬金

《蔡天化》　道人蔡天化、黄天霸、院子、朱光祖、贺人杰、关泰、老道(一)、老道(二)、老道(三)、老道(四)、郭起凤、王殿臣

《反西凉》　曹操、许褚、马腾、爵宜、曹洪、庞德、马超、马岱、太守、马夫

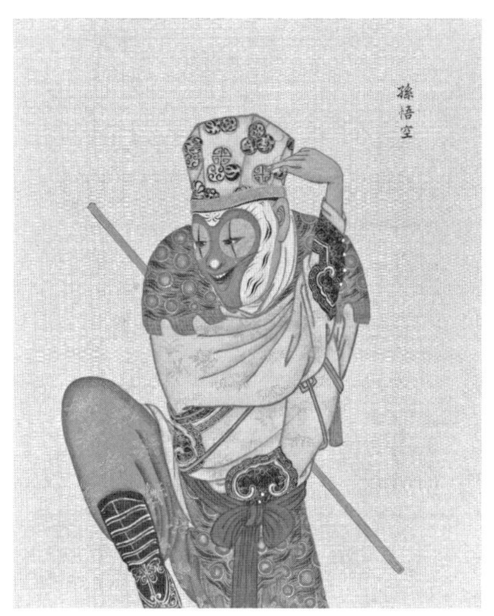

图 5－17　清宫戏画《泗州城》之孙悟空

图 5－18　清宫戏画《落马湖》之黄天霸

图 5－19　清宫戏画《空城计》之司马懿

图 5－20　清宫戏画《空城计》之诸葛亮

(5)《中国艺术研究院藏清升平署戏装扮像谱》。

中国艺术研究院的藏品包括两部分，一是梅兰芳捐赠的，二是自己收购

的，共 42 个剧目 180 幅。[1] 除《渭水河》《摔琴》《取荥阳》《十面》《樊城》《昭关》《诉功》《牧马圈》《五台》《三叉口》《四郎探母》《洪洋洞》《扫雪》《钓金龟》《乌盆记》《胭脂血》《玉堂春》[2]等 17 个剧目 77 幅已见前文梅氏所藏外，凡 25 个剧目 102 幅：

《庆阳图》 李刚、李虎
《鱼肠剑》 给光、王寮、伍子胥、专诸
《取洛阳》 吴汉、姚其
《定军山》 刘备、刘封、诸葛亮、黄忠、阎燕、夏侯尚、夏侯渊、张郃
《凤鸣关》 赵子龙、韩德、诸葛亮、邓芝、韩龙、韩虎、韩豹、韩彪
《桑园寄子》 金荣成、石勒
《白壁关》 唐王、程咬金、于迟敬德、秦琼
《四杰村》 洛红勋、于千、濮天棚、包赐安、包金花、花振芳、花碧莲、廖西冲
《击掌》 王允、王宝川
《沙陀国》 程敬思、李晋王、大皇娘、二皇娘、李嗣原、太监、老卒（一）、老卒（二）
《回猎》 刘智远、咬哜郎
《六殿》 何志照、富罗卜
《高平关》 高怀德、高怀亮、赵匡胤、高行周
《竹林记》 刘金定、于洪、赵太祖、高怀德、火神、高君保
《清官册》 八千岁、寇准、妓女、潘洪
《青龙棍》 青龙、二排风
《黑风帕》 公主、高旺、老夫人、张保
《偷鸡》 杨雄、时迁、石秀、店家
《青峰岭》 徐凤英、李虎
《双卖艺》 游人（一）、游人（二）
《镇潭州》 岳飞、杨赞星（杨再兴）、王贵、刘皋、石权、纪青
《宝莲灯》 秦燥、神仙、陈香、王贵英
《打嵩》 邹应龙、严嵩、常保通、太监
《九龙杯》 黄三太、邹应龙
《恶虎村》 俊夫人、丑夫人、濮天刁、黄天霸、李公髯、武天球

---

① 王文章主编：《中国艺术研究院藏清升平署戏装扮像谱》，学苑出版社 2005 年版。
② 中国艺术研究院藏品《玉堂春》中多出一幅“院子”。

(6) 周贻白藏品。

据周华斌《周贻白所藏清宫戏画》载，周贻白藏清宫戏画共 6 个剧目 20 幅：[1]

《蜈蚣岭》　武松、道士

《三挡》　秦琼、杨麟

《卖马》　秦琼、单雄信

《英雄会》　窦尔敦、黄三太

《借靴》　刘二、张三

《探庄》　石秀、燕青、宋江、李逵、武松、花荣、栾廷玉、三儿、杨林、张老丈

(7) “书格”网《百幅京剧人物图》(现藏于美国纽约大都会博物馆)。

可从“书格”网站(http://shuge.org/ebook/jing-ju-ren-wu-tu/)下载的《百幅京剧人物图》，共 7 个剧目 100 幅。经比对，它们全为前文未见之人物，即使《百草山》之伽蓝、挐嗟、青龙、白虎与北京图书馆藏本《泗州城》之伽蓝、挐嗟、青龙、白虎，人物名虽相同，但扮相与动作都有差别，并非同一幅图。这批戏画现藏于美国纽约大都会博物馆。

《百草山》　雇路、王大娘、二郎神、大佛、韦陀、迴护、伽蓝、挐嗟、化身(一)化身(二)、磨天在、银眼豹、金眼豹、青龙、白虎、水妖(一)、水妖(二)、女妖

《三侠五义》　包文正、石员外、王朝、马汉、欧阳春、斩雄飞、标客、英雄、白玉堂、庐芳、蒋平、徐庆、花蝴蝶、邓车、邓夫人、邓小姐、老院子、石小姐、丫鬟(一)、丫鬟(二)

《阳平关》　曹操、黄忠、刘备、薛银镫

《胭脂虎》　周夫人、孔明、庞德、夏侯惇、张郃、许褚、魏延、马岱、赵云、夏侯霸、曹仁、刘封

《贾家楼》　徐茂公、秦琼、单雄信、罗成、程咬金、牛经达、王俊可、柴少、王白党、童环、罗明兴、卢明月、侯君吉、金甲、酒保

《霸王庄》　黄隆基、朱光祖、黄天霸、关小西、李公然、万君照、史大奈、常六、米龙、窦虎、乔三、俞七、节度；

胭脂虎、石忠玉、马英、杜化、姜仁、曹智、旗牌、杨正、节青、鸨儿

《八腊庙》　黄德公、黄天霸、关泰、金大力、褚彪、张桂兰、费兴、贺人杰

按，《胭脂虎》中除“周夫人”之外的“孔明、庞德、夏侯惇、张郃、许褚、魏延、马岱、赵云、夏侯霸、曹仁、刘封”等，都属于三国时魏、蜀双方的重要人物，可能属于前一剧目《阳平关》；《霸王庄》之“胭脂虎”及其后的“石忠玉、马英、杜化、姜仁、曹

[1] 周华斌:《周贻白所藏清宫戏画》,《中华戏曲》第 44 辑，文化艺术出版社 2011 年版。

智、旗牌、杨正、节青、鸨儿”等，似应属于《胭脂虎》。这种错误大概由于装订的错册，如果将“周夫人”这一幅写着《胭脂虎》剧名的戏画，放置于“胭脂虎”戏画前，那么所有的问题就都解决了。

图 5－21　清宫戏画《阳平关》之黄忠

图 5－22　清宫戏画《阳平关》之刘备

图 5－23　清宫戏画《三侠五义》之白玉堂

关于第一类清宫戏画，除了以上公私家藏品的单独披露，据我们所见，目前还有两种清宫戏画集涉及，即《清宫戏出人物画》与《清宫戏画》二书。戏画集的优点是因为搜罗广、用力勤而收集到少量之前未见之戏画，缺点是在混杂各家藏品的情况下，如果编者对某些剧目及人物不了解，就会出现人物归属剧目方面的错误。据我们统计，《清宫戏出人物画》一书所收戏画达 215 幅，除了与前书重复之外，新增 36 幅，剧目可考的为 8 个。①《清宫戏画》一书共收戏画 333 幅，为目前同类出版物中收画数量最多者。② 但该书在人物归属剧目方面非常混乱，原

① 黄克芹主编、杨连启编著：《清宫戏出人物画》，花山文艺出版社 2005 年版。
② 李德生、王琪编：《清宫戏画》，百花文艺出版社 2011 年版。

因主要是编者将各家藏品原有的正确排序打乱之后重新编排，这就违反了上文所说的第一大原则。举个较为离谱的例子，《清宫戏画》中的《阳平关》有“张郃、赵云、黄忠”三幅人物画，经仔细比对，“张郃”与中国艺术研究院藏本《定军山》之“张郃”为同一幅，“黄忠、赵云”与北京图书馆藏本《空城计》中“黄忠、赵云”一模一样。中国戏曲中有很多“出场率”很高的人物，如果任意“挖角”已有剧目中的人物而“组合”成“新”剧目，那么显然与事实不相符。经仔细比对，《清宫戏画》所收333幅戏画无一幅不见于前书，其所谓“新”剧目者几乎全是子虚乌有。但该书也有很多可取之处，比如对于剧目的详细介绍和梳理。此外，该书中的某些改动是正确的，纠正了前人的错误，例如该书将北京图书馆藏本《玉玲珑》之“庞勋”归入《胭脂虎》。据“乱弹题纲”载，《胭脂虎》中人物有“庞勋、石中玉、朱马、石宪忠、王行玉、老旦、老生”等，而《玉玲珑》中没有“庞勋”。[①]

综上统计，目前公布的第一类清宫戏画共475幅，可考剧目有81个。段勇、马贵、殷凤、刘祥、周白玉、田妙源、黑氏夫人、白氏夫人等八人究竟归属于哪些剧目，待考。

这类清宫戏画的数量究竟有多少，虽然目前我们无从得知，但齐如山在他晚年著作中反复提及此事。关于这类戏画的数量，齐如山有过三种说法：一是一千多幅。《国剧艺术汇考》第六章“行头”记载：“这份谱大约有一千多帧，我买得三百多帧，是研究行头极重要的材料。”[②]二是七八百幅。《国剧艺术汇考》第七章“脸谱”载：“只有清宫升平署有存留着的一份谱，大约有七八百页，或到一千页。”[③]三是一千二百幅。《谈四脚》之“谈陈德林”节记载：“这种谱乃装成册页形式，共一千二百开，画用石青、石绿勾以金银，画得极为工细……这种图，民国后，经太监偷出，流落市中，我国剧学会，买得四百多帧，确有历史价值，不止画工值钱也。”[④]

《齐如山回忆录》《谈四脚》都是齐如山晚年在台湾写成，概括的总量大概在七八百幅到一千二百幅之间，其用“大约”二字，说明他也没有见过全部而是根据传闻。这个数字可能是齐如山从清宫太监处闻知，而太监所说的数量可能是清宫戏画的总和，即包括100幅第二类戏画与175幅第三类戏画。如果如此，那第一类戏画的数量应在五百幅至九百幅之间。

此外，齐如山提及自己购买的数量，有一百多幅与三百多幅两种说法，三百多幅之说已见于上文《国剧艺术汇考》记载，一百多幅之说见于《齐如山回忆录》“创立国剧学会”一节（第174页），言其曾于民国初年在北京后门外大街烟袋斜

---

① 故宫博物院编：《故宫珍本丛刊》第690册《各种题纲》（一）之《取洛阳》有邓禹、刘秀、苏献、吴汗、姚奇、马武、岑彭、杜茂等八人，第154页。

② 齐如山：《国剧艺术汇考》，辽宁教育出版社1998年版，第126页。

③ 同②，第256页。

④ 齐如山：《京剧之变迁》，辽宁教育出版社2008年版，第300页。

街摆摊处购买到“宫中所绘的扮相谱一百多帧”。不管哪种说法为确，齐如山所藏清宫戏画现在都没有面世，希望将来能够公布。

第一类清宫戏画数量究竟有多少，也只能等待将来剩下部分的公布了。

2. 第二类戏画：单人全身像

第二类戏画是单人全身像。绢本，工笔，设色，高 40.1 厘米，宽 27.8 厘米。共 2 册，绘图 100 幅，每幅绘一戏出人物，每幅下角墨笔楷书剧中人名。共绘 45 出戏，每出戏 2 幅，间或有一出戏占 4 至 6 幅的，于第一幅右上角墨笔楷书剧目名称。现藏故宫博物院，为该院接收清宫之文物。其绘剧目与人物情况，统计如下：

第一册：

《善宝庄》 张荣、庄舟
《绝樱会》 唐交、趯灭(一)、趯灭(二)、雄禹
《群英会》 孔明、鲁肃
《丁甲山》 李逵、彦青
《蜈蚣岭》 武松、王飞天
《镇潭州》 岳飞、杨再兴
《芦花荡》 张飞、周瑜
《打金枝》 郭爱、申平公主
《打登州》 程咬金、杨龄、罗成、秦琼
《五雷阵》 毛贲、孙膑
《五台山》 杨彦景、杨彦德
《白良关》 尉迟敬德、尉迟宝林
《白水滩》 徐士英、抓地虎
《闹海》 哪吒、小白龙
《西川图》 张飞、严彦
《双沙河》 玉贞公主、杨显童、张天龙、魏小生
《南阳关》 伍云召、伍保
《骂曹》 祢衡、曹操
《三岔口》 刘利滑、任堂惠
《下边亭》 胡丕显、潘洪
《杀驿》 校尉、吴承恩
《定军山》 孔明、黄忠

第二册：

《比武招亲》 黄天霸、张桂兰
《扇坟》 庄周、小鬼
《打花鼓》 李小虎、曹公子

图5-24 清宫戏画《张家店》之张青、和尚

《张家店》 张青、和尚
《兴隆寺》 正德、净和尚
《四杰村》 萧月、于千(一)、于千(二)、廖锡冲、朱彪(一)、朱彪(二)
《红鸾禧》 穆基、金松
《太平桥》 李克用、史敬思
《红梅山》 孙悟空、金钱豹
《佘唐关》 杨继业、佘塞花
《七星灯》 孔明、魏彦
《雅观楼》 李存孝、孟觉海
《高平关》 高兴周、赵匡印
《琼林宴》 煞神、范仲禹
《庆顶珠》 萧恩、贾文玉
《北极观》 贺人杰、蔡天化
《探母》 杨延辉、铁镜公主
《铜锤换带》 杨继业、杨滚
《恶虎村》 普天求、黄天霸
《戏妻》 罗氏女、秋胡
《辛安驿》 赵小姐、李月英
《虹霓关》 王伯党、东士芳
《九龙山》 杨再兴、岳云

图 5-25 清宫戏画《镇潭州》之岳飞、杨再兴

朱家溍《清代的戏曲服饰史料》①一文，对此二册单人全身像戏画的剧目、时代、作者、用途与风格作了一个提要式的介绍。需要指出的是，朱家溍对剧目的统计数据是 44 出戏，遗漏了《九龙山》一剧。

3. 第三类戏画：多人全身像（戏出场面图）

第三类戏画是戏出场面图。绢本，工笔，设色，约高 56.5 厘米，宽 56 厘米。每幅画绘一出戏的一个场面，全身像，绘人物 2 至 8 个不等。每幅画的角色名称题于人物旁侧的空隙处，剧目名称一般题于右下角，并用莲花框修饰。此类戏画有两种，一种是 1 册 15 幅，另一种是 4 册 160 幅，均藏故宫博物院，也是该院接收清宫之文物。

第一种是 1 册 15 幅，据顾保华《两幅清人戏剧画》②载："故宫博物院旧藏清人画京剧出册页十五幅，均绢本、设色。各纵 55 厘米、横 56 厘米。每幅画戏剧一出，形象生动，色彩鲜明。剧中人的脸谱、服装，在今天仍有极重要的参考价值。"全册剧目如下：《五雷阵》《取荥阳》（二幅）《黄鹤楼》《柴桑口》《定军山》《空城计》《战北原》《凤鸣关》《南阳关》《芦花河》《赶三关》《回龙阁》《斩子》《牧羊圈》。黄裳《读清人戏剧图册漫笔》③对《空城计》《牧羊圈》《取荥阳》《回龙阁》《五雷阵》《凤鸣关》等剧有解析。

① 刊于《故宫博物院院刊》1979 年第 4 期。
② 刊于《紫禁城》1981 年第 1 期。
③ 连载于《紫禁城》1980 年第 3 期、1981 年第 3 期与第 5 期。

第二种是4册160幅，共155个剧目，廖奔《中国戏剧图史》[①]将其全部做为插图，经我们记录统计，全4册剧目如下：《戏妻》《除三害》《乌盆记》《宝莲灯》《洪洋洞》《陈唐关》《海潮珠》《十面》《白门楼》《阳平关》(两幅)《七星灯》《桑园寄子》《飞虎山》《白良关》《三岔口》《断后》《青石山》《探亲》《查关》《五雷阵》《穆柯寨》《摇会》《庆顶珠》《法门寺》《让成都》《打莲厢》《战太平》《醉写》《骂曹》《翠屏山》《红鸾喜》《玉堂春》《绝樱会》《一捧雪》《五人义》《三挡》《审刺客》《胭脂虎》《教子》《二龙山》《玉龙封官》《打面》《女儿国》《五毒传》《无底洞》《通天河》《打擂》《贪欢报》《梅玉佩》《断桥》《清河桥》《樊城》《昭关》《庆阳图》《善宝庄》《黄金台》《取洛阳》《上天台》《白蟒台》《捉放》(两幅)《借赵云》《辕门射戟》《群英会》《打盖》《进营》《盗书》《定计》《造箭》《战长沙》《截江》《西川图》《遇坝州》《夜战》《百寿图》《天水关》《祭江》《临潼山》《卖马》《虹霓关》《锁五龙》《断密涧》《南阳关》《御果园》《摩天岭》《金水桥》《汾河湾》《乾坤带》《宫门带》《法场换子》《盗魂灵》《金马门》《打金枝》(四幅)《击掌》《彩楼配》《沙土国》《浣花溪》《太平桥》《反五侯》《高平关》《下河东》《金沙滩》《碰碑》《五郎出家》《探母》(三幅)《探母回令》《阴审》《破红州》《掩宫》《铡美案》《双包案》《五花洞》《三矮奇闻》《二本五花洞》《青峰岭》《昊天关》《艳阳楼》《白绫记》《镇潭州》《赵家楼》《闺房乐》《武当山》《挡亮》《取金陵》《金鸡岭》《三进士》《打严嵩》《拾玉镯》《审头刺汤》《南天门》《头进宫》《叹皇陵》《二进宫》《御林郡》《九龙杯》《霸王庄》《盗印》《殷家堡》《八腊庙》《八大锤》《拿罗四虎》《风云会》《四杰村》《恶虎村》《拿花蝴蝶》《恶虎庄》《打墩》《阴阳界》《贵子图》《探窑》《牧虎关》《宇宙峰》《烈火旗》《斩黄袍》《状元谱》《荣归》。

图5-26 清宫戏画《恶虎村》

① 廖奔：《中国戏剧图史》，大象出版社2000年版。另见于叶长海、刘政宏：《清宫戏画》，上海古籍出版社2016年版；李湜主编《故宫博物院藏清宫戏画研究》，故宫出版社2017年版。

图 5-27 清宫戏画《镇潭州》

以上我们尽可能地搜罗了 80 余年来关于清宫戏曲人物画的材料,对其数量、剧目、人物做了一篇总账式的统计。第二、三类戏画因为先藏于宫廷后被故宫博物院接收而得到妥善的保存,所以其数量与剧目是清楚的。相比之下,第一类戏画因为流散出宫后被多家藏书机构和个人购藏,所以相当分散,现今仍然有一部分没有公布于世,我们只能先将可考的部分先做数量与剧目上的统计,还未面世的则留待将来了。对数量和剧目的统计,是研究清宫戏曲人物画最为基础的工作。

二、清宫戏画是慈禧太后独自观赏之物吗

有些学者在引用朱家溍关于清宫藏地的观点时没有尊重原始信息,将“太后寝宫寿康宫”误解为“慈禧太后寝宫寿康宫”。例如杨连启《清宫戏曲人物画》作的“前言”中说:“《升平署扮相谱》就是清朝宫廷遗留下的一批戏出画,这是一部特为慈禧太后专门绘制的册页画。据《故宫物品点查报告》记录,戏曲人物画在故宫的原藏处是太后寝宫寿康宫的紫檀大柜中,是慈禧太后的御赏物。”[①]李德生、王琪著《清宫戏画》“前言”中也说:“这些画是清宫大内的藏品,一直收藏在慈禧太后的寝宫——寿康宫里的雕花紫檀大柜中,是爱看戏的慈禧太后平时赏玩

① 黄克芹主编、杨连启编著:《清宫戏出人物画》,花山文艺出版社 2005 年版,第 6 页。

的物件。”[1]周华斌《周贻白所藏清宫戏画》一文说：“据称，故宫慈禧太后柜中所存这批同样风格的戏画，没有‘穿戴脸儿俱照此样’的字样。”[2]周华斌此处用谨慎的“据称”二字，可见亦不知出处，大概是听闻而已。

朱家溍是清代宫廷史专家，当然知道寿康宫并非慈禧太后寝宫，其在《西太后的言谈举止——为影片〈倾城倾国〉订正史实之一》一文中已说明白：“以西太后的寝宫，在宫内不外长春宫、储秀宫，或乐寿堂（宁寿宫）；在颐和园也是乐寿堂。”[3]也就是说，慈禧太后从没有在寿康宫住过。我们特别提出此点，是想纠正时下流行说法之一，以免一直贻误读者。

人们之所以不及细考就认为寿康宫是慈禧太后的寝宫，是因为他们有一个根深蒂固的观念：清宫戏画必是慈禧太后独自欣赏之物。这也并非没有道理，第一类戏画目前可知的有 475 幅，第二类戏画 100 幅，第三类戏画 175 幅，除了第一类戏画可能绘制于咸丰末年之外，第二、三类戏画都是绘制于同治、光绪年间，为慈禧太后掌权时期。从戏画比较庞大的规模与精工华丽的风格来看，应该是垂帘听政的慈禧太后主导的行为，即使不是她主导，也至少是经过她同意的。正因为如此，人们自然认为，既然戏画是慈禧太后主导的行动，那么肯定供其独自欣赏，所以自然而然地将戏画藏地寿康宫“强说”为慈禧太后的寝宫。

数量达到接近千幅之多的戏曲人物画，若说是供慈禧太后一人独赏，这多少有些匪夷所思，此为其一。此外，慈禧对戏曲的痴好世人皆知，她甚至对于每出戏的剧情、穿戴都很熟悉，她可以天天看戏[4]。看戏才是真正的享受，看画就大打折扣了。

如果非要维护戏画是慈禧太后独赏之物的观念，那应如何解释 1925 年故宫物品点查时戏画发现于寿康宫呢？倒是有一个说法可以解释得通。光绪帝和慈禧太后都死于 1908 年，之后宣统皇帝三岁即位，由隆裕太后抚养。隆裕死后，几位太妃便接着抚养退位后的溥仪，直到 1924 年被冯玉祥驱逐出紫禁城。也就是说，清宫戏画之所以 1925 年藏于寿康宫，可能是居住于寿康宫的某位太妃在慈禧太后去世之后，从其寝宫中搜罗而至自己的住处。

当然可以这样解释，但历史往往不会这样平滑地过渡。我们认为，另一种可能性也许概率更大，即清宫戏画并非供慈禧太后一人独自欣赏，而是主要为太妃、太嫔们平时解闷、娱乐之用。这要从清代后妃制度与寿康宫的功能谈起。

按照清代制度，新皇帝即位后，尊奉祖母为太皇太后，亲生母为皇太后，尊先

---

① 李德生、王琪：《清宫戏画》，百花文艺出版社 2011 年版，第 1 页。

② 周华斌：《周贻白所藏清宫戏画》，《中华戏曲》第 44 辑，文化艺术出版社 2011 年版，第 51 页。

③ 朱家溍：《西太后的言谈举止——为影片〈倾城倾国〉订正史实之一》，载朱家溍等著、董桑选编：《故宫秘录》，上海文化出版社 1991 年版，第 268 页。

④ 参见丁汝芹：《肆意看戏的慈禧》，《紫禁城》2013 年第 11 期。

祖父的妃嫔为太皇太妃、太皇太嫔，尊先父的妃嫔为太妃、太嫔。这些前朝妃嫔们的住处，也要按照清代制度，搬到专门给先帝遗孀们居住的慈宁宫、寿康宫和寿安宫，而腾出原来的东西六宫的宫殿给新皇帝的妃嫔住。可以说，这片宫区就是宫中的“养老院”，用来安置过世皇帝的遗孀们。慈宁宫自从乾隆生母孝圣宪皇后之后，就不再有人居住，只作为偶设大宴、举行受册、受宝等重要典礼的处所。所以自乾隆朝之后，太妃、太嫔们的养老区主要就是寿康宫与寿安宫。但也有例外，如嘉庆帝的孝和睿皇后，在道光帝即位后，仍然住在景仁宫，不曾搬走。至于同治、光绪两朝垂帘听政的慈安、慈禧二位太后，因为要抚养幼帝，所以很长时间内都住在东西六宫，从没有到寿康宫、寿安宫等“养老院”区域住过。

寿康宫，位于内廷外西路，慈宁宫西侧。清雍正十三年(1735)始建，至乾隆元年(1736)建成。《国朝宫史》记载：“太皇太后、皇太后居寿康宫，太妃、太嫔随居。”①在紫禁城中，寿康宫的规模并不算宏大，但结构完整，设施齐备，有常驻的大夫，备有常见的药材，还有厨师和卫士，此宫一直沿用不衰。清代晚期，皇帝后妃人数减少，慈宁宫平时不住人，寿安宫入住者也不多，寿康宫作为“养老院”的功能日益显著。咸丰朝的康慈皇太后曾在此颐养天年，另据《内务府奏销档》记载：“敬事房交出未满年限出宫女子。咸丰三年三月，寿西宫琳贵太妃、寿二所李常在位下，因病出宫各一名。寿东宫成嫔位下，因病出宫一名。”②按，琳贵太妃，道光妃；成嫔、李常在，俱事道光帝。寿西宫、寿东宫、寿二所等住处都在寿康宫内。

据《清光绪十九年七月总管内务府折》载：

敦宜皇贵妃居寿康宫。瑨嫔居寿头所，珣妃居寿二所，璷妃居寿三所，祺贵妃居寿东宫，婉贵妃居寿中宫，瑜妃居寿西宫。③

按，敦宜皇贵妃，同治妃，自惠妃进皇贵妃。光绪帝即位，以西太后命，封为敦宜皇贵妃，史称淑慎皇贵妃。瑨嫔、珣妃、瑜妃，俱为同治妃。璷妃、祺贵妃、婉贵妃，俱为道光妃。这些先皇的遗孀们在光绪十九年都住在寿康宫，那么可以推测光绪元年时就是如此安排。

实际上，自咸丰以来，尤其光绪时期，寿康宫成为太妃、太嫔们的主要居住区。这些先皇遗孀们的日常生活比较清寡单调，主要是拜佛、游园，或看看书、画点画，在大部分时间就是焚香礼佛，从佛界寻求精神安慰和寄托，所以寿康宫里佛堂很多。

华美精致的戏曲人物画就成为太妃、太嫔们单调生活中的一种调剂和娱乐。戏曲人物画是册页装，便于翻看，而且仅第二、三类戏画就分为七册之多，方便在太妃们之间传阅观赏。寿康宫没有戏台，距离御花园也较远，再加上年老或其他

---

① 转引自章乃炜等编:《清宫述闻》(初续编合编本)，紫禁城出版社 2009 年版，第 740 页。

②③ 同①，第 747 页。

图 5-28 清宫戏画《打连厢》

因素，以观赏戏画来代替看戏或打发时间，也是极有可能的。

三、清宫戏画用途辨析

在讨论过清宫戏画的藏地与欣赏者之后，有必要再对这批戏画的用途作一些辨析。关于清宫戏画的用途，齐如山根据戏画上的一行小字“穿戴脸儿俱照此样”认为：

此谱为乾隆年间奉皇帝命所绘，大致有两种意义：一是怕年久失传；一是各脚勾脸法，虽有准谱，然亦偶有出入，恐勾的不一样皇帝见罪，所以画出此谱来，经皇帝过目后，各脚都照此勾画，则无人敢挑眼了。不但脸谱，连穿戴等等，都有定型，所以每一出的人员都画上，且在第一页上注明“脸儿穿戴都照此”等字样。[①]

齐如山认为清宫戏画就是演员拿来照着化妆扮戏用的，所以 1931 年《国剧画报》连载梅兰芳藏品时，他将之命名为“升平署扮相谱”。

这种看法长期以来被人深信不疑，因为每出戏第一幅画上的“穿戴脸儿俱照此样”字样是确凿无疑的。直到 1992 年，朱家溍在《漫谈京剧服饰》一文中提出，“穿戴脸儿俱照此样”一行字是画册从宫中流散出之后，到第一个收买者手里后加上的，实际这个画册的目的就是供帝后欣赏的，而非演员的扮相手册。因为这

① 齐如山：《齐如山回忆录》，辽宁教育出版社 2005 年版，174 页。

些戏画既无作者姓名，又无年月，也就是和画绢灯的画匠画差不多，但如果商家加上“穿戴脸儿俱照此样”这行字，就使它增加了史料价值，含有档案性质，可以卖个好价钱。虽然是供欣赏的，但宫廷画家向来对于奉命写实的画都是认真写实与原物一般无二，所以确实是文献价值很高①。

这个观点可谓石破天惊，无疑是清宫戏画研究史上的重要发现之一，改变了人们对于清宫戏画用途的观念。朱家溍后来在《北京图书馆藏升平署戏曲人物画册·序言》《梅兰芳藏戏曲史料图画集·说略》以及中央电视台“国宝”栏目中，都反复强调清宫戏画是用于欣赏，而不是照着扮戏的。

综合上述几篇文章，朱家溍理由有三：第一，具有“穿戴脸儿俱照此样”一行小字的戏画，都是从宫廷流散出去的部分，而故宫所藏戏画则除戏名、人名之外别无其他字样。第二，未流散出宫的戏画都藏在太后寝宫寿康宫中的紫檀大柜中，而不是藏在升平署所在地或演员手里，这说明戏画是供太后欣赏用的。第三，从道理上讲，不存在根据图来扮戏的事情。演员学会某一出戏，当然知道穿戴什么，管理戏箱的人员当然也知道，无须再照画册来化妆，即使是需要备忘录，也用不着工笔重彩精细到如此程度的画册。故宫藏有抄本《穿戴提纲》两大册记载着上千出戏，某戏某角的详细穿戴，那才是档案性质的用途。

朱家溍的这种认识是其长期浸染、研究戏曲的肺腑之言，非外行人所能道也。朱家溍从十几岁就演戏，可以说他虽然不是演员，但其舞台艺龄比文物工作者的工龄还大，戏班里的事情都吃透了。在他看来，没有哪个演员说是我学会了这出戏，我不知道这个戏穿什么、戴什么的，没有这个事情。

这不禁让我们想到明万历三十四年（1606）刊本《新镌蓝桥玉杵记》前言中的“本传逐出绘像，以便照扮冠服”之说，宣称书中插图是梨园演戏的穿戴指南，其实都是普通的人物故事画，山是山，水是水，人物扮相与服饰都是日常生活中的式样，与其他传奇刊本插图并无二致。说到底，这只是书商的广告策略，其性质和清宫戏画上的那行“穿戴脸儿俱照此样”小字不正一样吗？由是可知，照图装扮、扮相谱一类的事情，永远是外行人的臆测与伎俩。明朝人就做梦了，那是书商的把戏，清末的古董商，作为商人之阶层，只不过故技重施而已。

在朱家溍给出的证据之外，我们可做一些补充：一是，有一些戏画上写着“脸而”，而非“脸儿”，例如《五台》《取荥阳》《樊城》（图 5－30）、《高平关》《宝莲灯》《恶虎村》等，可见商家在后加“穿戴脸儿俱照此样”字样时的粗心。二是，某些戏的第一幅画中没有“穿戴脸儿俱照此样”字样，只有戏名与人名，例如《定军山》《渭水河》《四杰村》等。这与故宫所藏是相同的，大概是商家疏忽而漏加。

① 朱家溍：《漫谈京剧服饰》，《中国京剧》1992 年第 4 期。

图 5-29 清宫戏画《十面》之“脸儿”

图 5-30 清宫戏画《樊城》之“脸而”

图 5-31 清宫戏画《定军山》

图 5-32 清宫戏画《渭水河》

四、清宫戏画对于戏曲研究的价值与意义

清宫戏曲人物画是咸丰十年以来宫廷演出乱弹戏的真实写照，画中的人物都是演员化妆穿戴齐整之后在舞台上的形象，连人物的细微表情、动作乃至戏出场面的定格瞬间，也画得写实严谨，神意并到。宫廷演剧和民间不同的是，其具有雄厚的经济支持，可以不计成本地来满足帝后们的喜好和要求，例如清宫戏衣就极尽纤巧富丽之能事，连乞丐穿的衣服都有金丝花边。已知的清宫戏画数量达 700 多幅，蕴含信息十分丰富，对于晚清宫廷生活史、戏曲史、美术史的研究都有着不可替代的价值。下面就戏画对于戏曲研究的价值，包括剧目及其人物、舞

美、排场等方面略加陈述。

1. 上演剧目及其人物

据以上统计,清宫戏画描绘的剧目,现今可考的有 220 种,实乃一份咸丰至光绪间宫廷流行剧目的戏单。这些剧目大多属于花部,在一定程度上反映了晚清宫廷演剧的规模与风气。

戏画所绘反映出宫廷中上演比较频繁的剧目。例如第一、二、三类戏画中共有以及第三类戏画中描绘不止一幅之剧目,前者有《太平桥》《三叉口》《南阳关》《四郎探母》《打金枝》《定军山》《四杰村》《高平关》《镇潭州》《恶虎村》《善宝庄》11 种,后者有《打金枝》(四幅)、《捉放曹》(两幅)、《探母》(三幅)、《取荥阳》(二幅)、《阳平关》(二幅)5 种,它们在晚清宫廷戏曲演出中极受欢迎。再如两类戏画中共有之剧目也有 48 种,分别是《空城计》《淮安府》《玉堂春》《五台》《樊城昭关》《胭脂雪》《牧羊圈》《十面》《汾河湾》《乌盆记》《洪洋洞》《取荥阳》《借云》《断密涧》《艳阳楼》《摩天岭》《庆阳图》《取洛阳》《凤鸣关》《桑园寄子》《击掌》《沙陀国》《青峰岭》《打严嵩》《九龙杯》《蜈蚣岭》《三挡》《卖马》《阳平关》《胭脂虎》《霸王庄》《八腊庙》《锁五龙》《金马门》《李陵碑》《铡美案》《绝樱会》《群英会》《五雷阵》《白良关》《陈塘关》《骂曹》《红鸾禧》《七星灯》《庆顶珠》《戏妻》《虹霓关》《九龙山》,它们也是晚清宫廷中经常上演的剧目。

我们还可从剧目中得到另外一些信息。比如第三类戏画中将《探母》与《探母回令》分别画,说明这两出戏在宫中是分开演出的。再如某些剧目的另称,第一类戏画中《蔡天化》在第二类戏画中叫《北极观》、《闹海》叫《陈塘关》。

编戏一时有一时之时尚,演戏亦一时有一时之变迁,在时间的长河与艺人的修改中,戏剧中的人物称谓也会经历变迁与增删。例如《四郎探母》中的"月华公主"后变为"铁镜公主",此种信息可以作为有价值的史料加以利用。再如第一类戏画《六殿》中的"何志照"(图 5 - 33),这一人物不见于现存各种版本的《六殿》剧本,也不见于《劝善金科》和其他各地区流行的目连戏,光绪后期升平署"乱弹题纲"记载的《六殿》人物表中也无此人。据此推测,"何志照"可能是咸丰、同治时期《六殿》在宫廷演法中的人物。

图 5 - 33　清宫戏画《六殿》之何志照

2. 舞台美术

图像相比于文字最大的优势就是其直观性,清宫戏画作为晚清宫廷演剧史料中最重要的图像材料,其对于舞台美术包括服饰、脸谱、盔头、髯口、砌末等方面的价值，是最显著也最为人熟知的。此处主要探讨脸谱和服饰两方面，盔头、髯口、砌末等则略谈，最后再分析清宫戏画所呈现出的扮演动物的三种形式。

（1）脸谱。

戏曲脸谱是中国戏剧特有的人物造型手段，是对净行与丑行面部化妆样式的统称，而以净脚脸谱为主。作为净脚面部化妆的方式，“整脸”谱式曾在很长时间内独领风骚，“整脸是一种比较原始的形式，整个脸膛由左右眉分割成脑门和左右两颊，眉有白眉和黑眉，白眉界分眼和黑眉，有的整脸只有白眉”。[1] 这里的黑眉是指脸谱中经过夸张变形而形成的眉毛造型，即眉窝，眉窝经艺术加工成为规整的长三角形或多尖的花眉形。据现存资料看，在清代乾隆以前，戏曲人物脸谱只有“整脸”一种谱式。乾嘉之后，花部呼唤脸谱谱式的丰富多样，“整脸”则分化为一系列新谱式，如“花脸”“十字门”“三块瓦”等。在分化完成之后，“整脸”脸谱所剩无几，就重要的脸谱而言，目前仍保留“整脸”原貌的就是包拯、赵匡胤等为数极少的脸谱了。

那么，“整脸”脸谱从何时开始分化和演进的呢？其具体细节是怎样的？因为脸谱材料的缺失，很难做出精确的回答。现今可考的乾隆以前的戏曲人物脸谱，主要是《南都繁绘图卷》《康熙南巡图》《康熙万寿图卷》《崇庆太后万寿图卷》等大型写实画中戏台上的人物脸谱、梅兰芳缀玉轩藏明末清初脸谱以及与其同类的芝加哥自然历史博物馆藏彩绘脸谱和日本戏画中的脸谱。它们都是古朴的“整脸”谱式，尚看不出后来脸谱演进之过程。绘于乾隆十六年的《崇庆太后万寿图卷》中戏曲人物脸谱犹为整脸谱式，嘉庆、道光时期的脸谱资料现今无存，接下来就是咸丰以来清宫戏画中的脸谱材料，而清宫戏画已经呈现出“整脸”“花脸”“三块瓦”“十字门”等脸谱诸式并陈的局面，虽然有些谱式呈现出演变初期的古朴特征。

从《崇庆太后万寿图卷》到清宫戏画，脸谱的演进似乎进行了一次跳跃，幸好这种跳跃并未造成脸谱演变中谱式的空白，充其量是由此谱式演变为彼谱式中间环节的缺失。例如以“整脸”谱式向“花脸”谱式演进为例，我们从清宫戏画中可以确定这条演变线索的存在，但因嘉庆、道光年间无资料佐证，尚无法断定开始演变的具体时间以及“花脸”脸谱的最初形态。事实上，“整脸”谱式一统天下的地位不可能在《崇庆太后万寿图卷》的绘制时代即乾隆十六年便告结束，基于净脚脸谱变革与花部的勃兴不无关系的认识，我们认为脸谱从“整脸”演进为其他谱式的时间似应从乾隆末年徽班进京开始。

历史资料的缺失是学术研究的遗憾和不幸，使我们无法对脸谱演变有全知性的了解，然而不幸之中又有着万幸，虽然脸谱演变的某些细节不得而知，但清

---

① 刘曾复:《京剧脸谱图说》,北京燕山出版社 1990 年版,第 4 页。

宫戏画的幸存至少让我们知晓脸谱谱式之间的演变线索，这在无法获得其他材料的情况下已经难能可贵。如果我们把咸丰、同治时期的第一类清宫戏画与同治、光绪时期的第二、三类清宫戏画相比较，再将清宫戏画与之前的“整脸”谱式、之后的光绪末年成熟起来的京剧脸谱相比较，无论是脸谱的风格还是表现手法都有较为明显的变化。由此可见清宫戏画在脸谱发展史上的重要价值，可谓中国戏曲脸谱演变史上极为重要的一环。

图 5－34　清宫戏画《泗州城》之伽蓝脸谱

图 5－35　清宫戏画《太平桥》之朱温脸谱

我们可从两条线索分析清宫戏画之于脸谱研究的价值。一是脸谱谱式的演变，从现存材料来看，清宫戏画中的脸谱几乎参与了“整脸”谱式向其他各种谱式的演变；另一是个别人物脸谱的演变，清宫戏画中的脸谱除了在脸谱谱式演变中的表现之外，在个别人物脸谱的某些特征方面也有重要影响，例如包拯。李孟明《脸谱流变图说》(南开大学出版社，2009)一书在探索戏曲脸谱演变时，就充分利用了清宫戏曲人物画，并有细致和精彩的分析，此处不赘。

(2) 服饰。

清代宫廷的戏曲服饰史料，文献上以《穿戴提纲》最为详细，图像上则要以清宫戏曲人物画最为丰赡。清宫戏画中人物服饰精工华丽、色彩鲜艳，不仅有蟒、靠、氅、褶、帔、宫衣、太监衣、褂、斗篷、箭衣、卒衣、英雄衣、八仙衣、道姑衣、富贵衣及裙子等繁多品种，就连其上的游龙团凤、折枝花卉、祥云立水等装饰纹样都清晰可见，是研究晚清宫廷戏曲服饰的珍贵材料。自道光七年南府改为升平署，宫中承应戏仍以昆腔、弋腔为主，偶然有一出乱弹戏出现。咸丰以来，特别是同治末年至光绪初年，乱弹戏在宫中逐渐增多，经常传外班进宫承应。这正是清宫戏画绘制的时间范围，折射出在“近代戏曲”阶段戏曲服饰的风格。据我们所知，朱家溍《清代的戏曲服饰史料》一文是最早利用清宫戏画来研究戏曲服饰的文章，指出与民间戏班戏衣相比，宫廷追求华丽鲜艳，经常于应该是素地的衣服上绣上金花。其后，龚和德《清代宫廷戏曲的舞台美术》①、朱家溍《漫谈京剧服饰》等也利用清宫戏画来研究戏曲服饰，清宫戏画对于戏曲服饰研究的价值由此可见一斑。

清宫戏画中呈现出的戏衣精工华丽，色彩鲜艳，追求唯美主义，这是宫廷所崇尚的装饰作风。因为具有雄厚的经济支持，再加上帝后对戏曲的喜好，清宫戏衣更是极尽纤巧富丽之能事。如乾隆六十寿诞演出大戏中的服饰，据当时随朝鲜使团来华的朴趾源《热河日记》记载：“每设一本，乘戏之人无虑数百，皆服锦绣之衣，逐本易衣，而皆汉官袍帽。”②此时演出大戏，不仅穿“锦绣之衣”，而且“逐本易衣”，即随着剧本及其人物角色的变化，戏曲服饰亦相应地变化，这虽然不乏夸张之语，仍可见当时戏衣的华丽堂皇与名目繁多。据《升平署志略》中列出的戏衣名目，当时宫廷已经将华贵的丝织品广泛地用于戏曲服饰和演出③。

清代宫廷戏曲服饰追求华丽鲜艳本无可厚非，但其最大的缺点是经常于应该是素地的衣服及彩裤上绣上金花。这种做法与剧情中的人物身份、地位不符合，以至于损害了人物塑造和舞台表演，但这种情况大量存在于清宫戏画中。

以老生穿的蓝褶子而论，直到现在剧团的服装都是素地无花的，但第一类清宫戏画《清官册》寇准、《取荥阳》陈平等人穿的蓝官衣都是满身绣以金花。再如《三叉口》刘利华穿的是夜行衣，本应全身黑素，与其对手任堂辉红色绣花、抱衣抱裤的打扮形成对比，在舞台上一花一素，非常美观。但第二类清宫戏画《三叉口》中的刘利华是满身花绣，不仅不符合剧情，而且失去对称的美。

图 5－36　清宫戏画《伍子胥》

最不可思议的是，第一类戏画《鱼肠剑》伍子胥（图 5－36）吹箫行乞，穿的是“富贵衣”，即乞丐衣、穷衣，竟然也一律满身缀以金花，闪闪发光，使得“穷衣”变成了“富衣”，这就极为不合情理。相比之下，第三类戏画《贪

① 刊于《戏曲艺术》1981 年第 2、3 期。

② 朴趾源：《热河日记》卷四“山庄杂记·戏本名目记”条，上海书店出版社 1997 年版，第 251 页。

③ 参看王芷章：《升平署志略》，商务印书馆 2006 年版，第 232—236、602—604 页。

欢报》中的安道全(图5-37)穿的“富贵衣”就没有缀以金花,与故宫博物院现存一件宫廷“富贵衣”(图5-38)相似。据此推测,绘于光绪中后期的第三类戏画,可能由于某些原因例如经济因素、欣赏水平等,不再如第一类戏画那样不合情理地一味追求唯美主义。

图5-37 清宫戏画《安道全》

图5-38 现存宫廷富贵衣

此外,清宫戏画中很多底层人物都穿雕花彩裤,这大概因为统治者的喜好。同治十三年恩赏日记档记载:

十月二十一日,许传旨,二十日《平安如意》团场上场人露白腿蓝腿,下场解带摘发懈怠。以后有差无差都得剃头。上角不准胖胖猪似的,不论什么角都穿彩裤,不准穿尖靴,穿彩鞋。勾脸不要粗拉拉。①

看戏如此揣摩,观察如此精细,可以推测是慈禧太后的旨意。其中“不论什么角都穿彩裤”的要求可能不止用于《平安如意》一个剧目,我们从现存清宫戏画中可以看出这种彩裤应用的广泛,例如同属于第三类戏画中的《贪欢报》安道全(图5-37)、《彩楼配》薛平贵(图5-39)、《庆顶珠》萧恩(图5-40)都身穿雕花彩裤,而他们在剧中的身份都是道士、乞丐、渔民这种下层人物。

(3) 盔头、髯口与砌末。

清宫戏画中的盔头、髯口与砌末和服饰一样精工华丽,极具宫廷特色。例如《青龙棍》中“青龙”的龙磕脑,龙是蓝色,与大额子上的红绒球色彩对比鲜明,好像龙正要夺这个红绒球,十分生动,这种动物的象形冠就代表这个人扮演的是“青龙”。再如《六殿》中的“何志照”所戴髯口为黑扎髯,这种髯口用于何志照这

① 转引自朱家溍、丁汝芹:《清代内廷演剧始末考》,中国书店出版社2007年版,第353页。

图 5－39 清宫戏画《彩楼配》之薛平贵

图 5－40 清宫戏画《庆顶珠》之萧恩

个阴间判官，俗称鬼髯。清宫戏画中的砌末品种繁多，如桌帷、椅帔、台幕、刀枪把子、水旗、风旗、车旗、马鞭等，可与清宫戏曲砌末实物相印证。绘有砌末的基本都是描绘戏出场面的第三类戏画，例如《五雷阵》中每人手持不一样的武器，见图 5－41。

图 5－41 清宫戏画《五雷阵》

图 5－42 清宫戏画《百草山》之青龙脸谱

（4）清宫戏画中扮演动物的三种形式。

如果将舞美各个部分打通研究，我们可以发现清宫戏画展示出了舞台上演员扮演动物的三种方式，分别为脸谱、磕脑和形儿。我们以“龙”为例：

a. 脸谱

第一类戏画《百草山》中的“青龙”形象主要用脸谱来呈现（图 5－42）。“青龙”脸谱是蓝脸，结合演员面部眉、眼、鼻、口加以勾画，眼部层叠的纹样表示龙眼睛的特征，额部是一条龙的纹样，最引人注目的是其嘴角处的两根白色龙须。

b. 磕脑

第一类戏画《青龙棍》中的“青龙”形象主要用磕脑来呈现，辅以龙鳞披挂（图5-43）。磕脑属于盔头的一部分，多为动物象形冠，即在冠帽上塑有各种动物的头形。《青龙棍》中的“青龙”，脸部是洁扮，“龙”形象主要以龙磕脑来呈现。这种磕脑是龙的形状，有两只白色龙角，张开的红嘴中露出锋利的白牙，还有两根标志性的白色龙须。龙身是青色的鳞片，一直垂到肩头。龙磕脑是蓝色，与大额子上的红绒球色彩对比鲜明，好像龙正要夺这个红绒球，十分生动。龙磕脑加上龙鳞披挂，就把青龙的形象生动地表现出来。

图5-43　清宫戏画《青龙棍》之青龙磕脑

图5-44　清宫戏画《除三害》之恶龙戏衣

c. 形儿

第三类戏画《除三害》中“恶龙”形象主要用形儿来呈现（图5-44）。“恶龙”的形象，是一身完整的龙衣，只露出演员的眼睛、鼻子与脸部少许，肚皮处用纽扣缝合。龙衣的主体是青色龙鳞形状，由两只手、两只脚、龙身、龙尾与龙头组成。演员可以像人那样用两只脚（穿鞋）站立，手部则是五个利爪形状。龙尾带有倒钩的白刺，龙头则完全象形，角、眼、鼻、牙、舌、须俱备。演员露出脸部的位置位于龙颈处，龙头则全部高出演员的脸部，以逼真形象。整个“恶龙”形象栩栩如生，张牙舞爪，与其对峙的是手持利剑的周处。

综上所述，清宫戏画是一个系统的资源宝库，我们对它们的利用，不应止于作为戏剧史、服饰史以及工具书类书籍的插图，而应充分发挥其在演剧史、宫廷史、美术史等方面的价值。

第四节　墙壁装饰——清代宫廷戏曲壁画

壁画指直接绘在建筑墙壁（包括梁柱）上的画，其功能不仅在于装饰殿堂，更在于对观者起到宣传教育的作用。壁画在唐代以前是中国美术史的一个主要内容，多由文人学士中的名画家充任，而从五代、两宋以后，伴随着卷轴画的兴起，建筑中的壁画就让给了民间画匠来制作，渐被视为“匠人”的领域，不再受到画坛重视。明清以来，特别是清代中期以后，由于戏曲的更为普及和深入民间，在广布各地的乡间庙宇以及宗祠里，戏曲壁画成为一项比较常见的内容。它们的作者多是参与建筑绘壁工作的民间工匠，尽管其艺术价值往往并不高，却造就了民间文化的一大景观。戏曲壁画作为衬托性的装饰画，一般绘制在庙宇内非主要的壁面上，例如墙壁的斗拱拱眼处、檐底墙面等，四川省绵竹鱼泉寺清代壁画则绘在两廊和一座虚阁的过梁上。

在清代宫廷建筑中，目前发现有两处绘有戏曲壁画，一是钟粹宫外檐，二是颐和园长廊，下面分别介绍。

在清代钟粹宫外檐，绘有数幅描绘戏曲演出场面的彩画，由宁霄、曹振伟《钟粹宫外檐彩画中的戏画》[①]一文首次披露。钟粹宫，内廷东六宫之一。明永乐十八年（1420）建成，咸丰帝孝贞显皇后（即后来的慈安太后）入宫时住在钟粹宫，后经垂帘听政等多般周折又返回这里，直至光绪七年（1881）去世。光绪皇后隆裕在婚后直到 1913 年去世之前也一直居住此宫。

根据国家图书馆保存的钟粹宫图样可知，同治八年钟粹宫宫门添盖挑山抱厦垂花门罩，添盖垂花门一间。宫门两翼添盖游廊各五间。从现存彩画遗迹来看，钟粹宫两翼游廊、垂花门两翼游廊现状底层皆为苏式彩画，说明表层苏式彩画为同治八年之后再次修缮时留下的遗迹。西配殿同样为两层彩画，表层为苏式彩画，底层为具有明末清初时期特征的旋子彩画。从表层苏式彩画等级做法上看，东西配殿为金线方心式苏画，方心内容绘写生题材，找头内的软、硬卡子皆不贴金，箍头为万字纹，画面略显质朴。而游廊虽同样为金线方心式苏画，但方心内容绘沥粉贴金的龙凤纹饰，找头内的软、硬卡子亦沥粉贴金，箍头在万字之外加单连珠带，其彩画形式比东西配殿要高很多，似乎不合常理。综合彩画现状初步判断，东西配殿的苏式彩画略早于游廊的彩画，即东西配殿苏式彩画为慈安皇太后时期所绘，而游廊表层苏式彩画为隆裕皇后时期所绘。

故宫钟粹宫前殿的东西配殿外檐彩画中，就有几楹尚未被人注意的戏画。这几幅彩画，与周围苏式彩画聚锦中的人物画呈现出极大的区别，其人物的脚色组合、行头扮相，均显示出这是当时戏曲舞台场景的真实体现，下面列举其中几

① 载于《紫禁城》2013 年第 11 期。

幅戏画具体说明之。

《蜈蚣岭》。彩画表现的是武松已入山同王飞天开打，二人打单刀枪，王飞天败下时的情景。武松，穿抱衣抱裤，外罩僧坎，系大带，右手使单刀。与现在不同的是，武松蓬头不戴戒箍，开打时脑后插云帚，斜挂佛珠。最显著的区别则是穿厚底，这在现在的短打戏中已绝少看到。王飞天败下，显示的是背影，同样是抱衣抱裤，应当是罩道坎，系绑腿带，穿僧鞋，右手使棍。过去王老道蓬头之上，另有一小道冠，在张世麟留下的录像中还可以看到。王老道拿枪上开打，被武松把小道冠削掉，败下，此画表的正是这一场景，见图 5－45。

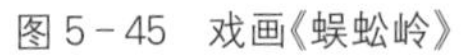

图 5－45　戏画《蜈蚣岭》

图 5－46　戏画《马鞍山》

《马鞍山》。该画表现俞伯牙访钟，遇见钟父上坟问路之情景。俞伯牙，疑戴方巾，黑三，穿蓝褶子，系绦子，穿厚底。钟元甫，疑戴毡帽，白三，紫花老斗衣，黑彩裤，草鞋。手中提篮，内盛纸钱。琴童，戴孩儿发，穿青褶子，绿彩裤，圆口鞋，抱琴，见图 5－46。

《双官诰》。画中是三娘唱完三眼“老薛保你莫跪”一句后，教子之场景。王春娥，梳大头，戴茨菇叶，未表现出头面。系淡绿云肩，穿青褶子，白腰包。手持竹篾。薛保，戴蓝毡帽，白三，穿紫花老斗衣，黑彩裤，草鞋。与现在的扮相有异，见图 5－47。

图 5－47　戏画《双官诰》

图 5－48　戏画《捉放曹》

《捉放曹》。画中应为路遇吕伯奢情景。曹操,勾水白脸,戴风帽、茨菇叶、黑三,今日舞台上,花脸带黑三已不可见。晚清升平署戏出画中有《捉放》一页,曹操亦戴黑满,与此不同。穿箭衣、马褂、外罩开氅,黑彩裤,厚底,手拿马鞭。陈宫,疑戴方巾,黑三,蓝褶子,厚底,手拿马鞭。吕伯奢,疑戴毡帽,白三,穿紫花老斗衣,草鞋,系蓝绦子。需要注意的是,曹、陈手中的马鞭,只有鞭头一穗,既是真实马鞭形制在舞台上的体现,与升平署戏画描绘相同,故宫藏品中亦有实物,见图 5-48。

图 5-49　戏画《逛灯》

《逛灯》。二和尚,戴黑僧帽,穿驼色僧衣,蓝僧鞋,手拿木鱼。白瞎子,戴缨帽,穿箭衣,外褂子,朝方靴。手拿竹杖。此戏绝在大陆京剧舞台绝迹多年,台湾尚有流传,见图 5-49。

除了钟粹宫外廊彩色戏画之外,还有一种清代宫廷戏曲壁画经常被提起,那就是颐和园长廊彩画中取自古典戏曲题材的人物画。颐和园长廊建有 273 间画廊,绘有 8000 余幅彩画,全长 728 米,1990 年被《吉尼斯世界大全》评为当代世界上最长的画廊。长廊的枋梁上绘有人物、山水、花鸟、风景绘画,其线条细腻,形象逼真,立体感强。其中约 200 幅人物故事彩画出自民间传说、神话故事、中国古典文学名著,内容丰富多彩,贯穿中国五千年历史,引人注目。在这些人物故事彩画中,有的就取材于中国古典戏曲作品,例如《西厢记》《窦娥冤》等。

颐和园长廊始建于清乾隆十五年(1750),它东起邀月门,西至石丈亭,全长 752 米。1860 年被英法联军烧毁,光绪年间(1886)重建。光绪二十六年(1900),八国联军再次攻占北京,慈禧太后携光绪帝逃往西安,联军在颐和园中盘踞达一年多的时间,园内文物再次遭到大肆破坏。1902 年,慈禧回銮后,又拨巨款修复颐和园。1959 年,为庆祝中华人民共和国成立十周年,国家投入大量的人力、物力,集中了一批技艺高超的古建工匠和彩绘艺人,在继承传统风格的基础上,对长廊进行了大规模的精心修缮。重修后长廊中的彩绘画,构图新颖、题材丰富,绘画手法细腻、制作工艺精湛。①

从颐和园长廊彩画毁存修缮的历史来看,现存 200 余幅人物故事画的绘制时代存在疑问:这些人物故事画到底是光绪年间的原貌还是 1949 年后的重绘呢?这是最为关键之所在,因为史料的价值首先取决于其时间的确定性。目前

① 易明编著:《颐和园长廊彩画故事全集》(修订版),中国旅游出版社 2012 年版,第 5 页。

人们一般都认为是光绪年间的作品，后来只是在原貌较为模糊基础上的修缮。从具体绘画的风格来看，似很难确定是出于光绪时期还是1949年之后，例如《岳母刺字》故事彩画。这里则持多闻阙疑之态度，将颐和园长廊彩画列入清宫戏曲绘画之范围加以介绍和描述。见图5-50。

图5-50　彩画《岳母刺字》

图5-51　彩画《白蛇传·游湖借伞》

关于这批颐和园长廊中的戏曲故事画，还有一个问题需要说明：与钟粹宫外廊戏曲彩画是当时戏曲舞台场景的真实体现不同，颐和园长廊取材于戏曲人物的彩画都是故事情节的图像说明，而非舞台演出场景，扮相、砌末、背景等都是写实。也就是说，画师在创作某个戏曲故事的画面时，不是根据当时舞台上的演出情形，而是根据绘画传统和技法（类似于版画插图）来创作，与其创作取材于古典诗词的彩画风格是一样的。

我们列举一例《八大锤》彩画表现的场面和情节。

这幅画是根据传统京剧剧目《八大锤》绘制，见图5-53。岳飞和金兵会战于宋代首都开封（朱仙镇）。金兀术义子陆文龙连折几员宋军大将，岳飞便派四员都使双锤的大将与陆文龙决战。岳飞帐下的四名用锤大将，第一金锤将岳云

图 5-52　彩画《窦娥冤》

图 5-53　彩画《八大锤》

(擂鼓瓮金锤),第二铁锤将狄雷(镔铁亚油锤),第三铜锤将严成方(青铜倭瓜锤),第四银锤将何元庆(八棱梅花亮银锤)。此画画的就是陆文龙挥舞双枪,与宋军八大锤在阵前厮杀的激烈场面。

清代宫廷演剧盛况空前,大大超过了过去的任何时代,尤以乾隆、光绪两朝为极盛。与此演剧盛况相应,此时出现了很多描绘清代宫廷演剧的戏曲绘画,其数量和质量亦远超前代,亦远远超过之前的任何时代。这类戏曲绘画多出自宫廷画师之手,按其用途和载体可分为三类:一是表现宫廷庆典长卷绘画中的演剧图,二是作为帝后个人欣赏物的戏曲人物画,三是装饰性的宫廷戏曲壁画。这些绘画不仅体现出清代宫廷演剧的盛况,而且可以作为研究戏剧史、宫廷史、社会史等方面的宝贵图像史料。

第六章 清代京昆折子戏及其图像

从全本戏演变为折子戏，是中国戏剧历史演进的一条基本规律。至迟在清代乾隆中叶，折子戏开始取代全本戏成为中国戏剧最主要的演出形式，所以徽班当时演出的全本戏也迅速向折子戏方向转化——形成京剧折子戏；许多民间小戏也在此时很快演进为折子戏。

在乾隆年间以来的折子戏时代，不管文士阶层还是民间艺人，不管是雅部（昆剧）还是花部（晚清以京剧为代表），都有许多图像作品（绘画、泥塑）予以呈现其风采。这些图像都以一出戏中的一个精彩场面作为画题，画戏必折子戏，未见画整本的，这是京昆折子戏的“图像时代”。文人所绘戏画多是倾向于“雅”的昆剧折子戏，而民间艺人创作的戏画、泥人则多倾向于“俗”的京剧折子戏。这些戏曲图像不仅体现出当时画坛的风尚所向，其作为一种直观形象的史料，对于当时的上演剧目、脚色扮相、动作排场、砌末使用、演出场所等也都有重要的研究价值。本章即在简述折子戏兴起原因和过程的基础上，对表现京昆折子戏的各类图像作品予以介绍和描述，并探讨剧坛和画坛之间的相互影响以及这些图像对于戏曲研究的价值和意义等问题。

第一节 折子戏的兴起

中国民族戏剧的演出，就其形态而言，可略分为两类：一为全本戏，一为折子戏。全本戏，又称“本戏”“正剧”，全本戏所演故事大都情节曲折、首尾完整；折子戏，有“散出”“散套”“杂单”“杂出”“单出”“折头戏”等不同称名，相对全本戏而言，其情节表现大都是片断性的、不完整的。折子戏大都是从全本戏中脱离出来的，乾隆年间编成的著名剧选《缀白裘》所收 430 出折子戏分别来自 87 种传奇、杂剧。“荆”“刘”“拜”“杀”以及《琵琶记》《牡丹亭》等名剧最初皆为全本戏，其最终的演出存在样态则皆为折子戏。可以说，从全本戏演变为折子戏，是中国戏剧历史演进的一条基本规律。[①]

---

① 本节关于折子戏兴起的论述，主要参考了解玉峰:《从全本戏到折子戏——以汤显祖〈牡丹亭〉的考察为中心》一文，刊于《文艺研究》2008 年第 9 期。

那么，中国戏剧的演出为何会由全本戏走向折子戏？有怎样的历史过程？这要联系到中国民族戏剧演出环境的特点及变化。清康熙年间以来，北京、苏州等城市相继出现商业性戏园，在此之前中国戏剧的演出大都是非商业性的。其演出场所主要有两大类：一为乡间之庙台，一为贵人之厅堂。乡间庙台演戏多为酬神祈福或祭祖驱邪，故往往不惜钱财，一连数日。在这样的演出场合下，戏剧的演出时间一般较长，也无明确的时间限定。南戏、传奇一般长达三四十出甚至五六十出，虽或失诸冗长、散漫，但很适于这种场合下的演出。庙台演出有浓厚的仪式性和功利色彩，相对庙台演出而言，厅堂演出更多娱乐性，艺术要求也相对较高。从一般史料来看，18 世纪之前，缙绅士夫逢祭祖、婚丧、庆寿等重要场合，一般都演全本，以示庄重。但厅堂演出面临的最大问题便是演出时间受限。贵人往往较小民为“忙”，难得有耐心观赏长达几十出的演出。反映明嘉靖时社会风习的小说《金瓶梅》，第六十三回写到西门庆为李瓶儿办丧事，请海盐戏子搬演《玉环记》(《六十种曲》本为三十四出)，西门庆有时显得极不耐烦，吩咐“快吊关目上来”“拣着热闹处唱罢”。戏子“紧做慢唱”，《玉环记》仍然用了两个整夜和半个晚上方演毕。李渔在《闲情偶寄》中也说到全本戏在厅堂演出中的不幸遭遇：

然戏之好者必长，又不宜草草完事，势必阐扬志趣，摹拟神情，非达旦不能告阕。然求其可以达旦之人，十中不得一二，非迫于来朝之有事，即限于此际之欲眠。往往半部即行，使佳话截然而止。予尝谓：好戏若逢贵客，必受腰斩之刑。……尝见贵介命题(按，即“点戏”)，止索杂单(按，即折子)，不用全本。皆为可行即行，不受戏文牵制计也。[①]

由此来看，由于厅堂演出观剧之人多为“忙人”，所以全本演出存在实际困难，往往偷工减料，“草草完事”。

全本戏的主要特点在“全”，即故事情节完整，但在厅堂这种特殊的演出环境中为照顾情节的完整，往往迫使脚色匆忙上下场、赶情节，不能停留在某一情节“点”上酣畅淋漓地发挥，较少观赏的趣味。而折子戏一般长度为三四十分钟，故相对全本戏而言，折子戏的演出有更多的灵活性，特别适宜于厅堂演出。而且折子戏表现的重心不在“情节”，而在全本情节“线”的某一“点”上，淋漓尽致地表现人情物理，唱、念、做、表等皆有独到之处，更易取悦观者之耳目。故折子戏在演出的灵活性和艺术性方面，皆有全本戏所不及的长处。所以即使在厅堂演出尚流行全本的阶段，折子戏的演出也颇受青睐。从山西上党所存《迎神赛社礼节传薄四十四宫调》(明万历二年抄本)、潘允端《玉华堂日记》、冯梦祯《快雪堂日记》等诸多文献看，至迟在明万历间，折子戏演出已成为一种重要的现象。随着时间的推移，折子戏相对于全本戏的地位也愈加重要。

---

① 李渔:《闲情偶寄》,《中国古典戏曲论著集成》(七),中国戏剧出版社 1959 年版,第 77—78 页。

清康熙朝以后，中国戏剧的演出环境发生了很大变化，这主要是家班豢养风气的消歇以及城市商业性戏园的兴起。清康熙以前，民间庙台演出则仍以古朴的全本戏文为主（明万历以来新产生的文人传奇多过“雅”，不适于村夫愚妇观赏）。而缙绅士夫多有豢养家班之风，文人传奇可直接交付家班搬演，故全本传奇在厅堂演出的机会仍较多，相对折子戏而言也占有较大的比重。康熙朝以后，在朝廷监禁之下，家班豢养之风，顿然消歇。此后，职业戏班成为戏剧演出的主体。家班演出可以完全是非功利性的，职业戏班则不能不讲求效益。而数百年来，职业艺人已逐渐打磨、积累了一大批有一定艺术水准、足以保证其获得观众的折子戏，他们一般不愿甘冒风险尝试搬演新的全本传奇。厅堂演出（此后多称“堂会戏”）以及会馆、祠堂等场所的演出多是请职业戏班献演，也更加偏向于艺术水准较高的折子戏。商业性的戏园演出也以折子戏为贵。而且戏园演出一般有时间限定，三四十出长的南戏、传奇也不便戏园搬演。这样，折子戏就成为戏园最主要的演出形式。从清嘉庆二年、三年（1797、1798）某位江西人在北京写成的《观剧日记》看，他两年间在北京观看的职业昆班“三多部”的一百四十多场演出，几全为折子戏。如嘉庆二年三月初九日在天乐园看的戏目为：《劝农》《游园》《堆花》《惊梦》《拾画》《叫画》《跌包》《旅店》《盗牌》《游街》。嘉庆二年六月二十四日在同乐园看的戏目为：《功宴》《学堂》《游园》《堆花》《惊梦》《拾画》《叫画》《纳妾》《跪门》《盗牌》。①

昆班在戏园演出多为经典折子戏，而“诸腔各调杂陈”的徽班除折子戏外，也会迁就部分观众看“情节”的趣味，依照三国、隋唐、杨家将故事以及流行的弹词小说等编排些通俗热闹、水准不高的小本新戏或连台本大戏。如道光二十二年（1842）成书的蕊珠旧史《梦华琐簿》云：

> 今梨园登场，日例有三轴子。早轴子客皆未集，草草开场。继则三出散套，皆佳伶也。中轴子后一出曰压轴子，以最佳者一人当之。后此则大轴子矣。大轴子皆全本新戏，分日接演，旬日乃毕。每日将开大轴子，则鬼门换帘，豪客多于此时起身径去。②

可见，徽班演出也以折子戏为主，演折子者皆为“佳伶”，“贵人”“豪客”都不屑观看俗闹的“大轴子”（全本戏）。当折子戏在整个戏剧演出中的地位愈加重要时，民间庙台演出全本时，在本戏之前或之后插演几出折子也就成为普遍现象，这种演出形式在近代各地的民间庙台演出中仍很常见。

所以，清康熙以后，由于演出环境方面发生的许多重要变化以及折子戏自身艺术上的优势，使得折子戏在整个戏剧演出中的地位日趋重要，至迟在乾隆中叶折子戏开始取代全本成为最主要的演出形式。其主要标志便是折子戏（昆剧）表

---

① 佚名：《嘉庆丁巳、戊午观剧日记》，《戏曲研究》第9辑，文化艺术出版社1983年版。

② 蕊珠旧史：《梦华琐簿》，张次溪编《清代燕都梨园史料》，中国戏剧出版社1991年版，第354页。

演渐趋规范、稳定：歌唱出现“定腔”（如《纳书楹曲谱》）、演出出现“定本”（如《缀白裘》）、身段出现“定谱”（如《审音鉴古录》），此后的时代可称之为“折子戏的时代”。

花部戏曲在民间演出时，仍多为故事首尾完整的全本戏，但由于昆班、徽班高水准的折子戏的影响，各地戏班在演出全本戏的同时，也出现了折子戏的演出。据不完全统计，近百年来流传的京剧剧目有一千三四百个，其中京剧折子戏占最大比例，数量最多，影响也最大。清末以来，大量京剧折子戏走向成熟，如同昆剧进入折子戏时代出现了《缀白裘》这样的选本，民国四年（1915）问世、到民国十四年（1925）出齐的《戏考》对于京剧也有同样的意义。《戏考》前后 40 册，除去部分梆子戏和昆剧，共收京剧剧本近六百出，“实同类著作中之最完备、最巨大者响”。《戏考》剧目以传统戏为主，尤其以折子戏的比例为最大，其来源是当时舞台上的演出本。

第二节　昆剧戏画——文人笔下的雅趣

以整出戏中一个精彩舞台场面作为画题的，我们可称之为“戏出场面画”。这类绘画是画家专门为舞台上的一个精彩场面而创作，占满整个画幅，不似明《南中繁绘图卷》、清《康熙南巡图》那样只是将演剧场面作为点缀而置于其中某个角落。那么，戏出场面画到底是何时产生并形成风尚的呢？

在长篇南戏产生之前，宋代流行短小的杂剧，即戏弄段子，类似于今天的“小品”。现存宋代的戏曲绘画，就是两张南宋杂剧绢画（其中一幅周贻白定名为“眼药酸”），都是两个演员交谈的简单场面。我们推测这两张杂剧绢画大概出自宫廷画师之手，以供帝后欣赏把玩之用，是偶尔为之的作品，没有在画坛形成风气。元代的戏曲绘画，主要是洪洞明应王殿杂剧演出壁画等有限几幅。到了文人士大夫主导的明代画坛，就今日遗存所见，没有一幅独立的戏出场面画出现。当时画坛不屑于表现属于“小道”的戏曲题材，即使如陈洪绶绘画《西厢记》题材，也是类似于《唐诗画谱》之类的写意性质，与戏曲演出基本无涉。明代画坛的主体风尚是写意的文人画，所以即使宋元时期出现过数量极少的戏曲绘画，此种做法到了明代也消失无踪影了，这种局面一直持续到清代乾隆年间。自清代乾隆年间以来，中国戏曲作为上层雅文化与底层民间文化两种文化的结合体，在整个中国民众日常生活的地位愈加重要，在整个中国文化中的影响力最值得瞩目。原本不被画坛重视的戏曲“小道”，在此巨大的文化影响力之下，也开始出现专门描绘戏曲演出的作品，即戏出场面画，而不是像之前那样只是作为附庸和点缀，而最早开创这类画坛新生品种并形成风尚的，正是文士阶层。文人所绘又多是倾向于“雅”的昆剧折子戏，所以以整出戏中一个精彩场面作为画题的戏画，当推老资格的昆剧最早了。

现存最早的清代戏出场面图是文人画家章丽江的《花面杂剧》。画家慨于“画人物者多矣，未有画所未经人画者”，决定别开生面“从戏场中所演花面杂剧随意画之”①，都是精彩的、代表性格的演技场面。“花面”即小丑，计12帧。原作不传，阿英曾得到一部咸丰五年(1855)的木刻摹本。阿英在《〈花面杂剧〉题记》一文中介绍，在书前有嘉庆十九年(1814)宗圣垣的序，从序可知绘者章丽江是乾隆年间的文士，名辰，字丽江，又字云龙，浙江山阴人。书后并有项仙舟道光壬寅年(1842)及咸丰乙卯年(1855)两跋，跋云：“山阴章丽江先生所画原本，几呼之欲应，真绘声手。”②今观摩刻本，刻绘人物，极为现实，且能抓住特点，加以渲染，将人物表现得栩栩如生，须发衣褶，并极婉妙。

乾隆年间章丽江的《花面杂剧》在中国戏剧史上的意义，还没有得到学界的充分重视。我们认为，其价值主要体现于两方面：一是在扮相上，《花面杂剧》使我们看到了今昔舞台上花面化妆的不同。当时花面的化妆，似乎很注意于合理地“丑”化胡须与发髻的形态，不像现在只画一样的三角粉脸就算。《出塞》里王龙的化妆(图6－1)，就多了长长的胡须。其钩脸方法，也是着墨不多，但简单合理，又富“丑”味。有几种服装、盔头、鞋，在目前的舞台上已见不到，大部分则相仿佛。二是在明清戏曲图像史上，章丽江是以文士身份专门描绘戏曲演出场面的鼻祖，其所绘应是当时已认为是“雅部”的昆剧折子戏演出。这在受传统观念主导的画坛是开风气之作，此后戏出场面画确实陆续开始出现，在晚清时达到鼎盛。可惜此画现今不知藏于何人之手，我们仅能从阿英文章中获知王龙的扮相。

图6－1 《花面杂剧》之王龙

约略与章丽江同时的张雪鸿(乾隆二十七年举人)“尝以率笔写杂剧三十图，随手钩染，须眉逼真，极简略生动之致”③，他的“杂剧三十图”所画即三十出折子戏，我们可以确知其与乾隆年间折子戏空前盛行有关，可惜此图没有流传下来。

章丽江与张雪鸿二人所绘都是“随意画之”“随手钩染”，是比较简略、白描

①② 阿英：《剧艺日札·花面杂剧题记》，晨光出版公司1951年版，第86页。

③ 蒋宝龄：《墨林今话》卷四，载黄宾虹、邓实编：《美术丛书·二集第三辑》，神州国光社1936年版，第145页。

式的笔法来勾勒场上人物的神态动作。道光、咸丰时期的戏出绘画在此基础上又有发展，采取一种工笔描绘的手法，传神入微，须眉毕现，一反之前“逸笔草草”的传统，其中以周氏父子为代表。

清道光年间，江宁织造府官员周氏及其子周蓉波二人，以记实之笔绘就清嘉庆、道光年间尚见于红氍毹的昆曲折子戏 83 出（其中周父绘 61 出，周蓉波绘 22 出）。戏画现存 300 余页，绘制时间止于道光末年至咸丰之际。画本高 28 厘米，宽 16.5 厘米，分别用连史纸和玉版毛边纸绘成。周氏自蓉波的祖父起即为金陵富商，主要经营丝织业，兼及粮、布，饶行赀财和房舍。太平天国攻取南京之前，周父多年供职于江宁织造府。织造府直属北京皇家内务府，不受地方管辖。织造府在清代有一项例行“外差”，就是经办和管理可供皇家宫廷选调的一流水平的昆曲班社和演员。身在织造府的周父，“素奸古玩书画，兼擅昆曲”，周蓉波更是精审音律。虽然周氏父子二人皆非专门画家，所作戏画纯为遣兴自娱，但其所绘的这批昆曲戏画，是对当时昆曲折子戏包括舞台调度在内的整体艺术形象的再现，从而构成一份具有内在系统性又自成系列的历史文献，而更具文物价值、艺术价值和学术价值。

现存的周氏昆曲戏画 83 出，出自 46 本传奇和杂剧、时剧。每本多的画 4 出，少的画 1 出；每出画面则截取一个演出瞬间予以“定格”。一般画面两页合为 1 幅，活动位置紧凑的，则仅画在 1 页上。戏画皆为线描勾勒，黑白无彩，少数衣褶部位用浓墨晕衬。昆曲服饰装扮发展成熟后形成一种稳定状态，所谓“宁穿破，不穿错”。不过，其中所绘人物，也有一些装扮与今天舞台不相同的地方，据最早披露该戏画者的丁修询《思梧屋昆曲戏画》一文介绍，主要有如下几点：第一，脚色不分文武贵贱，一律不见有厚底靴鞋，是可见当时昆曲舞台尚无此制。第二，在全部现存的周氏所绘 230 个角色中，无一戏衣有今之水袖。第三，女脚发式头饰，不分年龄和贵贱贫富，一律是“尖包结角头”，戴在头顶后部，除后、妃、贵妇再在前发际戴有“过桥”外，其他女脚色都在发际四周，围以前高后低的三角形帽箍。第四，男性脚色所戴罗帽，皆呈圆形，帽体较高，硬胎，尤无清宫升平署戏画中的那种八角罗帽，更无法像后来的京剧那样将帽体向下斜摺而戴。昆曲只是以后才有可斜摺的罗帽。于此亦仍可见其所受到的京剧的影响。第五，画中衣饰朴素，古风可掬，明显保持着质朴的古风。当今昆曲舞台的服饰装扮，主要受近代京班的影响变为绚丽夺目。

此外，周氏父子所绘的剧目中，以后失传的折目有《如是观・草地》《荆钗记・别祠》《翠屏山・交账、送礼、反诳、杀山》《义侠记・别兄》《铁冠图・借饷》《鸣凤记・醉二》《儿孙福・别弟》《浣纱记・养马》，等等。还有一出《看膊》，未知出自哪本传奇或杂剧。

以近五十年昆曲传统剧目的演出，验之周氏戏画，在舞台调度、表演形式等方面，都可见其继承关系。像《虎囊弹・山门》中所表现的鲁智深将卖酒人推翻

图6-2 戏画《荆钗记·参相》

在地夺酒而饮一节:卖酒人仰身在地,伸出左足,鲁智深抬起右足踏其上的造型,见图6-3;《牡丹亭·惊梦》中睡梦神手持日月双镜,将柳梦梅与杜丽娘引至一处的调度;《绣襦记·教歌》中苏州阿大和扬州阿二教郑元和跪地乞讨,手中摇着"卑铃"(古时乞丐属"卑田院"管理,上街乞讨时,以摇铃来引起路人的注意,故铃有此称)的处理,等等,都是一脉相传,至今仍"活"在舞台上。充分说明昆曲表演中的许多精华,有着长久的生命力。

图6-3 戏画《虎囊弹·山门》

当然在这种传承过程中，也必然有其发展的另一面。那种将昆曲的恪守绝对化的观点，和对发展的合理性未加详查的肤浅指责，都是没有根据的。当今昆曲舞台上的演出，有不少处理是与传统演出不相同的，周氏戏画在这一方面也提供了明证：如《跃鲤记・芦林》中的庞氏与姜诗遇于芦林，周氏画的是庞氏跪地拾柴，姜诗在庞氏周围活动；今天的演法，已改为让庞氏起身站立，而方便了舞台的调度，丰富了视觉的点与面。由此而反映出昆曲审美由偏重于“曲”，到“曲”与“演”并重的发展轨迹。又如《长生殿・惊变》中唐明皇与杨贵妃的出场（图 6－4），周氏所画为杨贵妃乘辇而唐明皇傍辇，现在的演出则是二人同辇，以两脚色之间的关系看，显然更为合理。

图 6－4　戏画《长生殿・惊变》

周氏父子所绘的 83 出昆曲戏画，数量之多和描绘之真，都让我们叹为观止，更是研究当时昆曲舞台演出的珍贵图像资料。[①]

在文人开始绘制戏出场面画的风气之下，与周氏父子约略同时代即道光、咸丰时期的昆班大雅班的名演员李涌也绘制了《昆剧人物画册》（图 6－5）。此册残存 8 帧，每帧长 30.3 厘，宽 22.5 厘米。水墨淡彩。包括八出昆戏，其中六出是《虎囊弹・山亭》《连环记・掷戟》《孽海记・下山》《寻亲记・后金山》《琵琶记・弥陀寺》《浣纱记・赐剑》，另二出所绘何戏，还有待考证。

李涌是苏州老资格的昆班大雅班的名演员，乃以兼擅绘事的名伶，以工细笔法描绘生平耳濡目染、深刻体验之剧中人物，传神入微，须眉毕现，实极难得，从

① 以上关于周氏父子所绘昆曲戏画的介绍和描述，主要参考了丁修询：《思梧屋昆曲戏画》一文，载蒋锡武主编：《艺坛》第三卷，上海教育出版社 2004 年版，第 106—113 页。

图6-5 昆曲戏画 1.《后金山》 2.《弥陀寺》 3.《下山》 4.《山门》

中可以辨味大雅班早期演戏之风格①。例如在《弥陀寺》戏画中，李涌表现了赵五娘寻夫途中进入弥陀寺正吟唱行孝曲的场面，她声情并茂的唱词，感动了在一旁暗听的两个人，这两人本来乔装打扮要行不轨，被赵五娘唱说世人要及时孝敬公婆父母等道理打动后，居然边听边把自己的衣物等脱下来送给赵五娘，最后连自己的假胡子也扯下来了，变成了喜剧。李涌生活的年代，是清道光咸丰年间，他的画不仅反映了像上述这样的当时的社会生活，也再现了当时昆剧演出的规制、服饰和舞台形象，譬如《下山》中的丑角，胁肩窃笑的神态跃然纸上，非常传神。《后金山》中的丑角白面，人物黑色的衣服前短后长，有点类似西方的燕尾服，反映了当时的剧装特色。

进入晚清，戏画新作也颇有可述，但技术上并没有质的变化。最引人注目的是，作《返魂香》传奇的戏曲家宣鼎。他是安徽人，晚年久居上海，观剧阅历有感，同治五年(1866)编绘了一部《三十六声粉铎图咏》(以下简称"图咏")，并于光绪年间正式石印出版。所谓"三十六声粉铎"，这是雅言，大白话即指此册一共画了36出净丑戏②。铎是一种大铃，古代用以宣传教令，意谓净丑敷粉，把真貌隐去，以滑稽相警世。折子装，每页(双)19厘米×35厘米，左画右诗。每戏一画，附歌行体诗一首(诗后均有作者的题识)；册末载《铎余逸韵》七言绝句17首，诗前有小序，末附题识。每首诗下有作者自注。画册首有希古题篆"仙蝶来馆三十六声粉铎图咏"，署"光绪二年六月"；陈含光题词"如幻三味"；樊遁园题

① 陆萼庭:《昆剧演出史稿》，上海教育出版社2006年版，第313页。

② 赵景深:《宣鼎和他的"粉铎图咏"》，《文汇报》1961年11月9日。

词“傀儡侏儒世界，嬉笑怒骂文章”。现藏扬州市博物馆。

宣鼎所画系晚清昆曲舞台上流行的丑角戏，分别是《拜月亭·请医》《白兔记·麻地》《绞绡记·写状·草相》《牡丹亭·问路》《绣襦记·教歌》《东郭记·陈仲子》《金锁记·思饭》《水浒记·活捉》《精忠记·扫秦》《孽海记·下山》《燕子笺·狗洞》(图6-6)、《风筝误·前亲》《虎囊弹·山门》《一捧雪·刺汤》《人兽关·演官》《十五贯·访鼠》《翡翠园·盗牌》《莺钗记·遣义》《渔家乐·相梁》《四节记·贾志诚》《艳云亭·点香》《白罗衫·贺举》《蝴蝶梦·回话》《儿孙福·别弟·势僧》《寻亲记·茶访》《后寻亲记·后金山》《雁翎甲·盗甲》《万里圆·打差》《拾金》(以下均时剧)《过关》《大小骗》《挛妖》《借靴》《滚灯》[1]。

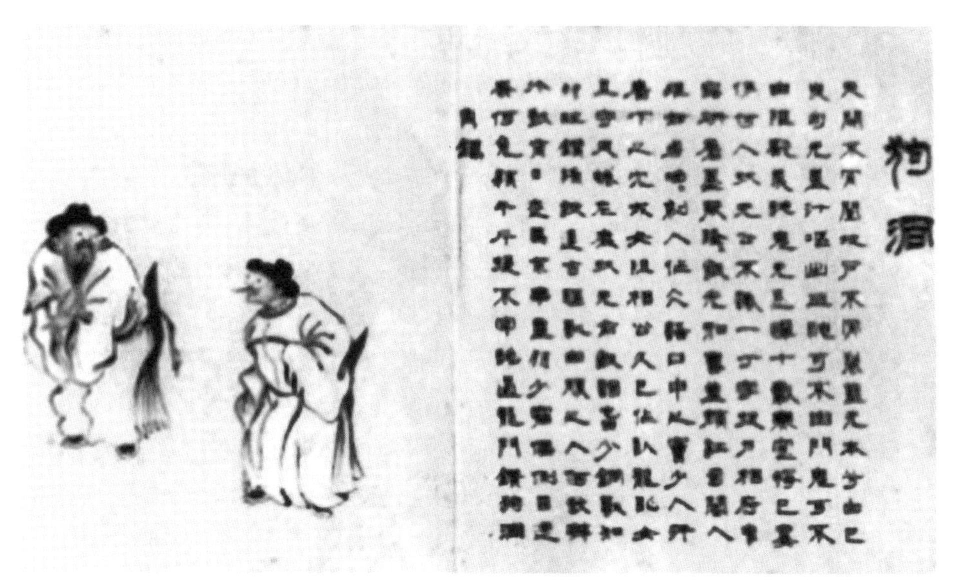

图6-6　宣鼎《三十六声粉铎图咏》之《燕子笺·狗洞》

“图咏”画诗用乐府歌行体，每首200至300字，以剧中人物的表演为基础，及于人情事理，夹叙夹议，而文辞通俗、生动。如《演官》描述一乞丐假扮官人模样，虽袍笏在身，但一无是处：“既演笑，又演愁，宛转幻出双猕猴；既演迎，又演送，醉屐猩猩任簸弄；既演步，又演呼，步如寒鹭呼如凫。”这些风趣、犀利的比喻，既淋漓尽致地描绘出剧中人物的艺术形象，又是对生活中丑恶现象的辛辣讽刺。又如《山门》写鲁智深：“酒肉穿肠过，佛在当中过，阿师解此真禅味，那肯禅床忍饥饿……英雄大叫出门游，欲向村前觅残醉，万丈愁，一齐扫，打倒三世佛，踢翻四金刚。半山亭子声琅琅，支脚一觉天地小，腹中牛肉牛奇香。”“图咏”诗中有许多这样的“嬉笑怒骂文章”。

“图咏”36张戏画和万余字的文字资料，是研究晚清昆曲的珍贵图像资料。

---

① 车锡伦、蒋静芬：《清宣鼎的〈三十六声粉铎图咏〉》，《戏曲研究》2004年第3期。

图 6-7 胡锡珪《琵琶记·拐儿》

画册展现出了丑角戏中最富特色的演出场面，从中可以清楚地看出剧中人物的服饰、化妆、动作、神态等。36首诗犹如篇绝妙的剧评，从舞台小天地谈到天地大舞台，可以使人们知道这些戏的内容、演出情景、思想内涵以及与现实生活的密切关系。已故戏曲家赵景深20世纪60年代初，在上海《文汇报》副刊上便发表《宣鼎和他的"粉铎图咏"》文，选出《写状》《扫秦》《下山》《访鼠》《相梁》《拾金》六出戏的图和诗，结合昆曲舞台演出的实际情况，对"图咏"做了介绍，读者可参看。

晚清时期著名吴门画家胡锡珪所绘的昆戏画也很著名。胡锡珪，初名文，字三桥，江苏苏州人，布衣，长居吴下。幼习丹青，笔墨生动，时罕其匹。胡锡珪的戏画是罕见的四条屏形式，每条画戏一出，共换了四出戏。就画而言，要比册页加大一倍，背景是空白的，人物凸显，舞台表演的特色就更为鲜明。现在可知的是《绣襦记·教歌》《白罗衫·贺喜》《万里圆·打差》和《琵琶记·拐儿》(图6-7)等剧目。胡锡珪熟悉昆戏无足为怪，值得注意的是戏画风格与他轻灵明丽的仕女画大异，用的是率笔，但人物装扮、砌末道具全从舞台实践中来，毫不马虎①。

从上述戏出场面画来看，在剧目上，不管是官员还是布衣，文人所绘戏画多是倾向于"雅"的昆剧折子戏，也有少数流行的"时戏"；在装帧形式上，大都采取册页形式，一开一出戏，取其简便，易于欣赏，但也有观念上的原因。社会传统的看法，戏画与一般文人字画不同，不入鉴赏，不入画史，故常取册页形式供独赏，或深嗜此道的少数人别赏，而不便以立轴屏条等形式在厅堂、画斋等处悬挂供人共赏。在脚色上，以净丑戏为主，笔法则崇尚简率写意。净丑折子戏多而精彩，足供挥洒点染，净丑面傅粉墨，滑稽有趣，不仅充分体现"戏者，戏也"的本意，还可借题发挥以警世。此外，画戏必折子戏，未见画整本的，此与乾隆以来折子戏的空前盛行有关。这些戏画对研究清代折子戏，特别是现今舞台上早已绝迹的折子戏无疑是非常具体形象的资料，具有独一无二的价值。

① 陆萼庭:《清代昆曲与昆剧》，中华书局2014年版，第198页。

第三节 民间画师创作的乱弹折子戏图像

相比于文人所绘多是昆剧折子戏戏画，民间艺人创作的戏曲图像则多以乱弹（花部）折子戏为题材，包括绘画、泥人、建筑雕饰等，是民众日常生活视觉经验中颇为常见之处。如前章所述，生活在清宫里面的御用画师，由于身份的限定，没有文人画家的那份清高，他们根据帝王的好尚和胃口，或是遵照旨意，画了大量的京剧折子戏绘画。当民间画家也来创作戏曲图像的时候，戏画就成为一种民间艺术品。清末到民国不断有人绘制类似的戏曲场面画，其手法与戏曲年画和宫廷戏画接近，内容则表现当地的流行剧目，例如清末民间艺人绘制的皮黄戏出等。除了绘画，泥人、纱阁戏人等也是民间艺人的创作领域。这些戏曲图像不仅作为一种直观形象的史料，对于当时的上演剧目、脚色扮相、动作排场、砌末使用、演出场所等都有重要的研究价值。下面按照图像载体的不同，将乱弹折子戏图像分为绘画（壁画）、泥人和纱阁戏人三方面加以描述。

1. 戏曲绘画（壁画）

清中叶以后，乱弹戏既兴，绘画与之联系更为密切，从宫廷到民间，从北方到南方，从近代到现代，都有画家以不同形式加以描绘。一般来说，只有当时名伶所演的名剧才会被绘成戏画，显示其风行之程度和受观众之喜爱。据统计，重要的有以下几种。

（1）梅兰芳缀玉轩珍藏的晚清戏画。

戏出人物画中，有一种是肖像性质的，画著名演员演某出戏的写真画。民间画家沈蓉圃在清同治、光绪年间画了许多的戏曲写真画，留传不少，如《群英会》《虹霓关》《探亲》《思志诚》《镇潭州》和《雁门关》。沈氏的写真画，每个人的面貌神情，以及服装、头饰、化妆的式样、色彩、图案等非常准确逼真。譬如《群英会》（图 6－8）中，程长庚、卢胜奎所扮的鲁肃、诸葛亮，在化妆方面，基本上看不出粉彩的痕迹，所戴“髯口”里面，还隐约看到短短的胡子。徐小香扮的周瑜，脸上也只有淡淡的粉彩。鲁肃的官衣，诸葛亮的八卦衣，周瑜的褶子上都是有“水袖”的，只是短而窄些，这和今天舞台上戏曲服装的袖子颇为相似。这些戏画现今分别藏于梅兰芳纪念馆和中国艺术研究院。

（2）同光十三绝。

光绪年间民间画师沈蓉圃还把同治、光绪年间极负盛名的十三名戏曲演员，按照他们在各自拿手折子戏剧目中的扮相，画为戏装写真图，时称“同光十三绝”（又称“同光朝名伶十三绝”“同光名伶十三绝”）。该画作参照之前贺世魁所绘《京腔十三绝》风格，绢本，用工笔重彩绘制而成（图 6－9）。

“十三绝”分别是：程长庚（老生，饰《群英会》之鲁肃），卢胜奎（老生，饰《群英会》或《失街亭》之诸葛亮），张胜奎（老生，饰《一捧雪》之莫成），杨月楼（老生，饰

图 6-8 沈蓉圃《群英会》,左起鲁肃、周瑜、诸葛亮

图 6-9 "同光十三绝"画像

《四郎探母》之杨延辉),徐小香(小生,饰《群英会》之周瑜),谭鑫培(武生,饰《恶虎村》之黄天霸),梅巧玲(旦,饰《雁门关》或《四郎探母》之萧太后),朱莲芬(旦,饰《玉簪记》之陈妙常),时小福(旦,饰《桑园会》之罗敷),余紫云(旦,饰《彩楼配》之王宝钏),郝兰田(老旦,饰《钓金龟》之康氏),杨鸣玉(丑,饰《思志诚》之天明亮),刘赶三(丑,饰《探亲家》之乡下妈妈)。

该画原图高约三尺,长有丈余,所绘人物形态自然,各具表情,衣帽须眉,真实细腻,通过绘画中演员之扮相、面部之表情及服饰之特点等,生动地展现出每位演员的人物性格特点,此画的诞生又为研究京剧早期的服饰、扮相和各行角色的艺术特征留下了珍贵的形象资料[①]。

(3) 清末北京乱弹戏出画。

清末北京民间画匠所绘戏画,现在遗存的有 21 帧,各绘戏一出,现藏中国艺术研究院戏曲研究所。廖奔《中国戏剧图史》全部刊登,分别为《黄鹤楼》《七星

① 颜长珂:《哪来的"同光十三绝"画像》(《中国戏剧》1999 年第 12 期)一文,对"同光十三绝"画像的真正来历提出了大胆质疑,认为其乃朱复昌仿照"京腔十三绝"的绘画风格,以沈蓉圃其他戏画中的人物拼凑而成,论证有力,可备参考。但从戏曲史料的角度上看,即使"同光十三绝"画像如颜先生所说是拼凑其他戏画而成,也属于当时名伶戏扮的真实写照,不甚影响其珍贵的史料价值。

灯》《白良关》《断后》《蜈蚣岭》《小上坟》《磨房串戏》《查关》《恕虎庄》《舌战群儒》《四杰村》《岳家庄》《金蝉子》《二进宫》《溪皇庄》《恶虎村》《捉放曹》(图 6 - 10)、《莲花湖》(图 6 - 11)、《送盒子》《天水关》《战北原》等,都属当时流行的乱弹剧目[①]。例如《捉放曹》戏画描绘的是逃亡的曹操和陈宫路遇故人吕伯奢的场景。《捉放曹》是我国古典文学《三国演义》中的一个故事,叙述的是:三国时,曹操刺杀董卓未遂,改装逃走,至中牟县被陈宫擒。后曹用言语打动陈宫,使陈弃官一同逃走。行至成皋,他们一同去找曹父故友吕伯奢,吕杀猪款待。曹闻得磨刀霍霍,误以为吕欲加害,便杀死吕氏全家,焚庄逃走。陈见曹心毒手狠,枉杀无辜,十分懊悔;宿店时,他趁曹熟睡时欲刺杀曹后独自离去。

图 6 - 10　戏画《捉放曹》

图 6 - 11　戏画《莲花湖》

(4) 清末民间戏曲灯画。

民间戏画还经常采用灯画的形式。灯画的绘制是为了粘贴于灯笼壁上,于每年的正月十五元宵节,供人们赏灯时观赏。灯画根据灯品的不同,其规格、形状、大小都不相同。灯画有的是用木版刻印的,河北武强、山西南部、山东等地都有清代木版戏曲灯画保存,有的则是手绘的。中国艺术研究院戏研所现藏清末北京民间艺人所绘灯画共 20 幅,绢地彩绘,每幅绘一个戏出场面。尺幅有 36 厘米×31 厘米、32 厘米×31 厘米两种。《中国戏剧图史》选刊 11 幅,内容有《恶虎村》(图 6 - 12)、《敬德闯朝》《群英会》等,人物装扮全为舞台样式,脸谱色彩清晰,注重人物传神的神态。

---

① 廖奔:《中国戏剧图史》(修订版),大象出版社 2000 年版。

图 6－12 戏曲灯画《恶虎村》

（5）《图画日报》中“三十年来伶界之拿手戏”。

《图画日报》于 1909 年 8 月在沪创刊，自 1910 年 4 月 10 日第 229 号开始刊载“三十年来伶界之拿手戏”专栏，介绍清同治以来赴沪表演的知名戏曲演员及拿手戏，每期一画，逐日连载，至同年 8 月第 404 号终刊为止，计 176 期。其中载 186 幅戏出画，介绍的京剧演员约有 125 名（行当区分大致为老生 41 名，武生、花旦各 16 名，青衣、武旦各 9 名，文武花脸 15 名，文武丑角 13 名，小生 6 名），其中绝大多数来自北方京津一带，同治、光绪年间京剧南下时人才之盛、剧目之多、技艺含量之高，于此可得概略。绘图者为刘伯良。

“三十年来伶界之拿手戏”专栏同时邀请熟悉上海梨园掌故的剧评家孙玉声（海上漱石生）按期撰文，介绍这些演员的生平事迹，到沪时间以及艺术特长等。专栏文字一般会介绍伶人的生平事迹、到上海时间、师承、擅长剧目乃至特技绝活等，要言不烦，切中肯綮；所配图画属于新闻特写性质，构图紧凑，线条遒劲简洁，人物、场景栩栩如生。例如杨月楼《八大锤》戏画（图 6－13）之介绍文字为：“杨月楼，天津人，小名杨猴子，工演须生及武生各剧。貌白而娇，有杨（杨羊同音）脂玉之誉，以是兼演小生、彩旦，并《梵王宫》全本之花云扮女等戏，扑朔迷离，见者为之倾倒。同治间初至上海，隶丹桂部。时小东门外尚有南丹桂园，一日杨演《八大锤》串陆文龙。是戏系雉尾生最难之剧，杨独游刃有余，见者咸叹观止。惟其人有登徒子癖，初姘淫妓李巧林（按，沪上妓女喜姘优伶，此风实自杨月楼、李巧林始），后缘玷及良家，经邑尊叶顾之大令廷眷，提案严办，责点锤百下，递回天津原籍。嗣于光绪初年，潜复来申，在宝善街鹤鸣茶园，托名客串，悬牌演《牧羊卷》。事为捕房所闻，谕饬查拿，乃星夜遁去，不复作至沪想。辛卯年卒于京师。”此段短短的文字将杨月楼生平事迹、擅演剧目和特技绝活介绍给了观众。

图 6-13 《图画日报》“三十年来伶界之拿手戏”之杨月楼《八大锤》

“三十年来伶界之拿手戏”具有珍贵的文献史料价值，其对戏曲研究的价值则主要体现于以下四个方面：第一，介绍剧目 186 出，展现了同治、光绪年间知名演员的拿手剧目，反映了当时戏剧舞台上剧目之丰富。第二，介绍演员 192 人，反映了同光年间上海梨园人材之盛。第三，在记述演员及剧目的同时，对当时知名戏班、戏园也做出相关介绍，如戏园的成立倒闭、演员的流动，甚至包括与演员、戏园相关的社会事件都有所涉及，其中有不少未见其他记载的珍贵资料。第四，画上剧中人物的服装扮相、砌末装置以及身段动作等均与实际演出相似，尤其难得的是画家通过各个精彩的画面，还把演员表演特技、“绝活”保留下来了，是研究晚清戏曲扮相和演出的珍贵图像资料。

《图画日报》“三十年来伶界之拿手戏”内容全部收入傅谨主编《京剧历史文献汇编·清代卷(九)·图录(上)》[①]，这为我们研究提供了极大的便利。

(6) 民间壁画里的戏曲图像。

民间戏画里，壁画是一大类。壁画在唐代以前是中国美术史的一个主要内容，多由文人学士中的名画家绘制，而从五代、两宋以后，伴随着卷轴画的兴起，

① 傅谨主编：《京剧历史文献汇编·清代卷(九)·图录(上)》，凤凰出版社 2011 年版，第 189—562 页。

图6-14　《图画日报》“三十年来伶界之拿手戏”之黄月山《伐子都》

庙宇壁画就让给了民间画匠来制作，渐被视为“匠人”的领域，不再受到画坛重视。神庙壁画绘制戏曲场景，其传统来自宋元时期，其中以元代明应王殿“忠都秀在此做场”杂剧壁画最为有名。壁画的作者多是民间工匠，他们在神庙墙壁绘制神佛鬼魅及其世界的时候，也把相关的戏曲表演绘在非主要的壁面上。

清代中期以后，由于戏曲的更为普及和深入民间，在广布各地的乡间庙宇以及宗祠里，戏曲壁画成为一项比较常见的内容。它们的作者多是参与庙宇建筑绘壁工作的民间工匠，尽管其艺术价值往往并不高，但却造就了民间文化的一大景观。民间神庙戏曲壁画作为衬托性的装饰画，一般绘制在庙宇内非主要的壁面上，例如墙壁的斗拱拱眼处、檐底墙面等。河南省新密洪山庙清代戏曲壁画即绘于大殿斗拱眼壁上，四川省绵竹鱼泉寺清代壁画则绘在两廊和一座虚阁的过梁上。此外，戏曲壁画人物形象是基本按舞台上描绘，而背景则是生活中的实景，例如新密洪山庙壁画《罗成征北》中画了庙宇建筑，绵阳鱼泉寺壁画《虎牢关》中画上了战马的形象。

明代描绘戏曲演出场面的壁画，现今没有遗存，其风格和形态我们不得而知。遗存下来的清代戏曲壁画，都是乾隆年间以后的作品，据《中国戏曲志》调查统计，分别为：尤溪凤山夫人宫戏曲壁画、楚雄莫苴旧村王氏宗祠戏曲壁画、武宁辽田东岳庙戏台壁画、密县洪山庙戏曲壁画（图6-15）、绵阳鱼泉寺戏画（图6-16）、洪洞上跑蹄老君庙戏曲壁画、杨源汤家湾戏台壁画、江山二十八都水星殿清代戏台壁画等。

图 6－15 壁画《罗成征北》

图 6－16 壁画《夺棍打瓜》

此外，江苏金坛发现的太平天国戴王府的戏文彩画，为研究太平天国革命时期的戏曲提供了一些资料。太平天国戴王黄呈忠府位于金坛县城内县直街，现存正厅 3 间、厅后楼房 3 间及周围附属零星建筑。建筑物梁枋上绘有彩画 15 幅。除藻井花卉、山水、捕鱼、木作、《西游记》故事之外，尚有 6 幅戏曲彩绘，可以辨认出的剧目有《空城计》《尉迟访贤》《太白醉写》《头印救火》等。尚有一幅戏画内容待考，其描绘了设置大鼓的官衙式厅堂上，帷幕中坐着头戴乌纱的官员，一申诉者俯首跪拜，两旁各有一侍役，右者跨步外走。这些彩绘中多有表现太平天国戏曲独特风格之处，例如普通士兵和劳动者由常规的丑扮改为俊扮，其中的吏役也换上了红毡帽（这在咸丰以后是犯禁的）①。其中彩画《失印救火》也称《胭脂褶》（图 6－17），这幅画面采用了多层次的表现手法：官衙高墙内厅设公案，旁侍立一武官。墙外更夫 3 人，一人提灯笼，灯笼上有"巡夜"字样，另二人架人梯翻墙而上，紧张而机敏地察看动静，衬托了武官面对印盒的惶恐神情。以两种对火警的态度来体现失火用计的主题。而剧中主角白简、金祥瑞等人则未出场，画面安排颇具特色。

图 6－17 戏曲彩绘《失印救火》

2. 戏曲泥人

泥塑作品最早可追溯到宋代，当时叫做"塑真""泥孩"等。元代民间称之为"磨合罗"，很受小儿的喜爱。清代中期之后，泥塑戏人成为一项专门的手艺，一直流传到现在。戏曲泥塑在江浙一带非常流行，无锡、苏州是集中生产地，北方则有天津"泥人张"为代表，其表现的剧目有的为京剧折子戏，也有的是昆剧折子戏。

（1）无锡惠山泥人。

无锡惠山泥人始于明而盛于清，明末张岱《陶庵梦忆》卷七"愚公谷"条载："无锡去县北五里为铭山。进桥，店在左岸，店精雅，卖泉酒水坛、花缸、宜兴罐、风炉、盆盎、泥人等货。"②铭山即惠山，由此可推断，惠山泥人距今至少已有四百年的历史。据说惠山附近有一种富有粘性的泥土，捏制成东西不易燥裂，因而为无锡泥塑创造了有利的自然条件。据《清稗类钞》卷四十五"制泥人"条记载："高宗南巡，驾至无锡惠泉山，山下有王春林者，卖泥人铺也。工作精妙，技巧万端。至此，命作泥孩儿数盘，饰以锦片金叶之类，进御时，大称赏，赐金帛甚丰。其物

① 参见王少华、吴新雷、蔡鸿沅：《江苏金坛县城太平军天国建筑彩绘戏文画》，《文物》1979 年第 7 期。

② 张岱：《陶庵梦忆》，中华书局 1985 年版，第 63 页。

至光绪时尚存颐和园之佛香阁中，庚子之乱为西人携去也。”[①]由此可见，到了清代乾隆时期，惠山泥人已有相当高的技艺水平。

早期的无锡泥塑只是制作一些简单朴素的“大阿福”“老寿星”“车状元”之类，称为“耍货”，供儿童玩赏。制作方法多数用模子，有单片模和双片模。单片模只要用一块泥巴放在模子里一按就成，完成后在上面敷彩。双片模两片合一，正反面都用模子印成立体造型，形成空心状，减轻了泥人的重量。无锡惠山泥人的特点是绘、塑结合，有“绘七塑三”之称，色彩浓重，对比强烈，具有独特的风格。当时农民做了泥人，在春三月每逢迎神赛会时，放在篮子里兜售。由于这些泥人的题材寓意都是吉祥喜庆之类，形象又生动，代表和寄托着当时群众的希望和理想，因此销路也就逐渐广起来。其中最为群众喜爱的有“大阿福”，它塑造了健康、活泼、可爱的儿童形象。

清代中期以来，由于当时南方戏曲的流行，惠山泥塑的题材就采取群众喜闻乐见的戏情，创造了泥塑“戏文”。惠山泥塑原先只是农人的副业，至清代中期之后，逐渐发展成专业作坊，同时技术也不断提高，出现了不少著名的艺人，例如冯阿金、周阿生、陈阿云、丁阿金等人。在泥塑的内容上，除了捏制一些儿童“耍货”外，进一步创造了“细货”，即“手捏戏文”，全部用手工制作，从脚捏起，完成身子之后再镶手臂，最后添置服饰和道具。塑出的泥坯晾干后再施加彩绘，人物的神情、衣饰的细节等都依靠彩绘完成。泥细货的戏人作品多取材于昆曲和京剧的演出场景，每档二三人不等，展示一个戏出场面，其造型简练，设色纯朴典雅，人物塑造注意面部表情的体现。同治以后著名艺人秦仁金、傅润泉、陈桂荣等，捏塑了一批京剧题材的戏人，陈有《凤仪亭》(图 6－18)、《庵会》等 10 出存世。

图 6－18　戏曲泥塑《凤仪亭》

图 6－19　戏曲泥塑《绣襦记・教歌》

① 徐珂:《清稗类钞》第五册，中华书局 1984 年版，第 2389 页。

晚清时的丁阿金以制作昆曲“手捏戏文”出名。他在技术上下了一番苦功，改进很大，对戏剧中的人物，极注意个性的表达，所捏人物，文的潇洒风流，武的勇猛英俊，特别是表现丑角，眉目生动，神态逼真。人物最难是开相，要表现人物的身份和情感，非要有熟练的技巧和对内容的深刻体会才行，丁阿金在这方面有他的独到之处，表现喜怒哀乐，无一不精。一般“戏文”都捏两个人，他却常捏三个人，在人物的布局上相互呼应、相互联系，一点也不呆板。三人中特别喜欢捅上一个“小花面”，以增加内容的生趣。据说丁阿金创作“戏文”泥人之所以能生动逼真，主要是他对戏剧的观摩、研究的深入，掌握了戏剧人物的特点与个性的缘故。他的作品除为一般群众欣赏爱好外，当时官僚地主阶级在喜庆祝寿时，神前也要供几出泥塑“戏文”以示庆祝。但这种“细货”，生产毕竟是少数，多数的还是为广大群众喜爱的“大阿福”之类的所谓“粗货”。江苏省博物馆藏有丁阿金制泥塑“戏文”二十余出，计有《绣襦记·教歌》(图 6-19)、《虎囊弹》等[①]，这些剧目在当时极为流行，人物的穿戴扮相可作为舞台史料而加以利用。

(2) 苏州泥人。

《清稗类钞》“制泥人”条曰：“乾隆时，苏州虎丘有捏泥人者，老少男女，惟妙惟肖，不必借径于绘事也。光宣间，惠泉山所出售者，实远逊于苏州矣。”[②]在当时，苏州泥人似乎比无锡泥人更加精致，这大概是相对于无锡“粗货”泥人而言。实际上，苏州泥塑的历史可以追溯到宋代[③]，到了清代仍很有名。《红楼梦》第六十七回薛蟠自苏州带回“在虎丘山上泥捏的薛蟠小像，与薛蟠毫无相差”，虽然是小说，但真实描写了当时的具体民情，说明了苏州捏像受到群众的欢迎。

由此可见，苏州虎丘泥人以小巧精致逼真而著名，著名艺人宋代有袁遇昌，明代有王竹林，清康熙时有项天成。大约从清代初期开始捏塑戏文人物，清末的作坊有“老荣兴”“金合成”“汪春记”等店。戏文泥人均取材于舞台上的折子戏，两三人一出，泥人一般高 10 至 18 厘米。常以八出或十六出为一堂的，下面以盘架承接，用于节日庆典和祭神赛社时摆设陈列。单折为儿童玩具，还有特制箱柜存放的，可以随时提携搬运。现存《下山》《盗草》《闹海》《虎囊弹》(图 6-20)等作品，精塑彩绘，现藏南京博物院。

苏州还有一种绢衣泥人，其头和脚用泥捏塑，而冠服则用丝织物制成。最初大约开始于清代中叶，清末虎丘山塘“汪春记”作坊最为著名。今存《长坂坡》(图 6-21)、《金雁桥》《杨排风》等戏出绢人，高 16 厘米左右，其服装制作综合了盘金、刺绣、贴花、彩绘等多种工艺而成，下有八角形的底座，头小如豆，神态分明，冠服精美，现存苏州博物馆。

---

① 陈玉寅：《无锡泥塑戏文》，《文物》1959 年第 4 期。

② 徐珂：《清稗类钞》第五册，第 2389 页。

③ 参看刘兴：《镇江市区出土的宋代苏州陶捏像》，《文物》1981 年第 3 期。

图 6－20　戏曲泥塑《虎囊弹》

图 6－21　绢衣戏曲泥人《长坂坡》

(3) 天津"泥人张"泥人。

天津"泥人张"彩塑始于清代道光时期，为张姓家庭传世技艺，已有一百多年历史，"泥人张"为民众对其的称谓。"泥人张"第一代彩塑家是张明山，幼时曾从父学做小型单色泥制玩具，以后把泥塑艺术发挥到极致。张明山泥塑的一个重要题材是当时盛行的京班戏出，据说道光二十四年(1844)京班名伶余三胜到天津演出而轰动，18 岁的张明山在反复观看了演出之后，为之塑了一尊泥像，抓住了他的神态特征，十分传神，被誉为"活余三胜"，名噪一时。后来张又为谭鑫培、杨小楼、汪桂芬、程长庚、田桂凤等京剧名伶塑过像，包括胸像、头像、单人像、全家像等。

据传张明山看戏时，"即以台上脚色，权当模特儿，端详相貌，别取特征，于人不知鬼不觉中，袖中暗地摹捏，一出未终而伶工像成，归而敷粉涂色，衬以衣冠，即能丝毫不爽"[①]。张明山塑造的戏出有《黄鹤楼》《白蛇传》《夺太仓》《春秋配》《回荆州》《除三害》《风尘三侠》《岳母刺字》《木兰从军》等，都具有很高的艺术价值。清代张焘《津门杂记》曰："城西张姓名长林，字明山，以捏塑世其家。向所捏戏剧人物，各班角色形象逼真，早已远近驰名。西洋人曾以重价购之，置诸博物馆中，供人玩赏。而为人做小照，尤其长技也。"[②]张明山之后，张家就以泥塑传家，代有巧匠名作，第二代艺人张玉亭、第三代艺人张景佑、第四代艺人张铭士均有杰作存世。[③] 在手法和风格上逐渐变化，塑型尺寸越来越高大，施色越来越富丽，构图越来越多样化，日益追求动态的捕捉，技法益加洗练。"泥人张"的作品远近流传，为人赞赏。

① 参见《大公报》1927 年 3 月 24 日。

② 张焘：《津门杂记》，《历代小说笔记选》(清)，广东人民出版社 1984 年版，第 1330 页。

③ 介绍"泥人张"的文章始见于 1927 年 3 月 24 日《大公报》；《泥人张作品选》刊登《三战吕布》《击鼓骂曹》等，人民美术出版社 1954 年版；《中国戏曲志・天津卷》，文化艺术出版社 1990 年版，第 361 页。

图 6－22 戏曲泥塑《三英战吕布》

泥塑戏人最大的特点是与舞台人物扮相、表情和动作十分相似，文的潇洒风流，武的勇猛英俊，特别是表现丑角，眉目生动，神态逼真，因为制作者追求此种栩栩如生、惟妙惟肖的效果，其对于戏曲研究的价值亦主要体现于此。

图 6－23 戏曲泥塑《击鼓骂曹》

3. 山西平遥纱阁戏人

在中国历史文化名城山西省平遥县的清虚观内，收藏着一组清代光绪三十二年(1904)该城内六合斋纸扎店铺老板许立廷制作的纱阁戏人。这组纱阁戏人原有 36 阁，现存 28 阁。平遥纱阁戏人是一种集造型、舞美、雕塑、戏剧、纸扎、色彩为一身的民间造型艺术品，填补了中国古代造型艺术的一项空白，2011 年它被认定为国家一级文物、国家非物质文化遗产，是中华大地上仅存的纱阁类的珍贵留存。

纱阁戏人以传统的戏剧为题材，其制作过程也颇有一番讲究。首先，用竹木为人物搭骨架，用草秸、绳索捆扎起来，表现戏曲中人物的各种姿态、肥瘦、男女、文武等体型，进而为装头、塑手足和穿服饰打好基础。第二步，和泥胎，用当地的特有的红胶泥、棉花、糯米汤、鸡蛋清加水混合，和成特别的泥料，然后反复地拍打。制作头像和足的时候，将泥压成薄片，放入模具中，稍干时从模具中取出头或脚，然后开眼神，嘴角，绘制不同的脸谱和鞋的款式，使人物看起来得体、生动、细腻、传神。第三步，上色，这是比较难的一道工序，上色采用的材料全部是矿物颜料，制作的时候在上面涂一层鸡蛋清。最后靠绸缎打磨出光。所以尽管时隔久远，这些人物的脸谱和色泽依然光彩照人。第四步，为人物穿衣服，它是由内而外，分层次来进行的。由于戏曲人物的特殊性，对他们的服饰要求也相当严格。纵观这些人物的服饰，材料尽管是一张张的纸，却是那样的逼真、自然、流畅。最后一步，给制作好的人物戴帽子，它是先用硬纸做成硬胎，上面涂上颜色，再“沥粉贴金”，最后安装一些绒球、绸穗等。这样看起来几乎和真的“凤冠”“纱帽”一样，达到以假乱真的效果。

从纱阁戏人的制作过程不难看出，它的质地和用料虽然普通，但是制作流程及手法却非常讲究，颜色、表情、做工都是非常精湛的。一阁一戏，一戏一场，犹如一个小舞台。洒金宣纸的韧性、弹性以及表面张力都很强，着色后显得尤其绚丽多姿，就像真纱一样，“纱阁戏人”的名称由此得来。又说因最初常置放于有碧纱罩遮的阁内，故名。现存许立廷制作的 28 阁戏人，高 100 厘米，宽 70 厘米，深 60 厘米，正面做成舞台台口形状，罩牙雕花，内装屏风隔断。这套纱阁戏人，工艺精巧，人物栩栩如生，每年元宵佳节，将其陈列于市楼回廊，供游人观赏。

28 阁戏人即 28 出戏，阁内都题写着剧名，有些还刻在木阁的底板上，大致说来，春秋战国故事剧三种：《八义图》《反棠邑》《金台将》；秦汉故事剧两种：《大进宫》《鸿门宴》；三国故事剧一种：《赶龙船》；南北朝故事剧一种：《春秋笔》；隋唐五代故事剧五种：《南阳关》《战洛阳》《双带箭》《满床笏》《飞虎山》（图 6－24）；宋元故事剧两种：《斩黄袍》《百花点将》。除此之外还有侠义公案剧六种：《司马庄》《邓家堡》《祥麟镜》《溪皇庄》《画春园》《恶虎村》；英雄传奇剧三种：《佘塘关》《岳飞北征》《困铜台》；神怪故事剧四种：《铁钉床》《狐狸缘》《借伞》《五岳图》；家庭生活剧一种：《三疑记》。可惜的是，已经毁掉的 8 个阁子里的剧目和场景，今天已无从知晓了。山西平遥纱阁戏人是一组当时梨园演出实况的缩影，所演剧目及其扮相、动作等都是珍贵的戏曲史料[①]。

---

① 《中国戏曲志・山西卷》，文化艺术出版社 1990 年版，第 593 页；冯俊杰、王志峰编著：《平遥纱阁戏人》，山西古籍出版社 2005 年版。

图 6-24　纱阁戏人《飞虎山》

我们以纱阁戏人《满床笏》(图 6-25)为例,来说明其艺术特点。《满床笏》又名《打金枝》,剧情大意:汾阳郡王郭子仪八旬寿辰,七子八婿皆登堂拜祝,幼子郭暖所娶唐肃宗(李亨)之女升平公主持贵不往。席间驸马郭暖孑然一身,受尽兄弟们冷落和奚落,羞愧得无地自容,气愤之至,出府回宫,怒打了其妻升平公主。公主愤而回宫向父母哭诉,郭子仪亦绑子上殿请罪。肃宗声称要"上殿去杀驸马",公主又求情说千万不要将驸马斩首。实际上,她的父皇只是跟她开个玩笑,可见公主还是爱驸马的。肃宗以郭功高,且儿女事非朝廷所应干预,反晋郭暖官阶,并与皇后为其夫妻劝和。经再三调解,郭暖也主动道歉,小夫妻这才和好如初。

图 6-25　纱阁戏人《满床笏》

阁中所塑表现的是《劝宫》一场，省略了沈皇后。右为小生扮郭暖，戴紫金冠，着红蟒玉带，手执红巾包裹的金牌，欲再打金枝。中为须生扮唐肃宗，戴改良纱帽，挂黑三须，着黄蟒，正在劝阻郭暖。左为小旦扮升平公主，绑一发髻，扎英雄球，穿偏襟绣花女宫衣，刁钻任性的性格，从其傲慢的表情中可见一斑。公主的头饰与今之"大过桥"有别，宫衣也和今之"八宝衣"不同。肃宗加封郭暖，沈后劝婿责女，小夫妻消除前嫌，最终和好如初。①

纱阁戏人的作者许立廷，人称"许老三"，不只是个开纸扎铺的普通商人，更是清末民初活跃在平遥城内的一位出色的民间艺人。旧时在县城里的纸扎手艺人，差不多都念过几年私塾，读过天文、地理和《幼学琼林》之类的书籍，会油漆、彩画。有的还会雕塑，懂得一点书法。光绪三十二年(1906)，许立廷三十多岁，正是创造力旺盛、技艺娴熟的年龄。除了制作纱阁戏人，他还主持过一些庙宇的塑像、彩绘工程。他喜欢看戏，比一般人更加留心戏里的人物、故事和场面，因而记住了不少精彩片段和细节，尤其善于把握人物之间复杂微妙的情感交流，惟有如此，才能把活跃在舞台上的表演艺术，转化成凝结丰富文化内涵的造型艺术，留给后人这笔光彩夺目的民俗文化遗产，也成为研究戏曲的珍贵形象材料。

在清代乾隆年间以来的折子戏时代，表现折子戏某一精彩演出场景的图像亦如影随形般地出现和风行。其中，占满整张画幅具有独立性质的戏出场面画在清代乾隆年间才由文士阶层开创并逐渐形成风尚，是当时戏曲文化影响力愈加引人瞩目的体现，这种现象背后的深层动因是清乾隆年间剧坛新动向所带来的画坛观念的变革。大致来说，文人戏画因其个人欣赏趣味的原因，多绘偏向于"雅"的昆剧折子戏；民间艺人创作的戏画、戏曲泥人等，相对来讲更趋向于"俗"味的乱弹折子戏。这些昆、乱折子戏类图像，不仅具有珍贵的文物价值和艺术价值，其作为一种直观形象的史料，对于研究当时的上演剧目、脚色扮相、动作排场、砌末使用、演出场所等也都有重要的学术价值。

① 冯俊杰、王志峰编著:《平遥纱阁戏人》，山西古籍出版社2005年版，第89页。

第七章 清代花部戏与戏曲年画

中国戏剧自18世纪以来,最突出的现象之一便是"花部"戏的兴起。原本隶属于中国农村的各种"花部"戏,此后争相进入城市,不仅带来了戏曲表演艺术的极大发展,也使得戏剧在整个中国民众日常文化生活的地位愈加重要,在整个中国文化中的影响力也最值得瞩目。花部戏曲在清代城市和乡村的广泛传播、流衍及其巨大的影响力,对其他民间艺术形式也产生了重要影响,年画即是受到花部戏影响的一种最为普遍的民间艺术形式,至晚清而蔚为大观。现存戏曲年画都为清代作品,已经构成一份具有内在系统性,又自成系列的历史图像史料资源库,是清代戏曲图像的重要组成部分。从这些年画可以看出当时戏曲对年画的影响无处不在,可以说二者的关系在有清一代尤其是在乾隆之后发展到了如影随形的地步。

第一节 花部戏的兴起

清代中后期戏曲年画兴盛的原因,即是当时花部戏曲的勃兴及其带来的巨大文化影响力。那么,清代中叶以来,花部戏曲为何会兴起?青木正儿《中国近世戏曲史》(1930)以来的戏剧史类文著,在探讨"花部"兴起问题时,大都将"花部"之勃兴与"雅部"(昆曲)之衰微联系起来(所谓"花雅之争"),故"花部"兴起问题乃变为"花部"如何战胜"雅部"的过程。但从现存史料来看,自18世纪以来,戏剧班社兼容各种腔调或花、雅同奏乃潮流之所向,伶人"昆乱不挡"乃属普遍现象,"花部"与"雅部"主要是同生并存或相得益彰的关系,而非你死我活的关系。[①] 故我们在讨论"花部"兴起这一问题时,似应尽可能回到问题本身:努力探求"花部"兴起的客观社会环境是什么、"花部"自身的特征或长处何在,而不宜将

---

① 如果"雅部"的昆腔戏班为一团体,"花部"戏班为另一团体,两种班社因为生存问题可能会发生利益的纷争,"花雅之争"也就存在。但由于18世纪中叶以来的戏班大多包容多种腔调(包括昆腔),而纯粹的昆班数量上非常少。事实上,即使昆班与包容诸腔的花部戏班有矛盾冲突,其数量也是微不足道的。从观众方面看,"花雅之争"也是不存在的。因为"花部"戏班与"雅部"戏班所面向的观众有不同,前者主要是一些文化层次较低的普通观众,而后者主要是文化层次较高的观众。而"花部"戏班之间倒确实存在利益冲突,因为他们面对的基本上是同一层次的观众,所以必然存在争夺观众的问题。

"花部"兴起问题置换为"花雅之争"。

今人在讨论"花部"之所指时，大多援引清乾隆时仪征人李斗所撰《扬州画舫录》。李书云：

两淮盐务，例蓄花、雅两部以备大戏。雅部即昆山腔，花部为京腔、秦腔、弋阳腔、梆子腔、罗罗腔、二簧调，统谓之"乱弹"。①

这就是说，"雅部"即指用昆山腔演唱的戏，而用其他地方性腔调演唱的概称"花部"或"乱弹"。雅者，正也。昆腔，官腔也，是为正声。而"花部"戏皆以方言入唱，故不得其正，为"花"、为"乱弹"。中国方言之多难以尽数，所以"花部"本不应限于李斗《扬州画舫录》列举的"京腔""秦腔""弋阳腔""梆子腔""罗罗腔""二簧调"，凡非以通语雅言演唱的皆可谓之"花部"或"乱弹"。由于"花部"戏都是以方言入唱，势必局限于一隅，很难通行四方。从现存史料看，清乾隆以前，各种花部戏主要流行于广大农村和一些中小城镇，极少能进入郡府一级的城市，至多是在大城市的城外活动，驻城的多是"打官腔"的昆腔。如李斗《扬州画舫录》记述扬州花部的情况时说：

郡城花部，皆系土人，谓之本地乱弹，此土班也。至城外邵伯、宜陵、马家桥、僧道桥、月来集、陈家集人，自集成班，戏文亦间用元人百种，而音节服饰极俚，谓之草台戏。此又土班之甚者也。若郡城演唱，皆重昆腔，谓之堂戏。②

本章所谓"花部"兴起，其主要标志便是"花部"不但流行于农村，而且通行于都市。唯其能进入文人较集中的都市，操纵话语权的文人才可能对其更多留意和记录，并因此赢得社会的普遍关注。所以，"花部"能否进入都市最为关键。

花部戏能够进入城市，最直接的原因是历代清帝、特别是乾隆皇帝的倡导。高宗弘历好大喜功，值国势如日中升，故遇事豪奢，铺张尽力，在位六十年，曾多次举行万寿庆典。如乾隆十六年(1751)，值皇太后六十寿辰，京城有盛大的庆典活动，其中自然不可少梨园鼓吹：

皇太后寿辰在十一月二十五日。乾隆十六年届六十慈寿，中外臣僚纷集京师，举行大庆。自西华门至西直门外之高粱桥，十余里中，各有分地，张设灯彩，结撰阁楼。天街本广阔，两旁遂不见市廛。锦绣山河，金银宫阙，剪彩为花，铺锦为屋，九华之灯，七宝之座，丹碧相映，不可名状。每数十步间一戏台，南腔北调，备四方之乐，侲童妙伎，歌扇舞衫，后部未竭，前部已迎，左顾方惊，右盼复眩。游者如入蓬莱仙岛，在瑶楼玉宇中听《霓裳曲》、观《羽衣舞》也。……辛巳岁皇太后七十万寿仪物稍减。后皇太后八十万寿、皇上八十万寿，闻京师巨典繁盛均不减辛未，而余已出京不及见矣。③

---

① 李斗：《扬州画舫录》，中华书局 1960 年版，第 107 页。

② 同①，第 130 页。

③ 赵翼：《檐曝杂记》，中华书局 1982 年版，第 9—10 页。

参与庆典的戏班并不限于江浙，而是来自南北各省（正如今日之春节联欢晚会或全运会），故备集“南腔北调”“四方之乐”。从数量来说，也应以花部居多。乾隆此后又分别在二十六年、三十六年为皇太后举行万寿庆典，也为自己举行过两次万寿庆典（四十五年在热河、五十五年在京城）。每次庆典，都是从各省广征百戏，用备承应。乾隆五十五年（1790），安庆人高朗亭率著名的徽班“三庆班”进京，也正是打着为乾隆祝寿的旗帜。仁和人吴长元所撰《燕兰小谱》，记录了他自乾隆甲午年至乙巳年（1774—1785）十一年间在京所识著名旦色，其中“雅部”20人（实收 18 人），皆来自江浙；“花部”46 人（实收 39 人），其中原籍直隶者 15 人，四川者 11 人，陕西 3 人，山西、山东各 2 人，河南、湖北、湖南、云南、江苏、江西六省各 1 人。《燕兰小谱》所录花部旦色，来自各省，应反映的是较为普遍的情况，而他们多半是借万寿庆典一类的活动来京师的。

如果说，万寿庆典促成花部进入京师，乾隆的多次南巡则直接促成花部进入扬州、南京、苏州、杭州等运河沿线的大都市。乾隆曾六次循例南巡，分别在十六年、二十二年、二十七年、三十年、四十五年和四十九年，负责接驾事务的主要是织造府（苏州织造、江宁织造和杭州织造）和两淮盐务，江南名班多被招集承差。金匮（今无锡）人钱泳道光初年成书的《履园丛话》卷十二“演戏”条谓：

> 梨园演戏，高宗南巡时最盛，而两淮盐务中，尤为绝出，例蓄花、雅两部，以备清唱。雅部即昆腔，花部为京腔、秦腔、弋阳腔、梆子腔、罗罗腔、二簧调，统谓之“乱弹班”。余七八岁时，苏州有集秀、合秀、撷芳诸班，为昆腔中第一部，今绝响久矣。……近则不然，视《金钗》《琵琶》诸本为老戏，以乱弹、滩王、小调为新腔，多搭小旦，杂以插科，多置行头，再添面具，方称新奇，而观者益众，如老戏一上场，人人星散矣，岂风气使然耶？①

在主流社会看来，花部鄙俗，多有伤风化，故直到乾隆年间花部一直都不被准许进入郡城（当然违规现象也始终存在），但乾隆朝多次举行的万寿庆典和南巡，在客观效果上颇类似近世全国性的戏曲会演，在这样大规模的会演中，花部都可以名正言顺地进入都市。

道光七年（1827）改自南府的升平署在此后的时间中对花部的兴起大有推进之功。升平署之前，内廷演剧主要由南府、景山承担。乾隆时选派太监到南府、景山学戏，称“内学”；从江南挑选伶人充当教习、招收民籍学生学戏，称“外学”。内外学曾多至两三千人，但主要演习昆、弋两腔，乾隆南巡时曾命江苏织造选送伶人进京承差，所选也主要是昆班伶人。② 继乾隆之后的嘉庆、道光二帝都曾对内外学大加裁减，道光一度曾将民籍人员全部退出，但自道光二十年（1840）始，

---

① 钱泳：《履园丛话》，中华书局 1979 年版，第 331 页。

② 焦循：《剧话》云：“圣祖南巡，江苏织造以寒香、妙观诸部呈应行宫，甚是嘉奖，每部中各选二三人，供奉内廷。”《中国古典戏曲论著集成》（八），中国戏剧出版社 1959 年版，第 201 页。

又开始挑选民籍学生入升平署当差，至咸丰年间从民间挑选伶人的规模更有所扩大，咸丰十一年(1861)多至200人[1]，而且昆腔、弋腔、乱弹三类戏中，乱弹戏所占比重也突然增长，占三分之一。[2] 同治年间(1862—1874)内廷仍循例从民间挑选伶人入宫承应，唯规模较咸丰时有所缩小。至光绪朝(1875—1908)，因慈禧嗜好皮簧，宫廷演剧非常频繁，升平署自外边挑选名伶入内廷演戏乃成为惯例，孙菊仙、时小福、杨月楼、谭鑫培、陈德霖、汪桂芬、王瑶卿、杨小楼等外间当红的“昆乱不挡”的名伶皆曾先后应召入宫。入清宫承差，都有“内廷供奉”的名头，且赏赐甚厚，名利双收，故晚清名伶无不看重。所以升平署自咸丰年间以来，几成为选拔伶人的机构，如同例行的科举一样，且由于选拔伶人尤重“昆乱不挡”，这客观上又使得曾遭鄙夷的花部的社会地位日益尊贵。

乾隆中叶以后花部崛起，乾隆、咸丰、慈禧等个人的喜好与(客观效果上的)倡导固然重要，但更重要的则是乾隆中叶以后中国社会经济、文化等各方面发生的重要转变以及由此引起整个社会结构的重新组合和调整，而花部正是这一社会变动中的产物。

清初以来都市、城镇中出现的戏馆、戏屋，作为货币经济发展的自然结果，对促成花部的崛起亦具有重要意义。在这种商业性戏馆、戏屋出现之前，中国戏剧的演出大都是非商业性的。其演出场所主要有两大类：一为乡间之庙台，一为贵人之厅堂。乡间庙台演戏多是乡民为酬神祈福或祭祖驱邪而举行，厅堂演出则多是士夫缙绅娱宾宴客或婚丧庆祝时所用。前者一般是向戏班提前约定戏目，后者一般是主客当场点戏。在这两种情况下，戏班在戏目选择方面都没有多少主动性，都是遵命献演。特别是厅堂演出，皆重昆腔。若非如此，则显得主人礼数不周，招致物议。商业性戏馆、戏屋出现后，戏馆老板或戏班都要考虑观众口味，以便能提高上座率，所以在戏目选择方面有较大的主动性。虽然观众来自社会各个阶层，但毕竟下层市井小民居多，故在考虑“雅俗共赏”时，往往会迁就普通观众的趣味，偏重花部。

自乾隆年间开始普遍出现的花部诸腔杂陈或花、雅合奏，对花部更进一步的发展，最终能在都市站稳脚跟，亦有特别重要的意义。首先，不同腔调本有各个不同的声情色彩和特征，从戏剧表现的角度看，能拥有多种腔调也就是拥有多种表现手段，这无疑会增强艺术的表现力。设若杜丽娘、花木兰、佘太君、红娘这些性情气质各不相同人物出现在同一戏剧中，最理想的情况是让她们使用各不相同的腔调，而不是一律使用一种腔调，昆腔、秦腔、皮簧或滩簧。在商业性戏馆连续不断的演出中，若能使不同色彩的腔调合理插用，也必然会增加观赏趣味，提高上座率。所以，乾隆以来出现的诸腔共存、花雅同奏的现象背后乃是历史的合

① 丁汝芹：《清代内廷演戏史话》，紫禁城出版社1999年版，第222页。

② 朱家溍：《升平署时代昆腔弋腔乱弹的盛衰考》，《故宫退食录》，北京出版社1999年版，第561页。

理性。

其次,诸腔共存、花雅同奏也有利于不同品类的艺术之间相互交流、取长补短。这其中,雅部的昆腔戏对花部诸腔的影响尤其重要。雅部的昆曲自明中叶以来即得到文人的普遍参与,康乾年间的昆班较其初始阶段已大不相同,作为戏剧结构体制的脚色制已趋完备,在唱、念、做、表及服装扮饰、砌末使用、排场穿插等各个方面都形成了一套严格的规范,故能赢得士夫缙绅等社会上层人物的看重。昆曲这一整套规范对于尚处紊乱、不稳定的民间状态的各种花部戏而言,无疑有极高的借鉴意义。太平天国战争虽然对苏州的昆班造成致命的打击,但昆曲一脉犹未断绝,在北京、上海等城市"姑苏风范"尚然可睹。由于以皮簧腔为主的徽班其活动区域与昆班基本上是重叠的,同以江南为大本营,有地利之便,故诸花部中以徽班向昆班的学习最为切实得力,高朗亭、程长庚等徽班名伶皆以"昆乱不挡"擅名。花雅同奏对昆班也有重要影响,但主要是"雅"降低品位、向"俗"的花部低头、靠拢,所谓"雅俗共赏"。自徽班进京以来,初习昆曲、后改皮簧以图生存者甚多,自咸、同时的程继先、徐小香、梅巧玲到近代的周凤林、姚传湄等皆是①。当然,花雅同奏,对昆曲也不完全是坏事。昆腔戏多被称为"文戏",这是由于自晚明以来昆曲多奏于红氍毹,这样的演出环境不利于产生较高水准的跌扑戏,但自有花雅同奏以来,昆班因为向花部学习,也增加了一些武戏,《缀白裘》所收430出折子戏中就有不少武戏或者有武功底子才能表演的文戏。

诸腔同存或昆、乱同台,有助于花部增强其艺术表现力,提高其艺术水准,这无疑会极大地开拓花部戏的生存空间。但花部戏若能真正如雅部昆曲一样通行四方,它必须解决自己的历史遗留问题——方言。如果花部戏还是像过去一样,以其诞生地的方言演唱,它就不能不有很大的地域性局限,即使进入他乡,也很难使当地的观众成为知音。花部诸腔在试图打破地域性局限、闯荡江湖时,都曾努力向当时的通用语(清代官话)靠拢或尝试实现方言与通语结合,其中尤以皮簧腔与通语的结合最见成效。这多半应归因于向昆班学习的传统。昆曲字韵标准有所谓"北遵中原,南遵洪武"之说,大意谓北曲唱遵《中原音韵》、南曲唱遵《洪武正韵》,因伶人多来自苏州,故昆曲唱、念不免有吴音,但从总体而言可以说是明代官话的反映(所谓"中州韵"),故昆曲字韵标准与清代官话有较多的相似性,学习昆曲字韵时自然也就会靠近官话系统。徽班早期仍多徽、鄂等方音,因徽班长期在京师演出,又不断向昆曲学习,唱、念讲究四声阴阳,故逐渐形成以"十三辙"为规范的字韵标准,不断接近当时的通用语(官话)。自同治三年(1864)起,

① 从演员方面看,"雅部"投靠"花部"的较常见,但从观众方面看,有许多观众可能会一开始喜欢"花部",最终却喜欢"雅部"。这主要是因为这些观众随着自己文化修养、艺术趣味的提高,可能已不满足于"花部"的艺术品位,从而由"花"入"雅"。

在京的徽班应上海戏园老板的邀请经常赴沪演出,《申报》等沪上报刊多以“京班”“京剧”或“京腔”称之。这说明,徽班进京后,经过七八十年的努力,已成功地克服了其方言局限,取得了类似“京师”官话的地位,这也是“京班”后来能通行南北的最根本原因。

综上所述,花部的兴起,可以说主要是18世纪以来中国社会经济、文化等各方面都发生重要变化、社会结构重新调整和组合的结果。[①] 到了晚清时期,花部戏以更迎合和贴近民众心理及其自身艺术特点占领了大半个剧坛,当时的竹枝词有“时尚黄腔喊似雷,当年昆弋话无媒。而今特重余三胜,年少争传张二奎”[②]之句。《天咫偶闻》亦记载:“国初最尚昆腔戏,至嘉庆中犹然。……道光末,忽盛行二簧腔其声比弋腔高而急,其辞皆市井鄙俚,无复昆、弋之雅。”[③]在此风气和影响之下,主要表现花部戏曲舞台上人物和场面的年画,成为民间流传最广、日常生活最为常见的一种戏曲图像艺术。

第二节 戏曲年画的界定、分类及其特征

所谓“年画”,是指年画铺作坊制作的产品。其主体是过年期间城乡各处在门窗、室内墙壁、灯笼等处张贴的画,除此之外还包括非过年期间制作的产品,其中以扇面画与戏曲关系最为密切。山东杨家埠有“刻版坐案子,捎带着糊扇子”的说法[④],扇面画作为年画铺生产淡季的补充产品,多是春天开始制作、入夏贩卖。

丰子恺在其《深入民间的艺术》一文中说:“据我观察,最深入民间的只有两种艺术,一是新年里到处市镇上贩卖着的‘花纸儿’,一是春间到处乡村开演着的‘戏文’。一切艺术当中,没有比这两种风行地更普遍的了。”[⑤]“花纸儿”就是年画,就是过年期间张贴于门窗、室内墙壁等处的一种图画。丰子恺这段话告诉我们,年画是一种民间艺术,广泛流行于中国广大地区的民众之中,山巅水崖、穷乡僻壤无处不到,实为民间流传最广、日常生活最为常见的一种图像艺术。年画虽然与过年有关,但并不意味着过完年就消失了,它伴随着人们从年头到年尾,直到新的一年来临时以旧换新,所以年画实际上是每天都点缀着人们的生活。

年画的内容,大致有两个大的类别,一是辟邪纳福的神像之类,如门神、财

---

① 本节关于清代花部戏曲勃兴的原因和过程,主要依据解玉峰、何萃:《论“花部”之勃兴》(《戏剧艺术》2008年第1期)一文的观点和表述,在此予以特别声明。

② 路工选编:《清代北京竹枝词》(十三种),北京出版社1982年版,第78页。

③ 震钧:《天咫偶闻》卷七,北京古籍出版社1982年版,第174页。

④ 张殿英:《杨家埠木版年画》,人民美术出版社1990年版,第151页。

⑤ 丰子恺:《艺术漫谈》,岳麓书社2010年版,第93页。

神、仓神、药王神、子孙娘娘等，最初的年画就以此类信仰类功能性的神像为主；二是欢乐吉祥之类，如戏曲故事、岁朝吉庆、仕女娃娃、社会时事等，当人类的自信心与对世界的把握能力增强之后，年画的内容也随之由辟邪纳福的功利性转向世间人生的娱乐。在欢乐吉祥这类年画中，戏曲乃最重要、压倒一切的题材，这从现存年画中可以得出清晰的印象。俗话说戏剧是人生的大舞台，人生如戏，戏如人生，用美术的形式将戏曲凝结在画面上，张贴起来等于“常年看戏”。戏曲故事和演出在民间的广为流传助推了戏曲年画的产生和流行，而戏曲年画的深入民间也同样使得戏曲故事和表演深入人心。

表现戏曲题材和演出的年画就是本节所谓的“戏曲年画”。丰子恺所言“最深入民间”的两种艺术是年画和戏曲，那么“戏曲年画”就将这两种艺术完美地结合起来，成为中国最深入民间的戏曲图像。明清以来特别是 18 世纪“花部”戏勃兴之后，戏剧在整个中国民众日常文化生活中的地位愈加重要，与此相应，表现戏曲故事和演出的年画成为除神像之外数量最多、影响最大的一个门类。

“戏曲年画”这个概念，是人们比较随意的称呼，本没有明确的界定，我们既然将其作为一种重要的戏曲图像加以研究，就需要对其概念和内涵做出解释和界定。

这里的所谓“戏曲年画”，是指与戏曲有关的年画，主要包括两类：一是表现一定戏曲故事的年画，由于其笔法多用写意、夸张，故我们可称为“戏曲故事年画”。这类年画是对故事情节的图像说明，是一种写实故事画的形式，而并非戏曲演出场景，与戏曲演出基本无涉。戏曲故事年画现存数量较少，多为清代早期，当时画坛表现戏曲演出场景的普遍风气还没有形成，例如清康熙时期苏州年画《桃花记·崔护偷鞋》(图 7-1)。《桃花记》今存明万历刊本，叙崔护与庄慕琼的才子佳人故事，图中崔护藏于庄慕琼身后躲避来人，其中人物服饰似是日常打扮，室内场景也是写实，是一般的故事画。

“戏曲年画”的第二类是表现戏曲演出的年画，简称为“戏曲演出年画”。此类年画以刻画演员真容、描绘舞台演出场景为内容，即使画的是真山真水、活马实车，但从人物的舞台扮相、戏曲道具、身段表情等仍可看出那是在演戏，可分为以下几类：

(1) 单独表现戏曲人物，不加背景与舞台场面。例如四川绵竹年画《大名府》(图 7-2)、山东杨家埠年画《水浒传人物》、上海小校场年画《隋唐十八路好汉》之类，只是把戏剧中的角色罗列在画面上，人物或呈现舞台上“亮相”式的姿势，或者是程式化的武打动作，是戏曲舞台上的扮相，但并不表现具体的故事情节。例如《大名府》取自《水浒传》中“吴用智取大名府”一回，赤发鬼刘唐、独火星孔亮、飞天大圣李衮虽都在此回出现，却出现于不同的场景中。年画中孔亮头插雉尾翎子、高举钩枪，刘唐戴草帽圈、右手举刀左手舒展，做蹲裆式动作，李衮戴

图 7-1 年画《桃花记·崔护偷鞋》

图 7-2 年画《大名府》

软巾、拿着长枪做背剑式动作，分别是他们在不同场景中与不同人物开打时的程式动作。

(2) 表现一出戏(出自全本戏或自身首尾完整[①])中的某一情节，偶尔将两三个不同的情节串联在一起，简称为“戏出年画”。戏曲是一出一出的演，年画是一张一张的画。作为民间美术作品，戏曲年画绝大多数都是一张只画一出戏的一个情节场景，也有较为少数的一张年画中，中间一张大图叙述主要情节，旁边两副小图叙述次要情节。从统计看，民众最喜欢的还是只画一出的，因为故事、画面都很集中，主题、构图也很明确和饱满。

为了研究和表述的方便，我们对戏出年画分为广义和狭义两类。广义戏出年画是指将舞台扮相的人物和情节场景，放入楼台亭阁、真山真水、活马真车等实景中去。例如天津杨柳青年画《锁阳城》(图 7-3)，画中人物都是舞台装扮，表情动作也出自舞台场景，但是背景是真的山水、树木、城楼，人物骑的是真马。

狭义戏出年画指按照舞台演出的样子画下来，成为舞台的实录，不使用写实的背景和道具，表现城墙用一幅布幔，上面画着城门；表现演员坐在车中，便有两边的车夫手持两面画了车轮的小旗；武将骑的马，也只是手里拿着马鞭摇来摇去。例如山东杨家埠年画《空城计》(图 7-4)表现的诸葛亮和司马懿在城楼上下对峙的场景，除了人物都是舞台装扮之外，画中的城墙是用画着城门的一幅布幔来表现，司马懿手拿马鞭代表骑着真马，完全是舞台的实录。甚至有的年画将戏台也画进去，例如山东杨家埠年画《庆贺龙衣》(图 7-5)将整个戏台背景也画

① 有些戏未必出自哪个全本戏，而是经过艺人打磨后形成的首尾相对完整的演出长度类似“折子戏”的戏，例如花部中的众多三国戏以及民间小戏，它们在年画制作者的眼中与折子戏没有任何分别。

图 7-3　杨柳青年画《锁阳城》

图 7-4　杨家埠年画《空城计》

入其中，清晰可见戏台上的上下场门、台柱对联等，这类当然也属于狭义戏出年画。

戏出年画是戏曲年画中数量最多、流行最广的一类，再加上这类年画蕴含丰富的人物扮相、服饰、砌末、戏台等舞台信息，所以也是本章的主要叙述和研究对象。

（3）一张年画被分成多个情节（小图）来描绘一部全本戏，即连环画的形式。中国传统戏剧的演出，就其形态着眼，可略分为两类：一为全本戏，一为折子戏。全本戏又称“本戏”“正剧”，所演故事大都情节曲折、首尾完整；折子戏又有“散

图 7-5　杨家埠年画《庆贺龙衣》

图 7-6　年画《连环计》

出”“杂单”“杂出”等不同称名，所演为片段的、不完整的、从全本戏中脱离出来的情节。以上说的“戏出年画”主要是针对“折子戏”（包括首尾比较完整的戏出）而言，但剧坛也在演出全本戏，年画如何来表现呢？采取了连环画的形式。年画作者把一张年画分成不同的格子或几个部分，每一个格子和部分表现一本戏里面不同的故事情节，如上海戏曲年画《连环计》（图 7-6），一张年画上分成四个格子，其内容是“替主忧貂蝉拜月”“连环计王允献美”“凤仪亭董卓掷戟”“逞私心吕布刺义父”，这四部分内容是整个戏曲故事的枝干，即使不熟悉戏曲的，通过画面也能大致了解整个戏曲内容。

有时整张年画被分成 8 个、12 个甚至 16 个格子，有时干脆不用格子而只画栏线区分，有时索性没有任何区分的标志，直接把全本戏的多个故事情节绘到一张画中，这样就更能详尽地描述全本戏的情节了。例如苏州桃花坞年画《金枪传杨家将前后本》（图 7－7）描绘的是一部全本戏，人物为舞台装扮，背景是写实，四条屏形式，分为前本和后本共 16 幅小图：杨大郎围困幽州、杨二郎短剑自刎、

图 7－7　桃花坞年画《金枪传杨家将前后本》

杨三郎马踏军中散、杨四郎中计番兵擒、五郎出家、杨老令公别驾、七郎遭乱箭、老令公碰死李陵碑；后本亦八幅：杨六郎告御状、八娘用计、延德大破番兵、大闹陈家庄、宗宝受书、宗宝遇穆桂英、穆桂英兵助佘太君、神仙救驾。屏条画既可以单独欣赏，又可以合起来组成一个完整的故事，可分可合，人们可以根据自己的需要来购买，具有很大的灵活性。

（4）一张年画上表现不同的戏曲故事。以上所论都是每张只画同一个故事的戏（全本或折子），还有画不同出戏的年画，例如晚清苏州《戏曲灯画十二出》（图 7－8）上有《铁弓缘》《八蜡庙》《二龙山》《三疑计》《捉放曹》《小上坟》《胭脂虎》《三娘教子》《牧羊卷》《卖胭脂》《九更天》《送银灯》12 出小戏，在一张年画上画了 12 个不同的戏曲故事。这类年画为数不多，多用于灯画，民众最喜欢的还是只画一出的。

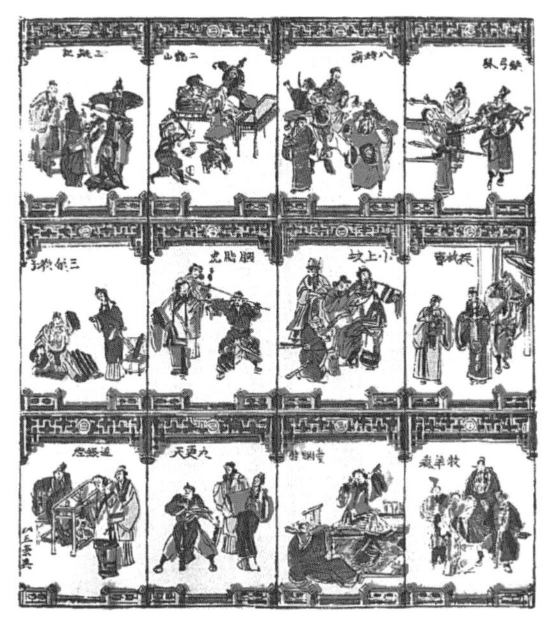

图 7－8　桃花坞年画《戏曲灯画十二出》

（5）描绘戏台、后台等与戏曲演出相关的年画。这类年画数量较少，非常珍贵，例如天津博物馆藏有一幅全景式描绘戏园后台的年画（图 7－9）。

近年来在“非物质文化遗产”保护之风推动下，由冯骥才主持的全国木版年画普查工作取得了丰硕的成果，已于 2011 年出齐皇皇 22 卷本《中国木版年画集成》图文集，不仅囊括国内各地年画，还有海外珍藏部分，是农耕时代中国木版年画首次全景式的集中呈现，正如该丛书前言所说，“大量的第一手的发现性的素材和严格的学术整理，是本集成最重要的价值”[①]。该套丛书不仅可以给研究者

① 冯骥才主编：《中国木版年画集成·杨家埠卷》前言，中华书局 2005 年版。

图7-9 杨柳青年画《戏园后台》

提供丰富的年画史料，而且图像较为清晰，可谓是年画研究者的一个珍贵宝库。

第三节 清代花部戏曲与年画之关系

无论是年画的内容还是外在的艺术表现形式，都有明显的戏曲印痕，特别是在花部戏曲勃兴之后，戏曲为年画的创作提供了丰富的题材，戏曲的舞台表现形式成为年画取法和可资借鉴的艺术武库。反向来看，戏曲年画作为一种直观形象的史料，对于当时的上演剧目、脚色扮相、动作排场、砌末使用、演出场所乃至戏园广告等亦都有重要的研究价值。

一、戏曲对年画的影响

无论是内容还是外在的艺术表现形式，年画都有明显的戏曲印痕。

1. 戏曲扩充了年画的题材

戏曲艺术对年画的影响首先体现在年画的题材内容上，此点在上文给戏曲年画分类时已有很多表述。当时在各地戏曲舞台上上演的故事，流行的剧目成为年画创作的一个重要题材，无论南北，不分地域，戏曲年画皆成为年画的一个主要类型。有句谚语是说戏曲取材的："唐三千，宋八百，演不完的三列国。"除此之外，民间传说、神仙道佛、公案侠义、社会生活等皆是戏曲里面经常出现的内容。中国戏曲时空转替的灵活性，表演方式的程式化和象征性，注定了其故事的多样和取材的广泛。而中国的年画，在这一方面追步戏曲，凡是在戏曲舞台上出现的，也几乎全部在年画中出现过。之所以说，年画是受到了戏曲的影响而非同题材的小说和说唱艺术的影响，是因为，年画表现这种题材的时候，完全是戏曲化的，遵循的是戏曲舞台上的表现形式，所以人们把这部分表现戏曲内容的年画称之为戏曲年画或戏出年画。

我国民间年画产地分布在20多个省市自治区，它们以各自独有的风貌展现着特色。其中天津杨柳青、苏州桃花坞、山东杨家埠、河北武强、四川绵竹，声名尤为显赫。从画面风格来看，对年画产生影响的主要是戏曲演出而非戏曲文学，被刻印于年画中的剧目，通常是当地经常上演的流行剧目。在此意义上，戏曲年画具有类似中国古代诗、词、文乃至《缀白裘》等诸"选本"的性质，不仅反映出当地流行之剧目，而且也是古代戏曲一种重要的传播形式。产自不同地域的戏曲年画在剧目上有许多是相同的，水浒戏、隋唐演义戏、封神榜戏、西游戏、杨家将戏、呼家将戏、公案戏在各地戏曲年画中都蔚为大观，此外还有一些民间传说、神话故事，如《白蛇传》《天河配》等也是戏曲年画比较喜爱的题材。另外还有一些剧目是各地地方戏里面特有的剧目，如四川绵竹戏曲年画里面的《秦穆公获陈宝》，天津杨柳青戏曲年画里面的《咬脐郎打围认母》《冷宫救昭君》，山东潍坊杨家埠年画中的《王定保借当》等。这些戏曲剧目，其中一部分至今仍然活跃在戏曲舞台上，而一些已经很难再一睹其风采，只能在这些戏曲年画上遥想当年演出时的情景。

2. 戏曲丰富了年画的艺术表现形式

戏曲不仅在题材上成为年画的一个重要来源，在艺术表现形式上也对年画有深刻的影响，例如在年画的构图、人物造型、服饰装扮等方面，这主要表现在那些非戏曲题材的年画中，其中最为突出和常见的就是门神年画。

门神是年画中最古老的一个内容，据说年画就是起源于古代在门上贴门神的习俗。门神很多，但自元明以来，尉迟恭和秦琼成为最为百姓所熟知的门神，每年人们都把绘有尉迟恭和秦琼的门神贴在大门上，寄希望于他们来看家护院。明代的尉迟恭和秦琼门神年画（图7－10）则很显然还没有受到戏曲的影响，画中的尉迟恭和秦琼皆是传统武将装扮，头戴金盔，身穿战袍、战甲，手臂上戴着护肘，脚蹬战靴，宽袖博带，气宇轩昂，气势不凡，其中尉迟恭眉头紧蹙，怒目圆睁，威风凛凛。

清代乾隆以来以门神的身份出现于年画中的尉迟恭和秦琼形象，则多以戏曲舞台的扮相为蓝本，尉迟恭黑脸、留着连鬓胡须，秦琼为白脸、留五绺胡须，顶盔贯甲，束带皂靴，外披袍带。陕西凤翔西风世兴画局所画的年画中（图7－11）二者双手执金瓜，垂手侍立；四川绵竹年画中（图7－12）秦琼和尉迟恭背插靠旗，一手高举鞭锏过盔顶，一手位于腰部，身体呈"S"型，显然受到了京剧武生造型的影响。而呈"S"型的受到戏曲舞台影响的尉迟恭和秦琼门神在清代晚期的不同年画产地，如朱仙镇、桃花坞、杨家埠等地皆可以看到。四川夹江还有一种女门神年画（图7－13），门神是杨家将中的穆桂英，从其造型和穿着来看，与舞

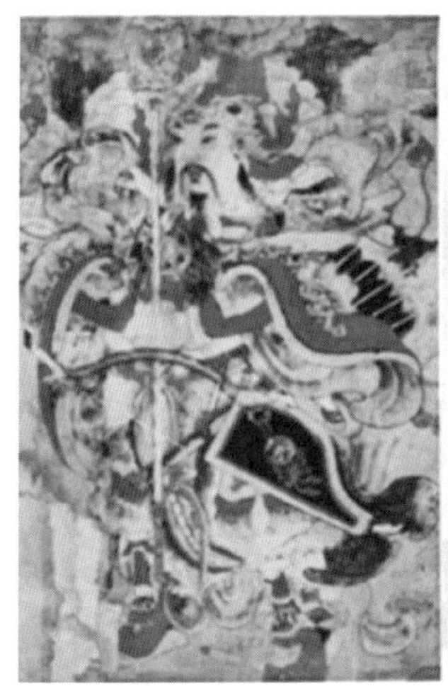

图 7－10　年画《秦琼尉迟恭》

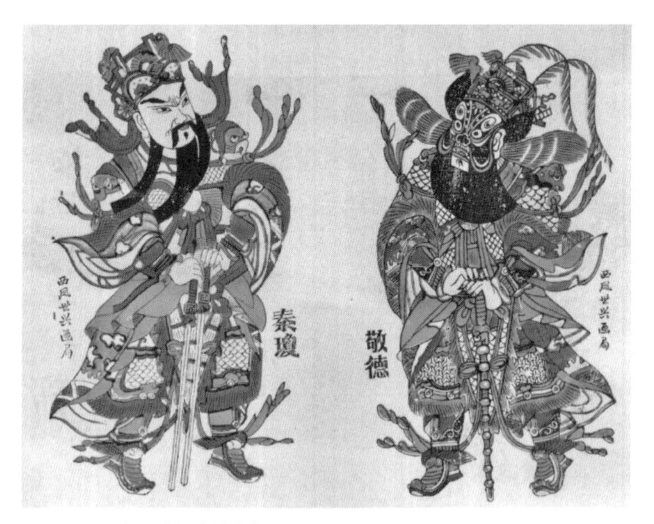

图 7－11　年画《秦琼敬德》

图 7－12　年画《扬鞭锏门神》

图 7 - 13　年画《穆桂英门神》

图 7 - 14　杨柳青年画《木兰从军》

台上的武旦的装扮是一致的，试以天津杨柳青年画《木兰从军》(图 7 - 14)中花木兰的形象与穆桂英门神形象做对比，完全可以说穆桂英是从戏曲舞台上走下来走向了门神的岗位。

一张小小的戏曲年画蕴含着丰富的情节和内容。戏曲本身具有故事性、娱乐性、观赏性和思想性，人们在饭后茶余，看着年画，讨论着年画里的戏曲故事，或历史演义，或英雄传奇，或才子佳人，或神仙鬼怪，对于缺少文化教育、娱乐休闲的百姓而言，无疑这是一种最佳的学习和休闲方式。戏曲本身所具有的寓教于乐的功能，通过这种方式把其所宣扬的爱憎喜恶更广泛地传达给了民众。戏曲年画为普通百姓的生活增添了一道靓丽的色彩。①

二、年画对戏曲的意义

年画是一种民间艺术，广泛流行于中国广大地区的民众之中，山巅水崖、穷乡僻壤无处不到，实为民间流传最广、日常生活最为常见的一种图像艺术。年画虽然与过年有关，但并不意味着过完年就消失了，它伴随着人们从年头到年尾，直到新的一年来临时以旧换新，所以年画实际上是每天都点缀着人们的生活。所以，年画对戏曲的意义首先在于，其成为传播戏曲的重要媒介，扩大了戏曲的影响力。然而，对于戏曲研究来说，年画最重要的价值尚不在传播，而是其对当

① 此处关于戏曲对年画影响的表述，主要参考了齐静《论清代戏曲与年画的关系》一文，载赵宪章主编：《文学与图像》第三卷，江苏凤凰教育出版社 2014 年版，第 197—200 页。

时流行剧目和舞台情况的展示。

年画作为一种直观形象的史料，对于当时的上演剧目、脚色扮相、动作排场、砌末使用、演出场所乃至戏园广告等都有重要的研究价值。以下我们从三个方面考察年画对于戏曲研究的意义和价值，并辅以从众多年画中挖掘出的具体实例。一是剧目演出及其演变。某些剧目也许只见于早期文献记载，在之后的长时段内，我们不知其是否演出、如何演出、地域风格有何异同，而这些信息可从年画中获得。二是演出场所。现存年画中不少绘出了整个舞台（包括后台），我们从中可考察当时剧场的形态及其布置。三是舞台美术。绝大多数戏出年画中的人物和场景都照舞台描绘，包括头饰、服饰、砌末、脸谱、排场等方面。

1. 剧目演出及其演变

由于地方戏较少文人关注，有些剧目不被文字记载，导致其演出、人物、地域风格等问题的探讨无法据实展开，在这种情况下，年画就显示出其对戏曲研究的重要价值。我们以剧目《十二寡妇征西》为例。“十二寡妇征西”故事最早见于明代万历年间的两部小说《南北宋志传》（世德堂刊本有万历二十一年序）和《杨家府世代忠勇通俗演义志传》（万历三十四年卧松阁刊本），情节虽较简单，但因标榜“十二寡妇”出征，给人忠烈悲壮之感，所以在民间流传非常广泛。《南北宋志传》中的“十二寡妇”名单是周夫人、黄琼女、单阳公主、杨七姐、杜夫人、马赛英、耿金花、董月娥、邹兰秀、孟四娘、重阳女、杨秋菊。《杨家府世代忠勇通俗演义志传》中的“十二寡妇”名单是：周氏女、孟四嫂、耿氏女、邹夫人、董夫人、白夫人、马夫人、刘八姐、殷九娘、满堂春、杨秋菊、杨宣娘。二书的“十二寡妇征西”名单差异较大[①]。

“十二寡妇征西”故事被编为戏剧，首见于清乾隆六十年（1795）杨映昶《都门竹枝词》“其四”：

林丑矮张逗笑频，贴来满座抖精神。
亮台新戏今朝准，寡妇征西十二人。[②]

既曰“新戏”，说明《十二寡妇征西》首编演于乾隆年间的北京；既曰“十二人”，那么舞台上应该出现有12名杨家女将。这部“新戏”似乎不太受欢迎，整个清代再也没有文献提及。那么，乾隆之后该剧目是否仍在上演？仅是昙花一现吗？如果继续有上演，“十二寡妇”到底姓甚名谁？如何演出？各地有何不同？这些信息都不被文字记载，不得不说是一个遗憾。

---

① “十二寡妇征西”故事来源于民间社火中的一种舞队，这种舞队由十二个身穿白衣、手持兵器的女子组成，被民间艺人附会编入杨家将故事，遂成“十二寡妇征西”故事。而为了凑足这约定俗成的“十二”之数和“寡妇”之名，明清时期的小说、戏曲、说唱等都各尽所能，故十二个人物名称多不一致，有时甚为荒唐。参见朱浩：《“十二寡妇征西”故事新考》，《文化遗产》2015年第2期。

② 赵山林选注：《安徽明清曲论选》，黄山书社1987年版，第241页。

幸运的是，文献虽无考，却现存有晚清时期的三幅年画，可供我们考察《十二寡妇征西》的演出情况。

山东杨家埠有一幅年画，顶端写着剧目名称“佘太君点兵众女魁征西”，是大横披，55.5 厘米×115 厘米，清代，半印半绘，复茂益画店，上海图书馆收藏（图 7－15）。采用半印半画人工粉脸的形式，表现舞台演出中佘太君升帐点将，众女将两厢排列的场景。根据画面风格和画店名称，可以判定其为晚清时期的作品。画面中佘太君坐在中军帐中，两边各有五名女将，左边是九妹、排风、五夫人、王怀女、□夫人五人，右边是八姐、柴郡公主、大夫人、三夫人、□夫人五人。场地中间还有一名男将杨宏和一名女将穆桂英。画中的女将恰好是 12 个（最边缘处的四个持军旗的无名副将明显是喽啰，不计入）。概括来讲，分别是佘太君及其两个女儿八娘九妹、七个儿媳、一个孙媳穆桂英和一个烧火丫头杨排风。

图 7－15　杨家埠年画《佘太君点兵众女魁征西》

从这幅画可得知，清代后期山东演出《十二寡妇征西》剧目时，犹严守“十二”之数和“寡妇”之名。相比于明代两部杨家将小说，此处增添了佘太君、八姐、九妹和排风四人，同时撤消了小说中容易使人怀疑年龄不符的杨宣娘、杨秋菊、满堂春、杨七姐等晚辈。此外，还增添了一位男将“杨宏”随队出征，花白胡子，右手持大刀，左手持马鞭，大概是杨家的家将。

苏州桃花坞有一幅年画，大字书写“杨家女将征西”六字，但在这六个大字中间，又夹入“十二寡妇”小字（图 7－16）。画中纯是杨家女将，表现舞台演出中周夫人升帐点将，众女将两厢排列的场景。从左至右分别为：穆桂英、杨秋菊宗宝之妹、孟四娘、重阳女六使之妻、单阳公主、黄琼女延昭之妻、九妹、周夫人渊平之妻、八娘、杜夫人延嗣之妻、马赛英延德之妻、董月娥延辉之妻、耿金花、杨七姐六使之女、邹兰秀延定之妻 15 人。画中没有佘太君，改为周夫人做主帅，仍然是点兵的场面。虽然舞台上有 15 名女将，但年画制作者“忌惮”该故事在民间的普及

图 7－16　桃花坞年画《杨家女将征西》

性，所以在“杨家女将征西”大字之间又夹入名不副实的“十二寡妇”小字，以增加销售量。

上海小校场也有一幅年画，写着剧目名称“杨老令婆挂帅女将征西”。该画表现舞台演出中佘太君升帐点将，众女将排列的场景。女将分别为：杨秋菊、黄琼女、重阳女、铁镜公主、杜夫人、马赛英、邹兰秀、八娘、九妹、单阳公主、杨排风、杨八妹、穆桂英、周夫人、孟四娘、董月娥、耿金花 17 人，连同佘太君共 18 人（另有 1 名童儿），如图 7－17。

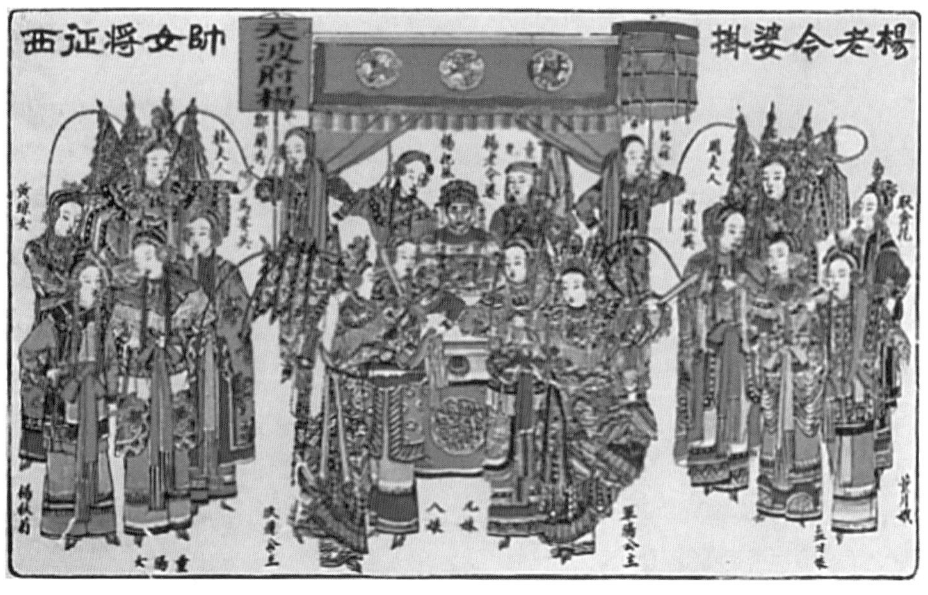

图 7－17　年画《杨老令婆挂帅女将征西》

关于《十二寡妇征西》这个剧目，我们可据这三幅年画得到以下演出信息：首先，虽然该剧目不见于乾隆以后的文献记载，但其仍然在晚清时期的山东、苏州、上海等地上演，而且既然被绘入年画，说明还颇为流行；其次，从舞台场面来看，该剧目以“升帐点兵”为主要场景，中军帐中的主帅估计少不得要念一句“众将少礼，站列两厢”，为了烘托舞台氛围，大概还要把每位女将的名字点一遍，所谓“沙场秋点兵”也；再次，从出场人物来看，三个地区的演出各不相同。山东严守“十二”女将之数，此外还出现了一位男将杨宏，主帅是佘太君；苏州虽然舞台上有15名女将，但仍在大字剧目名称之间夹入“十二寡妇”字样，可见“十二寡妇征西”故事在民间的影响力，主帅是周夫人；上海则完全摆脱“十二”之数，场上多达19名演员，不做任何关于“十二寡妇”的说明，主帅是佘太君。

2. 演出场所及其布置

年画中的演出场所及其布置，大致可分为两类：一类是全景剧场图，包括戏台、观众及周围环境等；另一类是微观剧场图，或单绘舞台正对观众之一面，此面舞台上的演员演出、上下场门、台柱楹联、木牌广告等皆可尽收眼底，但不包括观众和周围环境；或只绘剧场之后台，后台空间之大小、道具之陈设、化妆之专桌、演员之候场等情况亦可一目了然。前一类目前仅存三幅，分别是苏州的《金阊古迹图》、福建漳州的《文昌阁庙会图》和山东杨家埠的《寒亭镇庙会图》；后一类的数量相对较多些，包括苏州的《昭君和番》《双锁山》《巧姻缘》《拾玉镯》《金山寺》《失街亭》《花园赠珠》《大四杰村》《忠义堂》，上海的《文明戏台》《大闹张王府火烧翠凤楼》《朱光祖行刺黄天霸》《招贤镇捉拿费德功》，河北武强的《拜寿算粮》，天津杨柳青的后台图等十余幅年画。下面分别论述。

（1）全景剧场图。

全景式戏台的三幅年画都是临时搭台演戏的场景，其中比较珍贵、不为国内读者所知的是藏于日本的《金阊古迹图》（图7－18），产地是苏州，时间是乾隆年间，此处予以重点介绍。《金阊古迹图》，署名“桃坞秀涛子”。所谓“金阊”，指的是苏州阊门（苏州古城之西门）一带舟车辐辏、人烟繁华之地，故谓“金阊”。

图7－18　年画《金阊古迹图》

该画从苏州阊门的齐门方向开始描绘，画面右上方的上津桥，横跨在枫桥方向流去的运河之上。在画中城墙外运河边的空阔地带，有一座戏台正在演出，前台和后台都是歇山式，台面为木板铺搭，下设桩柱，台周有栏杆环绕。戏台三面敞开，前台表演者有一女二男。女演员腰间系一面花鼓，其旁一个小生举起右手似在调戏，而另一个下层人打扮的男演员站在离他们较远之处观看，似为《打花鼓》一戏。伴奏有五人，其中三人坐于后方，两人站在侧面上场门附近，可辨别的乐器有锣、鼓。观众有站在戏台下仰头观看的，有坐在戏台对面的酒楼上边饮酒边观剧，还有河对岸的众多女性也在探头观看。

侧翼用木条和木板搭有一座女台，上面用布幔遮顶，台上坐着众多女眷(共13人)。因为女台较高，所以要借助梯子上下，一位男子爬在梯子顶端看戏，大概因为高处有好的视线，但被女台上一位女子阻拦，似在劝其下梯子去，画面颇为生动。戏台周围是“茶室”“檀香铺”等店铺以及卖东西的小商贩。

戏台旁题有“齐门戏台”四字，木柱上挂着两个木牌，一个写着“富□班”三字，中间的字看不清晰，似为“华”的繁体；另一个木牌上写有十字，可惜模糊无法辨认，大概是剧目、演员的信息。台柱上有对联一副，依稀辨认为“响遏行云一曲升平千圣乐，歌翻白雪五音□□万民欢”。离戏台不远处有一座庙宇，从画中可看到“神庙”二字。

清代中期，苏州开始出现戏园。《清稗类钞》称“苏州戏园，明末尚无，而酬神宴客，侑以优人，辄于虎丘山塘河演之，其船名卷梢。观者别雇沙飞、牛舌等小舟，环伺其旁”，而到雍正时，“有郭姓者，始架屋为之，人皆称便，生涯甚盛。自此踵而为之者，至三十余家，卷梢船遂废”。① 这种在地面建造院落、专供演出的场所便在苏州普及开来。《金阊古迹图》表现的“齐门戏台”或许就属于这种“架屋为之”的戏台。

相比之下，印制于晚清时期的漳州年画《文昌阁庙会图》(图 7-19)和山东

图 7-19 年画《文昌阁庙会图》

① 徐珂编撰:《清稗类钞》第十一册“郭某始创戏园于苏州”条，中华书局 1986 年版，第 5045—5046 页。

图 7－20　杨家埠年画《寒亭镇庙会图》

杨家埠年画《寒亭镇庙会图》(图 7－20)，其中临时搭建的戏台显得简单一些，但形制大致形同，都是搭建于空旷地带，台面为木板铺搭，下设桩柱，台周有栏杆环绕。《文昌阁庙会图》下方绘一神庙，有进香者，庙门题榜“文昌阁”。右上方为一广场，上绘一戏台，三面观，正演出武打戏，后台有伴奏，台前及左右围满观众。场上还有卖食物者、算命术士、追捕扒手者等。画左是一条大河，上建一桥。河中举行划船竞赛，桥上站满观众。《寒亭镇庙会图》中写有剧目“三娘教子”，注明了正在上演的剧目名。

由于戏曲表演对于场地处理的随意性，以及为了满足民众的广泛需要，有大量的戏曲演出是在临时搭设的戏台上进行的。这类戏台往往选择场地空旷处，用条木席布等原料临时捆扎搭架而成，再用各色颜料装饰图绘一新。它的好处是可以根据需要以及地形，随时随地搭设，材料临时凑集，用过之后又方便拆卸。年画中反映的全景式舞台都是临时搭建的戏台。

(2) 微观剧场图。

此类年画中，舞台和后台上的各个方面展现无遗，我们从已知的十余幅年画中可得出以下信息。

上、下场门题词。最为熟知的上、下场门的题词是“出将”与“入相”，例如晚清桃花坞年画《昭君和番》中就是如此，这种成习大概形成于清代后期[①]。但我们可从苏州、武强等地年画中发现不一样的题词，例如苏州桃花坞年画《双锁山》是“莺歌”与“燕舞”(图 7－21)、《失街亭》是“千古”与“长欢”(图 7－22)、《拾玉镯》是“赏心”与“悦目”(图 7－23)、武强年画《拜寿算粮》是“阳春”与“白雪”(图 7－24)。这说明，在某些商业戏园中，上、下场门题词并非习常的“出将”和“入相”，也有其他的形式。

---

① 李畅:《清代以来的北京剧场》，北京燕山出版社 1998 年版，第 94 页。

图 7-21　桃花坞年画《双锁山》

图 7-22　桃花坞年画《失街亭》

图 7-23 桃花坞年画《拾玉镯》

图 7-24 年画《拜寿算粮》

戏园广告。年画中关于戏园的广告，最为常见的如桃花坞年画《金山寺》所示，台口红漆柱下挂着两块戏牌，分别写着“特请京都新到清客串”和“本园今日准演金山寺”。“清客串”说明参加戏曲演出的并非职业性演员，这或许是戏园子招揽生意的一种手段。桃花坞年画《昭君和番》《双锁山》《巧姻缘》《拾玉镯》等，也都写着类似的广告。

此外，还有一种比较独特的戏园广告。有一张天津杨柳青年画（图 7－25），黄天霸（武生）撩袍单腿提起，窦尔敦（花脸）双手弯左右雉尾翎，贺天龙和四个喽啰均紧盯黄天霸，可谓惟妙惟肖，这出戏叫《连环套·拜山》。画中写着演出场所是“官银号旁”之“大观茶园”，演出班社是“九义合班”，颇具史料价值。但此年画有些不同寻常，出现了真马上台，而按照当时的情况，“以鞭代马”早已成为习惯。据我们所见，在包含整个舞台的戏出年画中，从来没有真马上台的情况，都是严格按照舞台实际而描绘下来。那么，为何此幅杨柳青年画，在描绘整个舞台的同时，会出现真马上台的情形？大观茶园始建于光绪二十四年（1898），确实坐落在天津北马路官银号附近，说明此幅年画并非纯属虚构。

图 7－25　杨柳青年画《大观茶园》

我们认为，此幅戏出年画之所以出现真马上台，是因为这是一张戏园的广告，用真马是制作者为了追求“真实效果”而添加上去的，与一般的戏出年画（包含整个舞台）并不相同。戏园老板看重年画在民众间的普及性，于是和年画作坊合作，将戏园的名称、地址、戏班和擅演剧目都写在年画上，以起到广告的效果。

舞台梁架。晚清桃花坞年画《大四杰村》《忠义堂》（图 7－26），以及晚清上海小校场年画《大闹张王府火烧翠凤楼》《招贤镇捉拿费德功》《朱光祖行刺黄天霸》（图 7－27）中，舞台上都出现了梁架。梁架是晚清上海剧场中常有的“机关布景”噱头，试想在演剧时，剧中人物突然从梁架上从天而降，确实有种吸引眼球、增强观感的效果。上海小校场年画中出现舞台梁架，可谓顺理成章，因为梁架正是此处的“特产”。苏州地近上海，其年画中也出现梁架，恐怕是民间画师受到上海演剧的影响所致。而从全国各地年画来看，出现舞台梁架的只有上海与苏州二处。

图 7-26　桃花坞年画《忠义堂》

图 7-27　年画《朱光祖行刺黄天霸》

后台。清代商业剧场（戏园）的内部空间大致分为三部分：戏台、观众区和后台。戏台和观众区是演戏与观戏之所；后台供演员化妆、穿戴、候场之用，乃备戏之地。目前学界对戏台和观众区的研究比较多，而对后台关注较少。例如《中国古代剧场史》[①]第七章“茶园剧场”之“茶园构造”一节中，对清代商业戏园的戏台、管座、散座、池座、面积、照明、大门、院落等方面都有专门论述，唯独缺少对“后台”的介绍和描述。

欲前台演戏之顺畅，必需后台组织之不紊。后台可谓与前台戏剧演出相伴始终、隐于观众之眼、别有洞天之另一世界，理应纳入戏剧研究的视野，例如空间之大小、道具之陈设、化妆之专桌、演员之左立、服务人员之职责、后台规矩与风俗等方面。

然而因史料不足特别是图像材料的缺乏，学界关于后台的研究不多。民国时期，齐如山《戏班》[②]和徐慕云《中国戏剧史》[③]二书中，有一些关于戏园后台组织与风俗的记载，可以说是目前关于后台研究最为重要的成果，但描述颇为简略，特别是因为缺乏图像的比照而显得比较空洞。在图像方面，据所见，仅有清末吴友如所绘两幅画，均表现戏园后台之一角，无从窥其全貌。故欲对戏园后台有更加直观、全面之了解，尚缺一幅全景式的图像。

天津博物馆藏有两张描绘清代《戏园后台》的墨稿年画（图 7－28），每幅画都占满整张纸面，俗称“贡尖”，乃杨柳青年画中的精品。这两幅年画，画中线条与字迹十分清晰，不仅有演员在后台化妆、演练、候场之场景，而且还反映了道具、衣箱之摆设与后台之格局，此外还有班社、剧目等文字信息，完全是后台的实录，从中我们可以阅尽晚清戏园后台之风光。从史料意义上讲，这两幅描绘后台的年画在古代剧场研究中具有不可替代的价值。

我们首先来判断这两幅年画的时代。第二幅年画（位于图之下部）的下场门处写着“玉成班”三字。“玉成班”是光绪时期著名演员田际云所创立的戏班。关于田际云生平，以王芷章《清代伶官传》[④]与波多野乾一著、鹿原学人译《京剧二百年之历史》[⑤]二书所载最为细致准确。田际云，以“想九霄”之艺名享誉晚清剧坛。光绪十三年（1887），田氏自组小玉成班科班，于当年秋，率班重来上海演出。光绪十七年（1891），田氏回京组建大玉成班，网罗当代著名京剧演员加盟，时人谓其开二黄、梆子合演之例，行语名曰“两下锅”。例如陈彦衡《旧剧丛谈》载：“自田际云立玉成班，始兼唱二黄。”[⑥]玉成班自成立之日起即颇为红火，在光绪十九至光绪二十六年进宫献艺的 16 个戏班中，梆子班占了 5 个，其中就有玉成班。该班于 1913 年散班，兴盛了 20 余年。

---

① 廖奔：《中国古代剧场史》，中州古籍出版社 1997 年版。

② 《戏班》，北平国剧学会，1935 年版。

③ 《中国戏剧史》，世界书局 1938 年版。

④ 《清代伶官传》，中华印书局 1936 年版。

⑤ 《京剧二百年之历史》，顺天时报馆 1926 年版。

⑥ 张次溪辑：《清代燕都梨园史料》，中国戏剧出版社 1988 年版，第 859 页。

图 7 - 28 杨柳青年画《戏园后台》

该幅年画中既然标明“玉成班”,说明其绘制时代必然在 1891 至 1913 年之间。若从玉成班最享盛名在光绪中后期这一事实推断,此画最有可能绘制于光绪后期,不会晚至民国初年。第一幅年画与此画风格相似,明显出自一人之手,其绘制时代亦必在光绪中后期。画中所绘玉成班的演出地点在某个戏园,可能位于北京也可能在天津,因为京津两地相邻,玉成班经常往返于两地演出。

判断清楚这两幅年画的时代之后,我们可以说它们是清末北京(或天津)戏园后台的真实、全景式的写照,其价值主要体现于以下两个方面:一是考察清末北方戏园后台之形制与布置,二是获悉班社、剧目、扮相、道具等信息。就前者而言,首先,两幅年画中的后台空间都比较狭小,这是清代商业戏园的普遍情况。戏班全体人员包括演员和后台服务人员都“集于此”,加上服装道具等亦摆放于此,故比较拥挤,“几于回旋无地”①。其次,两幅年画所绘后台之陈设与格局,亦可作为清代商业戏园后台之代表。如分布于后台四周的物件,至少包括三个(或以上)衣箱、一个梳头桌、一个彩桌、一个茶桌、两个木架。再次,在狭小的后台里,欲保证前台演出的顺利进行,需要后台各类人员的默契协作,也需要订立规矩来维持其有条不紊。例如第一幅年画中大衣箱体积最大,上面坐着一个旦角

① 海上漱石志:《上海戏园变迁志》(二),《戏剧月刊》1928 年第 1 卷第 2 期。

和丑角，另外两个相对比较小的衣箱上分别坐着生角，符合当时后台人员的落座规矩①。

就后者而言，第二幅年画下场门处写着“玉成班”，上场门处写有“场上芦花河”，在众位演员旁（从右至左）写有《岳家庄》《□□》《恶虎庄》《二龙山》《打皂》《状元谱》《断后》等剧目名称，由此可知玉成班今日在戏园所演剧目共有8个，这可为研究光绪中后期北方商业戏园每日演戏数目作一参考。此外，在道具上，两幅年画中的大筐中都放置着一些动物形儿，从露出筐外的动物头部来看，有狗、虎、牛等，可见当时动物形儿运用的普遍。总之，这两幅年画是目前我们所知仅有的全方位描绘后台的图像，对中国古代剧场的研究具有不可替代的价值。

3. 年画中的舞台美术

图像相比于文字最大的优势就是其直观性，现存戏出年画多将演员的服饰、头饰、脸谱及舞台布置等按照舞台演出的真实情形加以描绘，史料价值非常丰富。

首先看服饰。清代的戏曲服饰史料，文献上以清宫升平署文献《穿戴题纲》最为详细，图像上以清宫戏曲人物画最为丰赡。《穿戴题纲》作于嘉庆二十五年，清宫戏曲人物画绘于咸丰至光绪年间，可谓断而复续。但此二者俱为宫廷演戏之实录，其中虽大多严守行当规格，但毕竟是宫廷之物，极为讲究精工华丽，故对于研究清代民间的戏曲服饰则有一定的局限性。从此角度来讲，民间年画恰好弥补了这种缺陷，其现存数量多、涉及地域广、舞台真实度高，是研究民间戏曲服饰的绝佳史料。故欲研究某一剧目、某一行当或某一人物服饰者，不妨先来翻看22卷本的《中国木版年画集成》。这里亦只是提出此点，对年画中戏曲服饰的全面、精深之研究，限于能力与篇幅，暂不做展开，仅举一例以示之。

《拾玉镯》中孙玉娇的扮相，现在京剧舞台上流行细窄风格的花旦“袄裤”，立领、大襟、窄袖、掐腰，颇具玲珑合体之线条。但在清代舞台上并非如此，我们来考察一张杨柳青年画《拾玉镯》（图7－29）。孙玉娇的服饰是宽大的风格，是彩旦褂子式的腰肥袖宽，肥肥的腰身，宽宽的袖口（袖子是反挽的）。现在京剧舞台上主要是把宽肥改成细窄，以突出农家少女的活泼与利落。

其次看头饰。以《水斗》（又名《金山寺》）中的白蛇和青蛇头饰为例。清代民间年画上的金山寺故事，白蛇、青蛇头上往往戴一种帽子，椭圆形，前面翘起，饰以彩缎绣花，在戏箱中叫它“渔婆罩”，例如苏州年画《水斗》（图7－30）。这是当

---

① 后台之落座规矩，根据哪行人与哪种戏箱关系较多，就决定由哪行人去坐。例如旦行应坐大衣箱，因为各种女衣，多在大衣箱内，而且大衣箱内置放的喜神即戏中所抱的娃娃，一向归旦角所抱。生行坐二衣箱，因为大衣箱已被旦行占去，而且二衣箱多是武戏衣，生行穿着亦方便，故落座于二衣箱。丑行地位最尊贵可以随便坐，因为丑行可以兼扮各行，故其座位也不分地点。详见齐如山《戏班》一书，该书原由北平国剧学会出版于1935年，今收入《齐如山文论》，辽宁教育出版社2010年版，第83—84页。

时戏台上的装扮，例如《穿戴题纲》记载："白蛇，纱罩，裙袄一份。青蛇，纱罩，裙袄一份。"[①]按，"纱罩"就是"渔婆罩"，古代绘画中的乡村妇女特别是渔家往往戴这种"罩"子。到了晚清民国，梅兰芳、尚小云、韩世昌都是演"金山寺"著名的，均不戴"渔婆罩"，而是戴有很多绒球的"大额子"。我们可从光绪末年陈德霖和余玉琴在升平署拍的"断桥"照片看到，白蛇、青蛇已经戴很多绒球的"大额子"，可见产生这种变化的时代至迟在光绪末年，而这种变化自有其原因[②]。

图 7－29　杨柳青年画《拾玉镯》

图 7－30　年画《水斗》

最后，我们再据一张年画来考察新式舞台上演出旧剧时如何"入乡随俗"。中国第一座新式舞台是 1908 年建于上海的"新舞台"，取消了旧式戏台前面的两根柱子，变伸出式舞台为内缩式，形成半圆形外凸的台口，这就使得剧场空间比以前更大。再加上在舞台设备、灯光、布景以及观剧环境方面的先进，其他戏园纷纷效仿，一时上海连续出现了五六家类似的新式戏院。

但新式舞台取消了上下场门的门帘台帐，运用现代式的后幕，戏曲演员们很不习惯，认为没有门帘还是别扭，按照梅兰芳的话说，"门帘台帐怎么解决成为一个普遍性的问题"[③]。那怎么解决呢？最终的解决方案，如同上海小校场年画中上海文明大舞台（始创于清宣统元年即 1909 年）在演出《四郎探母》时的办法，在半圆台上挂有上下场门帘的后幕，让新式舞台"入乡随俗"，仍模仿老戏园的布置法。这幅年画（图 7－31）可作为考察新式舞台如何演出旧剧的重要图像材料。

---

① 《穿戴题纲》见傅谨主编：《京剧历史文献汇编·清代卷·清宫文献（三）》，凤凰出版社 2011 年版。

② 参看朱家溍：《清代的戏曲服饰史料》，《故宫博物院院刊》1979 年第 4 期。

③ 梅兰芳口述、朱家溍整理：《梅兰芳谈戏曲舞台美术》，《故宫退食录》（下册），北京出版社 1999 年版，第 841—842 页。

图7-31 年画《文明大舞台正在演出〈四郎探母〉》

以上只是我们从数量众多的年画中挖掘出一些具体实例来体现年画对于戏曲研究的重要价值,此外还有很多年画中的戏曲材料等待着我们去挖掘和利用。现存清代年画数量巨大,可谓是一个独特的资源库,这与目前以戏曲为本位来研究年画的薄弱现状形成鲜明对比,我们应该在此方面投入更多的关注。

清代中叶以来花部戏的兴起,使得戏剧在整个民众日常文化生活的地位愈加重要,其表现之一便是戏曲年画的风行。戏曲故事和演出在民间的广为流传助推了戏曲年画的产生和流行,而戏曲年画的深入民间也同样使得戏曲故事和表演深入人心。戏曲年画大致可以分为故事和演出两类,现存戏曲故事类年画大多产生于清代早期,而戏曲演出类年画则都产生于乾隆以后,至晚清而蔚为大观。戏曲为年画的创作提供了丰富的题材,戏曲的舞台表现形式成为年画取法和可资借鉴的艺术武库。戏曲年画作为一种直观形象的史料,对于当时的上演剧目、脚色扮相、动作排场、砌末使用、演出场所乃至戏园广告等亦都有重要的研究价值。现存戏曲年画都为清代作品,已经构成一份具有内在系统性,又自成系列的历史图像史料资源库。

第八章 清代戏曲脸谱与偶戏图、影戏图

脸谱是戏曲的图案化的性格化妆，一般用于净丑类脚色所扮演的各种人物。脸谱的绘制是中国戏曲扮相的一个重要内容，演员完场之后随即洗掉，其流传主要靠绘于纸上之图案。脸谱在清代乾隆以前都是比较简单的整脸谱式，而自乾隆中期之后，则进入演变发展期，由整脸谱式演变为多种谱式，进而健全了所有沿用至今的脸谱谱式，故留存至今的清代戏曲脸谱可以说是脸谱演变史上极为宝贵的材料。木偶戏与影戏虽然不是人来扮演，但与戏曲渊源极深，所以一般被纳入戏剧形态体系来考察。与此相应，与木偶戏、影戏相关的绘画和实物亦应纳入“戏曲图像”考察之列。本章在梳理脸谱、木偶戏、影戏的源流和特征基础上，结合清代相关图像对其做出简要的论述和阐释。

第一节 清代戏曲脸谱

脸谱泛指戏曲净、丑行当的涂面化妆，本以夸张的色彩和线条来改变演员的本来面目，随着化妆经验的积累擅递，形成若干相对稳定的谱式，遂称这种涂面艺术为脸谱，这同略施粉墨以达到美化效果的生、旦化妆恰成对比。因此历来又把生、旦化妆称为“洁面”“素面”或俊扮，而把脸谱称为“花面”。旧时称勾画脸谱为勾脸儿或开脸、打脸，净、丑行当称之大花脸、小花脸，实由其化妆特征而得。戏曲脸谱的发端有两个来源，一是对人的本来面目性格特征的摹写，一是鬼神、动物面具的象形向面部的转移。后者的发端和演变比较简单，而对人本来面目性格特征的摹写，之后经过肤色夸张在清中期形成了戏曲脸谱的第一种谱式——整脸，又由于肤色抽象的方式不同、部位不同进而形成了丰富多样的各类脸谱谱式。

一、戏曲脸谱的源流及其相关图像

净、丑脸谱虽然用于两个行当，但正是从行当的角度考察，它们有着同出一源的历史。如果把脸谱分成人物脸谱和鬼怪、动物脸谱两部分，那么我们可以说，人物脸谱的来源，是取自不同性格的人的外貌特点，而鬼怪、动物脸谱则主要

来源于与之相关的象形面具。下面就此脸谱两个不同的发端和演变分别论述。

人物脸谱起初是对人的本来面目性格特征的摹写。丑脚的面部化妆，宋、金时已见端倪，小花面的基本样式在宋杂剧、金院本中大体上已经有了。我们从山西金墓杂剧砖雕中还可以得知，“那时的涂面，有的在面部中心画一块白斑、额头抹两道黑线，有的画两个白眼圈并涂乌嘴，有的在白眼圈外再加黑色蝴蝶形花纹，有的画红眼圈、红嘴圈，等等”[①]。这里，除画蝴蝶纹是受到当时生活中美饰风习的影响外，其余形式无不追求一种舞台效果——务在滑稽。净脚面部化妆则在元杂剧兴盛时孕成胎形。山西洪洞明应王殿元杂剧壁画为我们留下了极珍贵的图画资料（图 8－1），壁画中的两个花面化妆均为浓眉密须式：勾绘粗形整眉和花眉，挂络腮胡式假髯；眼部未加夸张，只在周围敷以白粉，以便在眉、髯间得到强调。可见元杂剧扮演粗犷的人物，戴假胡子、画粗眉毛，但脸上还是扮演者原来的肤色，只在眉眼间抹上白粉，以便起到间隔作用使得没经过任何勾画的眼睛更加明显。这种化妆直接概括了生活中粗眉毛、大胡子的相貌，属于写实风格，这就是后来人物脸谱的前身。

图 8－1　洪洞明应王殿杂剧壁画

明应王殿元杂剧壁画中两人物的化妆还不是严格意义上的脸谱，除了描绘眉形外，仍处于模拟像真阶段，只是脸谱的胎形。明代南戏传奇兴盛时，浓眉密须式已无法满足净脚角色分类的要求，这就提出了一个难题：净脚化妆怎样表现说唱文学中为人物开相的那种肤色渲染，诸如“面如敷粉”“面似重枣”“面如锅

① 龚和德：《中国戏曲舞台美术历史概说》，《乱弹集》，中国戏剧出版社 1996 年版，第 324 页。

底”等。此时观众在看戏时，已经不满足于像以前听书或看书时从语言的强调中“无中生有”地想象人物的实际肤色，而是从纯红、纯黑、纯白这类实实在在、真真切切的颜色中想象人物的实际肤色。与此审美需求相适应，舞台上出现了面部涂着纯红、纯黑、纯白颜色的人物。肤色的强烈夸张，便完成了戏曲脸谱的第一种谱式——整脸。随着红、黑、白三色和其他颜色被用在面部化妆上，戏曲脸谱进入到以肤色分类的阶段。

从现存明清时期的脸谱材料来看，清代乾隆之前的戏曲脸谱比较简洁古朴，只有“整脸”一种谱式。清代乾隆以前的脸谱图像，主要有以下几种：一是梅兰芳缀玉轩所藏明代、清初昆、弋脸谱数十幅。今有一部分收入《梅兰芳戏曲史料图画集》[①]，另有 22 幅神鬼脸谱于 1939 年流入日本，现藏池田文库，由日本学者赤松纪彦于 1999 年“世纪之交中国古代戏曲与古代文化国际学术研讨会”上发表《日本池田文库藏清代昆、弋腔脸谱简介》一文予以披露[②]。二是清代南府彩绘 40 幅戏剧脸谱，现藏芝加哥自然历史博物馆。这批脸谱的绘制时代，学者戴云认为其与梅兰芳藏清初昆弋脸谱风格相同，应是乾隆中后期的产物[③]。三是明末清初的“杂剧扮妆图”。日本佐佐木信纲藏有 14 幅，傅惜华见过其单色照片，在 1931 年初第 147、151 期《北京画报》上著文介绍，并发表其中两幅。四是清代

图 8-2　明代单雄信脸谱

图 8-3　明末清初“杂剧扮妆图”之一

图 8-4　彩绘《节节好音》之判官

① 《梅兰芳戏曲史料图画集》，河北教育出版社 2002 年版。

② 董上德：《“世纪之交中国古代戏曲与古代文化国际学术研讨会”综述》，《文学遗产》2000 年第 1 期。

③ 戴云：《清代南府彩绘戏剧脸谱——兼谈梅氏缀玉轩藏清初昆弋脸谱的绘制年代》，《中国戏剧》2006 年第 4、5 期。

纪实性绘画中所反映的脸谱，如《康熙南巡图》《康熙御赏万寿图》《崇庆皇太后万寿盛典图乾隆御题万寿图》等中的某些净脚人物的脸谱。综合上述形象资料，可知清代乾隆之前的戏曲脸谱比较简洁古朴，只有“整脸”一种谱式，都还没有鼻窝。

清嘉庆、道光时期的脸谱资料现今无存，接下来就是咸丰以来清宫戏画中的脸谱材料，而清宫戏画已经呈现出“整脸”“花脸”“三块瓦”“十字门”等脸谱诸式并陈的局面，虽然有些谱式呈现出演变初期的古朴特征。晚清以及民国时期的戏曲脸谱现存较多，比较重要的有以下几种：一是清宫戏曲人物画中的脸谱，此类材料数量巨大，可谓戏曲年谱的一大宝库。二是梅兰芳缀玉轩藏、《梅兰芳戏曲史料图画集》中收入的“陕西秦腔脸谱”“山西梆子脸谱”“钱金福脸谱”“福小田脸谱”“侯喜瑞脸谱”等。三是晚清戏出年画中所反映的脸谱，此类数量亦很庞大（图 8－3）。四是民间壁画、折纸上的年谱材料，例如吉水大禹庙戏台墙壁上绘有三四十幅戏曲脸谱，线条夸张、形象逼真；光绪二十二年绘户县折纸上，绘有 71 幅秦腔人物脸谱（图 8－6）。五是《郝寿臣脸谱集》①，不仅有郝氏装扮 43 个角色的 59 张照片，还有他对每个脸谱勾法、用意的详细讲解，也是一份特别值得重视的脸谱史料。

图 8－5　杨柳青年画《穆家寨》之焦赞、孟良脸谱

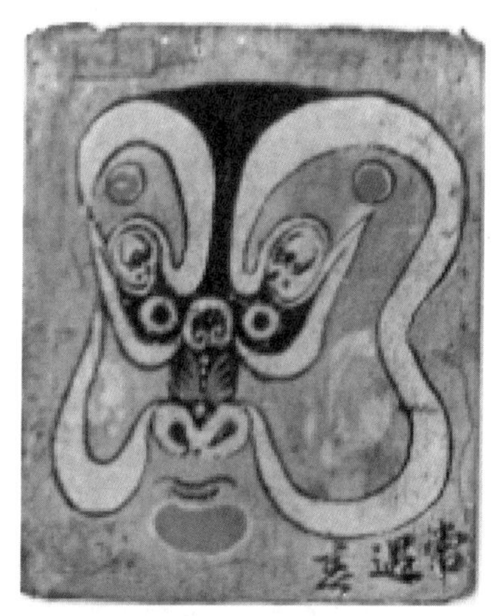

图 8－6　秦腔中常遇春脸谱

清代乾隆中叶之后，花部戏曲勃兴，戏曲表演艺术包括脸谱装扮艺术得到了很大发展，我们浏览晚清宫廷画师画的大量戏曲人物画，就一定会感受到脸谱革新的气象，各种各样谱式的脸谱如百花齐放，从根本上改变了之前“整脸”一统天下的单一化局面。“整脸”分化为一系列新谱式，如“花脸”“十字门”“三块瓦”等，而其主要手段就是采用肤色抽象。脸谱肤色抽象的直接原因在于深肤色、特别

① 《郝寿臣脸谱集》，中国戏剧出版社 1962 年版。

是黑色对脸谱部位感的削弱，为了摆脱肤色的干扰以突出面部器官部位，减掉脸谱一部分肤色就能起到强调面部器官部位的作用。

黑色“整脸”是最急于改变自己一团黑的形象的，相对而言，其他颜色的整脸要懒惰些。黑“整脸”将面颊部肤色减去，形成了“花脸”谱式。黑“花脸”谱式仍旧保留了脑门和鼻口部位肤色作为主色。黑“花脸”谱式的诞生引起了两个连锁反应：一是红色、蓝色、绿色等“整脸”竞相仿效，就有了红“花脸”、蓝“花脸”、绿“花脸”。二是黑“花脸”所保留的鼻口部位黑色形成了黑鼻窝，白色、粉红色、黄色等浅肤色“整脸”，继而红、蓝、绿、紫等深肤色整脸广泛移植了黑鼻窝，形成了今天最常见的“三块瓦”脸谱。至晚清，黑“花脸”进一步把脑门黑色缩减为一根“立柱”，形成了“十字门”谱式，又有红“花脸”紧随其后变为红“十字门”谱式。与此同时，少部分角色由清中叶的黑“整脸”变为只缩窄脑门肤色，仍保留脸颊部肤色的“六分脸”；其中加上鼻窝的，就是魏延、李密那种“花三块瓦”脸谱。这样，戏曲脸谱从单一“整脸”谱式演变为“花脸”“十字门”“三块瓦”“六分脸”等基本谱式。在此基础上，“花脸”“十字门”“三块瓦”又由于进一步复杂化而形成了“碎脸”“花十字门”“花三块瓦”等谱式。此外由原始“粉脸”演变而成的“大白粉脸”“僧道脸”“元宝粉脸”，由明代“鬼判”脸演变而成的“花元宝脸”，由远古面具移于面部而形成的神妖、动物“象形脸”也大大丰富了脸谱种类和戏曲舞台美术。在谱式演变过程中，脚色脸谱挑选适合自己的谱式是遵循谱式适用法则的，即一种谱式表现某类角色身份、地位、性格特征，在这些方面近似的角色脸谱共同使用一种谱式。[①]

此处以“整脸”向“三块瓦”的演进为例。“三块瓦”谱式是指对称的眉窝、眼窝和独立的鼻窝将面部肤色分成较完整的三块色域。鼻窝是“整脸”减掉两颊肤色后的遗留部分，将鼻窝运用于“整脸”脸谱，就产生了一种新的谱式即“三块瓦”。三块瓦谱式进一步增添纹样、花纹就变为花三块瓦脸或碎脸。以关泰脸谱为例，图 8－7 至 8－9 都是红整脸，其中图 8－7 循明代关羽旧例，鼻下黑色为胡须之补充，并非鼻窝，图 8－10 才是真正的鼻窝，关泰脸谱谱式即由“整脸”变为“三块瓦”谱式。

肤色抽象使脸谱进入发展演变期。由于肤色抽象的方式不同、部位不同而形成了不同的谱式，众多角色纷纷选择适合自己的谱式。也就是说，脸谱在按第一种分类即按肤色分类的方式后，又进行了第二次大规模的重新分类——按谱式分类。因此，脸谱肤色抽象的深层意义，是从按肤色分类过渡到按谱式分类的新阶段；在艺术功能方面，是从强调肤色改变为突出面部器官部位。在分化完成之后，“整脸”脸谱所剩无几，就重要的脸谱而言，目前仍保留“整脸”原貌的就是

① 参见李孟明：《脸谱覃思》，南开大学出版社 2003 年版，第 15—17 页。

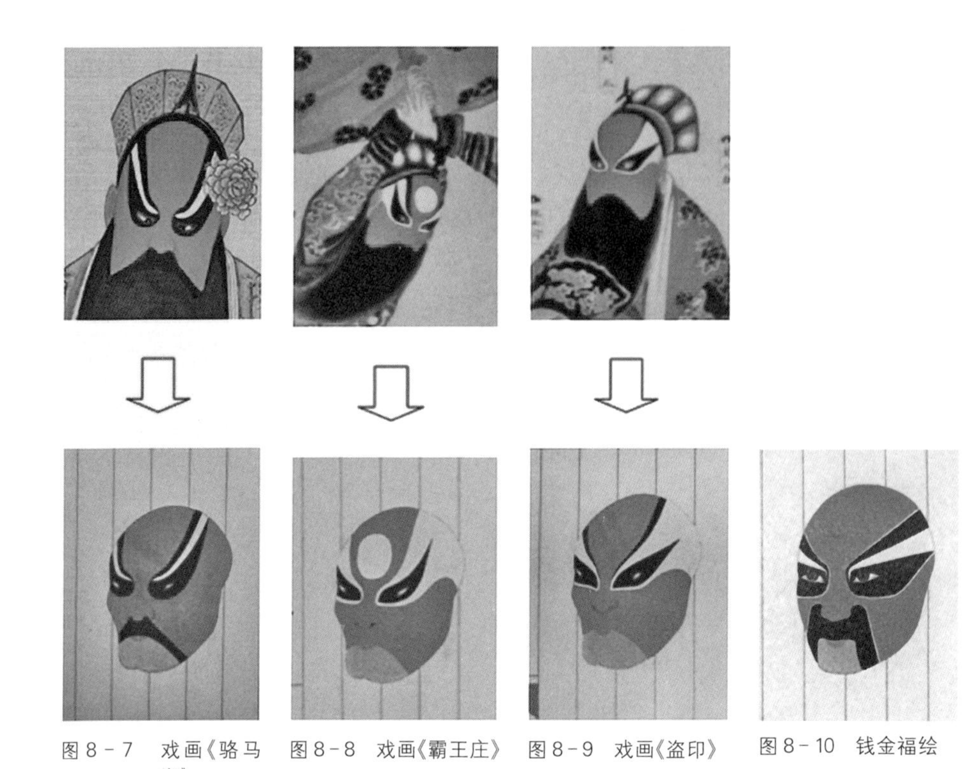

图 8-7 戏画《骆马湖》 图 8-8 戏画《霸王庄》 图 8-9 戏画《盗印》 图 8-10 钱金福绘

包拯、赵匡胤等为数极少的脸谱了。经过翁偶红、刘曾复、李孟明等许多学者的努力，已基本将戏曲脸谱的特征和演变轨迹勾勒了出来。[①]

上述是针对人物脸谱的起源之一，即对人的本来面目性格特征摹写的分析，这固然是脸谱起源和演变的主要方面，但除此之外，鬼怪、动物脸谱则遵循着与之不同的轨迹。

鬼怪、动物脸谱则主要来源于与之相关的象形面具。在戏曲脸谱形成之前，面具已经相当成熟。面具是演员面部的塑形化妆，又称“假面”“脸子”。面具大概起源于最初的原始祭祀，在殷商青铜器里我们见到成批的青铜面具，其中一些可以佩戴。见于记载的面具可以追溯到六朝时期，南朝梁宗懔《荆楚岁时记》里说：“十二月八日，谚曰：‘腊鼓鸣，春草生’，村人并击细腰鼓，戴胡公头及作金刚力士以逐除。”其中的“胡公头”就是胡人面具。唐代的《钵头》《苏中郎》舞蹈，就是通过面具来表现人物的“遭丧之状”会或“状其醉”。桂林面具在宋代已闻名于朝，陆游《老学庵笔记》说，北宋政和年间（1111—1117），宫廷准备举办大傩，桂林一带供进傩仪面具 800 枚，所刻人鬼之像，“老少妍陋，无一相

① 以上关于脸谱谱式变化的分析以及手绘脸谱图样，我们主要参考了李孟明的《脸谱流变图说》（南开大学出版社 2009 年版）、《脸谱覃思》（南开大学出版社 2003 年版）二书，在此提出，以示不敢掠美。

似者”[①]。

以后面具在各地戏曲特别是傩戏里有着长足的发展，主要分布在长江流域以南的省区，而以地处西南的云、贵高原和巴蜀为集中。西南地区多山，交通不便，文化比较落后，长期保存了原始的巫傩祭祀活动，面具文化也就伴随着这种神秘仪式而长期兴盛，其中最具特色的是贵州的傩戏面具。云、贵、川是多民族聚居地区，傩祭也有汉族傩、彝族傩、苗族傩、侗族傩、土家族傩、布依族傩等不同的类型，因而傩面具的面貌也千姿百态（图 8－11、8－12）。

图 8－11　苍溪庆坛孽龙面具

图 8－12　傩戏熊头面具

然而，面具是一种雕塑性造型手段，缺点是表情的固定化和妨碍演员表演，所以随着清代以来涂面化妆的发展，无论是神鬼还是动物装扮都开始脱离面具而向着脸谱化方向演进。面具的艺术形式具有象形特点，像原始图腾之形，像先民所想象的鬼神之形，像各种动物之形，鬼神脸谱将面具所用形象移至人面，即宣告成功，便形成了动物脸谱。所以，鬼神脸谱一经形成就比同时期的人物脸谱复杂得多、成熟得多。梅氏缀玉轩所藏明代以及清初昆弋脸谱中的鬼神动物脸谱可以给我们确凿的证据。从此角度看，王国维所言“宋之面具，虽极盛于政和，而未闻用诸杂剧。盖涂面既兴，遂取而代之欤”[②]，对于大多数的鬼神脸谱是比较适用的。梅氏藏谱中明代的龙王、白虎、豹精、象精、白额精等象形脸谱，各种大鬼、小鬼、鬼判、火卒等鬼面脸谱，形象各异，精彩纷呈，它们均比藏谱中同期人物脸谱繁复多姿。

早期的动物脸谱面具痕迹尚未脱尽，仍然追求逼真和形似，例如梅氏缀玉轩所藏清代昆、弋脸谱中的青龙、白虎、象精等。在其后的发展中，由于神话戏不断

① 陆游：《老学庵笔记》，《宋元笔记小说大观》第四册，上海古籍出版社 2001 年版，第 3425 页。
② 王国维：《古剧脚色考》，《王国维戏曲论文集》，中国戏剧出版社 1984 年版，第 198 页。

增多，动物脸谱也极大丰富起来，而且逐渐摆脱了面具般的逼真与形似，根据演员面部眉、眼、鼻、口的特点以及艺术想象来加以夸张和勾画，在保持部分动物面部特征的同时，不惜以脱离形似的造型手法以达到意象营构之目的。例如绘制于咸丰至光绪时期的清宫戏画中就有大量动物精怪的象形脸谱，面具痕迹几乎完全脱尽，从而结合演员面部眉、眼、鼻、口加以夸张和勾画。从动物面具到动物脸谱的变迁，可用图 8 - 13 来形象地展现：

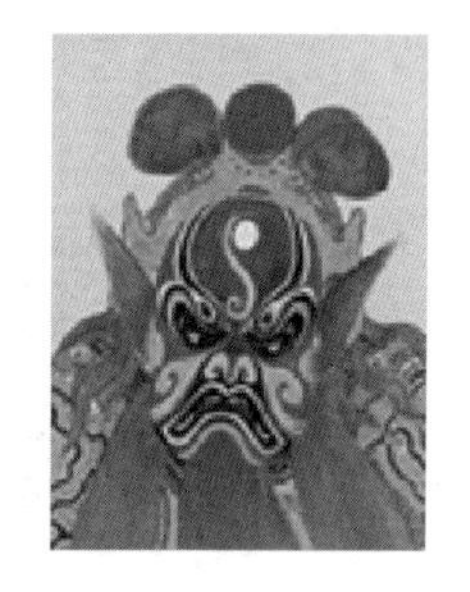

《康熙庆寿图》龙面具　　青龙脸谱　　《百草山》之青龙脸谱

图 8 - 13

清初《康熙庆寿图》中的龙面具是立体雕塑效果，两只龙角很醒目，这是描摹图，真物应该更加逼真。梅氏缀玉轩所藏的青龙脸谱，其化妆手段虽然由雕塑性变为绘画性，但属于早期象形脸谱，面具痕迹尚未尽脱，仍然追求逼真形似。清宫戏画《百草山》的青龙脸谱绘于咸丰至同治年间，不再追求面具般的逼真，而是结合演员面部眉、眼、鼻、口加以夸张和勾画，体现“龙”这种动物特征的地方主要有两点：一是嘴角处的两根白色龙须，二是额部的一条龙纹样。作为动物脸谱，有这两处醒目的勾画就已经足够，其他部位的勾画可以自由发挥。

动物脸谱可以说是动物面具的脸谱化，既简单易行，又有利于演员的自由表演，所以其取代面具也在情理之中，晚清戏曲舞台上的动物精怪已大多运用脸谱。但这种发展并不意味着动物面具的取消，一方面仍然保存于与原始巫傩祭祀相关的傩戏之中，例如贵州傩戏中的动物面具；另一方面应用于特殊动物的装扮，最显著的例子是猪八戒。清中期《穿戴题纲》记录《送美猴王》中猪八戒的扮相是“钯八戒脸”，是一种突出猪面部特征的面具。晚清宫廷戏画《女儿国》中猪八戒的扮相，虽然眼、眉、鼻子上部都勾画了一些白色，但仍然戴着猪嘴和猪耳朵，见图 8 - 14。民国初年年画《无底洞》中猪八戒形象，仍然是戴僧帽、猪形拱嘴面具，包括两只猪耳朵，见图 8 - 15。

梅兰芳缀玉轩藏清初昆、弋脸谱中有一些动物脸谱，例如大象、白虎、青龙等，形制还比较古朴，追求逼真效果，例如白象脸谱（图 8 - 16 第一幅）。随着涂面化妆的发展和神话戏的不断增多，象形脸谱也极大丰富起来。到了清代晚期，除了少数动物和某些特殊情境之外，戏曲舞台上的动物精怪大都为象形脸谱。

图 8－14　戏画《女儿国》之猪八戒

图 8－15　年画《无底洞》之猪八戒

白象脸谱

《百草山》之青龙脸谱

《泗州城》之白虎脸谱

《五花洞》之蝎子精脸谱

图 8－16

现存的清宫戏画绘制于咸丰至光绪年间，可看作最有力的证据，其中就有大量的动物脸谱（图 8－16 第二、三、四幅）。

综上所述，戏曲脸谱的源流演变沿着两条路径进行，至清代中晚期呈现出丰富多彩、既适合舞台演出亦易于观众看戏的独特艺术。脸谱的发展，经历了一个从稚拙、简单到精美、多样的漫长发展过程。脸谱类的划分，越来越细，越来越接近个性化。因此说，戏曲脸谱的演变过程，实际上是脸谱分类手段越来越先进的过程，是类型化向个性化蜕变的过程。

二、清代戏曲脸谱的分类及其特征

脸谱有各种谱式名目，如“三块瓦”之类，是对构图相近的脸谱的一种概括性称谓。这些基本谱式，是历代艺术家在长期的创造过程中逐渐积累下来的。从梅氏缀玉轩世藏的明代脸谱和清初昆、弋脸谱可以看出，除神怪脸谱比较复杂外，当时的人物脸谱的构图大都比较单纯，谱式的多样化是在清中叶以后。整脸的出现标志着戏曲脸谱的形成，它不仅是戏曲脸谱第一个谱式，而且是一系列谱式衍生形成的母体。整脸的不断分化源自黑整脸的变革——由于眉、眼、肤色都是黑色，因此要以肤色抽象来加强面部部位感。这样，黑色及红、紫等深色整脸经过不断的肤色抽象形成了花脸谱式和十字门谱式。而花脸谱式产生后的一个副产品——鼻窝，立即被其他深、浅肤色整脸所移植而形成了三块瓦谱式。这种减去肤色或增添鼻窝的质变式演化形成了脸谱演变的主干；而整脸、花脸、十字门脸、三块瓦诸谱式又以量变衍成亚型，诸如六分脸、碎脸、花十字门、花三块瓦等谱式而成为脸谱演变的分支。本节大致将戏曲脸谱分为 16 类，结合清代脸谱图像介绍如下[①]。

1. 整脸

整脸谱式特点为：一是强烈夸张肤色。二是有眉窝，且眉窝经艺术加工成为规整的长三角形或多尖的花眉形；有或没有眼窝；没有鼻窝。三是眉眼间有白色间隔带，称为“白眉”。例如晚清清宫戏画《高平关》中的赵匡胤就是红整脸。自明代至清乾隆之前，戏曲人物脸谱只有整脸一种谱式。清乾嘉之后，花部呼唤脸谱谱式的丰富多样，整脸则成为其后一系列新谱式诞生的母体。

图 8－17 戏画《高平关》之赵匡胤·整脸

图 8－18 戏画《锁五龙》之尉迟恭·六分脸

2. 六分脸

六分脸大多用于老年角色，又叫“两膛脸”或“截纲脸”。所以它同一般整脸有两点区别：一是把额部较宽的肤色区域缩窄成柱形；二是把眼部下肤色界线由过眼梢向上扬改为向下垂。在其后的演变中，脸部向上方扩大的肤色将原来处

① 此处脸谱分类主要参考李孟明：《脸谱流变图说》，南开大学出版社 2009 年版。

于白眉中的眼睛纳入色域之中。由于面部肤色部分和无色部分大致为六比四，故有六分脸之称。这种脸谱适宜表现德高望重老将军的面貌及其刚毅、严肃、勇敢、沉着的性格。例如《二进宫》中的徐延昭是"紫六分脸"，《群英会》中的黄盖是"红六分脸"，《车轮战》中的杨凌是"老红六分脸"，《御果园》中的尉迟恭是"黑六分脸"，《沙陀国》中的李克用是"红六分脸"等。

3. 三块瓦脸

三块瓦脸是指对称的眉窝、眼窝和独立的鼻窝将面部肤色分成较完整的三块色域。在脸谱变革中，浅色整脸因部位感较强而成为惰性一族，它们移植黑整脸蜕变为黑花脸后所形成的鼻窝可谓坐享其成。因为黑鼻窝是新生事物，且部位感得以最大程度的强调，故而浅色整脸对鼻窝的移植是普遍的。还有些红、蓝、绿等整脸亦步亦趋，也移植了黑鼻窝形成了红、蓝、绿等三块瓦。黑色之外的其他色整脸极多，因此在完成了鼻窝移植后，三块瓦谱式在脸谱中最多最普遍；也因此被人误以为三块瓦是整脸直接变化的结果，是继整脸之后的第二种谱式。这种误解缘自疏于对鼻窝演化的考察。三块瓦谱式进一步增添纹样、花纹即变为花三块瓦或碎脸。例如《铁笼山》中的姜维是"红三块瓦"，《鱼肠剑》中的专诸是"紫三块瓦"，《失街亭》中的马谡是"油白三块瓦"。

图 8－19　戏画《鱼肠剑》之专诸 · 三块瓦脸

图 8－20　戏画《八腊庙》之费德功 · 花三块瓦脸

4. 花三块瓦脸(花三块瓦碎脸)

三块瓦谱式进一步增添纹样、花纹即变为花三块瓦脸。其基本形式还是"三块瓦"，只是在三大块的基本构图上，用各种颜色画出能表现人物性格特点的装饰性纹理。例如《赠绨袍》中的须贾、《荆轲传》中的荆轲、《连环套》中的窦尔墩、《八腊庙》中的费德功，均为花三块瓦脸。花三块瓦再进一步增添图案、纹路，则更加繁复而形成碎脸。但究其实，无论多花，尚未打破三块瓦格局，故称三块瓦碎脸。

图8-21 戏画《贾家楼》之单雄信·花三块瓦脸

图8-22 戏画《鱼肠剑》之王寮·老三块瓦脸

5. 老三块瓦脸

三块瓦脸谱的一种，适用这一谱式者均为老年角色，多用来表现粗眉大眼、雄壮英武的老英雄。老三块瓦恪守三块瓦格局，不同之处仅在于三块瓦多为眼梢扬起的眼窝，而老三块瓦则将眼梢夸张地下垂，名为“垂云”眼窝，以表现老年人眼梢肌肉松弛，皱纹下坠的面部形象，例如，《鱼肠剑》中的王寮。

6. 花脸（花脸碎脸）

花脸是整脸谱式去掉两颊部肤色后形成的谱式。花脸是与整脸相对应的概念——肤色抽象后，由于不完整而谓之“花”。花脸是整脸之后的第二种谱式，清末时已相当普遍。如今除李逵、周处等脸谱外，典型的花脸已不多见。原因在于：一是许多曾经运用花脸的脸谱，经缩窄额部色域而演成十字门谱式。比如，今天项羽、张飞、焦赞、牛皋等大量十字门脸谱都曾经是花脸的匆匆过客。二是许多花脸谱式由于进一步增添花纹而成为花脸碎脸。花脸碎脸的花碎程度不

图8-23 戏画《太平桥》之朱温·花脸

图8-24 郝寿成《取洛阳》之马武·碎花脸

同——有的无疑就是碎脸，有的则近乎碎脸，也有的近于花脸。由于后两种情况有时不宜截然分开，故此处将花脸和花脸碎脸归为一类。

花脸碎脸的主要特征是花、碎、皱，色条细窄，给人以琐细眼花缭乱之感，多用于皱眉、皱眼的形象。例如，《取洛阳》和《草桥关》中的马武面貌丑陋，却是满腹文章的草莽英雄，所以采用花脸脸谱。这个脸谱，红绿斑驳，黑白交参，灰黄相错，让人眼花缭乱，但条条皱纹都连着，或想着眼窝，只要眼窝使劲一皱，整个脸的皱纹就会动起来。

7. 十字门脸（花十字门脸）

十字门是由花脸进一步演变而成。把花脸较宽的额部色域缩窄成一根通天纹（也称立柱纹），由鼻端到脑门顶的纵向的通天纹与横向的眼窝口王十字纹样，故称十字门。多用于表现年老的英雄武将，并因用色不同而有“红十字门脸”“黑十字门脸”之说。《草桥关》中的姚期、《牧虎关》中的高旺和《岳家庄》中的牛皋，均为“黑十字门脸”，《定中原》中的司马师是“红十字门脸”。发展到十字门脸，深色脸谱的肤色抽象已达极限，再也没有缩小色域的余地了。因此，十字门谱式一根窄窄的通天纹就代表了脸谱肤色，其因由正在于肤色抽象的运动不断进行，直到“登峰造极”。尽管在脸谱演变史中像高旺、姚期这样典型的十字门式并不少见，但演至今日已所剩无几。

图 8-25　戏画《取荥阳》之项羽・十字门脸

图 8-26　戏画《卖马》之单雄信・花十字门脸

有的十字门脸谱出于悲、喜、惊、怒的表情刻画，眉、眼、鼻三窝取形生动、变化多端，不以花十字门脸名之则难以确切。顾名思义，花十字门脸是由十字门脸演变而来，是在原来基础上加上装饰图案而形成的，像《恶虎庄》《太行山》中的姚刚、《芦花荡》中的张飞、《庆阳图》中的李刚、《丁甲山》中的李逵、《芦花河》中的乌里黑等。但十字门、花十字门二式既有区别，有时又难以判然可分，故将二者归为一类。

8. 元宝脸

元宝脸又名“半截脸”，成熟于清末，清宫戏画多有图例。特点为：除脑门留半圆形肉色外，全脸涂白。脑门处保留本来的肤色或微微揉红，两颊涂白，呈元宝形，故名。初时用于中军、刽子手等地位低微角色，其后文官、武将财神加入其列。例如《铡美案》中的马汉、《太平桥》中的卞宜随、《五人义》中的颜佩韦、《天官赐福》中的曹宝等，都勾元宝脸。

另外，在元宝脸的基础上又有花元宝脸的变化。花元宝脸是在脑门处用红、蓝、白、金等辅色，主色在两颊，一般多用黑色。在黑色中用白色界画出眉、眼、鼻窝和细碎的肌肉纹理，肌肉纹理的安排较细碎，所以又叫“碎脸”，例如《单刀会》中的周仓、《钟馗嫁妹》中的钟馗等，都勾“花元宝脸”。

图 8－27　戏画《太平桥》之卞宜随・元宝脸

图 8－28　戏画《五台》之杨延德・僧道脸

9. 僧道脸

僧道脸谱同称，为梨园行内之说。僧脸脑门勾舍利珠，道脸脑门勾太极图是其主要区别，但早期道脸也曾勾舍利珠或圆光形，虽然似无道理，比如庞统脸谱。另外，像庞统、公孙胜这样的道脸虽然勾三块瓦，尖眼窝，但它们都间或勾过腰子眼窝，这点与僧脸就相同了。僧道脸谱的创作不少是根据中国寺庙里的罗汉塑像演变而来的。《蜈蚣岭》中的王飞天、《杨家将》中的杨五郎等，都属僧道脸。

10. 太监脸

太监脸基本由整脸变化而来。表现太监的特点，只是眉、眼、鼻、口各个部位，与粉白脸的形式有显著不同。勾法有“揉色”和“填色”之分。因而它的主色效果，有的是象征，有的是写实。例如《法门寺》中的刘瑾揉红脸，是用象征的手法刻画了刘瑾独揽大权，势压朝野，养尊处优，吸尽民脂民膏，吃得面色绯红的形象。《黄金台》中的伊立是一个阴险凶狠的太监，勾成油白色脸谱，更能表现他凶暴、飞扬跋扈的性格。

图 8－29 《法门寺》之刘瑾 · 红太监脸

图 8－30 《黄金台》之伊立 · 白太监脸

11．歪脸

歪脸指面部图形不对称的脸谱，用以扮演面部畸形或狰狞残暴的脚色，大多用于刽子手等脚色。其后，京剧不断吸收借鉴有悠久歪脸传统的梆子脸谱，并且在吸收过程中结合京剧脸谱谱式特点，成功创造了许多优秀的歪脸脸谱。比如结合花脸的清末夏侯渊脸谱，结合十字门的郑子明脸谱，结合三块瓦的于七脸谱，结合元宝脸的于亮、刘彪脸谱以及由白正脸改为黑花脸歪脸的李七脸谱等。歪脸看似随意勾抹，实则有十分生动的表情刻画。

图 8－31 《落马湖》之于亮 · 歪脸

图 8－32 《泗州城》之伽蓝 · 鬼判脸

12．鬼判脸（鬼脸）

鬼判脸之肇端较为久远，可直推远古驱傩面具。其后各种鬼神面具为涂面所代，直到被戏曲脸谱所承袭。这是人面之外，脸谱起源的又一端。梅氏缀玉轩藏谱中有许多明代鬼判脸谱仍具浓郁的傩面遗风。其中的判脸，内行也称花元宝脸，有人说是在元宝脸的基础上增繁图案而成，事实恐怕未必如此。《国剧画报》所刊载的梅氏缀玉轩藏谱中有五殿闫君、揭谛、煞神、判脸、钟馗、象精等明代判脸额顶均有图案，其中前四者为半圆形，钟馗与象精额顶为非半圆形的对称图形；钟馗额顶图形红色中有黄色蝙蝠图案。这至少说明两点：一是早在元宝粉脸未出现之前（元宝粉脸至清末才有图例），明代此类鬼判脸就已形成规模。二是额顶半圆形与非半圆形图案是鬼判身份的显示，而非平民地位的表征。明代鬼判脸在此后的演变中，渐以扩大并下垂的额部半圆、多皱的眼窝、上翘的嘴窝为规范，成为较统一的谱式，其演进是相对封闭和独立的。至于鬼脸，亦脱胎于面具。鬼脸不限鬼妖，一些或面目丑陋，或深受创痛等非常态人物也用鬼面。

13. 象形脸

象形脸与鬼判脸同样古老，同样源于傩面。梅氏缀玉轩所藏明代脸谱中有青龙、白虎、白额精、豹精、狮精、象精等大量动物象形脸谱，面具痕迹尚未尽脱。在其后的演变中，由于神话戏不断增多，象形脸谱也极大丰富起来，禽形兽相，不一而足。

图 8－33 《泗州城》之白虎・象形脸

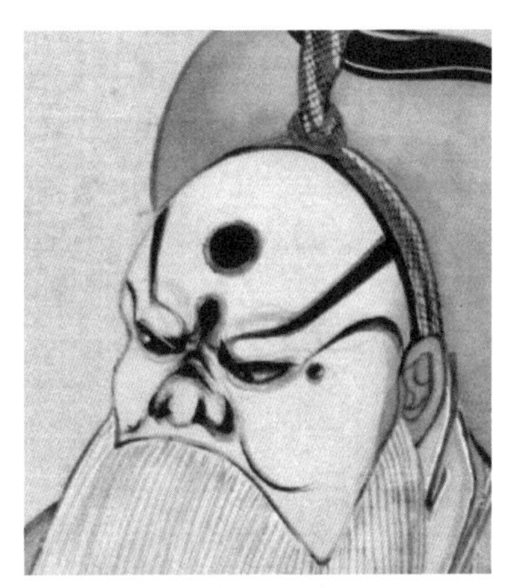

图 8－34 《渭水河》之姜子牙・揉脸

14. 揉脸

一般认为，揉脸是比整脸或勾脸更原始的化妆方式，但迄今没有图例支持这一观点。清宫戏画中的早期脸谱为我们提供了相反的结论：诸多如今使用揉脸化妆的角色，在清末却用勾脸。我们不得不顺着这一结论整理思路：揉脸是勾脸大兴其道后新生的化妆方式，这种化妆方式帮助建立了新的角色类别。作为勾脸方法的补充，揉脸大大丰富了京剧舞台美术和表演，进一步完善和健全了脸谱家族。

15. 小白粉脸

小白粉脸为戏曲行当中的丑脚采用的面部化妆方式，它以眼鼻部敷以白粉为特征。除文丑、武丑大的分类之外，昆曲中文丑又有二面、三面之别；二面又有圆领二面、方巾二面、油二面之小别。京剧文丑则有方巾丑、袍带丑、茶衣丑之细分。从勾绘形式上则有腰子形、豆腐块形、枣核形等异样。小白粉脸适用的角色，或善良，或险恶，或机警，或狡诈，或幽默，或卑琐，与生、净等行当有着鲜明的性格差异。

图 8-35 《落马湖》之朱光祖·小白粉脸

图 8-36 《阳平关》之曹操·大白粉脸

16. 大白粉脸

大白粉脸为全脸涂白，一般用于社会地位较高、阴险奸诈一类角色。大白粉脸在京剧化妆上也称抹脸或水白脸，其形成途径可能有二：一由丑行二面白粉面积渐次扩充而成；一由原本面部不涂粉到涂粉的改变而成。二说均有所本，不好遽下定论。二面说有昆剧《连环记》由二面扮曹操的“活化石”和《山门》二面扮鲁智深的图证为据；不涂粉说则有焦循《剧说》司马懿不涂粉之论和清宫戏画曹操脸谱图证为据。鲁智深之僧脸与曹操之水白脸虽然后来分道扬镳，但以二面扮演时是相同的；直到今天虽然与大白粉脸大异其趣，但白僧脸（如鲁智深、杨延德）仍以水白涂面，透露出原始信息。

清末民初，脸谱的各种谱式都很完备，即使到今天，脸谱也还是这些谱式，并没有再增加。这岂不是说脸谱不再发展、停滞不前了吗？事实并非如此，脸谱谱式固然已经不再增加，但是脸谱艺术却朝着“神态刻画”方向精耕细作。脸谱谱式仍然被广泛运用，并且仍然有分类的规范作用。各个角色的脸谱虽然沿用传统谱式，但谱式已经不是最重要的了，而最被强调的是脸谱神态。可以说，神态刻画是艺人在谱式制约下的创造，是“戴着镣铐跳舞”，例如《郝寿臣脸谱集》中有喜鹊眼脸，其中六个角色眼窝造型如喜鹊，用以表现人物叫、闹或凶狠的性格，但这六个角色的神态细节刻画各不相同。因此可以说，戏曲脸谱的演变过程，实际上是脸谱谱式类型化和神态刻画个性化共同作用的结果。

第二节 清代木偶戏图

在明清时期优伶作场的生旦大戏风靡之时，各种民间小戏，包括非真人表演的木偶戏、皮影戏等，亦自成格局。因此，被纳入戏剧形态体系的木偶戏和影戏，其相关图像亦应被纳入“戏曲图像”予以考察。

木偶戏多称为傀儡戏，其特征是真人在幕后操纵，假人在台前表演。这假人又称作傀儡子、木偶、偶人等。偶人即俑，古时“俑”“偶”本为一字。而“俑”用于殉葬，有巫术的意义。傀儡戏在汉末以前为“丧家乐”，专用于丧葬仪式，反映出其源于“俑”的事实。故木偶最早应该是被用于丧祭，代替活人来殉葬。木偶的驱祟避邪功能和方相氏相同，所以它逐渐又被用于丧葬之乐。《旧唐书·音乐志》曰：“魁磊子，作偶人以戏，善歌舞，本丧家乐也。汉末始用之于嘉会。”唐代木偶戏已经可以表演历史故事，唐人《封氏闻见记》卷六提到木偶戏“尉迟鄂公突厥斗将”和“项羽与汉高祖会鸿门”。

木偶戏在宋代非常兴盛。从两宋笔记掌故著作里可以看到，当时民间的瓦舍勾栏伎艺演出，木偶戏占了很重要的一项，而以木偶戏伎艺谋生的艺人则有很大的数量。例如宋代孟元老《东京梦华录》卷五“京瓦伎艺”条说：“枝（杖）头傀儡任小三，每日五更头回小杂剧，差晚看不及矣。”这是日常的勾栏演出，另外每年元宵节还有成批的傀儡舞队，宋代周密《武林旧事》卷二“舞队”条即载有“大小全棚傀儡”，吴自牧《梦粱录》卷一“元宵”条也载有“二十四家傀儡”。木偶戏也成为宫廷宴乐演出里的常设节目，《文献通考》卷一四六载，宋代宫廷乐部机构云韶乐里，就有乐工人额“傀儡八人”。

图 8 - 37 《傀儡婴戏图》之悬丝傀儡

宋代周密《武林旧事》卷六“诸色伎艺人”条：“傀儡：悬丝、杖头、药发、肉傀儡、水傀儡。”[①]这五种木偶戏，宋元时都非常盛行，但以悬丝木偶和杖头木偶的演出最为普遍，一直到今天仍然是常见的木偶戏演出形式。表演的题材比较广泛，有些与杂剧、说唱曲目相同，有些是音乐、歌舞节目。台北“故宫博物院”藏有宋代一幅《傀儡婴戏图》（图 8 - 37），我们可以从中了解悬丝

① 周密：《武林旧事》，浙江人民出版社 1984 年版，第 105 页。

傀儡的演出特点。图中一小儿于幕后操作悬丝傀儡，一小儿击打扁鼓，还有两小儿席地而坐，左顾右盼，地面放着笛子与铙钹。

元代木偶戏仍然盛行，例如姬翼《鹧鸪天》小令说："造物儿童作剧狂，悬丝傀儡戏当场。般神弄鬼翻腾用，走骨行尸昼夜忙。"这是为提线木偶所作的题咏。元明间人杨景言《西游记》杂剧第六出胖姑叙说所看到的景象，也是提线木偶的表演："爷爷，好笑哩。一个人儿将几扇门儿，做一个小小的人家儿。一片绸帛儿，妆着一个人，线儿提着木头雕的小人儿。那的他唤做甚傀儡，黑墨线儿提着红白粉儿，妆着人样的东西。"从这段文字里，还知道当时的演出有舞台装置，木偶有艳丽的化妆，用黑墨线提控。木偶戏的伴奏乐器主要是鼓和笛子两种，这在宋、元人的题咏里常常见到。如黄庭坚《山谷外集》卷六《题前定录赠李伯牖二首》其二："万般尽被鬼神戏，看取人间傀儡棚。烦恼自无安脚处，从他鼓笛弄浮生。"

明代以后，城市的商业演出场所瓦舍勾栏衰落下来，木偶戏就失去了它在城市中固定的落脚之地，不得不退位为城乡市集上走街串巷聚众围观的杂耍表演。城市中人操办丧葬的时候，仍然习用木偶戏来冲丧。《金瓶梅词话》里有一些描写，例如第六十五、六十六回写西门庆为二房李瓶儿治丧：首七，亲友女眷祭奠，有地吊锣鼓、鬼判舞队演出；三七，亲友女眷与丧主吴月娘伴宿，在灵前看木偶戏；四七发引，同样演出地吊锣鼓。再如第八十回写西门庆死：二七，街坊伙计主管等二十余人"叫了一起偶戏，在大卷棚内摆设酒席伴宿，提演的是《孙荣孙华杀狗劝夫》戏文。堂客都在灵旁厅内，围着帷屏，放下帘来，摆放桌旁，朝外观看"。

明代以来还流行一种"布袋傀儡"，又名"肩担戏"，仅由木偶头和布袋样的衣服组成，演出时演员用一只手的手指和手掌操纵，俗称"掌中戏"，道具简陋易挪移，一担即可挑起。清李斗《扬州画舫录》卷十一载："凤阳人围布作房，支以一木，以五指运三寸傀儡，金鼓喧阗，词白则以叫颡子，均一人为之，谓之肩担戏。"[①]布袋木偶分布在河北、河南、湖北、四川、湖南等地。清道光年间的民间画师钱廉成所绘成都市井人物绢画《尘间之艺》(图 8－38)中，有一幅是艺人在小巷演出布袋木偶戏图。图绘一布袋木偶戏艺人，立于长凳上，身裹被单，肩扛纸糊戏台模型，用手耍弄布袋木偶，其前方有四人观看。

清代全国流行的木偶样式主要有三种：杖头木偶、布袋木偶和提线木偶。杖头木偶由演员手举杖竿操纵，分布在黑龙江、辽宁、陕西、河南、湖北、江苏、四川、湖南、广东、广西以及北京、上海等地。操纵方式又可分为两类，一类是演员藏身幕后，只让木偶和观众见面，这是通常的办法；另一类是演员和木偶同时上台，演员和木偶一起和观众发生感情交流，海南岛的临高一带称之为"鬼仔戏"。明代

---

① 李斗:《扬州画舫录》,第 251 页。

图 8-38 布袋木偶戏《尘间之艺》(局部)

图 8-39 杖头木偶《清明上河图》(局部)

的一幅绘画和乾隆元年(1736)所绘清院本《清明上河图》(图 8-39)、乾隆七年(1742)丁观鹏绘《太平春市图》(图 8-40)都有杖头木偶表演场面。以清院本《清明上河图》为例,图中以布幔围成一长方体,有顶,上部两面露开,现出傀儡,操作者仅一人,在布房中隐藏。周围数十人围观,远处有行人、车、轿等。

提线木偶是用线悬吊操纵的木偶,在陕西、福建、浙江、江苏、广东、湖南等地都有它的踪影。清人绘一张《婴戏图》中有提线木偶表演场面,图中三童立一大几之上,其中二人正在帐前调弄提线木偶,几下有一童击拍板,二童观看,见图 8-43。

图 8-40　杖头木偶《太平春市图》

图 8-41　围帐杖头木偶演戏图

图 8－42　木偶戏《喜庆图》(局部)

图 8－43　提线木偶《婴戏图》

木偶戏最初大概是运用说唱曲调来演唱的。明清以来，由于地方戏曲的兴盛和受到地方观众的热烈欢迎与喜爱，各地的木偶戏大多逐渐采用了地方戏声腔来演唱，从而成为各地方剧种的附属，例如京剧、评剧、秦腔、晋剧、闽剧、豫剧、汉剧、湘剧、赣剧、川剧、粤剧等唱腔，都有自己的木偶戏。然而也有个别地区的木偶戏发展起自身独具的音乐唱腔，反过来影响到地方戏曲剧种，例如陕西的合阳线戏就从木偶戏唱腔基础上形成，福建的打城戏也搬用了泉州提线木偶的音乐。

图 8－44 四川梓潼阳戏提线木偶

以上列举的木偶戏绘画，以清人所绘居多，我们可以从中考察木偶戏的演出形式、伴奏情况等，是非常珍贵的图像材料。除了有绘画传世之外，还有一些清代的木偶实物存世，例如四川梓潼阳戏木偶(图 8－44)、晋南杖头木偶等，它们也可当作图像材料来利用。

第三节 清代影戏图

影戏是用纸或皮剪作人物形象，以灯光映于帷布上操作表演的戏剧，宋代以来广泛流行于全国各地。“影戏”名称见诸记载是宋代的高承《事物纪原》卷九“影戏”条，其中说：“宋朝仁宗时，市人有能谈三国事者，或采其说，加缘饰作影人，始为魏、吴、蜀三分战争之像。”①

追溯影戏之起源，目前学界主要有两种观点。其一认为西汉方士齐人少翁张灯设帐为武帝招李夫人事为影戏之源。《汉书・外戚传》云：“李夫人少而蚤卒……上(武帝)思念李夫人不已，方士齐人少翁言能致其神。乃夜张灯烛，设帷帐，陈酒肉，而令上居他帐，遥望见好女如李夫人之貌，还幄坐而步，又不得就视。上愈益相思悲感，为作诗曰：‘是邪，非邪？立而望之，偏何姗姗其来迟！’令乐府诸音家弦歌之。”②这是有关影戏起源的最早、最有影响的一种说法，为当今许多学者所采用。例如，我国著名史学家顾颉刚就说：“其所致者，自非鬼，亦非人。猜想之，乃即影戏所用之影人耳。观其夜张灯烛，设帷帐，令帝居他帐，则与影戏之设备大同。而武帝所见之影，则更与影戏无异，如不能就视，如坐而步。最明显者，为其诗之所表现。‘是邪，非邪。’已有不全似李夫人形貌之感觉，正与影戏

① 高承：《事物纪原》卷九，中华书局 1985 年版，第 352 页

② 班固：《汉书・外戚传》，中华书局 1962 年版，第 3952 页。

之不合真相处相同。”[①]

另一种影戏起源说也颇为流行，这就是影戏起源于佛教说。例如，孙楷第认为我国影戏源于唐代俗讲。其说略云：俗讲有图像设备，图像为讲说而设，“僧徒夜讲，或有装屏设像之事”，当即影戏之滥觞。图像初为平面，后改为纸人、皮人，以线牵引，成为影戏。今流行之“影词”，句式与俗讲相符。影戏唱者在帏后，置本于前诵之，与僧徒临文讲经相似。“影词”多讲演口气，不全为代言体，显然出自宣讲。[②]

不管影戏渊源所自何处，从目前材料来看，中唐时期就已出现了影戏。元稹《灯影》诗云：“洛阳昼夜无车马，漫挂红纱满树头。见说平时灯影里，玄宗潜伴太真游。”后二句分明写用影戏表演杨贵妃、唐玄宗的故事。这表明：早在中唐时期，洛阳已经有了成熟的影戏。又雍裕之《两头纤纤》诗云：“两头纤纤八字眉，半白半黑灯影帷。腷腷膊膊晓禽飞，磊磊落落秋果垂。”雍裕之为贞元后人，“半白半黑灯影帷”，指表演影戏的帷帐，亦即宋代所说的“影戏棚子”。“两头纤纤”，指操纵影偶的引线，“八字眉”指影偶的形象。[③]

宋代的影戏分为手影戏、纸影戏和皮影戏几种。手影戏是用手指造型投影的游戏，属于最简单的影戏种类，其表现力受到很大局限，表演内容也会受到很大的限制，所以不是影戏的正宗。纸影戏和皮影戏，宋代耐得翁《都城纪胜》记载：“凡影戏乃京师人初以素纸雕镞，后用彩色装皮为之。”[④]最初的影人是用不上色的纸做的，后来改进了工艺，变成皮影。皮影的好处是坚固耐用，可以绘成彩色的人像，增加表演的娱目性，所以后来皮影成为影戏的主要种类。不过，纸影也一直延续下来，明、清还时常见到纸影戏的演出。

故宫博物院藏有一幅宋画之明代摹本《影戏图》（图 8 - 45），图中在假山花树之旁，三个孩子坐于地上表演皮影戏，一孩子面前置有简单的框架，形成皮影表现中的“亮子”（影窗），孩子在后面操作表演，框架前一孩子击鼓伴奏，另一孩子兴致勃勃地观看表演。在山西繁峙岩山寺文殊殿金代大定年间（1161—1189）的壁画中，也有描绘儿童弄影残之图，这是宋、金时期影戏北流的实证[⑤]。见图 8 - 46。

入明以后，与木偶戏一样，影戏逐渐失去了在城市瓦舍勾栏里立足的社会根基，并受到日益繁盛的戏曲的排挤，遂一蹶不振，苟且偷生于里巷乡间，成为不为文人重视的小道、末技，罕于文献记载。入清以后，影戏在民间逐渐重新兴盛起来，并屡见于史书的记载。如康熙三十五年（1696）李声振《百戏竹枝词》里有咏影戏诗曰：“机关牵引未分明，绿绮窗前透夜檠。半面才通君莫问，

① 顾颉刚：《中国影戏略史及其现状》，《文史》第 19 辑，中华书局 1982 年版，第 111 页。
② 孙楷第：《近视戏曲源出傀儡戏影戏考》，《傀儡戏考原》，上杂出版社 1952 年版，第 62—64 页。
③ 参考康保成等著：《中国皮影戏的渊源与地域文化研究》，大象出版社 2011 年版，第 2—5 页。
④ 耐得翁：《都城纪胜》，中国商业出版社 1982 年版，第 11 页。
⑤ 魏力群：《中国皮影艺术史》，文物出版社 2007 年版，第 42 页。

图 8-45 《影戏图》

图 8-46 山西繁峙岩山寺文殊殿金代壁画《影戏图》

前身原是楮先生。"其小注曰："剪纸为之，透机械于小窗上，夜演一剧，亦有生致。"[①]"楮先生"即纸，这是纸影戏的表演。崇彝《道咸以来朝野杂记》亦载："又有影戏一种，以纸糊大方窗为戏台，剧中人以皮片剪成，染以各色，以人举之舞。

① 路工编：《清代北京竹枝词》（十三种），北京出版社 1962 年版，第 156 页。

所唱分数种，有滦州调、涿州调及弋腔。”[①]可见影戏唱腔很多都依附于各地的地方戏曲音乐。

从现存材料来看，清代以来全国各地很多地方都有影戏，而最早提出影戏流派概念的是著名学者顾颉刚，他在《中国影戏略史及其现状》中指出，全国的影戏，可分为七大区域：“一为陕西，二为川、滇、湖北，三为河南、山西及河北西部，四为河北东部及东北各地，山东所有者为另一种，江、浙、闽所有者又另为一种，广东与湖南所有者同为纸人，当别有来源……现存影戏之分区，于上七者略足尽之。”现代学者江玉祥《中国影戏》大体上因袭了顾颉刚的说法，提出“七大影系”说，即：“1. 秦晋影系。包括陕西皮影、甘肃皮影、河南西部和北部皮影、山西皮影、河北西部皮影、北京西城皮影、川北皮影、青海灯影。2. 滦州影系。包括河北东部皮影、北京东城皮影、东北皮影、内蒙古皮影。3. 山东影系。包括山东皮影、安徽皮影、河南东部皮影、苏北和苏中皮影。4. 杭州影系。包括浙江皮影、上海皮影、苏南皮影。5. 川鄂滇影系。包括湖北皮影、四川灯影（成都灯影）、河南南部皮影和云南皮影。6. 湘赣影系。包括湖南影戏和江西影戏。7. 潮州影系。包括广东影戏、福建影戏和台湾影戏。”[②]目前全国影戏地区分布可用一张图来显示[③]，见图 8－47。

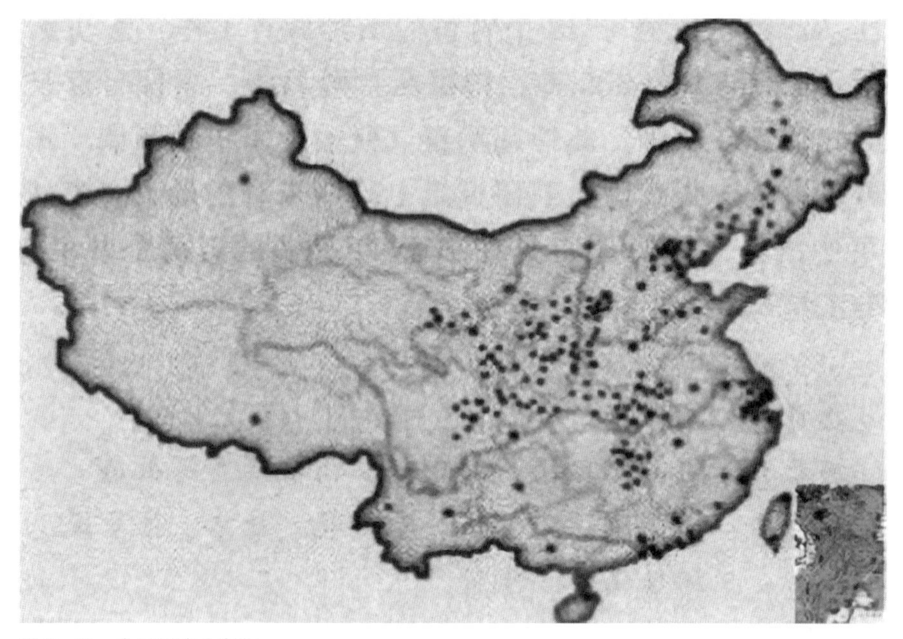

图 8－47　中国影戏分布图

---

① 崇彝：《道咸以来朝野杂记》，北京古籍出版社 1982 年版，第 94 页。

② 江玉祥：《中国影戏》，四川人民出版社 1992 年版，第 193 页。

③ 图样来自于康保成等著：《中国皮影戏的渊源与地域文化研究》，大象出版社 2011 年版，第 10 页。

现存清代影戏的绘画，我们只见过一幅，即清乾隆五年(1740)金昆、陈枚等作《庆丰图》中的影戏演出场景(图 8－48)。图中街道上搭台表演，布幔四面围拢，无顶盖，内有乐队、操纵者。幕前伸出顶棚，下为观众。此外，现今还有大量的清代影戏实物遗存(图 8－49、8－50、8－51)，都可当作图像材料来利用和研究。

图 8－48 影戏演出《庆丰图》(局部)

图 8－49 皮影戏《凤仪亭》实物

相比于真人粉墨登场的演剧类图像，本章关于脸谱和木偶、影戏图及其实物的相关论述，可谓属于核心之外的边缘话题，但并不因此减少其意义。戏曲脸谱是中国戏曲扮相中一个重要且独特的方面，演员完场之后随即洗掉，其流传主要

图 8-50　皮影戏丑脚

图 8-51　皮影戏净脚

靠绘于纸上之图案，而留存至今的脸谱图案大多出自清代，实乃脸谱演变史上极为宝贵的材料。在明清时期优伶作场的生旦大戏风靡之时，各种民间小戏，包括非真人表演的木偶戏、皮影戏等，亦自成格局。刻木牵丝，布棚弄影，与真人类同，却不同于戏台昂贵的真把式。小小模具聚集的戏里春秋，别有一番滋味，到清代可谓蔚为大观，与粉墨长衫的大戏，共同演绎中国戏剧的千姿百态。

第九章　清代各体小说及其图像

如果从篇幅长短来说，清代小说可分为短篇小说、中篇小说和长篇章回小说三体。但从文学与图像的关系来看，不同题材的小说往往对应不同类型的图像，而其篇幅长短的意义则不大。有鉴于此，我们认为清代小说可分为三大类：即历史演义与英雄传奇、神怪小说及世情儿女小说。以下我们分别讨论这三类小说与其图像的关系。

第一节　历史演义与英雄传奇小说及其图像

历史演义小说，由宋代讲史演进而来，是我国古代小说中最富有民族特色的一大流派。历史演义小说多标榜“羽翼信史”，但大都不拘泥于“按鉴演义”，而是更多吸取野史笔记、民间传说的内容，同时也兼有神怪、世情之类元素。其创作主旨是借历史故事来探寻兴亡治乱之道。如清杨景淐评辑《鬼谷四友志・凡例》云：“施之于今，亦可醒心；度之于古，不谓无因。”[①]又如许宝善《南史演义・序》：“夫有此国家，即有兴替。而政令之是非，风俗之醇薄，礼乐之举废，宫闱之淑慝，即于此寓焉。其兴也，必有所以兴；其亡也，必有所以亡。如是而得者，亦如是而失。影响相随，若报复然。阅者即其事以究其故，由其故以究其心。”[②]明初罗贯中的《三国志通俗演义》堪称历史演义小说的奠基之作。至明中叶，学步者纷起，掀起一股历史演义小说的创作热潮。明清之际创作仍然繁盛，据孙楷第《中国通俗小说书目》著录，有近三十种。较著名的有《隋炀帝艳史》《隋史遗文》《孙庞斗志演义》《警世阴阳梦》《梼杌闲评》《樵史通俗演义》等。清中叶，历史演义小说的创作转入低潮，现存约有十种，分别是《东汉演义评》《鬼谷四友志》《后三国石珠演义》《北史演义》《南史演义》《大明正德皇游江南传》《海公大红袍全传》《海公小红袍全传》，其中比较著名的当属杜纲的《北史演义》和《南史演义》。至清后期则走向没落。

---

① 清杨景淐评辑：《鬼谷四友志》，清乾隆、嘉庆间刊本，载刘世德、陈庆浩、石昌渝主编：《古本小说丛刊》第5辑，中华书局1991年版，第1661页。

② 许宝善：《南史演义》，载《古本小说丛刊》第20辑，第4页。

英雄传奇小说，实际是历史演义小说的一支。鲁迅《中国小说史略》即将其归入“讲史”，称其“叙一时故事而特置重于一人或数人者”。它的源头，亦同历史演义，可上溯到宋元“说话”；其开山之作是《水浒传》。在明代，人们多将它与《三国志通俗演义》相提并论，视为“演义体”。到了清代，始有人特别指出了《水浒传》的传奇性特色。明确将英雄传奇与历史演义区分开的是近人郑振铎，他的《插图本中国文学史》专列有“讲史与英雄传奇”一章。郑氏认为这两者主要区别有三：一是创作主旨，历史演义据史而写，意在演绎历史事件，反映历史发展概貌，记述朝代兴亡，总结历史经验教训；而英雄传奇，则着重描绘英雄人物的传奇事迹，渲染他们的武勇和力量，反映特定时期的社会生活，寄托作者的情思。二是作品题材，历史演义的主要事件和人物，多本有其事而添设敷衍，实多虚少，作家的创作往往为历史所拘束；英雄传奇，则多撷取民间传说故事，主要人物和事件，或有历史的影迹，但多为虚构，作家可以充分想象，随心所造，不受历史的拘束。三是在艺术上，历史演义多采用编年体写法，或记述一代史事，或通演古今事，人物多为帝王将相，具有历史感；而英雄传奇，则多采用纪传体写法，人物多为草泽英雄，可真可幻，若实若虚，以某一个英雄人物或英雄群像为线索展开故事，铺排历史，是英雄传奇小说的基本结构模式。比较而言，英雄传奇小说文学性更强，是古代小说中深受民众欢迎的一大品类。

明清之际产生的英雄传奇，主要有三部，即金圣叹改本《水浒传》《后水浒传》《水浒后传》，其中《水浒后传》是代表。清中叶，英雄传奇小说兴盛，有十多种，其中较有意义的是演汉代故事的《双凤奇缘》，演唐代英雄和奇女故事的《粉妆楼全传》《忠孝勇烈奇女传》等，其他大多演述宋代英雄传奇故事的“说宋”系列，如《飞龙全传》《说呼全传》《五虎平西前传》《五虎平南后传》《万花楼》《狄青初传》《后宋慈云走国全传》等。至清后期，英雄传奇小说也走向末路，主要作品有《荡寇志》《宋太祖三下南唐》和《瓦岗寨演义传》。

历史演义和英雄传奇小说在刊行时也会附大量插图，尤以绣像为多。绣像所选取的人物及其排列组合方式同样显示出了较强的规律性特征。

第一，绣像人物的排列顺序仍以身份尊卑、家族长幼为最基本的原则，叙事意义上的主人公并未得到优先的考虑。

历史演义和英雄传奇都借助历史故事展开叙事，人物通常都涉及帝王将相，故而在尊卑意识规约下，以帝王居首，按身份位次排列绣像的情形非常普遍。如《慈云走国》(《后宋慈云走国全传》，又名《后宋回龙传》)，凡八卷三十五回，演述宋功臣高怀德之后高勇、狄青之子狄龙等为保护太子慈云(即后来的宋徽宗)，与右相庞思忠奸党斗争的故事。清嘉庆二十年(1815)福文堂刊本有人物像赞，依次分别为：

宋神宗　陆皇后　庞氏贵妃　陆云忠　庞思忠　吏部天官寇元　包綖开封府

宋哲宗　国舅陆凤扬　慈云太子

潞花王赵世涛　东平王高勇　汝南王郑彪　平西王狄龙　平南王杨文广　靖山王呼延庆　威武王柴刚

金霞道人　丁燕龙　司狱友吴晋　王昭秀才　侯拱

由宋神宗开始至慈云太子，可谓是人物的第一梯队，包括皇室成员和丞相等高级官员。居首的宋神宗在小说故事中屡屡犯错，杀忠臣陆云忠，绞死陆皇后，收禁郑恩等忤逆庞妃的忠臣，直至临死前有所悔过，并非完全正面的人物。贵妃庞氏、右丞相庞思忠则是反面人物，陆皇后、陆云忠、寇元等皆算不上主要人物。潞花王赵世涛至威武王柴刚这几位，则是故事的主要行动人物，但依据位次，只能排在第二梯队。在他们之后的，则是道人、小吏、秀才、布衣，构成最末一级。

再如《狄青初传》，清嘉庆十九年(1814)长庆堂刊本，卷首附有绣像 25 幅，主人公狄青排名迟至第十七位，此前依次为宋真宗、刘皇后、李宸妃、八贤王、狄千金(八贤王妃)、潞花藩王、陈琳、郭槐、韩吏部、包待制、杨元帅、赞天王、子牙猜、伍须丰、王刑部、王天化。《双凤奇缘》清嘉庆二十一年(1816)兆敬堂刊本，绣像居首的是汉帝、林皇后；《东汉演义评》同治十一年(1872)善成堂刊本，居首的是光武帝；《南史演义》乾隆六十年(1795)陈景川局刊本，居首的是宋高祖；《宋太祖三下南唐》清同治十三年(1874)英文堂刊本，居首的是宋太祖；《说呼全传》清乾隆年间书业堂刊本，居首的则是宋仁宗、八王叔。如此等等，不胜枚举。

家族序列也很受重视，常常与前述身份尊卑一起构成绣像排列的最主要原则。如《粉妆楼全传》，写唐初名将罗成后代罗灿、罗焜敢于同权奸作对、为民除害的英雄行为。清嘉庆二年(1797)刊本卷首有绣像 20 幅，居前的三位辈份也最长：罗增为越国公后人，世袭公侯；马成龙为定国公；李逢春为礼部大堂，卫国公李靖之后。主要人物罗灿、罗焜为罗增之子，马金锭为马成龙之女，都排在其后。再如京都藏版本《绘图梼杌闲评全传》，书前有绣像 16 幅，魏云卿与侯一娘位列主人公魏忠贤之前，二人身份极其低微，且算不上正面人物，魏云卿为昆剧旦角，侯一娘则为已婚杂技女艺人，其夫为魏丑驴，只因二人为魏忠贤的生身父母，故而列于其前。类似情形非常普遍。

第二，历史演义和英雄传奇小说有一个重要主题是忠奸斗争，这在绣像中显现为颇为鲜明的忠奸对比。

如《慈云走国》中，陆皇后与庞贵妃作为一对正、反人物出现，绣像中除了附赞语加以褒贬之外，图像本身也着意对比。受屈在冷宫中生下太子之后又被绞死的陆皇后低眉顺目、怀抱婴儿(图 9－1)，与奸相庞思忠勾结迫害忠良的庞贵妃则双眉紧拧、双目圆瞪，甚至还手持利剑(图 9－2)。小说中庞贵妃并未直接以剑杀人，绣像如此处理显然是为了突显其反面特征。左丞相陆云忠与右丞相庞思忠是另一对正反对比人物，绣像中忠相陆云忠面庞清爽、眉目慈善、仪态端方(图 9－3)，奸相庞思忠则大脸浓须、神情奸猾、大腹便便(图 9－4)。《说呼全传》中的贤臣八王叔与奸相庞集也是如此，绣像中庞集脸型方，棱角分明，颧骨甚高，肌肉呈横向走势，络腮胡子黑且浓密（图 9－5），与八王叔一派儒雅（图 9－6）相比，显然凶相外露。

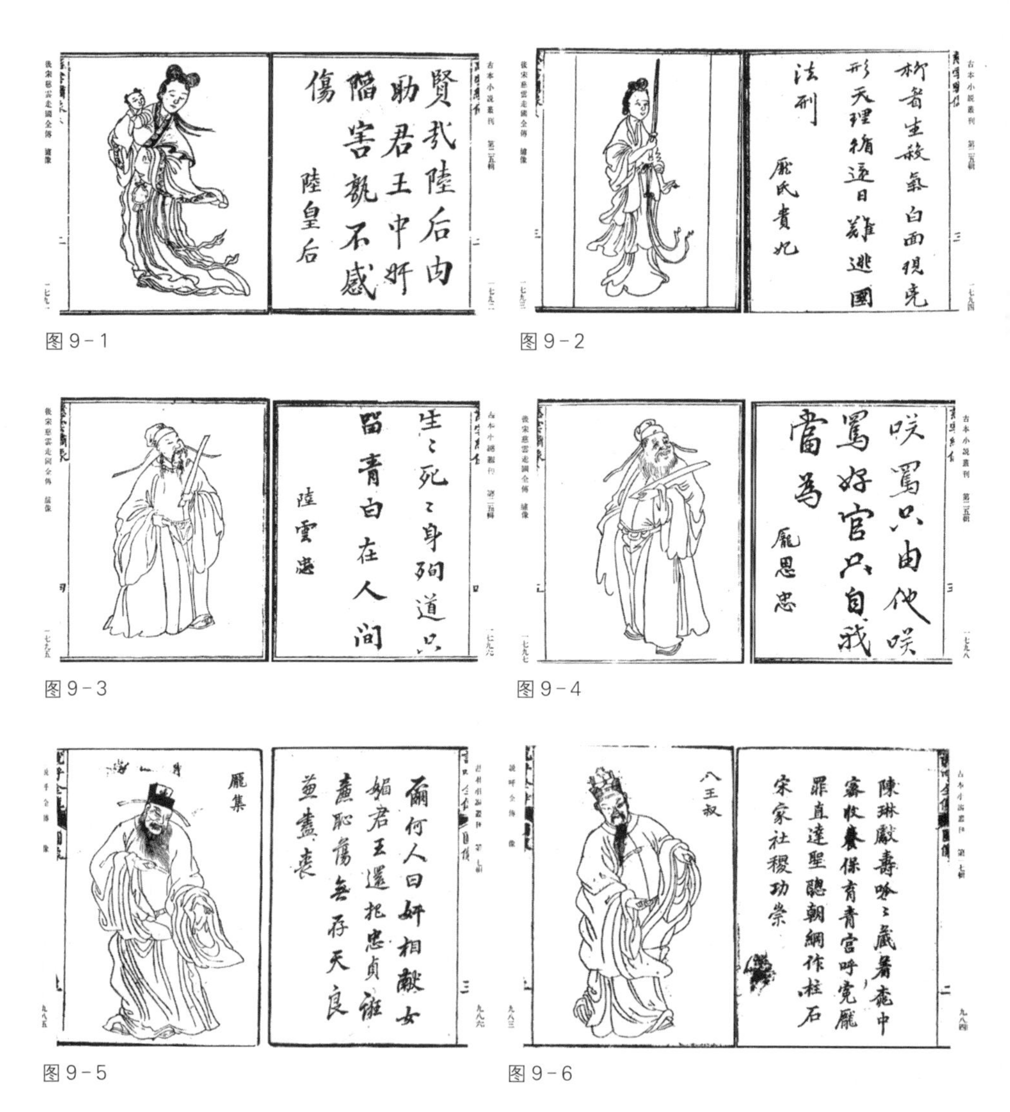

图 9－1　图 9－2

图 9－3　图 9－4

图 9－5　图 9－6

再举一例，《狄青初传》中的人物也充满忠奸对比，如陈琳与郭槐、韩吏部与王刑部、杨元帅与王天化等。舍命保太子的忠臣陈琳与谋害欺君的奸臣郭槐，其忠奸也可于绣像中一望即知：陈琳面目清秀、仪表堂堂（图 9－7），关切地看着怀中幼主，大步向前走；而郭槐脸型尖翘（图 9－8），面目污秽、贼眉鼠眼、弓腰突肚、手持利剑。再如韩吏部（图 9－9）与王刑部（图 9－10），一忠一奸，王刑部也呈现出了方脸、浓须、大腹的典型特征。武将的正邪也可于绣像中见出，如忠将杨元帅（图 9－11）与奸将王天化（图 9－12），面相与身姿都有区别，王天化也呈现出了尖脸、突肚等常见于奸人的视觉特征。

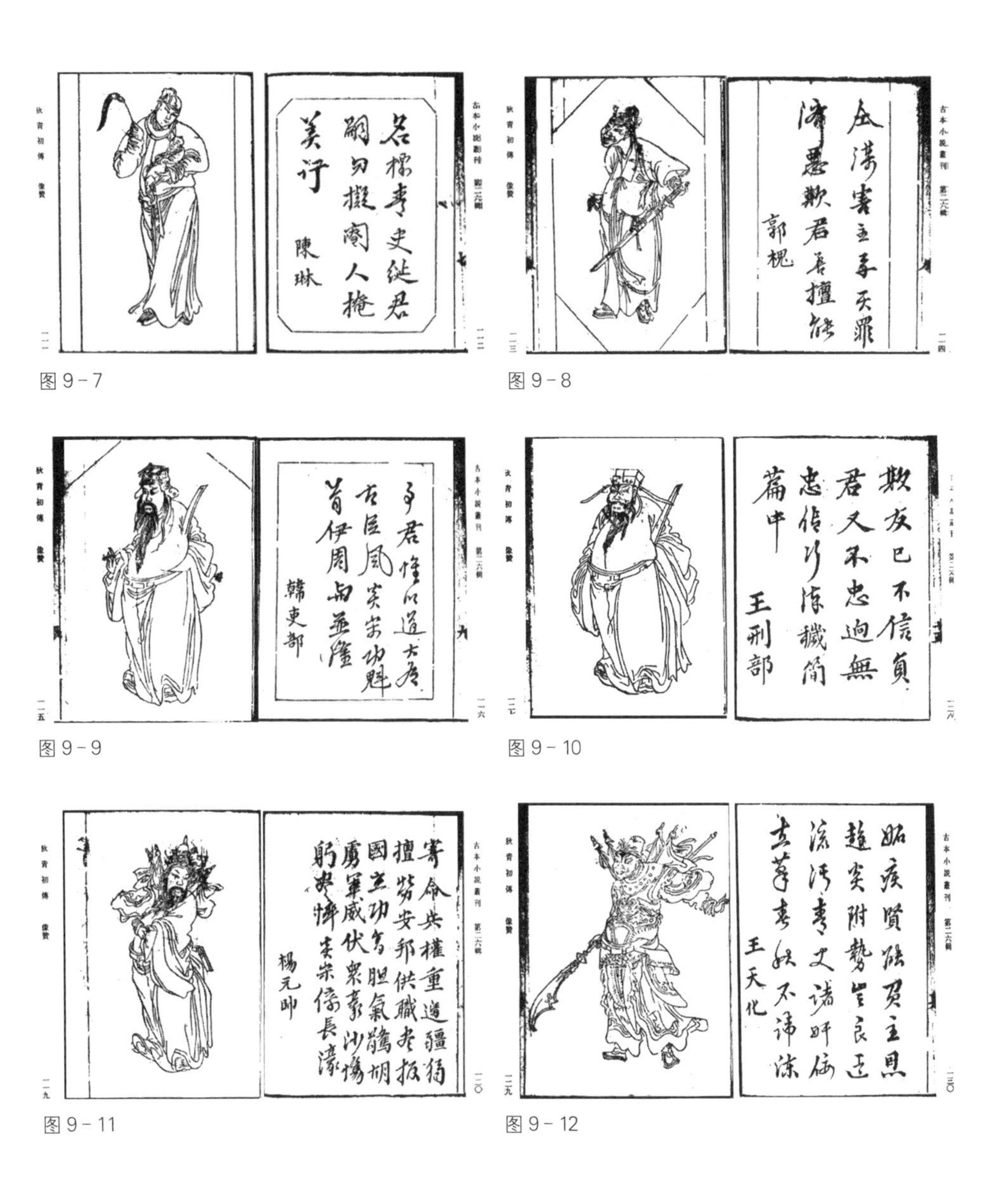

图 9-7　图 9-8

图 9-9　图 9-10

图 9-11　图 9-12

另有一些反面人物，地位并不高，也不算大奸大恶，这类的绣像往往呈现出戏台上的丑角看相，如《慈云走国》中的丁燕龙（图 9-13）、《狄青初传》中的焦廷贵（图 9-14）。

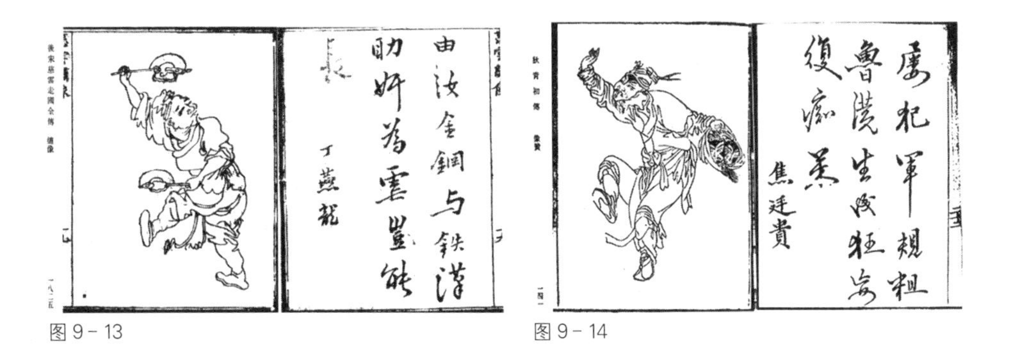

图 9-13　图 9-14

第三，历史演义与英雄传奇小说，由于其题材关系，打斗情节很多，其人物绣像中武将人物也非常多，而武将人物的戏台化特征尤为明显。如《慈云走国》中平南王杨文广，《说呼全传》中呼守勇、齐国宝，《绣像瓦岗寨演义传》中山东秦叔宝，《绣像争春园传》中鲍刚、马俊，《忠烈全传》中王宗宝，《忠烈全传》中女将姚梦兰（依次见图 9－15 至 9－22），等等，不胜枚举。值得提出的是绣像还突显了汉族武将与番将的视觉差异，番将如《绣像瓦岗寨演义传》中的单雄信、西魏王，《忠烈全传》中的耶律福、没摩利牙（依次见图 9－23 至 9－26）等，或着皮毛貂裘，或面目黝黑，这些处理都是有意为之，且契合受众的普遍认知。

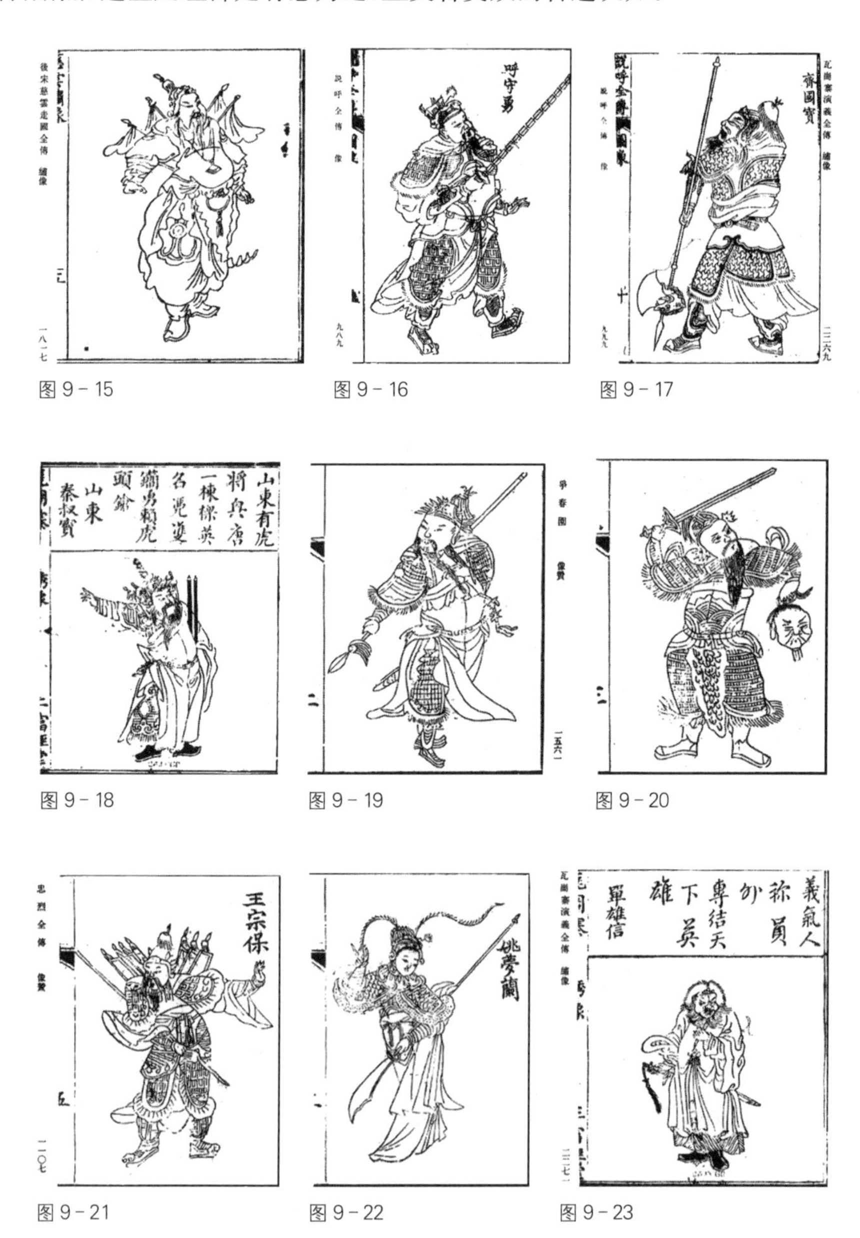

图 9－15　图 9－16　图 9－17

图 9－18　图 9－19　图 9－20

图 9－21　图 9－22　图 9－23

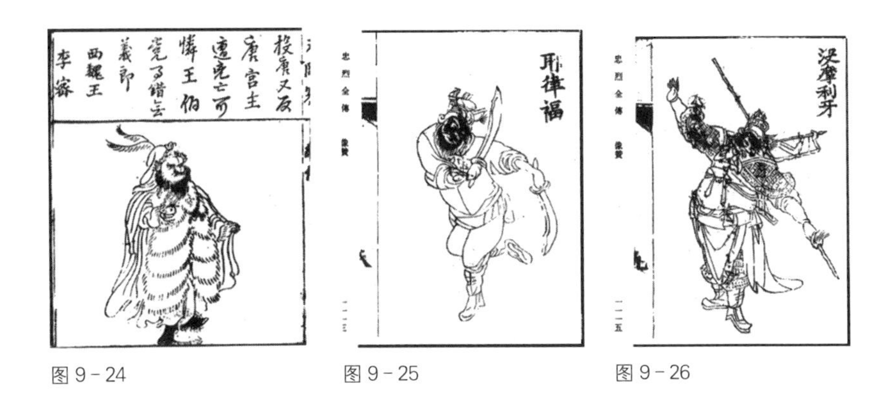

图 9－24　　图 9－25　　图 9－26

第四，历史演义和英雄传奇小说中常常夹杂神怪元素，这在绣像中也有普遍体现。如《狄青初传》中有王禅鬼谷师，此人将狄青救至峨眉山，授他武艺韬略，才有狄青此后的一番作为。《争春园》中有仙人司马傲，赠予镇殿将军之后郝鸾以宝剑三口，助其遍访天下英豪、行侠仗义。《说呼全传》中之杨五郎，也是身兼“太行山英雄”与“五台山和尚”的双重身份，颇多神异之事。再如《粉妆楼》的祁巧云，原是一介民女，梦遇谢应登，得授驾云之术及无字天书，故其绣像乃手持拂尘，一副道姑装扮。其他如《三下南唐》之梨山云母、《忠烈全传》之蜈蚣道人（图 9－27 至 9－32）等，非佛即道，或正或邪，皆有神能异术，在绣像中占一席之地。

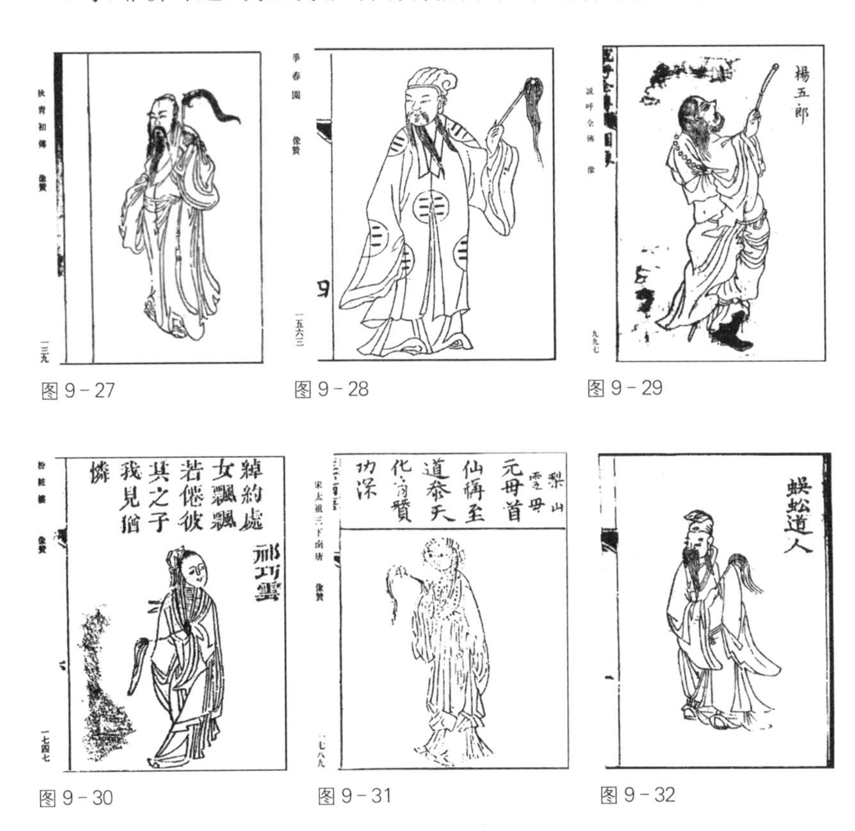

图 9－27　　图 9－28　　图 9－29

图 9－30　　图 9－31　　图 9－32

再如《梼杌闲评》之类，从绣像排列即可看出其尤为强调神佛因果。其绣像分为首尾与中段：

碧霞君　朱工部　魏云卿　侯一娘　魏忠贤　客印月　秋鸿　傅如玉　傅应星　倪文焕　田尔耕

崔呈秀　刘鸿儒

空空儿　陈元明　应天顽僧

《梼杌闲评》绣像排列非常整饬，其中段大量人物是按身份高下、家族长幼兼人物主次综合考虑进行排序，此处不赘述。绣像的首尾则值得注意：以碧霞君为起首，她曾在故事一开始显圣降灵签，故事结束时也由她来归结因果；绣像最末三人空空儿、陈元明与应天顽僧也是佛道人物，空空儿曾破法除妖，陈元明曾幻化点奸雄，应天顽僧也颇有异能。以这类人物作为绣像首尾，可以从某方面说明小说刊行者对因果报应的特殊强调。

第五，历史演义小说特别是英雄传奇中，除了有抗暴除奸之外，还会有豪侠秀女遇合与男女英雄战场姻缘之类情节套路。如《粉妆楼》，其最主要的情节自然是英雄（罗灿、罗焜等）除奸（沈谦），但其中也有罗灿与马金锭，罗焜与柏玉霜、程玉梅、祁巧云的姻缘这两条较为完整的线索。其小序有云："所载忠男烈女，侠士名流，慷慨激昂，令人击节歌呼，几于唾壶欲碎。""忠男烈女"显然也是这类小

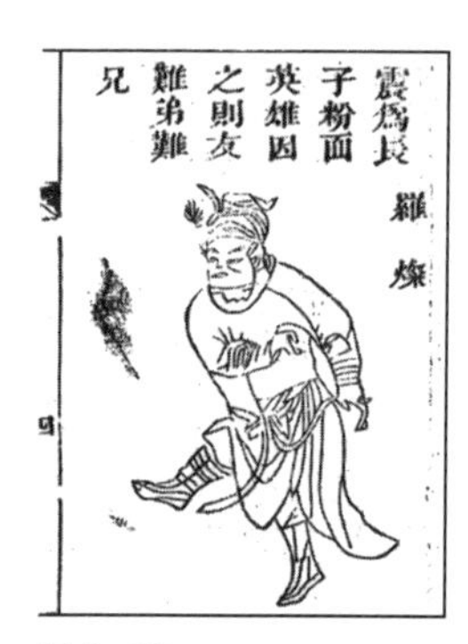

图 9－33

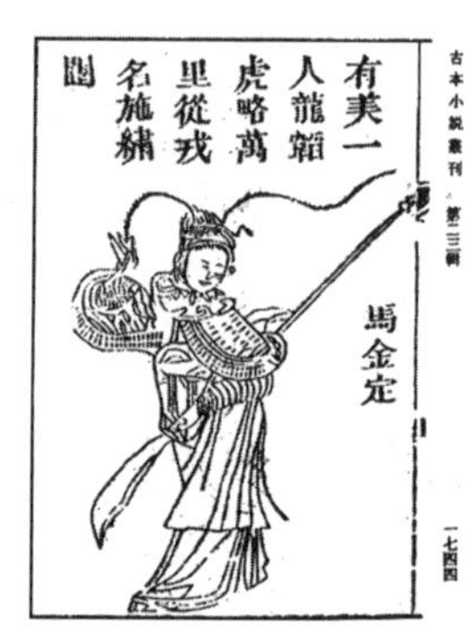

图 9－34

图 9－35

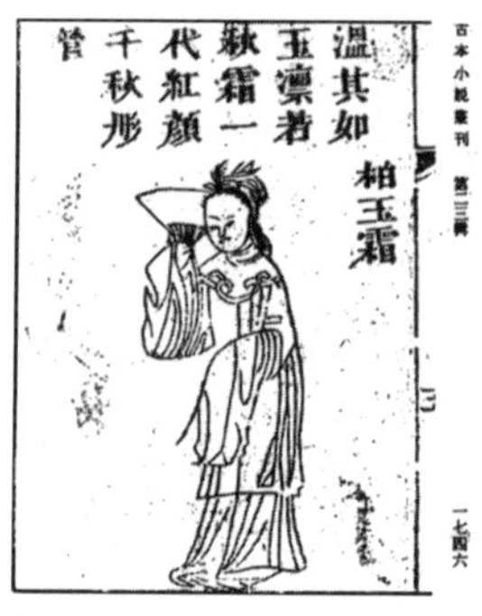

图 9－36

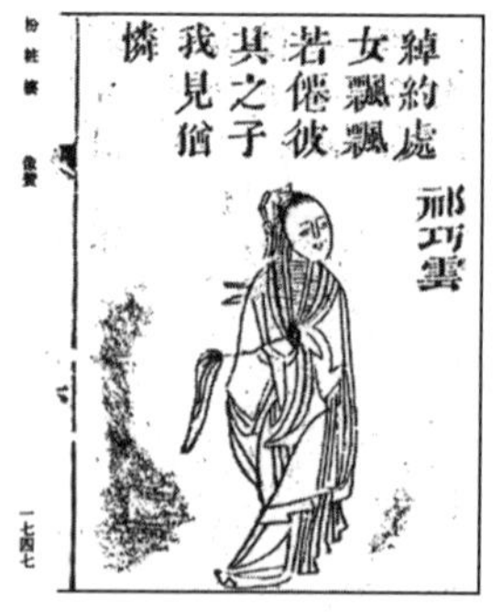

图 9－37

说的重要看点之一。这自然也会在绣像人物选取和组织中加以突显，以招徕顾客，加强阅读期待。《粉妆楼》卷首绣像正是将罗灿与马金锭、罗焜与柏玉霜和祁巧云这两组男女分别列在一起，加以强调（图 9－33 至 9－37）。

另外如《说呼全传》中的呼守勇与王金莲，《争春园》中的孙佩与凤栖霞，《忠烈全传》中的顾孝威与姚梦兰等，皆是如此（图 9－38 至 9－43）。

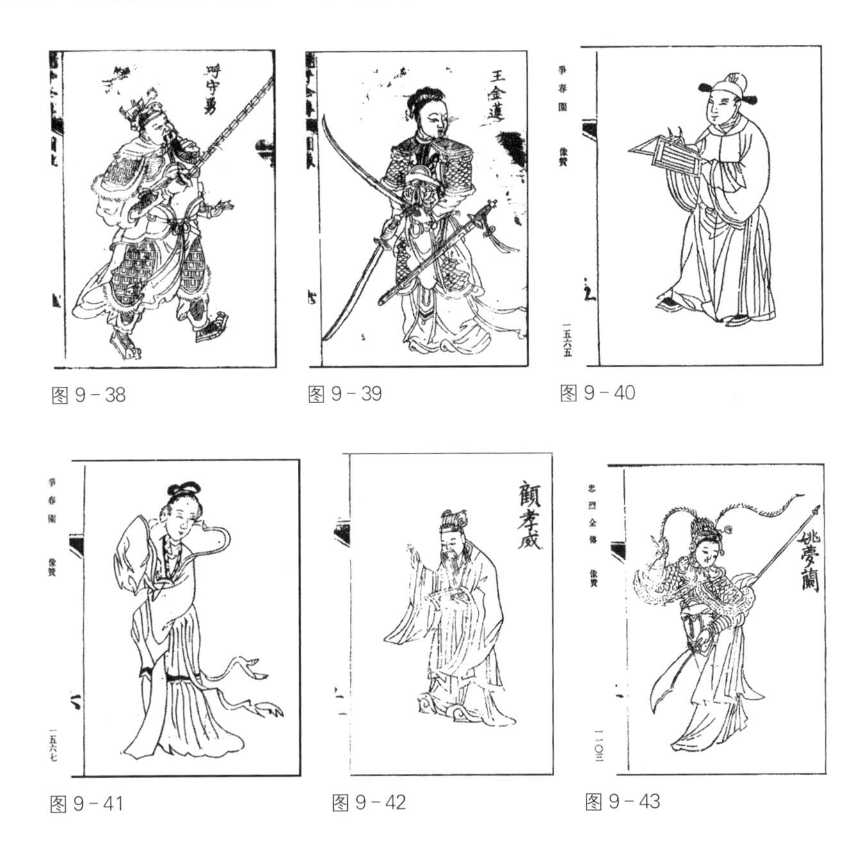

图 9－38　图 9－39　图 9－40

图 9－41　图 9－42　图 9－43

以上皆可见出英雄传奇小说特重男女姻缘这一元素，即便如《梼杌闲评》般以反面人物为主人公的英雄传奇小说，也会杜撰出一些男女情感姻缘类的内容，以增加可看性。

《梼杌闲评》50 卷 50 回，描写阉党魏忠贤一生事迹。“梼杌”，据《神异经》云，乃传说中凶兽名，“人面虎足”“搅乱荒中”，后比喻为恶人。《史记 · 五帝记》有：“颛顼氏有不才子，不可教训，不可话言，天下谓之梼杌。”这里喻魏忠贤。小说题旨即恶人评传之意。小说写了魏忠贤的一生行迹，前 20 回写他入宫前的遭遇；后 30 回写他入宫后的劣行。魏忠贤本是贫苦艺人的私生子，小时流浪漂泊，当过男宠，做过商贩，吃喝嫖赌，游荡非为，后沦为乞丐。35 岁时，入宫做了守门太监，从此投机钻营，利用与熹宗乳母客印月的旧情，逐渐出入深宫，控制特务组织厂卫，遍植党羽，排斥异己，陷害忠良，专横跋扈，无恶不作。崇祯即位后，遭人弹劾，终于被判罪而投缳自尽。

魏忠贤这一人物已被历史定性为大奸大恶，书中人物绣像赞语也称他为“群凶之首，万恶之魁”，但小说并未把他完全脸谱化，也生动描写了他发迹前重亲重义、知恩图报的性格特征。特别是他与客印月的缘分、与傅如玉的婚姻，都是可以让我们对魏忠贤此人有比较立体的认识的。

关于客魏勾结，《明史·魏忠贤传》有载：“忠贤自万历中选入宫，隶太监孙暹。……长孙乳媪客氏，素私侍朝，所谓对食者也。及忠贤入，又通焉。客氏遂薄朝而爱忠贤，两人深相结。”而小说则虚构了“明珠缘”一节——客印月特别爱重的明珠遭匪徒所劫而遗失，匪徒又恰巧将此明珠赠予掳掠而来的侯一娘（魏忠贤生母），侯一娘辗转至客印月家中，最终将明珠完璧归赵，这才埋下了客、魏二人的一段姻缘，客氏父母曾将印月许予魏忠贤。这显然比《明史》所载多了一份传奇浪漫的色彩。至于傅如玉，乃是魏忠贤从妖怪手中救下的民女，在女方父母主持下二人成婚。另外还有一位秋鸿，乃客氏侍女，也曾与魏忠贤一度过从甚密，但最终愤其所为，多次规劝客氏，痛斥魏监，但回天无力，便归隐民间。小说绣像对于魏忠贤与其一生中相关女子的这一生活侧面显然也非常强调，将其列在一起（图9-44至9-47）。

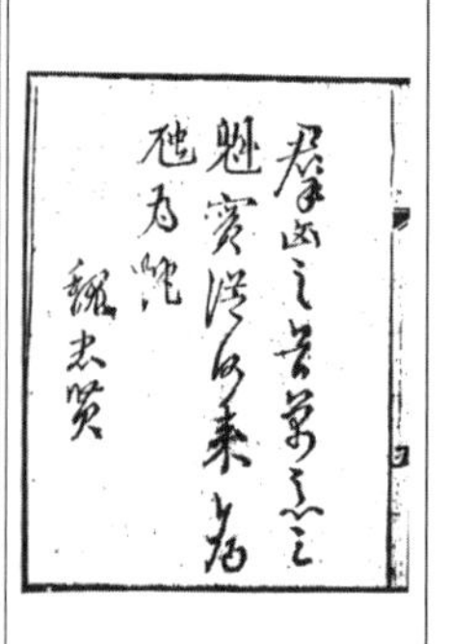

图9-44

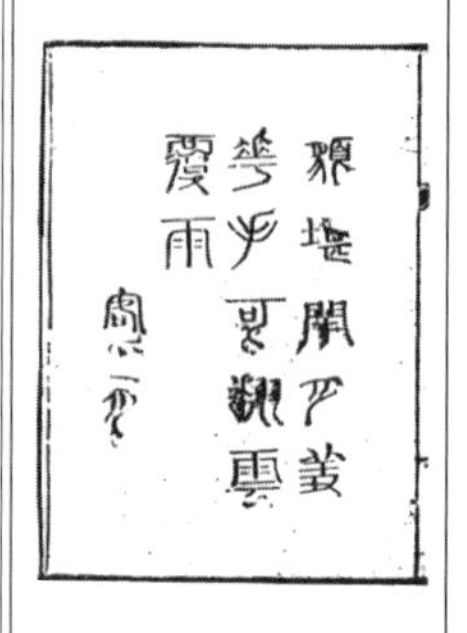

图9-45

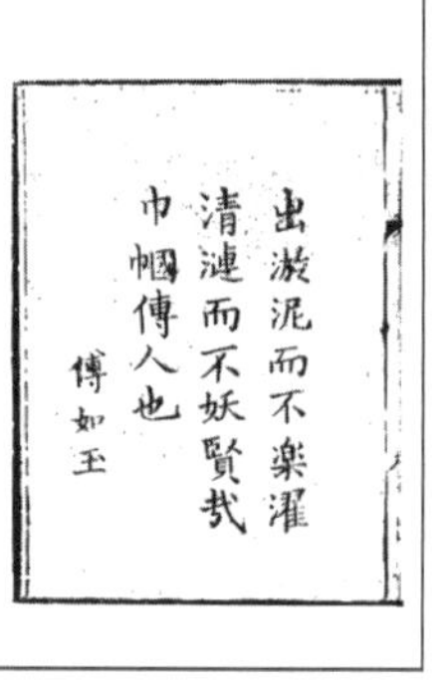

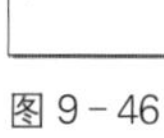
图9-46

图9-47

历史演义英雄传奇类小说也有附叙事性插图的，如《梁武帝西来演义》。《梁武帝西来演义》(又名《梁武帝全传》)，10 卷 40 回，叙梁武帝萧衍生平事迹，重点叙其建国佞佛事。清初余氏永庆堂刊本题“天花藏主人新编”，卷首有康熙十二年(1673)编者序。序及目录后有叙事图 80 幅，对应章回回目。至嘉庆己卯(1819)抱青阁刊本，则只附绣像 8 幅，为书中 8 位主人公像：梁武帝、郗皇后、昭明太子、柳庆远、张弘策、宝志公、侯景、达摩师，每图题诗四句。

《梁武帝西来演义》[1]的叙事图十分扣紧回目，直接而富有表现力，如第三回“托酒交朋餐虎肉”，画面中是两名男子，近端一名正切割虎肉(从案板上的虎头、案板下的虎皮可见)，此刻正回头望，顺着他的眼光，另一名男子正从画面远端手托酒坛，策马疾驰而来(图 9 - 48)。这一回目中的所有关键词都得到了简约而鲜明有力的表达。

再如第三十六回“梁王被愚纳叛臣”，画面人物只有四个，一个端坐龙椅，自然是武帝；一个跪于阶下，应是叛臣，一名立于一边，应是侍臣，最近端的一名大臣背对武帝与叛臣，从这四人的位置格局与神情体态中可以推知，武帝已被叛臣愚惑，忠臣无计可施(图 9 - 49)。画面表达依然是简约而巧妙有力。

图 9 - 48

图 9 - 49

历史演义英雄传奇小说特重战争打斗，故而战争打斗场面在叙事图中所占据的数量比例颇大。《梁武帝西来演义》共 40 回 80 目，直接正面表现战争的就有 29 目，分别是：魏孝文有志侵邻、王将军无谋劫寨(第五回)，萧元帅兵分两路、柳参谋法演六丁(第六回)，埋伏计遭埋伏计、抢粮人遇抢粮人(第七回)，魏文帝

① 《梁武帝西来演义》(永庆堂刊)，《古本小说集成》，上海古籍出版社 1994 年版。

兵败班师、萧元帅功成出镇(第八回),受君命郑植行刺、报兄仇萧衍扬兵(第十一回),萧元帅堂堂起义(第十二回),房僧寄展奇谋致败(第十三回),柳军师水灌加湖城(第十四回),东昏侯国破被诛(第十五回),魏主兴师报父仇、梁兵血战威邻国(第十六回),柳军师地雷坑魏(第十七回),孟太妃力守寿阳城(第十八回),曹景宗大战长孙稚、王将军夜袭睢陵城(第二十三回),柳庆远乘雾破荆山、昌义之潜兵袭下蔡(第二十四回),磐石山二王遭火、寿阳城李宪投降(第二十五回),梁武帝琅琊阅武(第二十七回),侯景弄奸投敌国(第三十六回),侯景屡败走寿阳城(第三十七回),正德藏舟渡侯景(第三十九回),贼杀贼冤冤相报(第四十回),占据了整个回目的三分之一多。

这些展开战斗场面的叙事图气氛热闹、动感强烈,可看性很强(图 9-50、9-51)。有些图像的表达方式还相当别致,如"柳军师地雷坑魏"(第十七回)一图(图 9-52),翎子、战马是武将、战斗的典型视觉标志,最妙的是地雷的处理:密集的黑点"透视"出深埋于地下的地雷,一旦有人触动,一组射线扩开至地表,黑色团云升腾绽开,表示地雷爆炸,为了突出其威力,图像还设置了人仰马翻的视觉效果,整个场景充满了独特的表现力。再如"柳庆远乘雾破荆山"(第二十四回)一图(图 9-53),妙处则在于对"雾"中攻守的表现,画面左上部一带流利蜿蜒的曲线围住远端的一片留白,曲线边界处攻城者缩脖拱手尽力远望,可谓把雾景很传神地表现了出来。

图 9-50

图 9-51

历史演义英雄传奇小说中的神怪元素,在叙事图中也得到了强调。《梁武帝西来演义》一书中直接展现神怪场景的有 19 目,分别是:太祖善念动天庭、玉帝赐花开帝业(第一回),张夫人应梦产麟儿(第二回),逢猿煮石饱天书(第三回),

图 9 - 52

图 9 - 53

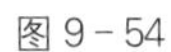

图 9 - 54

图 9 - 55

沈尚书阴遭和帝谴(第二十一回),云光说法天雨花(第二十二回),李将军寺里求僧、郗皇后宫中遇鬼(第二十六回),郗夫人游地狱变蟒(第二十九回),梁皇忏释罪升天、宝志公飞锡择地(第三十一回),塔放光外邦进贡(第三十二回),功名成天书返洞、劫运消九曜归垣(第三十三回),不投机达摩渡江(第三十四回),梁武帝十二时念佛、宝志公一俄顷归西(第三十五回),梁皇拜佛困台城(第三十九回),佛引佛荷荷西归(第四十回),占据整个回目数的近四分之一。这些神怪场面常用的视觉元素,除了道士、和尚、妖魔精怪、幻化变形之类内容性的之外(图 9 - 54 至 9 - 57),最为典型的是祥云图案。祥云图案或表示整个场景为仙界佛地(图9-58、9-59),或作为仙界与人间的空间区隔手段(图9-60、9-61),是整个场景构图的关键部件。当时的观众也一定可凭图像上的祥云笼罩一眼即知这是一段神怪相关情节。

图9-56

图9-57

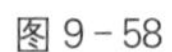

图9-58

图9-59

由上可见,历史演义英雄传奇小说的插图,将小说以语言文字表达的主要人物和重点内容加以视觉化,以更加直观的方式起到招徕看客,唤起其阅读期待的作用。

图 9-60

图 9-61

第二节 神怪小说及其图像

神怪小说，是一种语涉神佛和妖异的章回小说。鲁迅《中国小说史略》称之为“神魔小说”，清末黄人《小说小话》、冥飞《古今小说评林》等称其为“神怪小说”。它是继讲史演义之后最先出现的一大小说创作流派。其故事多荒诞不经，作者大多标榜其主旨为“穷人天水陆之幻境，阐道德性命之奥旨”[①]，有救世劝惩之功。

神怪小说从文化源远上固然可追溯至先秦时《山海经》《穆天子传》、西王母传说等神话传说，其直接源头实为宋元以来说话中的“说经”一类。明中叶以来商品经济的发展和刻印技术的普及，推动了对宋元通俗小说的整理和改编，也促成一些文人模仿“说经”的形式创作此类题材的小说。一般认为，题为罗贯中编次的《三遂平妖传》，实开明代神怪小说之先河。万历中期，《西游记》刊印传世，随之纷至沓来，出现一批以神魔为题材的作品。据《中国通俗小说书目》等著录，万历后期至天启年间，神怪类作品约有 20 种。这是神怪小说创作的鼎盛时期。

至明清之际，神怪小说的发展似已成强弩之末，呈现出式微之势。现可考知者共六部，分别为佛道类的《后西游记》《东度记》《西游补》《历代神仙通鉴》《吕祖全传》和怪异类的《混元盒五毒全传》。

---

① 明钱塘雉衡山人编:《韩湘子·自序》，刘世德、陈庆浩、石昌渝主编:《古本小说丛刊》第 34 辑，中华书局 1991 年版，第 1600—1601 页。

这一低谷状态,迁延至清初康熙时期。这一时期作品仅有五部,分别为佛道类的《济颠大师全传》《醉菩提全传》,怪异类的《大禹治水》《草木春秋演义》,以及新出现的荒诞寓意类《斩鬼传》。这类神怪小说集神魔、世情及讽刺小说的特点于一体。半间书屋居士《精神降鬼传序》评《降鬼传》云:“其命名也,近于戏。其立义也,近于怪。其比事属词,近于玩世而不恭。要其振聩发蒙,警世万俗,则固忠厚长者用心也。”

神怪小说发展至清中叶,由于社会环境、其他小说流派的影响及其自身的衍变,而逐渐走出低谷,进入“柳暗花明又一村”的境界。此时神怪小说的创作有二十余种,为前期同类小说的四倍。类别方面,除传统的佛道类(如《济公传》《绿野仙踪》《南海记》)、怪异类(如《跻云楼》《桃花女阴阳斗传》《瑶华传》《狐狸缘全传》《婆罗岸全传》《雷峰塔奇传》)之外,前期出现的寓意类作品渐多,又出现了史话类这一新品种(如《希夷梦》《走马春秋》《锋剑春秋》),且明显加重了对人情世态的反映,表现出与世情小说合流的趋势。其中《绿野仙踪》《瑶华传》《何典》《希夷梦》分别代表了这四类作品的最新成就,标志着神怪小说创作落潮后的一种回升。

至清后期,小说创作也进入低谷,神怪小说似陷入了绝境。作品有佛道类的《评演济公传》《绣云阁》《八仙得道传》《升仙传》《七真祖师列仙传》,寓意类的《明月台》和史话类的《平金川全传》,数量少,价值也不大。

现存清代神怪类小说刊本、抄本大多附有插图,就类型而言,相关插图可分为绣像和叙事图两种。绣像指的是人物像,一般附于卷首。绣像选取哪些故事人物,这些人物以什么样的方式加以组织编排,画面如何设计表达,都反映出绘制者或刊刻者,乃至当时受众对小说作品相关层面的观念和理解。叙事图则是与小说故事中某些情节点相对应的图像,一部小说选取哪些情节点,这些情节点又如何通过画面来表现,同样是关乎小说旨意及其接受情况的重要讯息,应当受到关注。故我们不妨从绣像图、叙事图这两个方面,探讨清代神怪类小说文本与其插图的关系。

如上所述,所谓神怪小说,基于其取材性质,其故事人物大抵可分为神佛、人类、鬼怪这三大类型与层级。通盘考察神怪小说绣像的人物选取和组织,我们可以注意到三点非常有趣的现象。

第一,神佛、人类、鬼怪这三类绣像在排序显示中,人间帝王、将相往往列于神佛之前。西游系列就非常典型,如清陈士斌撰《西游真诠》芥子园中小型本,有图 20 幅,图另面为赞语。绣像人物依次为唐太宗、魏征、太上老君、唐僧、孙行者、猪八戒、沙和尚、牛魔王、哪吒等(图 9-62)。

在绣像中,唐太宗高居众人之首,忠臣魏征的位次也在道家仙祖太上老君之上,其后是西天取经的主要人物也是最终成正果的唐僧师徒四人,再次才是牛魔王、造化小儿之类等较为低级的神魔精怪。

图 9 - 62

唐太宗绣像背面的赞语曰:“贞观政成于东土,如来经启自西方。”按佛家观念,释迦牟尼佛所传佛法尽皆出世间法,出离一切世间名利、烦恼,自然也高过世间一切法。而此处竟然将“贞观政”与“如来经”并提,而且是先“贞观”而后“如来”,可见世俗小说家和读者是完全以“人”(间)为本了! 太上老君绣像背面赞语则是:“以李为姓已证上清,亦何事于丹鼎惹出一双火眼金睛。”按,太上老君为道教传统中最得法术之要的一号人物,李唐自开国后即尊崇道教,定道教为三教之首,以便与太上老君沾亲带故。但《西游真诠》创作时的满清皇室爱新觉罗家族实在与太上老君之“李”不沾边,而此处特别强调“李”姓,也都反映了皇权在人世间独尊的地位。因为在中国的政治文化传统里,帝王从来不只是凡人,而是“天子”,家族谱系直通上天,帝王都是受命于“天”,对各种过去、现世被人世尊崇的

“神”都享有敕封之权，在人世代表释迦牟尼佛的僧侣们也都要接受中国历代帝王的敕封。在西游故事中，唐僧就是受唐王之命去往西天拜佛求经，取经归来也是向唐王复命。途中遇到诸般劫难时，则以孙悟空为中介，神佛轮番支援，共成“取经”为表、“贞观”为里的宏大功业。

《西游记》之续书《后西游记》，其情形亦与《西游真诠》类似。乾隆癸卯四十八年(1783)金阊书业堂刊本，半叶 11 行，行 24 字，有图 16 叶。[①] 这 16 叶绣像所绘人物依次是：唐宪宗、唐半偈、韩文公、孙履真、猪守拙、沙致和(图 9－63)，以及阎王、通臂仙、悟真祖师、龙王、造化小儿、文明大王、玉面狐狸、魁星、不老婆婆、冥报和尚。

图 9－63

居于绣像之首的仍是帝王唐宪宗，忠臣韩文公紧随唐半偈之后，其后是孙、猪、沙三徒，再后是阎王、通臂仙、悟真祖师、龙王之类神仙，然后是众精怪，最后以冥报和尚收尾。

不独是西游系列，在其他神怪小说中这种现象也很普遍。如《草木春秋演

① 朱传誉编：《明清善本小说丛刊》初编第 5 辑，台北天一出版社 1985 年版。

义》,5 卷 32 回,题“驷溪云间子集撰”“乐山人纂修”,咸丰年间味经堂本题江洪撰,其生平里居均不详。写成于康熙二十七年之前。这部小说写汉代中宣年间,君王刘寄奴与番邦胡椒国国王巴豆大黄之间所发生的一番征讨厮杀故事。通篇以药名代作人物及天地器物之名,“奇名怪将,鬼妖邪法”,层出不穷,想象奇特,亦有独创之意。其绣像为各种以药为名的战将,如杜仲、金银花、金石斛、金铃子、木通、巴豆大黄等。但冠于绣像之首的仍是“汉帝”与“管仲”(图 9－64)。

图 9－64

《飞跎全传》,清邹必显著,4 卷 32 回。书叙少不如县人石信,因背驼脚跛,人称“跳驼子”。为外出求取仙方治病,他一路上经历种种世态炎凉,终于到达逼上红城,拜悬天上帝为师,学得诸种绝技;并服食仙丹,长出双翅,人称为“飞驼子”。时海外番邦入侵中原,他下山出战,双方摆阵斗法,相持不下。都抗囊菩萨出来劝和,于是三教归宗,驼子加封为驼王,名传后世。嘉庆二十二年维扬文盛堂刻本、咸丰七年(1857)如皋义林堂刻本、同治十一年(1872)扬州醉经堂刻本,卷首皆有绣像,绘 8 位故事人物。居首的“腊君”为中原帝王,其后才是主人公飞驼子石信和其他故事人物(图 9－65)。

图 9－65

《绣像升仙传》,8 卷 56 回,清倚云室主人撰。书演明嘉靖年间济小塘等五人升仙事。辽东秀才济小塘,因权相严嵩所阻,屡试不中,遂弃儒学道,得吕洞宾点化，以仙术云游天下。先于侠士徽承光、神偷苗庆结义，除妖斩怪，扶困济危。后又度化书生韩庆云，拯救蒙冤的高仲举，施法严惩严嵩奸党。最终济小塘、徽承光、苗庆、韩庆云、苏九宫五人俱升仙归真。清光绪十八年(1892)成文信刊本，有绣像10幅，依次为嘉靖帝、嘉靖娘娘、吕洞宾、柳仙、济小塘、王夫人、韩庆云、苏九宫、徽承光、苗庆。小说的主人公济小塘在绣像排名中仅列第五，而作为故事背景人物的嘉靖帝、嘉靖娘娘赫然居前(图9-66)。

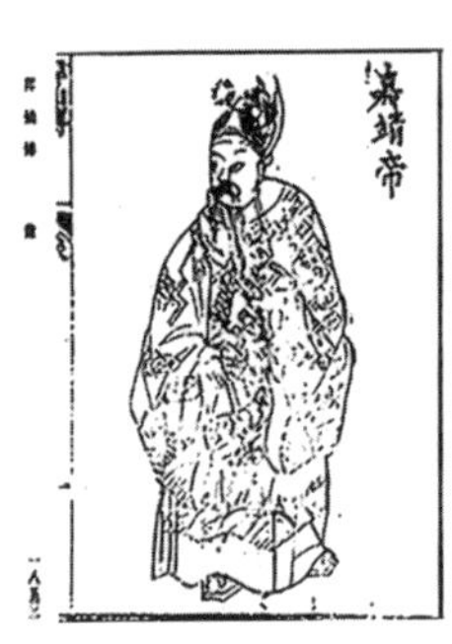

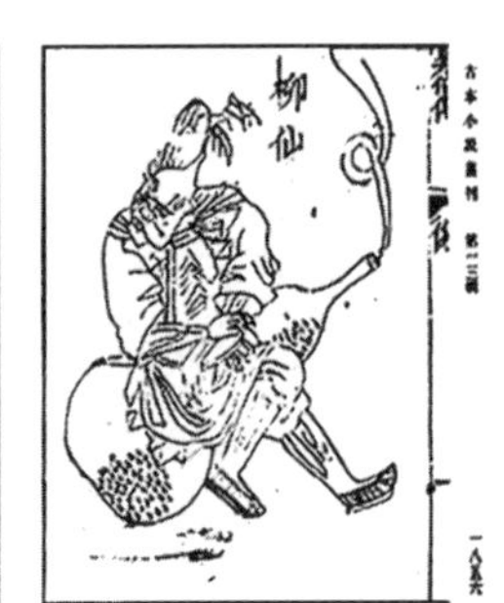

图9-66

再如《醉菩提传》，凡20回，作者题“天花藏主人编次”，出康熙年间。书演杭州西湖净慈寺书记僧济颠(即所谓济公和尚)的故事。其绣像组织颇为整饬(图9-67)：

居首的是故事所处时代之帝王即宋高宗，故宋高宗、太后娘娘为第一层级；其后第二层级是主人公济公家族的三位成员——其父李茂春、道济(济公俗名李修缘)、其舅王世安；第三层级是佛师长老；第四层级是各级官员；最末层级则是相关民间男女。这种组织排布，显然体现了君权意识、家族意识、社会层级意识，当然也有叙事人物主次意识的综合考虑。

第二，绣像中也透露出“三教合流”的讯息。神怪小说是传统中国思想、信仰观念相对直接的表达方式，从神怪小说的故事层面不难看出“三教”的合流。西游故事中玉皇大帝的天庭可谓是典型缩影——天庭以玉帝为首，众仙排列，等级森严，一如现世朝堂。道家太上老君为众仙之一，直接编排进天庭序列。如来、观音之类虽不伺于阶下，但玉帝一有需要，便可去请来。所谓儒、释、道，相当和谐。取经故事中，看似佛道相争之处虽也不少，但究其实质，或为精怪作祟，或为神佛有意试炼，均不可解读为真正意义上的冲突。

神怪小说的绣像，作为一种与文字叙事共在的图像形式，同样是这种思想倾向的一种直观表达。从上列多种神怪小说绣像案例即可看出，作为儒家至高代表的君王，与佛门高僧、道家仙人，这三种符号常常共同出现于同一个故事人物群落之中，且他们所承担的功能也类似——一般作为主人公的支持与辅助者，如《后西游记》中的悟真祖师与冥报和尚，《飞驼全传》中的悬天上帝与脱空祖师等(图9-68)。

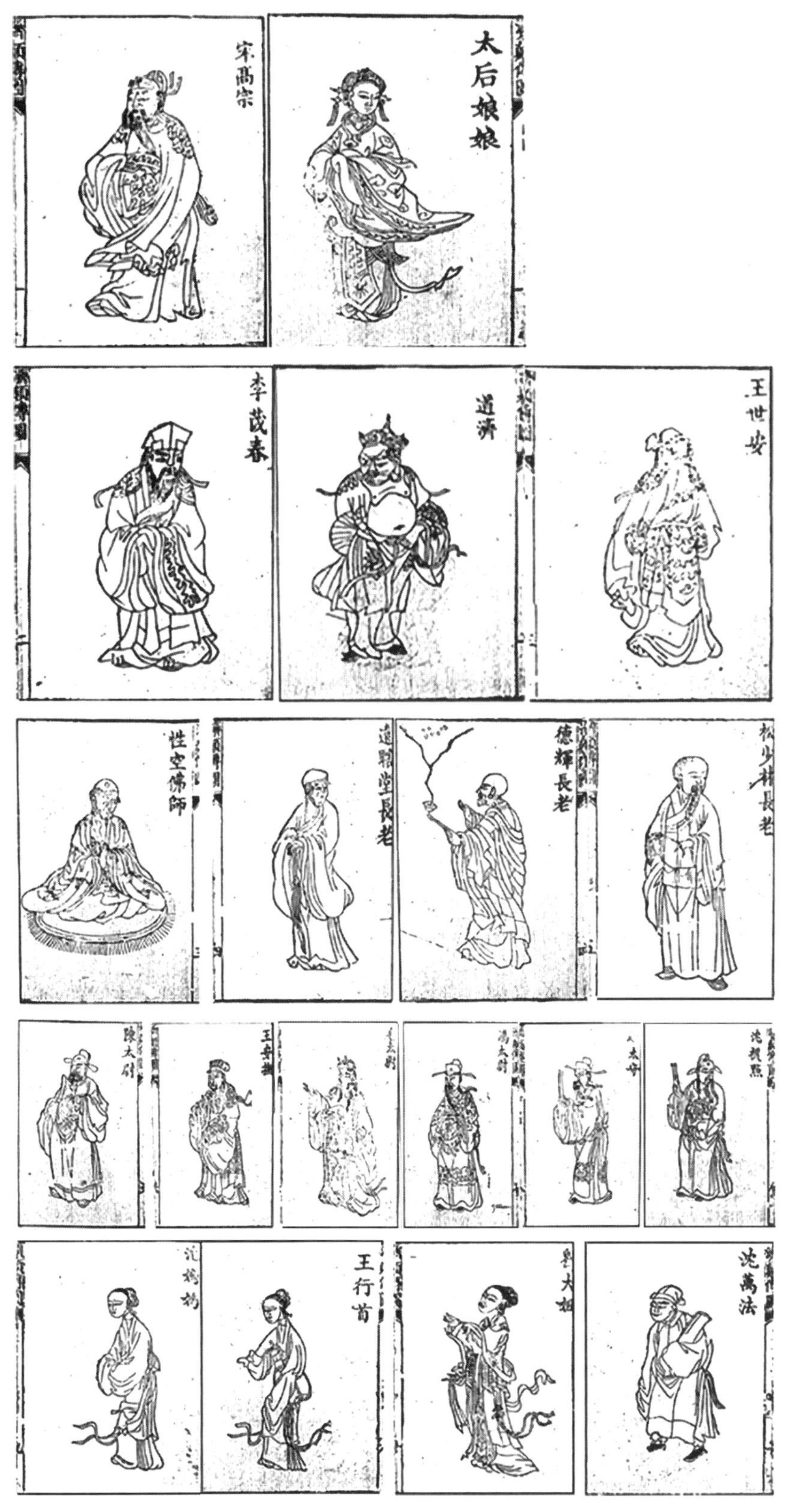

图 9－67

图 9－68

除了佛、道共用之外，绣像还出现了“佛道一体”的独特面目。此所谓佛道一体，指的是在某个人物身上，汇集了佛、道双重视觉标志。如《西游真诠》中的唐僧、《后西游记》中的唐半偈、《雷峰塔奇传》中的法海(图 9－69)。

图 9－69

以上三人都是佛帽僧衣，身披袈裟，佛家的整体装扮，却都手执拂尘。在道教体系里，拂尘是道场中的一种法器，人们熟知的太上老君、太乙真人、八仙中的吕洞宾等皆以拂尘标其仙风鹤骨，佛家也有以拂尘为庄严具，住持有手执拂尘上堂为大众说法，但使用场合较少，不像道教那样几成为道士身份之标志。故以上三图中皆可谓道教典型符号的“杂糅”，也可视为释道通用这一内在观念的外化。虽为细节，却耐人寻味。

以上两点其实是相通的，包括小说编撰者、刊刻者在内的创作、接受主体，经由语言文字叙述和图像表达这双重途径，传达了对君权的敬畏与忌惮，以及以儒为首、释道融汇的精神取向。

第三，绣像人物的类型化特征明显。绣像附于卷首，就刊行者而言，其功能主要是以故事中主要人物的看相去招徕看客。出于这种目的，除了刻绘精美之外，人物身份、个性特征明显，让人一览即知，无疑是重要考虑。这就使得神怪小说的绣像也体现出了鲜明的类型化特征。帝王龙冠龙袍、朝臣朝服秉笏、僧人剃度着僧衣、道士绾髻执拂尘、小民则敞头布衣，皆以人物典型穿扮直观传达人物身份。

更为有趣的是，不少绣像戏台化特征明显。中国古典戏曲的人物装扮可谓是类型化的典型，戏曲人物的身份与性情在戏台上都有程式化的视觉表达。清中叶以来，由于各地被称为“乱弹”或“花部”的地方戏相继进入城市，戏曲作为高度程式化的一种表演艺术，其舞台形象作为一种强势符号迅速影响各种民间图像，清中叶以来很多小说、说唱等的刊刻，也就带有深刻的戏曲程式化的烙印。因为这种夸张的程式化的表达，能够使观众最快最准地通过视觉把握一个人物，这无疑正是小说绣像插图所需要的效果，故而小说绣像普遍借鉴戏台化的人物表达方式十分容易理解。特别是武将与类似净丑的人物，戏台化特征尤为突出（图 9－70）。

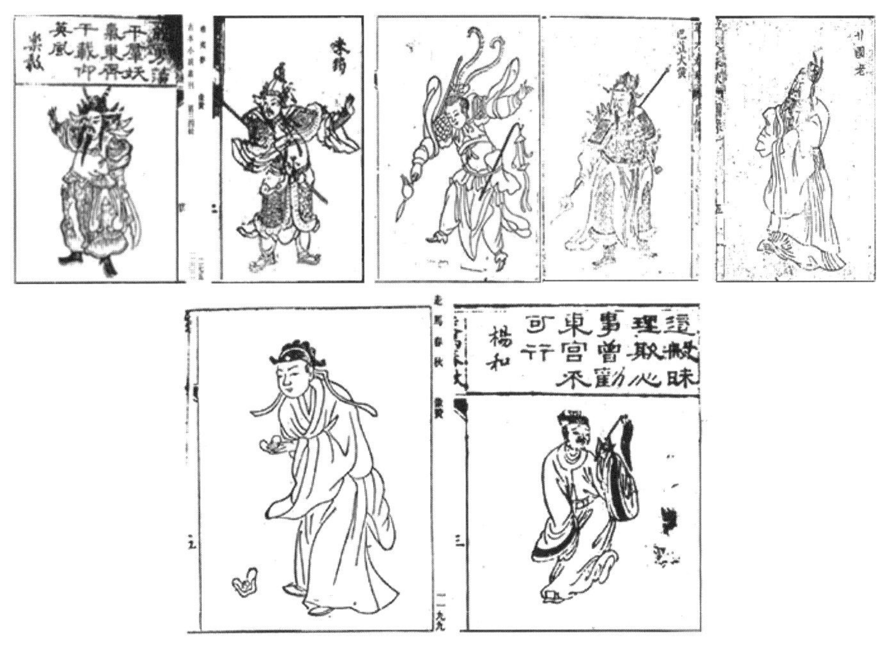

图 9－70

此处仍以清中叶最有代表性的神怪小说《绿野仙踪》为例。小说描写明朝嘉靖年间，士子冷于冰因不愿攀附权相严嵩而应试落第；又目睹忠良被害，业师病故，因此意冷心灰，悟彻人生，深感“趋名逐利，毫无趣味”，遂立志出家学道。经历一番艰辛，得遇火龙真人，学成道术，从此“周行天下，广积阴功”，斩妖除怪，救济众生，先后度脱灵猿、大盗、狐女、农夫、浪子成仙；并协助忠良参倒奸相，诛灭叛逆。终至功德圆满，敕封普惠真人，位列金仙。

故事人物甚众，绣像就有 42 幅之多，形态各异，很多图像戏台感颇强（图 9－71）。如大奸臣严嵩，其服饰非常类似戏台中专扮奸臣的白面，而状元邹应龙则是官生打扮，尚书、忠臣徐阶与书禀巡抚曹邦辅则是老生装扮，帮闲苗秃、纨绔子弟周琏、腐儒邹继苏等则类似丑角。荆州总镇林桂芳、大盗师尚诏、其妻蒋金花、贼将邹炎等武将，其穿扮、姿态皆如戏台之武脚，虎虎有生气。这种图像方式无疑能够起到引起观者兴趣，并形成对人物形象的初步定位与叙事期待的作用。

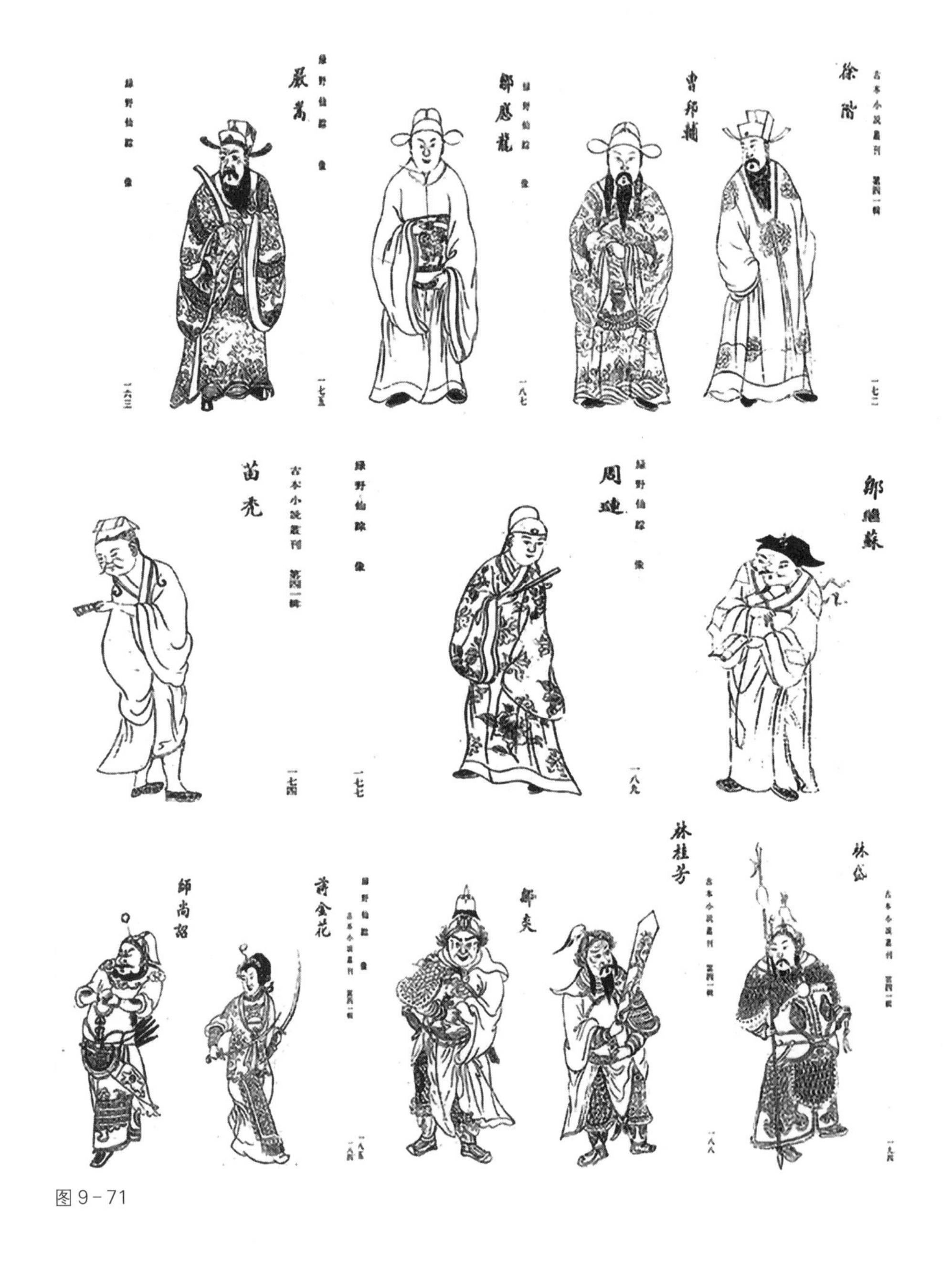

图 9-71

清代神怪类小说刊本、抄本的叙事图一类，从现象上看，相对比绣像图要更复杂，信息量也更大，叙事图可谓是故事中某个情节点的图像化，是人物、动作和场面的集合。章回小说体制较长，情节点繁多，故叙事图的数量一般也较多。章回名目往往正是全书最重要情节点的提示，叙事图的数量、内容与章回对应者不少，不完全对应而是自主选取情节点加以表达者当然更多。无论是否表现为整齐的一目一图，叙事图整体都构成了可以轮廓全书情节线的小图本。

如家喻户晓的许仙与白蛇故事，在清代有《雷峰塔奇传》一书，5 卷 13 回，题“玉花堂主人校订”，主要依据雍正乾隆年间黄图珌的《雷峰塔》传奇，并杂采“旧闻”改编而成。此书数度刊刻，所附叙事图有 16 幅与 12 幅两种。16 幅的有清嘉庆十一年（1806）刊本与“信记藏”写刻本，图上题四字标题，并不与回目表述一致，而是回目内容的提炼：游湖借伞、赠银缔盟、驾云寻夫、匹配良缘、露相惊郎、盗草救夫、穿带宝物、二妖开铺、贪色求欢、友朋游玩、水淹金山、遣徒雪恨、金盂飞覆、瓶收青蛇、化尼治颠、脱罪超升。12 幅图的则有“依姑苏原本”写刻本与《绘图雷峰塔全传》石印本，皆起“游湖借伞”，讫“遣徒雪恨”。此处以“依姑苏原本”写刻本为例，12 幅叙事图依次如图 9 - 72。

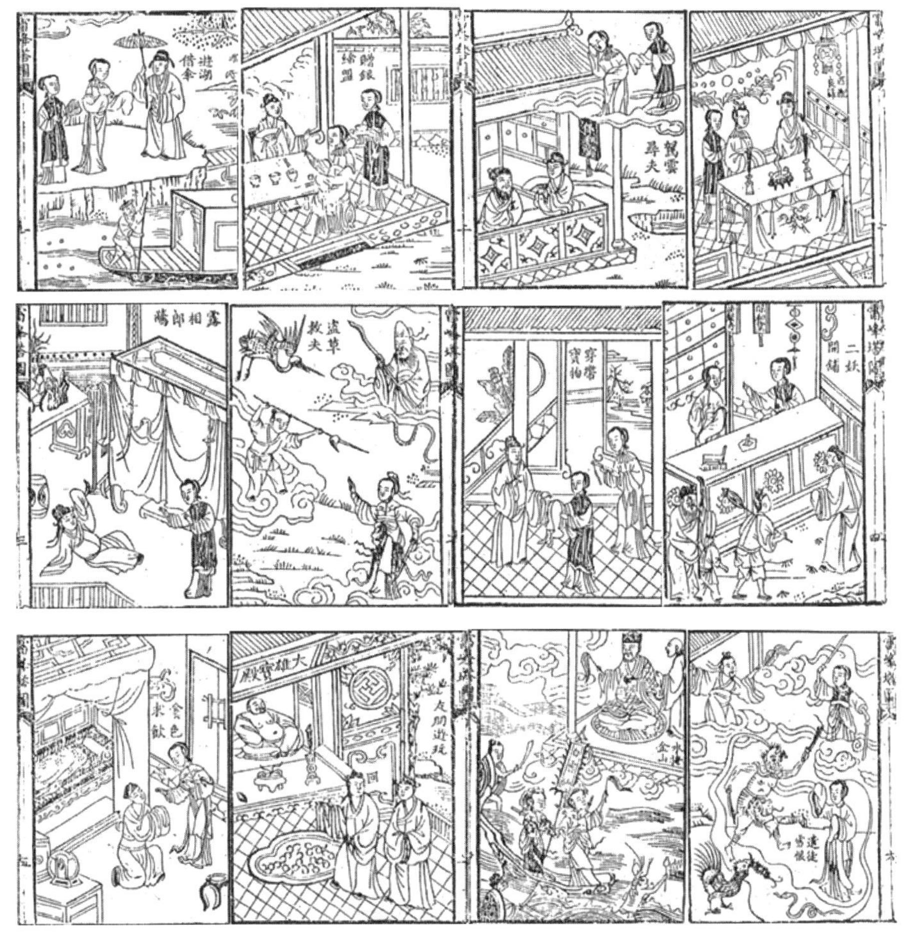

图 9 - 72

这 12 幅叙事图紧扣标题，主要人物、核心动作和对应场景一应俱全。如“游湖借伞”，场景为西湖，画面近端有游船；主要人物为许仙、白娘子与小青，许仙、白娘子居于构图中心，小青随伺一侧；核心动作为借伞，画面表达可以成功唤起观者对二人后续发展的期待。其他各幅皆是如此，“驾云寻夫”之场景为药铺，人物为许仙、药铺老板与白青二蛇，动作则为“驾云”“寻夫”；“露相惊郎”之场景为内室，人物为许仙、白蛇与小青，动作则是白蛇“露相”、许仙“惊”倒；“水淹金山”之场景为金山寺，主要人物为法海、二蛇，动作为斗法，即“水淹金山”。

从图像之间的排列组织来看，系列图像并没有表现出所有的情节点，甚至一些重要的情节点亦有可能缺省。如在“赠银缔盟”与“驾云寻夫”之间，其实还有一节比较重要的情节，即白蛇赠与许仙之银，实为偷盗的官银，事发之后，许仙被发配异地，这才有“驾云寻夫”一事。但中国古典小说的故事资源一般来自民间传说，观者对故事大体情节相当熟悉，所以这种缺省并不影响在观者感受中的完整性。各图与相应情节点的直接有力的契合，可以起到很好的图叙作用。

再如《绣像八仙缘》，著者不详，梅庭氏编辑，写七仙度何仙姑（静莲）故事。清道光九年（1829）寓春居士刊本，有叙事图12叶，图上并无标题，但内容与回目一一对应（图9－73）。

图9－73

这一叙事图系列也串叙了《八仙缘》故事的完整脉络："孝双亲花园祝寿"（第一回）、"何员外逼女招亲"（第二回）、"看招纸闲人打混"（第三回）、"金重离妙算阴阳"（第四回）、"田木叟回生起死"（第五回）、"十八子海底捞针"（第六回）、"湘江子移云掇日"（第七回）、"匡爆然射胜穿杨"（第八回）、"曲日华奉旨宣召"（第九回）、"□道人法运风妖"（第十回）、"□虎精五人公救"（第十一回）、"脱凡胎小姐登仙"（第十二回）。

其他作品如《吕祖全传》《新镌出像古本西游记证道书》《续西游记》等，叙事图情形皆类似，此不赘述。

作为神怪小说，会有一些典型的视觉符号和情节桥段，刊行之际用于招徕看客的叙事图，自然也会凸显出来作为看点。视觉符号如民间熟识的各种神仙精怪，皆有来自其叙事传统中的身份视觉标志，可谓一望即知。情节桥段如"作法""斗法""幻化""升仙"等，用以表达这类非现实内容的类似祥云图案在神怪类小说中尤多。这些图像表达，无论是绣像抑或是叙事图，都相当热闹生动，并即时点击观者的故事储备与期待，可谓与语言文字叙事相得益彰。

第三节　世情儿女小说及其图像

世情小说又称人情小说，着眼俗世中人、社会生活，描摹世态炎凉与人情冷暖。这类小说的发展晚于历史演义小说和神魔小说，成书于明万历年间（一说嘉靖时期）的《金瓶梅》可谓奠基之作。鲁迅《小说史大略》即云："人情小说萌发于唐，迄明略有滋长……至清有《红楼梦》，乃异军突起，驾一切人情小说而远上之。"①

才子佳人小说，是写青年男女恋爱婚姻故事的章回小说，初起于明末，盛行于清初，是世情小说中一个有特色的分支。主人公多是俊雅书生和美慧女子，双方一见钟情，诗文唱和；中遭小人拨乱，常常还有父母作梗，经历离合悲欢，最终才子得中功名，奉旨与佳人完婚。这类作品，当时常被称为"佳话"。拼饮潜夫《春柳莺・序》云："男慕女色，非才不韵；女慕男才，非色不名。二者俱焉，方称佳话。"②作品篇幅不长，大多在 6 至 20 回之间，语言比较清丽典雅。

世情儿女类小说在有清一代不同阶段有一个消长的过程。清初是崛起阶段，人情小说有顺治年间的《续金瓶梅》《醒世姻缘传》和无刊刻年代的《春秋配》。《续金瓶梅》续写了《金瓶梅》中未死之人的聚散离合与已死之人的轮回报应，《醒世姻缘传》叙述一个冤仇相报的两世姻缘故事，《春秋配》则偏重摹写主人公的兴衰际遇。产生于明清之际的《玉娇梨》则标志着才子佳人小说的崛起和成熟，《平

① 鲁迅：《小说史大略》，《鲁迅全集补遗》，天津人民出版社 2006 年版，第 288 页。

② 《春柳莺》，刘世德、陈庆浩、石昌渝主编：《古本小说丛刊》第 25 辑，中华书局 1991 年版，第 1510 页。

山冷燕》《玉支玑》《春柳莺》等接踵问世,形成中国小说史上一个强劲的创作流派。

清代前期的世情小说约有十部。家庭生活类的有《林兰香》《惊梦啼》《炎凉岸》《姑妄言》《疗妒缘》和《金石缘》,个人际遇类的有《金兰筏》《世无匹》《善恶图》和《海烈妇百炼真传》。这一时期的世情小说表现出了题材内容的兼容性,如其代表作品《林兰香》,以耿家的日常生活为主线,旁及帝王更替、忠奸斗争、地方叛乱、外敌入侵等广泛的社会内容。

才子佳人小说则于康熙、雍正年间达到高峰。参与的作家增多,作品数量也多,存世的有近四十部。上承《玉娇梨》《平山冷燕》的传统之作近20部,主要有顺康年间无名氏之《飞花咏》《定情人》《风流配》、天花藏主人编次之《人间乐》、南岳道人编之《蝴蝶媒》;康熙时期无名氏之《两交婚》、蘅香草堂编之《吴江雪》、苏庵主人编次之《绣屏缘》、天花藏主人著之《锦疑团》、鹤市道人编次之《醒风流》、渭滨笠夫编次之《孤山再梦》、蕙水安阳酒民著之《情梦柝》、槜李烟水散人编之《合浦珠》、无名氏之《宛如约》、龙邱白云道人编辑之《玉楼春》、烟霞散人编之《凤凰池》;雍正年间震泽九容楼主人松云氏撰之《英云梦》、云阳嗤嗤道人编之《梦中缘》等。涉笔世情类,以较多篇幅描摹世态炎凉和人情冷暖,作品约12部。主要有顺康间无名氏之《赛红丝》、青心才人编次之《金云翘传》;康熙年间无名氏之《麟儿报》、古吴娥川主人编次之《生花梦》、惜阴堂主人编辑之《二度梅》、铁花山人重辑之《合锦回文传》、天花才子编辑之《快心编》、歧山佐臣编次之《女开科》、烟霞逸士编次之《巧联珠》、无名氏之《集咏楼》;雍正年间无名氏之《终须梦》、枫江伴云友辑之《引凤箫》等。杂糅战争类,把才子佳人置于兵戈战阵之中,有些还杂糅进一些妖异怪诞成分,作品约有7部。顺康间有无名氏之《画图缘》、槜李烟水散人编次之《鸳鸯媒》,康熙年间有无名氏之《燕子笺》、苏庵主人新编之《归莲梦》、古吴素庵主人编之《锦香亭》、烟霞散人编述之《幻中真》、云封山人编次之《铁花仙史》等。

世情小说在清中叶进入了繁荣阶段,作品近30种,为前期同类作品的三倍,且出现了堪称中国古代小说最高成就的《红楼梦》,另外的《歧路灯》《蜃楼志》也堪称佳作。《红楼梦》于乾隆末年刊行,立即广为传颂。自嘉庆初,“遍传海内,几于家置一编”。续《红》之作风靡一时。《蜃楼志》能另辟蹊径,殊为难得。《清风闸》《绣鞋记》等未受续红风尚影响,别有关怀,但文笔较粗疏,艺术性不高。道光前期,世情小说创作已呈现式微状态,渐趋末路。

才子佳人小说至清中叶势头已明显减弱,作品今存不足20部。传统类有乾隆间《水石缘》《驻春园》,嘉庆间《虞宾传》,道光间《梅兰佳话》《白鱼亭》等。涉笔世情类有嘉庆间的《白圭志》、无名氏之《听月楼》。杂糅战争类有乾隆间《醒名花》《离合剑莲子瓶》,嘉庆间《西湖小史》《三分梦》,道光间《五美缘》《犀钗记》等。为摆脱清初才子佳人的窠臼,清中叶作品杂糅性更强,或涉世情,或涉战争,或涉妖异。《醒名花》于才子佳人离合之间,渲染淫艳之事,走向艳情一派。叙事上也更注重情节的奇巧,如《白圭志》。传统才子佳人形象也被广泛突破,才子武艺高强,佳人胆识过人,拨乱其间者也不再一无是处。

世情小说发展至清末,已严重衰退,不仅数量锐减,质量也欠佳,只有个别作品稍有特色,主要是蒙古族小说家尹湛纳希的《一层楼》《泣红亭》和未定稿的《红云泪》。才子佳人小说到了清末,大多已蜕变为狭邪、侠义等类型的小说,仍可成为才子佳人小说者,大约有5部。传统类的《水月缘》《玉燕姻缘》《才子奇缘》,杂糅战争类的则有《绣球缘》。

清代世情儿女类的小说在刊行时附有插图的情形也颇为普遍,所附插图与此类小说的内容、风格、旨趣相契合,显示出了不同于其他种类小说插图的一些特征,这些插图可以辅助我们更好地认识世情儿女类小说本身的一些特点。

世情儿女类小说插图的特征,首先表现为其人物大都是市井小民。如《麟儿报》中的廉小村乃明朝湖广孝感县鸿渐村一普通村民,图像中人粗衣布服,敞头赤足,身处简陋磨豆腐用具之中(图9-74)。这类形象在其他类型小说插图中是很难见到的,即便是身份略高、家境略好的也至多是个富户、乡绅之类。如《痴人福》中田北平乃明代荆州府一富户,但形容丑陋、佝偻跛足(图9-75);《白圭志》中张盈川乃明时江西吉安府吉水县富翁,小说讲的是张家子孙辈的故事(图9-76);《清风闸》中孙大理乃宋仁宗年间浙江台州府一木行主(图9-77),如此等等,鲜有高官大户,更无帝王将相。

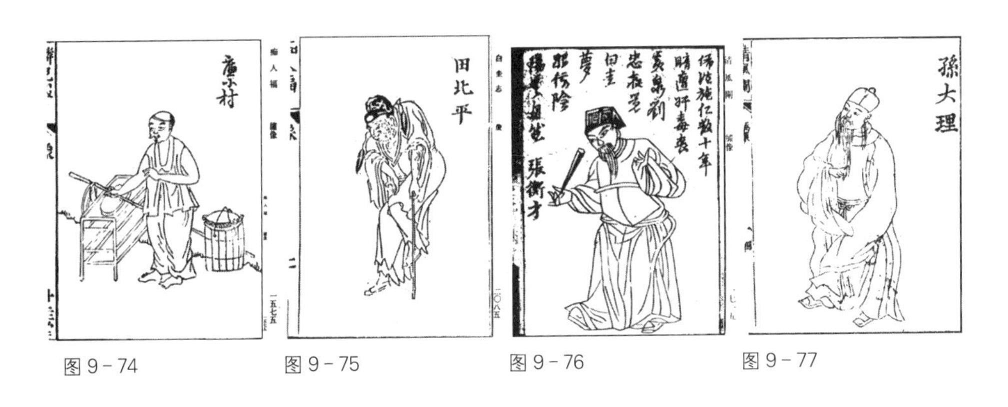

图9-74　图9-75　图9-76　图9-77

世情儿女类小说,因多叙家庭或家族之事,才子佳人小说更是以青年男女情事为主,故而此类插图的第二个特征是,女性形象较其他小说类型为多,且常常男女成对出现。

如《痴人福》,4卷8回,撰人不详,改编自李渔《奈何天》传奇。写明荆州府富户田北平,丑陋残疾且周身异味,连娶三妻,都避入净室,托名念佛,拒绝与之接触。后田氏焚券免债,捐饷助边,而得皇帝封赏。玉帝遣使为其改貌换形,变作美男子。三妻亦封诰命夫人。从此夫妻生活和美，后生四子，俱登科第。《痴人福》小说清嘉庆十年(1805)云秀轩刊本①，有绣像10幅，其中最主要的即为主人公田北平及其三位妻妾邹氏、何氏、吴氏(图9－78)。

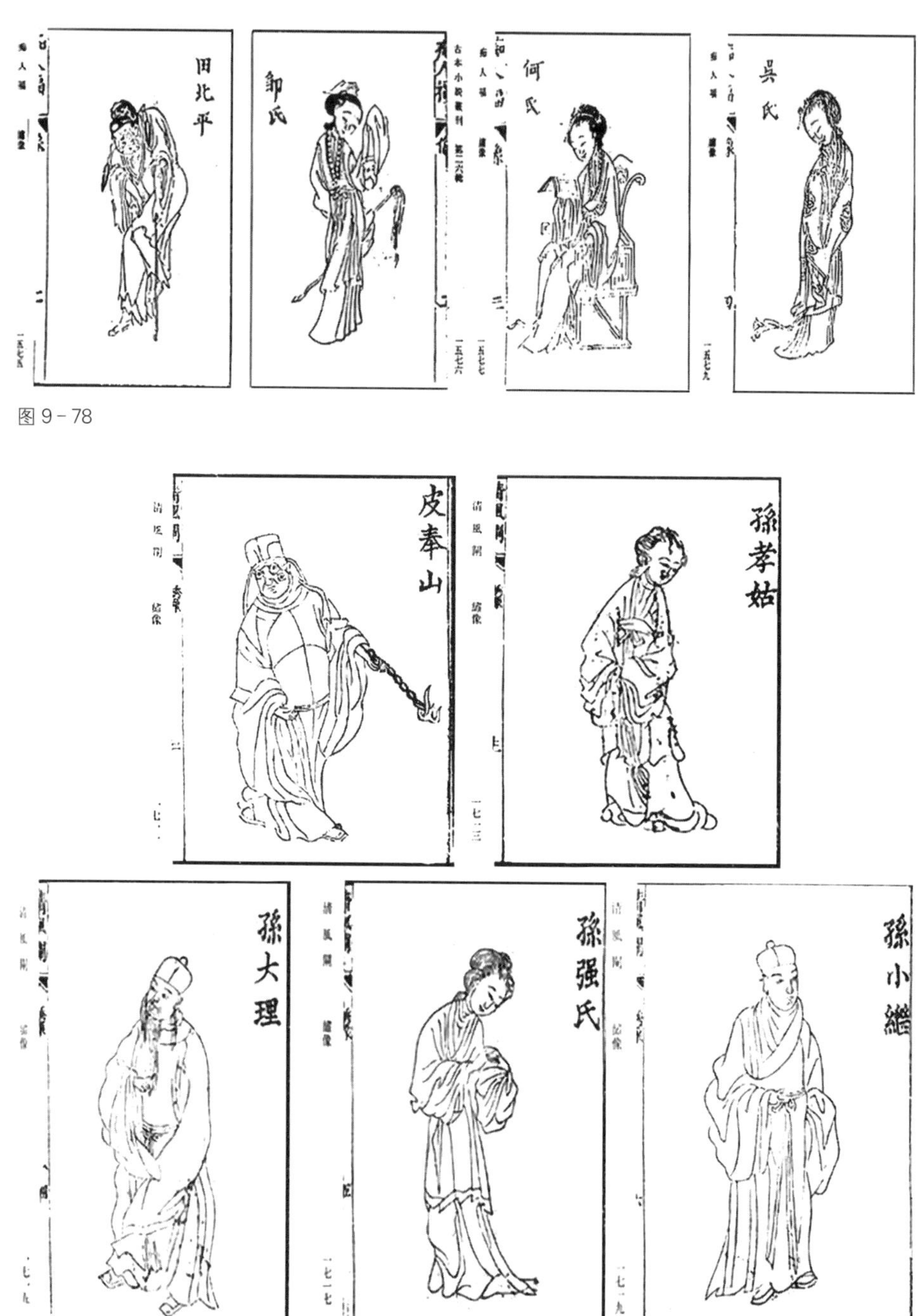

图9－78

图9－79

① 《痴人福》，清嘉庆十年云秀轩刊本，刘世德、陈庆浩、石昌渝主编：《古本小说丛刊》第26辑，中华书局1991年版。

再如《清风闸》，浦琳所撰，写商人孙大理被继妻强氏与养子小继合谋杀死，其阴魂帮助其女孝姑及夫皮奉山发财致富，皮奉山一改旧时恶劣品行，仁善好施，更加富贵，最后得包拯为其伸冤的故事。《清风闸》清道光元年(1821)华轩斋刊本[①]，有绣像 9 页。其中主要人物即为皮奉山、孙孝姑夫妇与孙大理、孙强氏夫妇，以及孙大理养子与孙强氏私通的孙小继。至于皮奉山、孙孝姑夫妇列位于其父辈孙大理、孙强氏之前，应是出于前者乃情节意义上更为重要的人物的考虑(图 9-79)。

如上所述，世情类尤重夫妇、亲子，其插图的家庭化组织比较明显。才子佳人类小说插图更是强调男女恋情这一看点。如《麟儿报》(一名《葛仙翁全传》)，康熙十一年(1672)刊本[②]，序后有图 8 叶，主要人物即为廉清、幸小姐与毛小姐(图 9-80)。廉清为廉小村行善日久得葛仙翁点拨所得之子，聪敏俊秀；幸小姐乃幸尚书之女，幸尚书看中廉清，招之为婿，幸夫人嫌贫爱富，加以阻挠，幸小姐却心志坚定，与廉清私定终身；毛小姐则是毛御史之女，原是被其父许给男扮女装的幸小姐，最后毛、幸二女甚为投契，一同嫁给了已高中状元的廉清。由贫寒卑微而状元及第，又得两位佳人归，这样的故事十分普遍，可谓是许多文人心头的白日之梦。

图 9-80

类似的还有《白圭志》，崔象川辑，4 卷 16 回，主要写张庭瑞与杨菊英、刘秀英的爱情故事。情节也比较丰富，涉及张家财产之争，同姓兄弟为财害命，巡抚夜梦白圭，处死凶手。才子佳人之间的情事也颇为曲折，恶棍之子张美玉拨乱其间，男男女女也屡屡阴差阳错。但大致不出当时套路，张庭瑞以贫寒出身终成状

① 《清风闸》，清道光元年华轩斋刊本，刘世德、陈庆浩、石昌渝主编:《古本小说丛刊》第 12 辑，中华书局 1991 年版。

② 《麟儿报》，清康熙十一年刊本，《明清善本小说丛刊》初编第 8 辑。

元，二位闺秀女扮男装，最后误会澄清，二女共嫁一夫。清嘉庆十二年(1807)永安堂刊本[①]，有图 8 幅，除出于长幼之序考虑而居首的张庭瑞之父张博与末尾几个次要人物之外，主要即为才子佳人立像(图 9－81)。

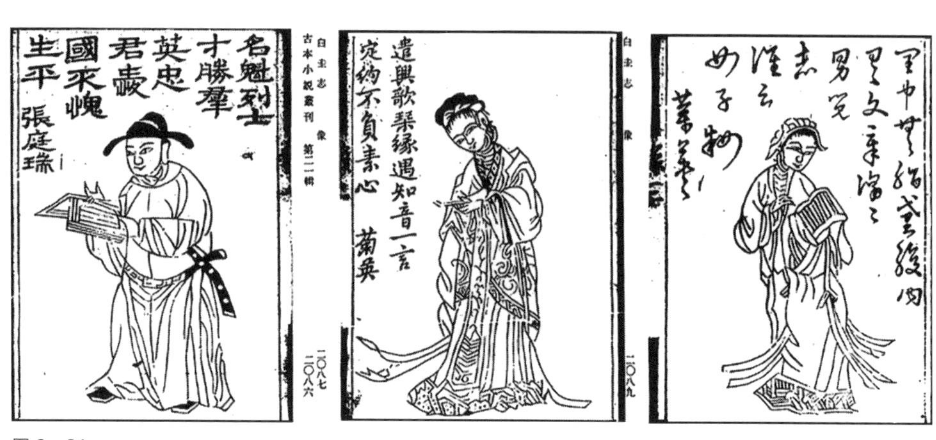

图 9－81

另如《铁花仙史》，写才子王儒珍与佳人蔡若兰、苏馨如之间的曲折情事，模式如出一辙。清康熙年间恒谦堂刊本[②]，有绣像 10 页，才子佳人亦为主要看点(图 9－82)。

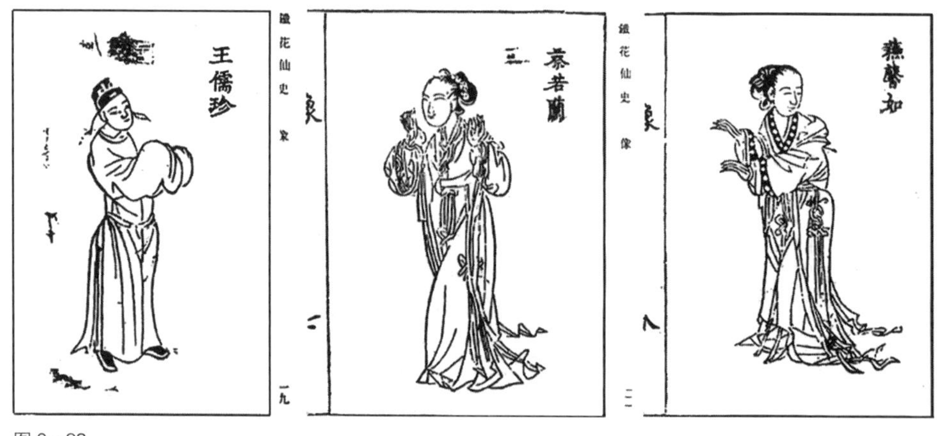

图 9－82

《合锦回文传》，乾隆嘉庆之际作品，写唐代梁孝廉之子梁栋材与才女桑梦兰、刘梦蕙之间的聚散离合故事。道光六年(1826)大文堂刊本(明清善本小说丛

① 《白圭志》，清嘉庆十二年永安堂刊本，刘世德、陈庆浩、石昌渝主编：《古本小说丛刊》第 21 辑，中华书局 1991 年版。

② 《铁花仙史》，清康熙年间恒谦堂刊本，刘世德、陈庆浩、石昌渝主编：《古本小说丛刊》第 17 辑，中华书局 1991 年版。

刊初编第10辑)[1],卷首有绣像10幅:桑梦兰、梁栋材、刘梦蕙三人呈二女拱卫一夫之势;薛尚武是梁栋材之表兄弟,亦是光明磊落之人,堪称才子之信友。如此四人虽非两对,却构成了两男两女,有爱情亦有友情的复杂架构,诚如像赞所言:“才子必成双,佳人岂无偶,妆台喜并肩,闺阁添良友。”(《合锦回文传》像赞)赖本初则是恶人,屡屡设计陷害,房莹波为其妻,此二人不属才子佳人,但也算是一对男女角色,图像中也双双列出,可见此类小说之看点(图9-83)。

图9-83

如概述部分所说,清代相关小说虽按其主要题材归为所谓的世情小说或才子佳人小说,但往往所涉甚广,这在版画插图中自然亦有鲜明体现。

如《绣球缘》,4卷29回,虽也写明万历年间朱能与黄素娟才子佳人历经磨难终成眷属的故事,却以朱、黄两家报仇雪冤为主线,实为未完全脱尽才子佳人小说皮毛的侠义小说。清咸丰元年(1851)刊本[2],有图8幅,分别为万历皇、奸臣镇国公胡豹、忠臣何象峰、胁奸行凶的胡云福、图色忘恩的铁太岁、英勇侠义的

① 《合锦回文传》,道光六年大文堂刊本,朱传誉编:《明清善本小说丛刊》初编第10辑。

② 《绣球缘》,清咸丰元年刊本,《古本小说丛刊》第11辑。

黄世荣、武勇除奸的朱能、运筹帷幄的黄贵宝(图 9-84)。绣像中竟无一位女性角色,更无从成双成对。这也直观提示了小说的核心旨趣不在儿女之情,而在忠奸、善恶之争。

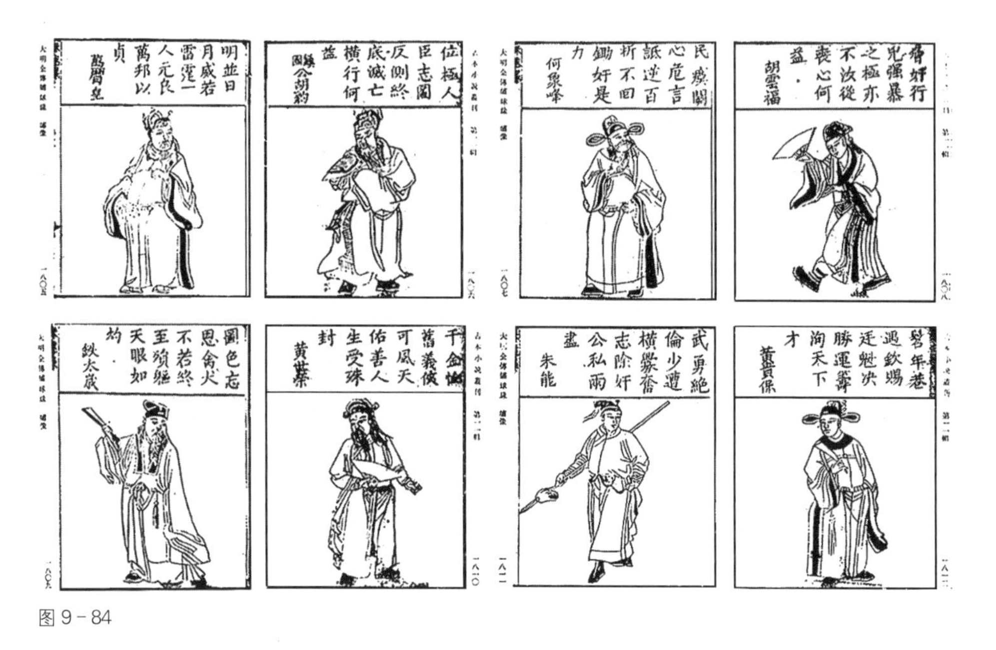

图 9-84

此类小说中常常含有些佛道神怪的元素,绣像中也会出现相关的人物。如《铁花仙史》中的天台道人(图 9-85)、《麟儿报》中的葛仙翁(图 9-86)、《绣鞋记》[1]中的和尚(图 9-87),等等。

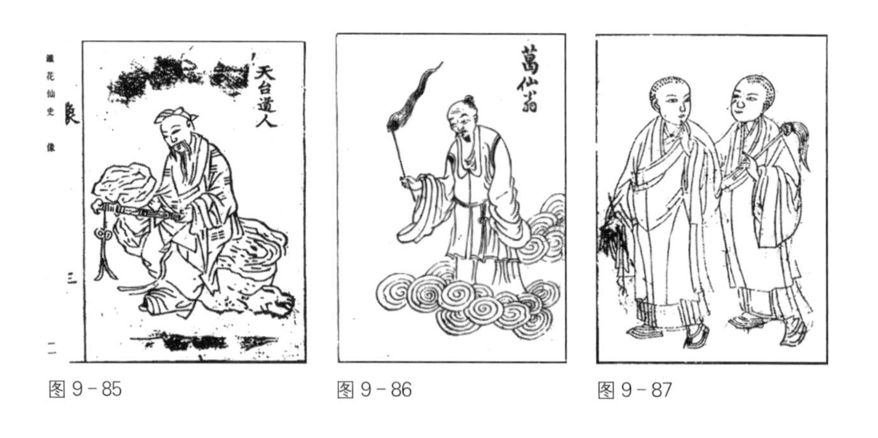

图 9-85　图 9-86　图 9-87

与清代其他类型小说相似,世情儿女小说的人物绣像也有着鲜明的戏台化特征。如《痴人福》中恶匪兄妹黑天王(图 9-88)、白天王(图 9-89)、唐经略(图 9-90);《合锦回文传》中薛尚武(图 9-91)、钟爱(图 9-92);《铁花仙史》中剿匪大将苏

① 《绣鞋记》,乌有先生订,清蝴蝶楼刊本,《古本小说丛刊》第 9 辑。

紫宸(图9-93)等武将,都穿戴翎毛、靠旗、盔甲,手持诸般兵器,戏台化特征最为明显。另如《绣球缘》中千金恤旧、义侠可风的黄世荣(图9-94),俨然一副末的装扮神色,而胁奸行凶的胡云福(图9-95)则有丑角之态;《麟儿报》中的纨绔子弟富无知(图9-96)竟直接鼻梁点白,类似丑或副。这既说明了戏曲在民间深入人心的程度,同时也是中国古代叙事人物类型化思维的一种视觉表征。

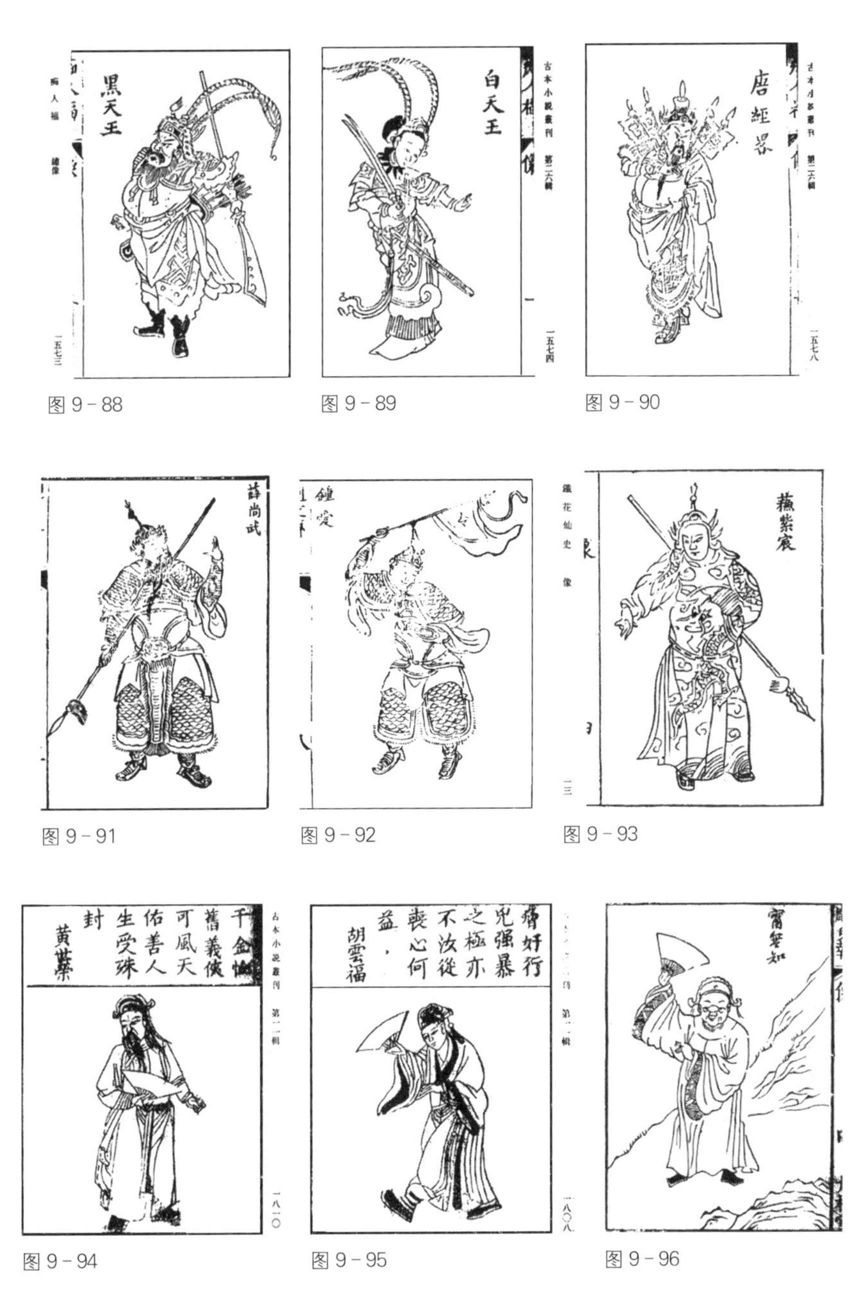

图9-88 图9-89 图9-90

图9-91 图9-92 图9-93

图9-94 图9-95 图9-96

清代世情儿女类小说插图,除了人物绣像之外,清前期刊本中也有叙事图。如《玉娇梨》(又名《双美奇缘》,为后世刊本所改),天花藏主人撰,4卷20回,现知为清初最早问世的才子佳人小说，乃同类作品的典范之作。其清初原刻本无图，康熙间刊本[1]有图 20 叶，每叶半幅为方形叙事图，半幅为圆形花鸟石台等小景图，甚为清雅。

《玉娇梨》书叙明正统年间金陵才子苏友白与才女白红玉、佳人卢梦梨之间的曲折情事。情节之中有着一见钟情、诗文唱和的文人情趣，也充满冒名顶替、误会错认、阴差阳错的情节桥段，可看性较强。小说共 20 回，叙事插图亦为 20 幅，图侧题回目名，一回一图，甚为全备整饬。此小说回目的语言表述特别清晰，将一回之主要内容简明扼要地撮述出来，所配之叙事图亦十分契合，简洁而富有表现力，线条造型也十分温婉流丽。

如第一回“小才女代父题诗”，说是太常白公归隐之后，一日与数亲友饮酒赏菊赋诗。席间白公醉酒，其女红玉暗中代作赏菊诗，为众人所奇。此回之图（图 9－97）十分巧妙契合，一雅致厅堂之上，以大幅屏风为隔分前后两个区域，前方又分为两个小区域，右中部为宾客宴席唱和，下中偏左为白公醉酒，后方则是才女贴心传诗，可谓既简约又丰富且颇有人情意趣。再举一例，小说第五回“穷秀才辞婚富贵女”，说的是红玉小姐托养在其舅父吴翰林家，吴翰林访得金陵才子苏友白，便托张媒婆为红玉提亲，苏友白恐婚姻大事为人所愚，必亲见中意方能答允，不料苏友白暗中所窥见者为吴翰林亲女，情性索然，乃固辞。此回之图（图 9－98）亦十分匠心独运，以一带山石为隔，斜斜分为前后两个区域，右后部为吴翰林家院中亭台，吴女身在其中，姿色平庸；前部则是苏友白挥鞭策马、拨开人群往反方向疾驰而去。人物关系态势鲜明夸张，一见固辞之意有力突显了出来，十分有趣。

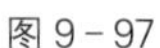
图 9－97

[1] 《玉娇梨》，清康熙间刊本，《明清善本小说丛刊》初编第 8 辑。

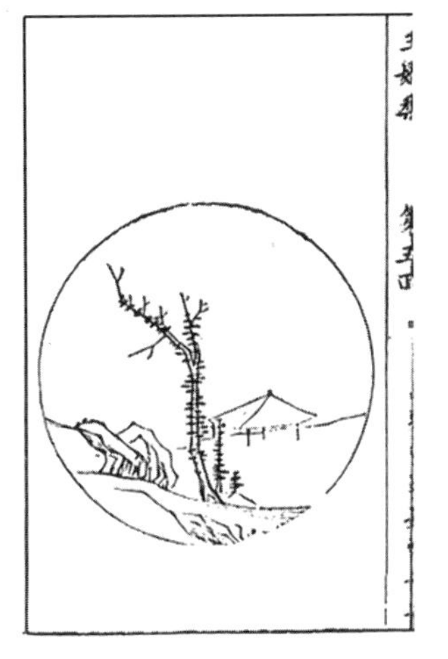

图 9 - 98

由此可见，清代世情儿女类小说的插图，无论是绣像还是叙事图，亦颇有特点与玩赏之处，随书刊行也不同程度增加了小说的可读性[①]。

①《红楼梦》图像非常丰富，后设专题论述，于此处不赘。

第十章 《聊斋志异》小说的文本与插图

《聊斋志异》作为一部在文学史上享有盛名的佳作，自鲁迅《中国小说史略》以来，学界对其一直抱有很高的关注度，也产生了很多学术积累。但相关《聊斋志异》文本及其小说插图关系的研究，则相对不多。学界对《详注聊斋志异图咏》及《分类广注聊斋志异》等版本的插图本也有关注，但仍是从《聊斋志异》版本的角度进行考查。近年来有不少论文涉及《聊斋志异》的插图研究，但大都从传播学的角度进行分析，虽然对《聊斋志异》的插图与文本的图文关系有一定阐发，但依然缺少一种较为全面的梳理和较为细致的探讨，对此尚需要一个较为全面细致的研究。

第一节 蒲松龄及《聊斋志异》概况

蒲松龄，字留仙，一字剑臣，号柳泉，世称聊斋先生。明崇祯庚辰年(1640)四月十六日戌时生于山东淄川蒲家庄，行三。父蒲槃，曾娶妻孙氏、董氏、李氏，蒲松龄为董氏所生。蒲槃淹贯经史，行善于乡。举业不成改行商贾，晚年家道中落。蒲松龄幼从父学，经史常能过目辄了。清顺治十五年戊戌(1658)，蒲松龄应童子试，受知于学政施闰章，以县、府、道第一补博士弟子员，文章风节称一时之著。康熙三年甲辰(1664)与赵晋石同读书于李希梅家，此时的蒲松龄已开始狐鬼题材的短篇文言小说创作。继弱冠童试第一之后的数十年间，蒲松龄一生困顿场屋，屡试不第。自康熙四年乙巳(1665)初次设馆于丰泉乡王永印家之后，生活困苦的蒲松龄开始了长达数十年在外设帐舌耕以养家糊口的生活。康熙九年庚戌(1670)，蒲松龄受邀于任江苏宝应知县的同乡孙蕙，遂南游为其幕宾。康熙十八年己未(1679)，蒲松龄开始设帐于西铺毕际有家，其于二十几岁开始创作的狐鬼题材短篇文言小说在这一年初步结集，定名为《聊斋志异》，并作《自志》，高珩为其《聊斋志异》作序。蒲松龄一生颇有著述，除举世闻名的文言短篇小说集《聊斋志异》外，尚有诗文传世，及根据《聊斋志异》改编而成的《聊斋俚曲》和关于医药、农业、民俗、礼仪等知识的通俗普及性读物若干。

《聊斋志异》创作于蒲松龄青年时代，自康熙十八年(1679)前后进入创作盛期，并结集成册[1]。大约在康熙三十六年(1697)《聊斋志异》已完成15册，在之后的康熙三十七年至康熙四十九年(1698—1710)的十几年间，蒲松龄仍然继续着《聊斋志异》的创作，并将早年已完成的篇目加以改订[2]。

《聊斋志异》成书后并未能够马上刊刻，但流传很广，诸家传抄，各有点窜，版本甚多。据张宪春《〈聊斋志异〉版本叙录》一文，计有60余种[3]。根据其成书卷册数来说，有16卷本和24卷本两种。就其性质内容而言，可分为稿本、抄本、刻本、评注本、图咏本五大类，现将其中较为重要的版本介绍如下：

(1) 稿本。

即蒲松龄亲自修订的稿本，1950年冬于辽宁西丰县发现的《聊斋志异》半部手稿本，此本原系辽宁西丰蒲氏九世孙蒲文珊旧藏，全书共分八册。1955年北京文学古籍刊行社据此半部原稿影印出版，全书被厘为四册。

(2) 抄本。

首先是山东博物馆藏的康熙间抄本，此本为康熙年间直接据手稿本过录的残本。今存四整册，另两残册，共250篇，与现存半部手稿本重复者两册。其次是北京大学图书馆藏的铸雪斋抄本，是济南张希杰于乾隆十六年(1751)据殿春亭主人朱崇勋抄本过录而来。全书共分12卷，收文488篇，其中有目缺文者14篇，比原稿增补了近一倍，较赵氏青柯亭本多出49篇。文字和各篇的编排次序与稿本基本一致。此本是现存较完整的早期抄本。其三，四川大学图书馆藏乾隆年间的榕城黄炎焦选抄本，是早期传抄本之一。原书共分12卷，现存10卷，每卷题目下均有"古闽黄炎熙斯辉氏订"字样。其四，1962年于山东淄博市周村区发现的24卷抄本。此本应出自一人手笔，大约抄于乾隆十五年至三十年(1750—1765)间，文中除"弘"字缺笔避乾隆讳外，其余清代诸位皇帝皆不避讳。不排除是道光、同治年间据乾隆年间的抄本重抄的可能[4]。其五，北京中国书店藏清初抄本，改《聊斋志异》书名为《异史》，文中"胤""真"字皆避讳缺笔，共18卷，收文484篇[5]。

(3) 刻本。

现存最早的刻本是乾隆三十一年(1766)赵起杲的青柯亭本，总目共16卷，现藏山东省图书馆。自此刻本出后，此后的各种评注本、石印本、铅印本等都据此本翻印。因前后经过几次修改翻刻，形式和内容各有差异。如有截其序者，有去其题词、例言、小传者，有删其短篇者，有分门别类者，但亦由此可见其对《聊斋

---

① 盛伟:《蒲松龄年表》,朱一玄主编:《聊斋志异辞典》附录,天津古籍出版社1991年版,第674页。

② 邹宗良:《初稿本〈聊斋志异〉考》,《山东大学学报》1992年第2期。

③ 张宪春:《〈聊斋志异〉版本叙录》,《蒲松龄研究》1993年第C2期。

④ 齐鲁书社:《聊斋志异二十四卷抄本影印出版说明》,朱一玄主编:《聊斋志异资料汇编》,南开大学出版社2002年版,第352页。

⑤ 洛伟:《〈聊斋志异〉版本略述》,朱一玄主编:《聊斋志异资料汇编》,南开大学出版社2002年版,第364页。

志异》的更广泛、更普及的传播实乃功不可没。另外较为重要的刻本还有乾隆三十二年(1767)金坛王金范本,浙江省图书馆等有藏,及乾隆三十二年(1767)闽上洋李时宪本。还有以青柯亭刻本为基础的节选本步云阁本,此本全书共11卷,收文140篇,目次与青柯亭本差异较大,卷前有唐梦资序和蒲松龄所作《聊斋自志》,现藏山东省图书馆。

(4) 评注本。

自青柯亭本《聊斋志异》刊行之后,嘉庆、道光以降《聊斋志异》流传更加广泛,逐渐引起当时文人的重视,于是相继出现了各种以青柯亭本为底本的评注本。其中影响较大的有:评作于嘉庆二十三年(1818)的冯镇峦评本,迟至光绪十七年(1891)冯镇峦所评与王士禛、何守奇、但明伦三家所评始有四川合阳喻焜刊刻的合评本;道光三年(1823)经纶堂所刻何守奇评本;道光二十二年(1842)但明伦自刻的评本;道光五年(1825)所刻吕湛恩注本等。

其中,吕湛恩的注本是第一个为《聊斋志异》作注的本子。此本原为单刻,不载《聊斋志异》原文,有道光五年(1825)刻本和姑苏步月楼翻刻本。道光二十三年(1843)广东五云楼刻本始将吕注与《聊斋志异》原文合刻[①]。吕氏注本只注不评,对原文注释很是详细,常引经据典考证书中人物来历、字音意义等,因此很适合能够断文识字的一般读者阅读,并能够在理解故事情节的基础层面上大大满足读者要求,因此很受大众欢迎。光绪年间的诸多《聊斋志异》图咏本几乎皆以吕氏注本为底本,可见其影响之大。

(5) 图咏本。

大约于19世纪30年代,西方石印技术传入中国。石印技术的引进使得书刊制作成本大大降低,小说插图的印刷速度加快,书坊刊刻小说往往把插图作为卖点重点宣传。在这样的背景之下,迟至光绪十二年(1886),上海同文书局首次石印出版了铁城广百宋斋所藏原印本《详注聊斋志异图咏》。此为《聊斋志异》的首个图咏本,采用青柯亭吕湛恩注本为底本,铁城广百宋斋主人徐润校正,全书1函8册16卷。内封页有"丙戌孟夏"字样和朱荣棣之篆书"聊斋志异图咏"书名,及铁城广百宋斋藏本上海同文书局石印之牌记,卷首有古越高昌寒食生序。高昌寒食生即何镛,字桂笙;次为高珩序、唐梦赉序。继有《聊斋著书图》一页,《(民国)淄川县志》(卷五)"续贡生"一条中关于蒲松龄简介的节录,及蒲松龄《聊斋自志》。之后依次是乾隆五年(1740)蒲立德识语,广百宋斋主人徐润所撰《详注聊斋志异图咏例言》,全书16卷总目。此本据聊斋原书431篇每一篇目各绘图一幅,篇目中有二则、三则者亦并图之,据其例言共收图444幅。插图采用双面竖幅版式,工笔勾画。每图以隶书题写篇名,以行楷题写据原文内容咏赞的七绝一首,钤篇目名称印章一枚。今藏国家图书馆和山东省图书馆,另有缩印巾箱

① 张友鹤:《聊斋志异会校会注会评本后记》,朱一玄主编:《聊斋志异资料汇编》,第356页。

本，亦8册。此版一出，立即风行，堪称一时之望。此后诸家所刊《聊斋志异》图咏本皆以此版图文为底本加以仿印。仿印的各本插图或偶有差异，原文大都以青柯亭吕湛恩注本为底本。

诸家所翻仿之8册16卷图咏本计有以下8种：上海华文书局据同文书局本仿印之《详注聊斋志异图咏》；光绪十二年(1886)上海江左书林石印本《详注聊斋志异图咏》，今藏北京师范大学图书馆；光绪十四年(1888)桐城知不足斋据同文书局本重加调整的石印本《详注聊斋志异图咏》；光绪十四年(1888)上海鸿宝斋石印本《详注聊斋志异图咏》；光绪十五年(1889)悲英书局由桐城知不足斋主人校刊的石印本《详注聊斋志异图咏》；宣统二年(1910)上海章福记印行石印本《详注聊斋志异图咏》；民国七年(1918)上海广益书局铅印本《详注聊斋志异图咏》，在民国二十一年(1932)又以《聊斋志异：绣像仿宋完整本》的名目重刊；上海扫叶山房于民国十一年(1922)校正，十八年(1929)石印的《增评详注聊斋志异图咏》本，所谓"增评"即增加了王士禛与但明伦二人的评语。此外，尚有民国十三年(1924)中新书局出版的《聊斋志异精校全图本》，民国二十五年(1936)中央书店出版的《绣像聊斋志异》，及民国年间由上海广益书局刊行的《聊斋志异新评》，此版以但明伦评本为底本，插图几乎都来自广百宋斋版本。晚清民国年间《聊斋志异》的点评本与图咏本存在随意组合的现象，常常以但明伦评本或吕湛恩点校本为底本，加以广百宋斋版本的插图，或对广百宋斋版本的插图进行改窜。书商的逐利行为导致大量的绘图仿制本以《聊斋志异评注图样》或《绘图聊斋志异》《聊斋志异新评》等名目刊行。这些版本的插图往往把广百宋斋原版插图稍加改动，并把原版双面竖幅、一页一图的版式改为一页上下两图，两图之间没有边框行线的分隔，而是在格局上融为一体，这造成了《聊斋志异》图咏本一定程度上的繁荣与版本考察上的混乱。但就其插图而言，与广百宋斋相较虽有新图，但大都无新意。

《详注聊斋志异图咏》经过以上不同的再版之后，传播更为普及。此后所出版的图咏本无论底本怎样花样翻新，插图几乎皆来自广百宋斋所藏本插图。进入20世纪之后，《详注聊斋志异图咏》又被多次印刷出版，计有1956年香港广智书局据同文书局本影印的三册本；1976年港珠海书院据同文书局本影印的四册本；1981年台湾新兴书局据同文书局本影印的二册本；1981年北京中国书店据同文书局本影印的三册本；2002年江苏古籍出版社出版的《聊斋志异图咏插图全编》；2003年山西人民出版社出版的《图像聊斋志异》等。除此之外，还有1978年台北学生书局出版的刘阶平编校，以但明伦评注本为底本的图咏本《增图补校但刻聊斋志异》。

《聊斋志异》尚有另一长期不为人知的《分类广注绘图聊斋志异》图咏本。

1998年第2期《蒲松龄研究》中的《谈谈新发现的分类广注绘图〈聊斋志异〉》[①]一文首次向外界作了此书的介绍,《分类广注绘图聊斋志异》才首次进入人们的研究视野。

《分类广注绘图聊斋志异》原版石印本的首次刊印于民国十二年(1923)5月,由上海世界书局出版发行。此图咏本以青柯亭本为底本,选收文201篇,分为"狐异""鬼异""神异""人异""物异"五类,每类两卷,厘为10卷,共有插图80幅,绘画者是清末民初的知名画家陈丹旭。此图咏本是个选本,不仅编次和其余版本不同,蒲松龄原文中的"异史氏曰"亦被删除,取而代之的是在各篇末尾加以总评及若干注释,注释基本以吕注为主,但多有删节,每页书眉之上皆有眉批,尚不知出自何人。

据冀运鲁《文言小说图像传播的历史考察——以〈聊斋志异〉为中心》一文[②],《聊斋志异》尚存一种工笔重彩的手绘插图本,出自清代宫廷画师,现藏中国历史博物馆。[③] 中国国家博物馆所藏的这个版本即是创作于光绪八年至光绪二十年间(1882—1894)的《聊斋图说》[④]。中国国家博物馆检索信息也显示,其所馆藏的《聊斋志异》插图仅此一部。需要说明的是,《聊斋图说》并非宫廷画师所绘,尽管其在风格上已有宫廷彩绘的倾向。

《聊斋图说》根据青柯亭本《聊斋志异》原文缩编并附以彩绘而成,总计48册,现存46册。其以青柯亭刻本为底本,以原著条目为纲目,分别配以彩图,计有420篇目,725幅彩图。所配彩图少则一幅,多则五幅不等,每幅彩图皆有单独题名。彩图为广百宋斋主人徐润所组织的当时的一批名手绘制而成,创作于光绪八年至十二年之间(1882—1886)。为半开绘图,半开文字,纵52厘米,横38厘米,绢本设色,每页折叠式装裱,上下木夹板装帧,封面、封底均裱以织锦。右上题签"聊斋图说",其下小字楷书每册的次第编号。文字部分上部是编绘者题诗,下部是原著故事的缩写。图册根据所选名篇故事情节的长短以图释文,以文解图。《聊斋图说》约于八国联军侵华京津陷落之际被当时的沙俄帝国军队掠夺而去,1958年4月17日由苏联政府归还中国,先拨交北京图书馆收藏,1959年经有关部门批准拨交中国历史博物馆收藏,现藏于中国国家博物馆。2009年8月中国社会科学出版社出版中国国家博物馆编《聊斋图说》,2011年5月中国社会科学出版社出版吕章申主编的《画梦〈聊斋图说〉赏析》对此本彩绘有所赏析,2015年7月北京艺术与科学电子出版社出版《清聊斋图说全图》。

---

① 蒲泽、蒲婷婷:《谈谈新发现的分类广注绘图〈聊斋志异〉》,《蒲松龄研究》1998年第2期。

② 冀运鲁:《文言小说图像传播的历史考察——以〈聊斋志异〉为中心》,《兰州学刊》2009年第6期。

③ 中国历史博物馆已于2003年与中国革命博物馆合并组建成为中国国家博物馆。

④ 吕长生:《〈聊斋图说〉考》,《中国历史博物馆馆刊》1996年第2期。

第二节 《聊斋志异》的三种清代插图本

《聊斋志异》现存清代插图本有三种，即光绪十二年(1886)上海同文书局出版的广百宋斋藏本《详注聊斋志异图咏》、晚清画家陈丹旭所绘《分类广注绘图聊斋志异》和晚清画家潘振镛所绘而不曾刊行的《聊斋志异》白描插图，三者间存在密切关系。

《详注聊斋志异图咏》开创了我国文言小说配以插图的先河。作为《聊斋志异》的第一个图咏本，《详注聊斋志异图咏》的刊行使得文言小说《聊斋志异》进入了一个新的图像传播的时代。《详注聊斋志异图咏》例言曾有说明，全书中每一篇目皆附插图一幅，遇到原文附有二则、三则故事的篇目，亦一一附图；但《伏狐》因事涉秽亵，《夏雪》因无事实，无从落笔，故付阙如。1981 年北京中国书店据同文书局本影印的三册本《详注聊斋志异图咏》中，却收有《伏狐》《夏雪》两幅插图，可以断定这两幅插图当不是广百宋斋原版所绘。但从绘画风格来说，《伏狐》《夏雪》两幅插图与整本《详注聊斋志异图咏》中的其余插图并无二致。《伏狐》(图10－1)故事虽有秽亵，但插图所描绘的也仅是江湖铃医与某太史相坐房中，以秘药相赠的场景；《夏雪》(图 10－2)则描绘了众乡民祈祷于大王庙下，其中被大王附身的乡民站在庙堂中间高于众人，而庙外屋顶、地面、树梢皆有白雪覆盖。

图 10－1 《伏狐》

图 10－2 《夏雪》

关于《崂山道士》的插图，1981 年中国书店影印版《详注聊斋志异图咏》与2002 年江苏古籍出版社出版的《聊斋志异图咏插图全编》存在主角形象刻画上的细小差异。前者(图 10-3)所绘王生头戴儒巾,正给妻子表演穿墙术,其朝墙壁奔跑的动作较为飘逸,颇有动态感;后者(图 10-4)所绘王生头上并未戴儒巾,正跨着大步、捏着双拳、低着脑袋,似乎正准备以头触墙,形象生动,令人捧腹,体现出了王生痴顽愚笨的一面,有一种幽默感。

图 10-3 《崂山道士》

图 10-4 《崂山道士》

聂崇正认为,潘振镛所绘的《聊斋》故事插图现残存手稿三册,每册收画三十开,为白描手绘,画作线条表现能力突出。[①] 据其装订完整的手稿残本可见,潘振镛所作的《聊斋》故事白描图并非独幅立轴或手卷作品,据聂崇正推测当是为晚清石印小说而作,但因故未曾刊行。从聂文中可知潘振镛所绘《聊斋》故事插图现存的三册残本中有《夏雪》一幅,惜未得见,而文中所附《黑鬼》《邢子仪》两幅插图则与《详注聊斋志异图咏》中的《黑鬼》(图 10-5)、《邢子仪》(图 10-6)颇为相似。虽不能确认《图咏》中《夏雪》一幅一定是潘振镛所作,但至少可从中推测,由于《详注聊斋志异图咏》四百余幅的插图本身必不止一位画家所作,书商为追求效益必定要求多名画家在规定时间内把全部插图绘画完毕。广百宋斋既已请当时与潘振镛齐名的吴友如、钱慧安等为《聊斋志异》绘制插图,遍请名家的广百宋斋主人徐润自然也会邀请潘振镛,而潘振镛所绘制的一批插图虽然整体上没有得到顺利刊行,但并不排除被借鉴或直接征用的可能。

① 聂崇正:《潘振镛画〈聊斋〉故事插图》,《收藏家》2000 年第 11 期。

图 10－5 《黑鬼》，左为《详注聊斋志异图咏》本插图，右为潘振镛所作

图 10－6 《邢子仪》，左为《详注聊斋志异图咏》本插图，右为潘振镛所作

将《详注聊斋志异图咏》插图与《分类广注绘图聊斋志异》插图相比，会发现二者存在很大的相似性。除去插图中的人物形象和肢体动作及场面构图等细节略有差异之外，其所选取的故事叙事场景都是相同的，而《图咏》本在绘制技法与艺术表现力上则胜于《分类》本。

据吕长生《〈聊斋图说〉考》一文,《详注聊斋志异图咏》插图当是《聊斋图说》插图的底本。吕长生认为《图说》是《图咏》刊行后画家重新审视其绘图,再三修改后集结而成的,二书插图很可能出自同一批画家之手,《图说》的刊行者亦同样是广百宋斋主人徐润。那么,联系潘振镛所绘《聊斋》故事白描插图来看,我们不排除这样一个可能,即广百宋斋主人徐润曾集结当时的一批绘画名家来为《详注聊斋志异图咏》绘制插图,这些画家中有吴友如、钱慧安、陈丹旭、潘振镛等;他们所绘制的插图有的是个人单独完成,亦不排除有彼此借鉴创作的,或集体构思具体场景等的可能。这些插图被选用的便集结成册得以刊行,而未被选中的由画家自行处理。

一、《详注聊斋志异图咏》的插图风格

插图与文字是两种不同的媒介。插图可以把属于文字的描述图像化,也可以发挥自身功能补充文字所不能表达的。插图对书籍内容具有从属性,其本身并不能离开文字。作为插图,首先是一种具象的符号,不同于文字属于抽象符号。插图能直接给人以视觉上的刺激,短时间内接受文本所要表达的信息。插图是从属于文字的,最基本的一点是要切题。另一方面,插图又属于造型艺术,虽然尚不能脱离文本成为一种独立的艺术形式,但也允许其在文本所规定的范围内进行一定的艺术创造,自然流露出个体应有的风格。

就整体上而言,《详注聊斋志异图咏》插图所体现出的整体风貌是角度选取雅正平和,场景描绘繁丽丰硕,人物刻画风情质朴。《详注聊斋志异图咏》插图的绘制技法相较明万历以来的戏曲版画插图已可称纯熟,而其风格上的表现力似乎又并未明显超越前代。场面构图与人物刻画有明显效仿明万历之后的戏曲小说版画的痕迹,风格尚缺乏一定的独立性。在表现手法和审美品格方面对明万历以来的戏曲小说版画风格有一定的继承。具体而言,《详注聊斋志异图咏》插图有如下几个特征。

首先,是对原著文本忠实切题的同时,人物形象与场景描绘有着一定的拟古倾向。

作为一部小说集的插图,首先最为基本的功能是对文本叙事情节形象化的再现。《详注聊斋志异图咏》插图很好地做到了这一点,在具体图像的表达上大部分插图都据文本叙述信息而作画,没有任何超越主题与时代的发挥。如在《胡四相公》与《狐谐》两篇故事中,由于胡四相公与狐女平常皆不轻易示人,于是在插图中便干脆不绘出他们的形象。《胡四相公》插图(图 10-7 左)中,只见慕名拜访胡四相公的张虚一相公与空气对坐,在他面前有一悬空的托盘,即表示对坐的是不以形象示人的狐仙胡四相公,而悬空的托盘则是同样不以形象示人的仆人所托。《狐谐》插图(图 10-7 右)中万福与众客列座,而狐女的位置确是空空

如也，图中的主客四人只得望着空气作态生色。

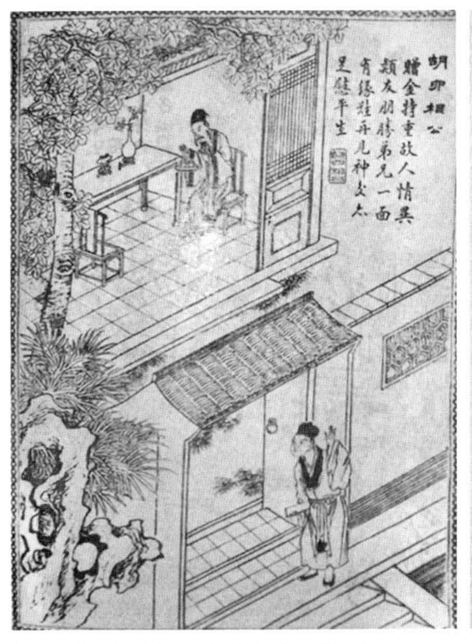

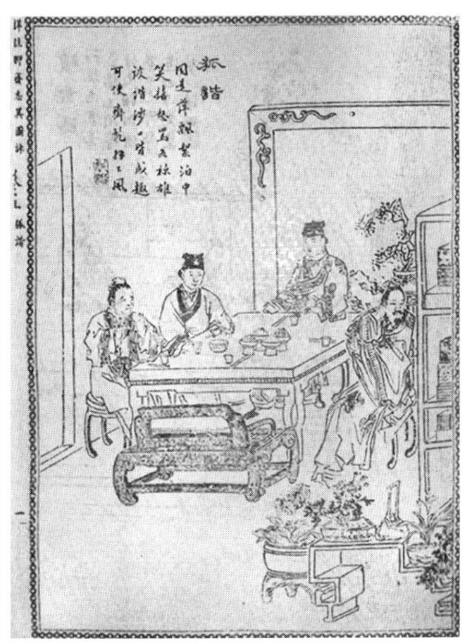

图 10－7　左为《胡四相公》，右为《狐谐》

题材内容较为特殊的《聊斋志异》，尽管许多篇目的本事有前代史料或笔记小说资料可考，但回到原著所叙述的故事本身而言，除少数篇目是作者明确指明或读者可直接从文中看出故事本身所发生的朝代之外，其余大多数篇目中的故事发生于哪朝哪代是不确定亦无需确定的，此所谓小说家言的姑妄言之姑且听之。作为故事文本补充功能的插图而言，只要清晰准确地表达出原著文本中的时代信息即可。而值得注意的是，《图咏》插图几乎没有朝代更替的时间观念，在时间上不做写实处理。所绘人物皆是古人，所有古人皆着古衣冠，而此古衣冠又皆是明代形制，且其身着明代衣冠的古人形象与明万历以来小说戏曲版图中的古人形象的相似度较高。

《聊斋志异》原著中所述故事发生于清代的篇目，在收入《详注聊斋志异图咏》时有如下 62 篇：《喷水》《蛙曲》《鼠戏》《义鼠》《偷桃》《钱流》《上仙》《水灾》《地震》《山市》《夏雪》《小人》《盗户》《祝翁》《新郎》《柳生》《跳神》《驱怪》《山神》《宅妖》（两篇）[①]、《头滚》《野狗》《秦桧》《泥鬼》《梦别》《黑兽》《大人》《孙生》《汤公》《鄱阳神》《彭二挣》《冯木匠》《柳氏子》《四十千》《张贡士》《蒋太史》《于中丞》《孙必振》《张不量》《铁布衫法》《诸城某甲》《陕右某公》《五羖大夫》《老龙船户》《元少先生》《保住》《王者》《狂生》《李司鑑》《二商》《狐梦》《潍水狐》《九山王》《林四娘》

① 《详注聊斋志异图咏》收有两篇题为《宅妖》的篇目，其一收于十三卷，即铸雪斋抄本卷一中的《鬼哭》篇；另一收于十五卷，即铸雪斋抄本卷一中的《宅妖》篇。

《小二》《白莲教》《邢子仪》《公孙九娘》《于去恶》《司文郎》《花神》。

在《图咏》中，以上篇目所附插图中人物皆是明人衣冠。其中涉及清代地方长官轶事传说的许多篇目，如述顺治年间陕西韩城知县翟湛持过鄱阳湖的《鄱阳神》，述顺治进士后授翰林奉讨的唐梦赉少时于庙廊下抠抉泥塑眼珠的《泥鬼》，述顺治年间文华殿大学士冯溥家杀一猪，猪身上有“秦桧七世身”字样的《秦桧》，述顺治年间河南道御史孙必振微时渡江轶事的《孙必振》，述康熙年间陕西雒南知县畅体元微时被流寇所困的《五羖大夫》，述顺治末年广西罗城知县于成龙断案轶事的《于中丞》，述康熙濮州学正苏元行昼卧见大头滚地的《头滚》等篇目，事虽荒诞不伦，故事主人公却是历史上真实存在的清代官员，但插图并不因此而改变人物形象做写实的处理，且《鄱阳神》中的翟湛持、《孙必振》中的孙必振、《于中丞》中的于成龙(图 10－8)皆着明代官服。其余涉及清代官吏的《小人》《盗户》《宅妖》《黑兽》《王者》《狂生》等篇目中的官吏形象亦俱是明代官吏形象。这样的处理方式实际上是对前代戏曲小说版画进行有意识的模仿，而在当时的历史情况下，大概画家也还没有意识与习惯将本朝本代的人物作为小说主角进行绘制，何况《聊斋志异》原著许多脍炙人口的篇目本身与普通人的生活实际尚有一定距离。

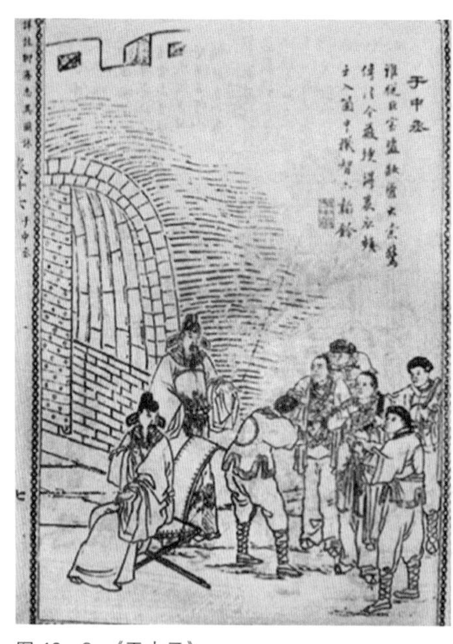

图 10－8　《于中丞》

值得一提的还有《林四娘》一篇，其述青州巡道陈宝钥夜坐遇美之事。故事中向晚搴帏而入的林四娘，长袖宫装实为前朝衡府宫人，而插图中(图 10－9)二人俱是明人装束，这消解了作为前朝宫人寂寥幽魂的林四娘，夜奔本朝风雅文官陈宝钥的传奇神秘感。插图以室外向室内观看的视角作画，树丛掩映中的亭园雅静可爱，通过云窗可见陈宝钥与林四娘隔案对坐，案上一灯、一书、一壶。陈宝钥手举一杯，林四娘伸手探前，似在劝饮又似在清谈，平和闲雅的画风营造出了一种文士夫妇剪烛夜话、清欢自娱的生活日常。插图中被同样刻画成明人的陈宝钥与林四娘并未在形象气质上形成古与今、幽魂与生人的对比，而其中的林四娘与原著中孤叶飘零自感身世而哀怨夜奔文士最后又惨然而别的林四娘也相去甚远，插图所表现出的意境与原著自身的风格差距不小。

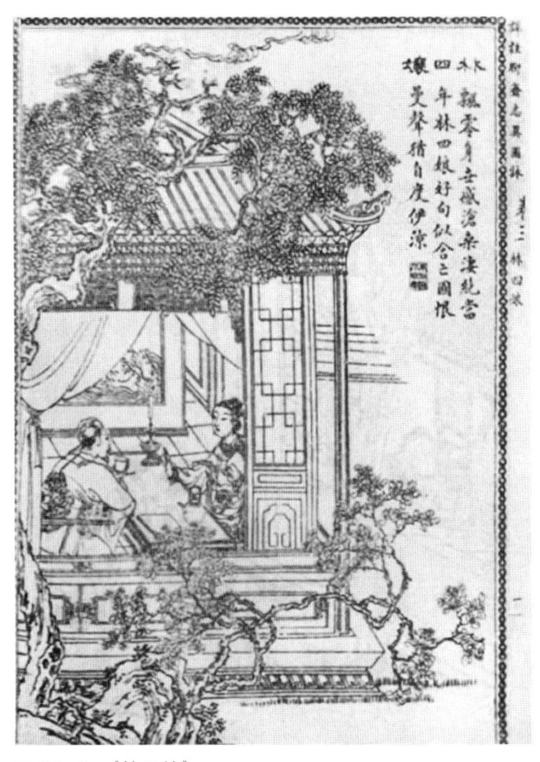

图 10－9 《林四娘》

《图咏》插图对清代人物形象的有意规避，避免了整本插图中出现非汉人衣冠的其他人物形象，进而拉大了插图所绘内容与当时晚清读者生活之间的距离，给人以更大的想象空间与稽古好奇的满足感。而与原著文本中故事朝代不符的插图某种程度上又形成了一种时间拉锯上的张力。但在如《林四娘》这类原著涉及的本朝与前朝的传奇故事中，对本朝衣冠的统一规避，反而造成了原著文本中传奇风格的丧失，把特殊变成了一般。

其次，是对世俗市井场景的规避，对传统绘画经典场景的采用。环境描绘偏于雅致端丽，有明显的文士气。

因对世俗场景有意规避，《详注聊斋志异图咏》中的所有插图背景都自觉地对传统绘画中的经典场景进行模仿。如《晚霞》一篇的插图（图 10－10），述龙宫中的歌舞场景。

对大场面从全景视角进行描绘，其场面之壮丽、人物之繁多，构图之详略得

图 10－10 《晚霞》，左为《详注聊斋志异图咏》的插图，右为《聊斋图说》的插图

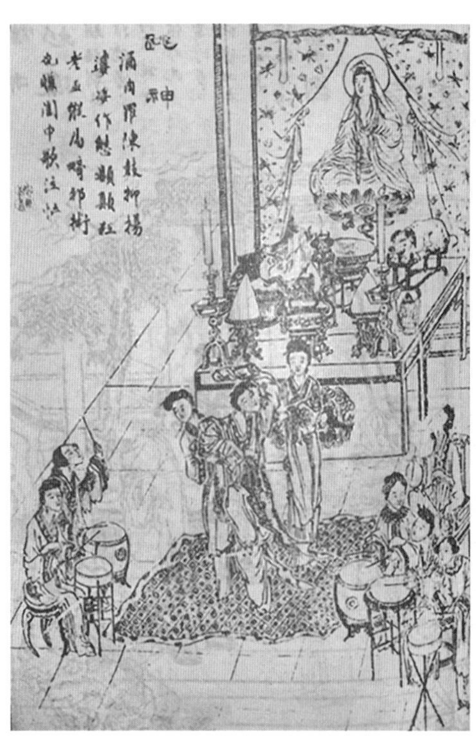

图 10－11 左为《详注聊斋志异图咏》中的《跳神》，右为明崇祯八年刊本《鸳鸯绦》传奇《忧愤》一折的版画

当显示出了一定的作画水准，颇有大家手笔。而对这小小一幅插图中所绘的几十个人物形象的刻画，又较为细致生动，使读者能从整体把握住插图所要表达的

场景气氛。可说是得明万历以降小说戏曲插图细致繁复、灵动精妙之遗风。

对雅致端丽的绘画传统的遵守，另一篇目《跳神》的插图（图 10－11）则体现得更为明显。原著中是对满族民间萨满旧俗跳神的描写，而在插图中，跳神的女子不是萨满装扮，也不是清代民妇的装扮，而是长裙广袖的古人装扮。虽然就插图中的场景布置及人物的位置关系上看是较为符合原著描写的，而从人物的身姿神态上看，则不像跳神更像是在舞蹈。这与明崇祯八年（1635）刊本《鸳鸯绦》传奇中《忧愤》一折的版画插图是十分神似的。

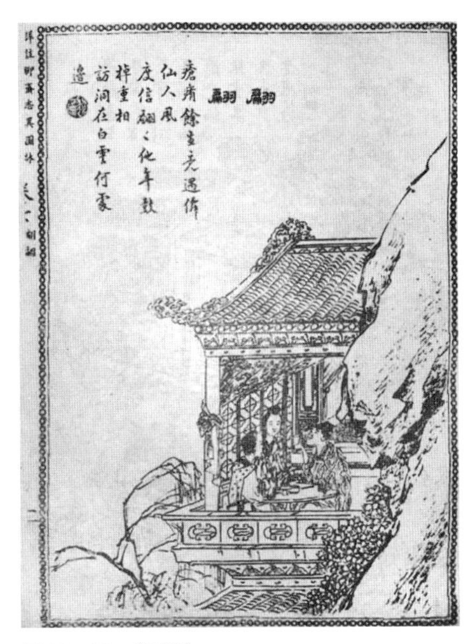

图 10－12 《翩翩》

另外，并非全部插图的场面背景都会依照原著的具体描写进行绘制，《图咏》中插图的场面背景往往集中于室内的大殿、居室、亭台，及室外的山林、村野、江海。对原著中所描述的洞府、地窖、监牢、街市等场景插图则有意避免，或往往以山林、村野、大殿、亭台相替。而有些篇目的具体场面的描绘则与明际以来的戏曲插图颇为相像，如《翩翩》一则故事发生的地点是在洞府，但翩翩、花城娘子、罗子浮三人对饮这一原著中的经典场面在插图（图 10－12）中地点被换作了一座亭台。有意思的是，为突出翩翩与花城娘子的仙人身份，这座亭台被安排在山壁陡崖之间。插图近四分之三的空间绘制陡崖与亭台，剩下四分之一的留白空间则突出了亭台高于天际的视觉效果。相较来说亭中三人的形象比例就小了很多，原著中三人对饮的经典场面在这里被浪费掉了，没有得到相应的刻画；从图中唯一可见的是罗子浮神情生动、几欲发狂，身上的罗锦因他的轻薄举止已现蕉叶原型。

原著中篇幅较短、情节相对简单、人物较少的篇目，实际上并非篇篇皆能入画，而《图咏》的相关插图，水平亦是颇为参差。例如《种梨》《蛙曲》《鼠戏》《丐僧》《犬灯》《戏术》《木雕美人》等篇目，原著中所述故事发生地点皆在街市，而整本《图咏》无一描绘街市的插图，以上篇目插图所描绘出的地点皆在村野，且《种梨》《蛙曲》《鼠戏》《戏术》《木雕美人》五幅插图（图 10－13）构图与人物都极为相似。这五幅插图内容皆由树木和人群构成，在构图上都是四分之一左右的树木，四分之三左右的空白绘制人物。如果把插图中故事的核心道具如梨车、蛙、鼠、木桶、木雕美人等具体能指信息拿掉，那么这五幅插图的所指将是雷同的；同样，这些具备主要能指功能的核心道具在这五幅插图中也几乎是可互换的。当然，主要原因还在于原著中这五篇故事情节的相似性，都是在叙述街市中所见的奇术巧技。可见，插图在将原著文本主要信息一一呈现的同时，又有意对原著信息进行了更改替换，规避了“街市”这种实际操作中刻画繁琐的世俗场景，而把重点放在了姿态各异的围观人群上。

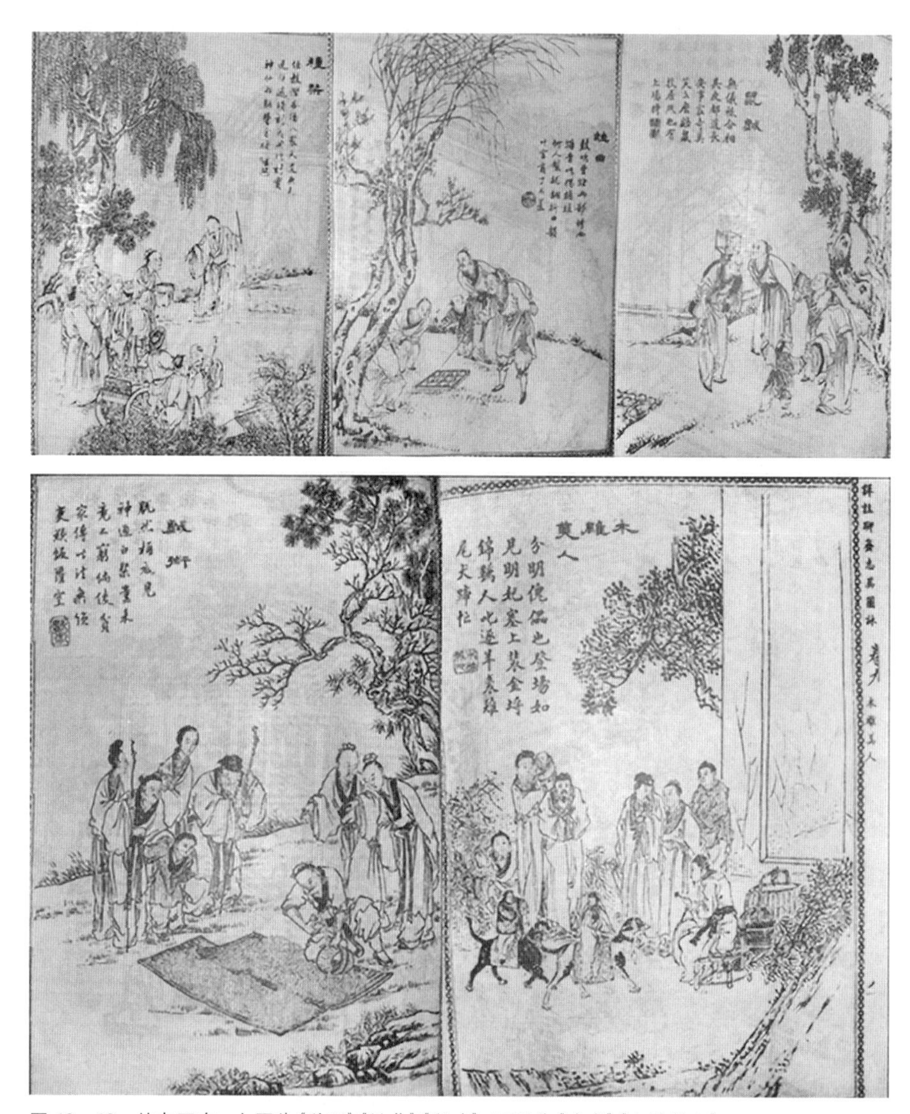

图 10－13　从左至右：上图为《种梨》《蛙曲》《鼠戏》，下图为《戏术》《木雕美人》

同样具备“行乐图”风格的还有《小官人》《小猎犬》《梁产》三幅插图（图 10－14）。《小官人》与《小猎犬》故事相似，插图内容也自然相似。昼卧宴居的主人公躺在床榻之上，环境的布局俨然是士大夫的书房，床榻之下几丛类如细鼠的小人行列而过。《小猎犬》插图中昼卧的主人公目视这群状如细鼠的小人表现了几分惊讶，原著中所描述的正在羽猎行乐的小人在图中亦表现得较为生动，小猎犬与小马匹的奔跑腾挪，马背上小人的拉弓持鞭皆一一在目。

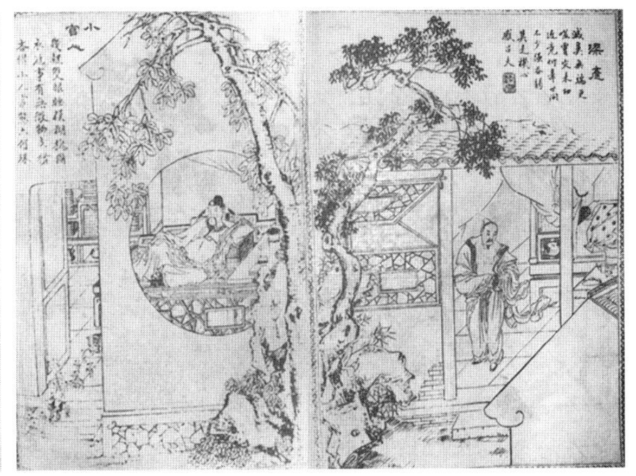

图 10-14 从左至右为《小猎犬》《小官人》《梁产》

《小官人》插图则俨然是士大夫的宴居图了。插图巧妙地把视角放在室外，透过墙上的满月形窗户，可见身着儒服、手枕诗书闲卧床榻的主人公，窗外一株老梧斜倚萧墙，树叶轻遮墙头。如此意境，如果不是插图左边尚有一扉洞开，地上一列小如细鼠的小人列队而入，以及有插图中的文字和印章，谁还能想到这是《聊斋志异》中《小官人》的插图呢？而事实上，插图左边列队而入的小人尚不及门内所绘的满是书册的书架显眼。《梁产》的插图，周围环境的设计是普通居室，人物袒腹居于图画正中居室内部位置。屋外山石树木修美挺立，插图右边是低于人物所在房屋的房顶墙壁，在空间上显示出了不同景物的高低方位，视角上亦形成一定的错落感。图画中袒腹的主人公眉目低垂、神态安详，手中似在把玩什物。插图所突出的是人物而非人物手中的什物，与原著重点描绘因梁产打喷嚏而突落于地的"异物"有一定差距。原著中应声而落的四枚相互噬咬、弱肉强食而变为一枚的"异物"，亦并未在插图中恰如其分地体现出应有的怪异；反而因画中人物的神态而平添出一种祥和，甚至不仔细观察几乎难以辨认人物手中的什物到底为何物，很容易令人误解是士大夫日常把玩之物。

另外，由于原著中许多篇目题材内容有一定的相似性，其在《图咏》插图中的表现方式也极为相似。因此，插图对相似场景和相似题材的描绘，在技法和表现方式上往往有同一性。

小说戏曲插图发展到清代末期已有数百年的经验积累，无论是绘制的技法还是艺术表现力都相当成熟，已形成自身的一套规格。在专门为《聊斋志异》一事一图的《图咏》中，存在许多因原著文本题材的典型性而呈现出场面描绘同一性的插图。这可以从以下几方面分说。

1. 对梦境的描绘

《详注聊斋志异图咏》表现人物梦境的插图有《霍生》《顾生》《竹青》《放蝶》《骂鸭》《梦别》《梦狼》《狐梦》《岳神》《饿鬼》《杜翁》《汤公》《于江》《金永年》《刘采

亮》《梓潼令》《蒋太史》《续黄粱》《莲花公主》等篇目。在这些篇目的插图中，对梦境的表现手法几无二致。但若仔细比较，就会发现虽然对梦境的表现遵循传统，但在梦境和现实两个场景的对比上看，《图咏》往往更偏重于对梦境的具体描述，而对现实的描述较少；每一幅不同插图中的梦境都因原著情节规定而呈现出不同的面貌，而每一幅不同插图中的做梦者形象或做梦者所处的环境却是雷同的。与前代小说戏曲插图相较，《图咏》中的插图对梦境与现实在同一插图中的表现，已不再是平分秋色，而是根据原著文本而有所侧重。其中较为典型的两幅插图是《狐梦》《莲花公主》。由于原著中两篇故事的情节都主要发生在梦里，相应地，插图着重表现的也是梦里的情景，几乎未留任何空间给现实中做梦的主人公及其所处的现实环境，而是把对故事主人公的刻画重点放在了梦境中。

在《狐梦》插图（图 10－15 左）中，线条流利的云烟框住了主人公的梦境，渐变细小的云烟的右下角有一丛现实中的树枝，两者的错落对比让人在视觉效果上对主人公的梦境有九天来客之感。而在占据了插图大部分空间的梦境中，则是主人公与狐仙宴饮作乐的场景。虽是梦狐遇仙，但实则颇具人情雅趣。在《莲花公主》插图（图 10－15 右）中，梦境的描绘已然是插图的重点，现实场景已不复存在。插图中所描绘的是书生窦旭梦中的桂府宫殿。“桂府”匾额高悬于殿，殿内画栋锦屏，华筵齐开，贵官列座。座上一人高出众人，衣饰庄严，有王者之相，似乎在与对面客座的书生窦旭说着什么，窦旭伸颈遥望，似有所思。随着窦旭的目光所示，插图左下方是被众宫人簇拥而来，华装丽服的莲花公主。插图为表现场景的梦幻性质，在大殿上方运用了许多云雾来烘托营造亦真似幻的梦境，而在插图的右下角接近插图边框处，可见渐变细小的云烟尾部仿佛来自于人间的屋

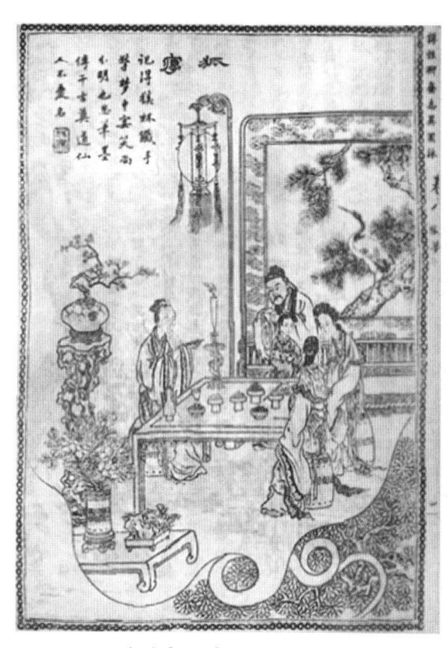

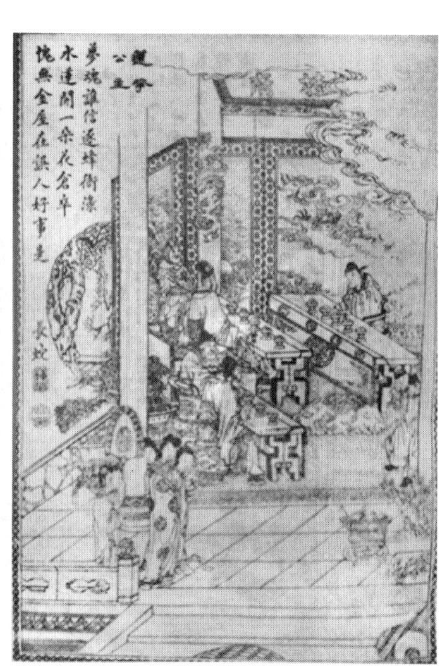

图 10－15　左为《狐梦》，右为《莲花公主》

瓦之上，梦境自人间居室升腾而出，似有欲飞天外之势。之所以会出现以云烟烘托梦境，让梦境出现在云烟之内，继而又往往在空间上处于屋顶、树端、天际，大概与古人对梦的理解有关。古人多认为梦是灵魂出窍的一种体验，而灵魂出窍在古人的理解看来，一般是从脑际而出升腾而上的，缥缈之势可随风而飞。由古人创造的这种手法后来成为一种传统，被现代画家所广泛运用。

2. 对仙人身份的符号性表达

古代戏曲小说插图中常用云烟雾气来表示仙人的身份。插图往往以云气托住仙人，表示其作为仙人有腾云驾雾的特殊神力，如果所描绘的仙人形象有道学背景，则会在仙人的手中增加一柄拂尘。手持拂尘腾云驾雾的仙人形象栩栩如生跃然纸上，被大众所接受，并成为一种典型与传统。例如，明崇祯山阴孟称舜刻本《酹江集》中的《红线女夜窃黄金盒》版画插图（图 10－16），云雾中的红线女宫装彩绸，环佩飘摇，手持彩盒腾云驾雾而去。不像身着夜行衣飞檐走壁的女侠，倒像是散花的天女了。由于红线女被后世认为是剑仙，所以版画插图中干脆把她当可腾云驾雾的天上神仙来描绘了。

图 10－16　版画《红线女夜窃黄金盒》

《聊斋志异》原著中除了故事主角本身是仙人之外，常有一些作者并不作正面描写的仙人形象，或所叙述的故事中并无仙人形象，而所发生的故事又需要一种解释或态度；在这样的情况下，《图咏》往往以云中仙人入画的方式来丰富插图，使其对原著文本信息量的提取更加详细，某种程度上也表达了一种态度和立场，如《水灾》《孝子》《布客》《慧芳》的插图。

《水灾》一篇记康熙二十一年（1682）发生的一场水灾。述石门庄老叟一日见二牛相斗于山，由此预料将有水灾而举家搬迁，村人共笑之，然不久后暴雨果至，终成水患。一村民在水灾时，与其妻搀扶老母逃避水灾而弃其两儿，水灾过后，全村仅存此村民的房屋，他的两个孩子都安然无恙地在家中嬉戏。作者感叹，这是因为村民夫妇的孝道感动了神灵，因此对他的孩子有所庇佑。《图咏》中《水灾》一篇的插图(图 10－17 左)很注重对水灾突至的场面刻画，图中大部分空间都是大水如瀑布般倾泻而下的场景。插图以果断纤细的线条表示水流速度之快，以大量空白表示水面之宽；自上而下的水幕所到之处山石崩裂、树倒屋摧。细节处可见插图左上角描绘了大水中显出的房屋一角，透过窗户可见村民的两个小儿在床榻嬉戏玩耍，右下角是村民与其妻搀扶老母避走高处，身后是汹涌而下的大水及被大水冲得摇摇欲坠的房屋。在插图的右上方，画了一位驾云而来的天官俯瞰下界，一手指向正嬉戏玩耍的两个小儿。《水灾》的插图可说是相当精彩，从表现技法来看，抓住了大水刚刚到来房屋将被摧毁的瞬间，插图的动态感体现出水灾到来之时摧枯拉朽的强大威力和村民逃难的紧张感；而从对原著思想内容的彰显来看，不仅把原著文本中所含的重要信息一一囊括，且天官这一人物形象的增加，更是把原著所要表达的孝道者当受神仙庇佑的思想表达得清楚明白。插图中的七律更是这样写道："暮见二牛山上斗，朝看一屋水中存。天工皂白分明甚，呵护常临孝子门。"①

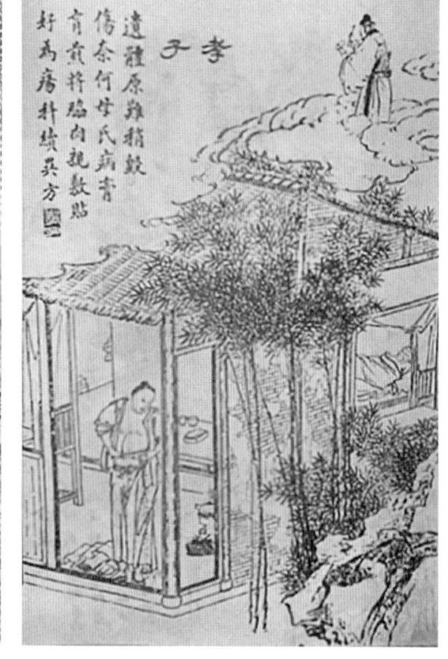

图 10－17　左为《水灾》，右为《孝子》

同样彰显孝道的还有《孝子》一篇。《孝子》的插图(图 10－17 右)视角是远景俯视，周围环境是贫民茅屋，人物处于图画左下角茅屋内部。图画右边毛竹残垣映衬之下可见窗内卧病的孝子母亲，右上角云雾缭绕，一天官于云雾之中持册

① 蒲松龄：《详注聊斋志异图咏》，影印本上册，中国书店 1981 年版。

书写。插图所采取的远景俯视角度是天官的角度。原著中虽没有提及天官，但把孝子割股疗亲的事迹通过天官的视角呈现，并特意表现出天官持册书写的形象，其实是对孝子行为的一种赞许，并通过增添天官这一形象记录孝子孝行来暗示这种孝道的行为将有仙人记录，他日自有福报。

3. 对人间公堂和冥府大殿的描绘

《聊斋志异》原著中有一些篇目主要是讲述公案故事或涉及公堂场面的，如《诗谶》《太原狱》《冤狱》《折狱》《赵城虎》《狂生》《单父宰》等。还有一些篇目是讲述凡人误入冥府，或因品行得到冥间赏识，或因机缘得见阴司轮回赏罚，或因现世不平愤而离魂前往冥府打官司的，如《考弊司》《考城隍》《库将军》《李伯言》《三生》(两篇)[①]、《王大》《席方平》《陕右某公》《阎罗》《阎罗薨》《元少先生》等。对于前者，插图主要描绘人间公堂中升堂办案的场景。这本身取决于原著中的公案故事并不十分复杂，其内容情节中往往最精彩的部分便是升堂办案、真相即将大白的时刻，《图咏》因此也选取了在故事中情节最为顶点的高潮部分入画。对于后者，插图主要描绘冥府大殿之上，误入冥间的凡人之所见所闻。原著中涉及冥府的故事不一而足，但更多是作为故事展开的背景，而以上篇目中的故事情节重点大都放在对冥府所见所闻的描述上，因此篇目也较为短小，情节也较为简单。故《图咏》插图也因题作画，或展现冥间司衙投刺场景、科考场面，或展现大殿之上世俗传说中的各种轮回赏罚。如以卷册记录生平事迹，恶罚善赏；对恶人的惩罚如刀山、油锅、兽皮加身以罚轮回为兽等内容。故而以上篇目无论是有关人间的公堂还是冥府的大殿，《图咏》插图都表现得极为相似。插图大部分以远景俯视的角度作画，以大堂或大殿上的长官为中心，其余衙役、犯人、鬼卒等根据不同故事的具体情节分布各处，与室内的台阶、栏杆、门窗、墙壁等形成不同景别，不同景别在同一插图中的有机构成在整体上形成了画面立体纵深的视觉效果。

图 10－18　上为《诗谶》与《太原狱》，下为《冤狱》与《赵城虎》

为避免雷同，不同故事的插图中又适当地增加可以点题的细节，来增加插图的特殊性(图 10－18)。如同样是描绘公堂，

① 《聊斋志异》原著中有两篇题为《三生》的篇目。其一为铸雪斋钞本中的卷一篇目，《详注聊斋志异图咏》收于卷十三；其二为铸雪斋钞本中卷十篇目，《详注聊斋志异图咏》收于卷十。

《诗谶》在跪于堂下的犯人脚边增添了物证诗扇；《太原狱》则重点描绘婆媳二人拿石头砸奸夫的场面，图中可见公堂一角堆有大小不等的石块；《冤狱》则描绘了逍遥法外的杀人真凶被神灵驱使到公堂上大骂县令并认罪的场景；《赵城虎》描绘了衙役捉拿吃人猛虎公堂伏法的场景等。在《图咏》插图中的典型场景一般场面都较为热闹，依题取材的插图能够详细全面地体现原著文本中的信息，构图设计和对场面的描绘往往能做到不厌其繁，当众多人物集于一堂时亦能做到人人须眉毕现，个个神态不同。如题为同一篇名、述同一题材的两篇《三生》，皆讲述了一人能记自己生前三世的故事。其一述刘孝廉前生 62 岁而殁，初到冥府阎王以礼相待，后稽查其前生恶录，遂罚入畜生道，轮回三世后方得投生重新为人。《图咏》插图（图 10－19 左）选取了刘孝廉初到冥府阎王以礼相待的场景如画。插图中，阎王一手奉盏，一手指着案上文簿；其左首一判官正翻卷查看；刘孝廉坐于阎王右首，正悄悄趁阎王不备把自己杯中疑似迷魂汤的茶水泼在案脚；殿上站着两个形貌奇特手持瓜锤、叉戟随时待命的鬼卒。另一述湖南某生三世所不同的人生经历，《图咏》插图（图 10－19 右）选取其第一世故事中于阎罗殿前与众鬼对质的场面入画。其第一世为县令，一次乡试中作同考官，一名士考场被黜抑郁至死。名士拿着自己的考卷到阴司状告县令，阴司与名士遭遇相同者成千上万，遂推名士为首结成同盟。阎王于是把县令拘到阴司，与群鬼当面对质。插图中分为两个景别，其一是殿内，名士跪于殿内，殿上阎王高坐，文书、鬼卒各一；其二是殿外，身着儒服的群鬼排列整齐，神情激昂，百手共指县令，县令裸露上身背向大殿而面向群鬼，被两名鬼卒拘捕而入，神态仓皇。作为小说插图，两篇各有特质的《三生》插图都做到了基本的切题，其与原著文本内容贴合一一对应，又不乏生动形象。

图 10－19 《三生》

《详注聊斋志异图咏》本根据《聊斋志异》原著每事一图的原则[1]，体例的规定使得无论原著中文本所述是否适合入画，都必须附有插图。抛开书商以此作为广告吸引读者的目的不谈，插图客观上构成了文本叙事情节的形象化再现，是"因文生图"的典型。而以上所分析的《图咏》插图的整体特征事实上也可看作是图像所表达出的一种模糊性能指，在这样的情况下，每幅插图上所题的故事篇目及根据原著篇目内容所作的七绝，所钤的原著篇目名称印章，事实上是完成了对插图模糊性的消解，并进一步规定了插图对文本的叙事从属，从而达到了如广百宋斋主人徐润所言的"故所画各图，无一幅可以移置他篇者"[2]。

二、从《图咏》到《图说》的嬗变

《聊斋图说》有许多插图都是以《图咏》本为底本，但与此前的《详注聊斋志异图咏》在风格上有很大不同。从插图数量上说，《图说》本只会比《图咏》本更多而不会更少。由于二者从主创与刊行都几乎是同一批人，那么从中可见，无论《图咏》还是《图说》，都具有一种使《聊斋志异》原著每一篇目都至少附有一幅插图的完璧思想。当一幅插图的容量不能囊括原著中长篇篇目的叙事情节时，一篇目而多插图的情况便自然产生。由于《图说》本较为特殊的创作背景与创作目的及传播过程，使得企图在时间流变的自然历史选择中去考察《图咏》本插图在民间的传播接受过程有一定难度。《聊斋图说》的主编广百宋斋主人徐润本身是一位红顶商人，其与宫廷有着密切关系。1949 年以后，《图说》一直被藏于博物馆，21 世纪以来曾以选本的形式出版过几次。因此，在《图说》创作完成直至其于 21 世纪以选本形式出版的一百多年间，民间对《图说》的接受是缺失的，因此其影响力远不及《图咏》。无论吕长生的推论是否成立，《图说》中工笔重彩的插图所呈现出的民俗画卷风格确实符合进呈内廷、呈送高官的要求。

《聊斋图说》为每页半开绘图、半开文字的折叠式装裱，图画部分以原著条目为纲目配以工笔重彩，每一篇目少则一幅图画，多则五幅不等，共有 725 幅彩图。文字部分以青柯亭刻本为底本进行缩编，开页上部为题诗，下部为故事缩写。从编排体例上可见其有意识的重图轻文倾向。工笔重彩的图画与之前的黑白素描插图相比规格更高，艺术表现力也更强。区别于白描插图的简练朴素、概括明确、传神流畅，工笔重彩层次分明、色彩亮丽、精微丰富。工笔重彩的图画作为文

---

① 《详注聊斋志异图咏》中除上文提到的《宅妖》《三生》存在相同篇名的两篇故事与插图外，尚有《图咏》本收于卷十三而铸雪斋钞本收于卷一的《雹神》和《图咏》本收于卷十六而铸雪斋收于卷十二的《雹神》两篇；及《图咏》本收于卷十四而铸雪斋钞本收于卷五的《义犬》和《图咏》本收于卷十五而铸雪斋钞本收于卷九的《义犬》两篇。

② 清徐润：《详注聊斋志异图咏·例言》，朱一玄主编：《聊斋志异资料汇编》，南开大学出版社 2002 年版，第 323 页。

本插图而言,其所表达的信息已超越了文本的涵盖,其观赏性得到显著提高的同时,也已具有一定的艺术独立性。根据原著所编写的文字部分所提供的仅是原著故事的主要情节,这更像是对其中一事多图的插图作文字上的注解工作,而非如其他的《聊斋志异》图咏本以插图来辅助文本的理解。其注重的是对图画的欣赏而非对《聊斋志异》原著文字的欣赏,文本与图画的关系在这里有了新的形式。如其书题"聊斋图说"一般,其所注重的是以图画来讲述聊斋故事,在配以一定范围的原著文字对图画给予说明,这也是为什么后世亦往往直接称其为"聊斋图册"的根本原因。《图说》中图画对原文的解读建立在《聊斋志异》原著已经广为传播的基础上,只有当大众在比较熟悉文本的情况下观赏图画,才能领会图画所要表达的意蕴。我们不妨以此思考《图说》的创作目的。几乎可以确定的是,《图说》并非以传播《聊斋志异》原著为目的,也有别于《图咏》等其他图咏本的普及性功能,就其装帧的华美与对图画的重视来看,它更像是一个赏玩性质的聊斋故事画册。故《聊斋图说》并非严格意义上的《聊斋志异》图咏版本,其所配的图画也很难定义为插图;从其所配图画来看,许多图画都已经脱离了《聊斋志异》原著的文本规定,加入了自身的艺术发挥,因而更像是独立的绘画作品。

1.《图说》本图画对《图咏》本插图的接受

若以《图咏》与《图说》的插图两相比较,我们能够从中看出《图说》插图对《图咏》插图的接受情况。《图说》中所存在的与《图咏》相似或完全相同的插图,至少可以说明那些插图在对文本的表达和自身的艺术创造上是成功的。凡《聊斋志异》原著篇目为短篇者,《图说》与《图咏》一样仅配一幅图画,而当原著篇目为长篇时则根据具体情节绘多幅图画。短篇中的图画很多与《图咏》插图相同,长篇图画中往往有某一幅图与《图咏》中的插图在情景描述或人物形象、构图安排相似或完全相同。《图说》本图画与《图咏》本插图存在相似或完全相同的篇目短篇计有:《水灾》《地震》《诸城某甲》《戏缢》《龙戏蛛》《三朝元老》《鸟语》《新郎》《禄数》《梦狼》《灵官》《红毛毡》《鸿》《考弊司》《灵官》《骂鸭》《木雕美人》《牛飞》《小猎犬》《梓潼令》等;长篇计有:《董生》《陆判》《狐妾》《青梅》《田七郎》《乐仲》《红玉》《婴宁》《阿英》《仇大娘》《凤仙》《宦娘》《黄英》《瑞云》《商三官》《晚霞》《西湖主》《荷花三娘子》《于去恶》《张鸿渐》《席方平》等。

2. 图像与文本关系倒置之下的多次表达

对《聊斋志异》原著中篇幅较长的篇目,《图说》往往绘以多图以描绘原著中某一情节中的具体情境,重点展现故事情节的完整性,以多幅静态的图画来表达原著故事动态的叙事性。

如《促织》一篇所绘的图画便有《获虫待赏》《母氏心伤》(图 10-20)、《籍儿受赏》三幅,分别述成名找到蟋蟀的情景、成名儿子被成名妻子责备的情景、成名儿子变成蟋蟀与大公鸡搏斗的情景,分别选取了故事中三个转折性的情节入画。由于《图咏》本中一篇故事只有一幅插图的容量,其《促织》一篇所绘制的插图(图

10－21）上半部是成名投井而死的儿子卧于床榻，成名妻子坐在一旁关切地看着儿子，插图的下半部是门外的成名手扶墙壁一面朝家中望去，一面似又要出门寻找新的蟋蟀。相较而言，《图咏》本插图更加抓住了原著故事中情节的关节点，而这一场景也是原著中最为经典的。就其具体的绘画技法来看，《图说》本的背景描绘精致非常，很有逼真感，人物刻画亦表情灵动，肢体动作生动形象。

《凤仙》一篇所绘图画中较为典型的是《姻亲欢聚》与《镜中督课》两幅。《姻亲欢聚》一幅（图 10－22）画面热闹喜庆，所述狐仙皮翁一家三女及女婿欢聚一

图 10－20 《促织》之《母氏心伤》

图 10－21 《促织》

图 10－22 《凤仙》之《姻亲欢聚》

堂的场景，原著中凤仙因父亲怠慢丈夫刘赤水愤而当堂演唱《破窑记》的情节在图中并没有得到体现。《镜中督课》一幅（图 10－23 右）所描绘的是原著中的经典情节，刘赤水以凤仙所赠明镜悬于案头督促自己苦读，一举而捷之日明镜之中的凤仙面对自己微笑似在目前。《图说》本图画与《图咏》本插图对这一经典情节的刻画各有侧重，《图说》本中以平视角度把刘赤水揽镜观看凤仙而凤仙转而便已立于其身后的场景描绘了出来，因此画上不仅镜中有凤仙，刘赤水身后亦有凤仙。《图咏》（图 10－23 左）则以俯视视角展现叙述者的立场，述刘赤水捧书攻书，抬头则见镜中凤仙正朝自己微笑，插图对书房的场景作了较大描绘，人物在画中的比例则较小。

图 10－23 左为《详注聊斋志异图咏》中《凤仙》插图，右为《聊斋图说》中《凤仙》之《镜中督课》图画

《红玉》一篇的《递梯夜合》图画（图 10－24 右）中，描述了寒士冯相如递梯夜合东邻女子红玉的场景。冯相如翩翩潇洒、衣着华美全不似寒士身份，身着红衣的红玉却是人如其名。《图咏》本插图（图 10－24 左）中所描绘的是红玉与冯相如私情暴露，冯父痛责二人的场景；这幅插图也被《图说》照搬在册（图 10－23 中）。

图 10－24 左为《详注聊斋志异图咏》中《红玉》插图，中及右为《聊斋图说》中《红玉》图画

图画中，红玉在冯相如房内掩面而泣，冯父手指红玉似在训斥，跪在父亲面前的冯相如衣衫褴褛、神情狼狈。《图说》中《红玉》的另一图画《侠代复仇》(图 10-25 左)所述为冯相如跪求侠客替自己报仇的情景。图画左侧可见冯相如家中床榻上躺着的幼子，右侧则是屋外冯相如跪地仰面哀求，侠客神情慷慨。第三幅图画(图 10-25 右)述大仇已报而失去孩子的冯相如，安葬完妻子遗骸回到家中意外重逢红玉与自己孩子时的情景。图中面带凄容的冯相如衣衫褴褛已不复当初之齐整，红玉红衣素裙怀抱稚子面容和善，红玉怀中几欲垂泪的孩子紧抱红玉的同时又扭头看向自己的父亲，表情生动，尤其可爱。

图 10-25 《红玉》

《罗刹海市》一篇中较为典型的图画为马骥在罗刹国官员家涂面学作张飞状为主人舞剑的场景(图 10-26 中)。图中在座大员皆罗刹形貌，舞剑的马骥雄姿英发。有趣的是，原著中马骥是偶以煤涂面装作张飞舞剑愉悦官员，而《图说》中的马骥脸上却是画着精致的张飞戏曲脸谱，这显然是画家把自身生活中所见戏台上的张飞戏曲形象换置在了其中，而不去细究是否合理。《图说》中另一《罗刹海市》插图《怀亲送别》(图 10-26 右)则描绘了龙宫公主与马骥分别的场景。

图 10-26 左为《详注聊斋志异图咏》中《罗刹海市》插图，中及右为《聊斋图说》中《罗刹海市》图画

图中仪仗华美，骑马的龙宫宫女与巡海夜叉分列两旁，公主宫装肃穆坐于车中，马骥面容悲伤骑于马上。四周云雾缭绕，偶见远处宫殿飞檐，不像海市而似天宫。相较而言，《图咏》本插图（图10－26左）对原著的展现远不及此生动。其所绘场景可称壮观，信息亦称全面。只见茫茫大海之上有几艘大船正在航行，其中居于插图中间最大的一艘便是马骥出海所乘。大海左上方云雾缭绕处所现大都便是大罗刹国所在。这幅插图本身的技法是很上层的，所描绘的海上景致很见功力，只可惜并没有抓住原著中的重点。

《小翠》一篇中有两幅较为典型的图画《蹴圆被责》与《碎瓶交詈》（图10－27中、右），皆描绘小翠在王家因过被责的情节。前者述狐仙小翠与痴傻的丈夫王元丰一同蹴鞠玩乐，不慎将球误触公爹王太常因而被责。图中丫鬟小斯笑闹未已，婆母手指小翠似在指责，小翠低头含笑。图画色彩艳丽，风格轻快。后者述小翠治好王元丰的痴呆之后却因偶然误碎皇帝御赐王太常的玉瓶而被公婆责骂。图画以俯视全景的视角进行构图，王太常高坐一旁手指小翠，王夫人更是面含怒容责骂小翠，小翠托腮不语。周围的三个丫鬟，其一注视着地上碎瓶，其二则相互对视，场景描绘相当切题生动。《图咏》本插图（图10－27左）所选取的场景是故事结尾处，王元丰夜遇小翠的伤心画面。王元丰立于马背往高墙内望着小翠，墙内的小翠背立不语，身旁的姐妹正对她进行示意。

图10－27　左为《详注聊斋志异图咏》中《小翠》插图，中及右为《聊斋图说》中《蹴圆被责》《碎瓶交詈》图画

3.《图说》本图画的风格嬗变

《图说》本图画与《图咏》本插图对《聊斋志异》原著中同一篇目的不同绘图有时存在较大差异。相较而言，《图说》在画面视觉冲击力与艺术表现力上较为开放大胆。

如《画皮》一篇，《图咏》本插图（图10－28左）中重点描绘王生从书房外偷看内部恶鬼画皮的场景。山石掩映下的书房呈横向构图，占满整个画面，王生弓背曲腰趴在窗户上窥视；书房右侧半开窗扉，在苍松遮隐之下依稀可见书房内一恶鬼执笔伏案，正绘画一美人。以王生的偷看暗示紧张气氛，给人以想象的空间，只可惜右侧恶鬼的形象几乎被苍松遮蔽，从而消解了本应该营造出来的恐怖氛围，视觉冲击力不够。《图说》本图画（图 10－28 右）的绘图重心则完全放在了书房内。图画以全景俯视角度作画，横向描绘书房景象，正在画皮的恶鬼被放置于图画的中心位置。画案上一美人图栩栩如生，画案前的绿毛恶鬼一手抓住绘有美人形象的人皮，一手执笔而画；令人感到比较恐怖的是，从读者的视角来看，他那一双铜铃似的双眼正瞪着读者，脸上似乎还挂着一抹不易觉察的奸笑。图画右侧是书房的木格子窗户，窗户下端露出了于屋外偷看的王生的上半张脸。这样的表现方式毫不遮掩地把原著中最为恐怖的情景作正面描绘，在视觉冲击力上更为开放大胆，艺术表现力也更胜一筹。

图 10－28 《画皮》

又如《白秋练》一篇，《图咏》插图（图 10－29 左）所描绘的是故事将要结束的场景，书生慕蟾宫为救白鲟精所化的妻子白秋练逃脱龙宫选妃制度，清晨追随道人以求解救之方的情景。插图表现力较为平常，也没能够抓住原著中更有代表性的情节。《图说》图画（图 10－29 右）则选取了白秋练相思入疾，慕蟾宫为其吟诗愈病的情节。野旷江清之下的客舟之中一灯如豆，白秋练静卧病榻，慕蟾宫持卷吟诗。这样风雅的才子佳人场景本就是画家所擅长的，自然也达到了较高的艺术水准。《聂小倩》一篇中，《图咏》与《图说》皆描述了故事结尾剑囊收服夜叉鬼的情景。《图咏》插图（图 10－30 左）所绘的更像是夜叉鬼已被剑囊收服后的场景。深夜庭院之中，宁采臣与聂小倩启户而立，宁采臣手中似乎拿着剑囊，而天外月轮高挂，并不见夜叉鬼曾经到过的痕迹，唯有一派清辉光景，手法含蓄，意境幽远。《图说》图画（图 10－30 右）的描述则完全是另一种风格的呈现。同样是庭院之内，云气缭绕之中，只见悬于窗外的剑囊中探身而出一个比夜叉鬼稍大的神兽一把抓住正欲逃遁的夜叉鬼；而图画的左侧则是床榻之上以床帷护体的聂小倩及藏身门后举烛察看战况的宁采臣。意境虽不及《图咏》本悠远，但这种直观画面所具备的大胆明快风格把故事中紧张可怕的气氛渲染得十分生动。

图 10－29 《白秋练》

图 10－30 《聂小倩》

再如《侠女》一篇,《图咏》所绘(图 10-31 左)是侠女大仇得报之后与书生顾省斋告别的情景。插图中顾省斋手指侠女似有满腔疑惑与不舍,而手刃仇人首级的侠女立于屋角神态似有腼腆。垂于侠女右手下端以布包裹住的人头如不仔细观察,几乎可以忽略而误以为是侠女的衣袖。本应是原著中艳若桃李而冷若冰霜的侠女,即便手刃仇人,在插图中却自然地流露出了几许小女儿情态。《图说》的图画(图 10-31 右)便流露出了与《图咏》大相异趣的审美风貌,图中的侠女除却侠气还似有神力。月夜庭院之中,侠女立于室外以掌击狐,在狐精与侠女的手掌之间形成了一道火光似的剑气,变幻为娈童迷惑顾省斋的狐精被其手掌所发剑气击飞天外现出原形。而在侠女的身后,顾省斋方持灯跨门而出。与其说是因为二者所选的原著情节不同而产生的风格差异,不如说是《图说》有意选取这样的情节来彰显一种生动明快、在视觉效果上更能吸引人的绘画风格。

图 10-31 《侠女》

最后,再看《胭脂》一篇的图画。在《图咏》本插图(图 10-32 左)中,所表现的是不识胭脂门径的毛大正悄悄夜入卞牛医家大门的景象。插图选择了悲剧即将发生之前的情节入画,表现平平,甚至不能从中看出其专属《胭脂》一篇插图的特色。而在《图说》中,图画(图 10-32 右)所描绘的则是原著情节的高潮部分,即毛大误杀卞牛医的场景。图画以全景俯视视角作画,院墙内房屋外是案发现场。被毛大用斧头砍死的卞牛医躺在图画中间位置,满面皆血。卞牛医左边是正仓皇而逃的毛大,右侧是惊慌失措的妻子,前方则是举烛而出,尚不明究竟的女儿胭脂。图画中毛大杀死卞牛医的瞬间得到了很好的表现,能够与原著中的

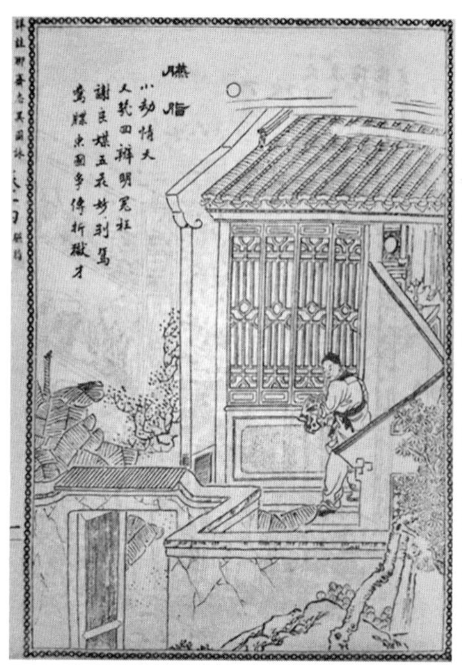

图 10－32 《胭脂》

精彩描写相得益彰。

总体而言,《聊斋图说》图画整体上是节奏明快流畅,风格大胆直接,内容丰富饱满,缺少《图咏》插图之余味可嚼的同时亦有着较强的视觉观赏效果和艺术表现力。所刻画的人物形象都带着一种世俗吉祥的喜庆气息,不如《图咏》本有古人风度。如所绘无论男女老幼、何种身份大都面容和善讨喜、衣着鲜艳繁复。尤其是其中的女性形象大有清代仕女图的风貌,皆是柳眉妙目、樱桃小口,身材纤细柔弱,大都身穿彩色云肩、着红衣华裙,甚至还透露出裙下的一双小脚;许多女性形象都有一定的相似性。虽然图画所绘制的内容是据《聊斋志异》而来,且很多图画的表现力甚至超越了《图咏》插图,但就其整体风格而言又缺少一种原著中含蓄悠远、孤愤脱俗的格调气质。因此,《图说》似乎并不十分具有一般意义上的"聊斋风貌",反而呈现出一种民俗画卷所特有的较为生动活泼的生活丰富性。自然,根据文本内容再创作的图画势必会受到原著文本一定程度的规制,图画与文本本身就是两种不同的艺术形式与传播媒介。图画与文本相互之间所形成的这种张力古来有之,例如在明万历间原刊本《镌出像杨家府世代忠勇演义志传》的《十二寡妇征西》插图(图 10－33)中,其所呈现的是 12 位骑马的妇人扬鞭策马于山下的场景。在朴拙质朴的明代版画的刻画下,身着便服的妇人们相互交谈,神色恬淡,如若不是先行官扛着写有"杨府"二字的战旗,几乎看不出这是行军打仗的队伍,而更像是踏青悠游的普通妇女。可以说,作为抽象符号的图像,本身便更多地寄予着人们比文本更多的想象。文学叙事的真实毫无疑问是更加强大的存在,但也仍然有一定空间允许图画进行着自身规范内的艺术发挥。图画与文本之间的张力将一直存在，这也恰恰是二者或离或和的魅力所在。

图 10-33 《十二寡妇征西》插图

20 世纪二三十年代之后，由于新文化运动的倡导，文言小说集《聊斋志异》曾一度遭受冷遇，这一时期出版的《聊斋志异》仅十余种①。1949 年以后，《聊斋志异》曾一度受到中央政府的重视，同时出版界、学术界及广大普通读者对其亦有较高的关注。“文革”之后，《聊斋志异》的传播再次升温，有二百多种不同样式的版本出版发行。② 此外，为增加阅读效果和普及力度，《聊斋志异》的各种插图本与连环画也开始大量出版。

七八十年代出版的插图本《聊斋志异》中插图水平较高，流传较为广泛的有 1978 年上海古籍出版社出版，于在春选译、贺友直绘图的插图本《聊斋故事选译》；1980 年河北人民出版社出版，谢志高绘图的插图本《白话聊斋》；1981 年辽宁人民出版社出版，袁闾琨等编译，白素兰、许勇绘画的插图本《白话聊斋》。这三种插图本均是 1949 年以后为适应文艺为人民群众服务的方针而出现的，附以插图更加推动了其传播普及的广度。八九十年代，许多知名画家都绘制过《聊斋志异》人物图谱，如 1985 年新蕾出版社出版的《刘旦宅聊斋百图》及 1990 年天津杨柳青画社出版的《戴敦邦聊斋人物谱》。

《聊斋志异》插图发展到 20 世纪七八十年代之后，已不再是对原著进行简单的场景再现。如果说晚清《图咏》与《图说》的插图对《聊斋志异》原著的信息筛选，仅仅是在一个连续叙事的文本中选取某一片段进行场景再现似的对译的话，

① 张富莉：《〈聊斋志异〉的传播研究》，西山大学 2009 年硕士论文，第 31 页。

② 王平主编：《明清小说传播研究》，山东大学出版社 2006 年版，第 737 页。

那七八十年代的三种《聊斋志异》插图本中的插图，则是对原著文本信息有了更精微细致的选择。这种对文本较为自由的选择，可以让我们看到《聊斋志异》插图的发展流变。尽管不同时代不同画家会以不同的视角来构思插图，使不同版本插图存在一定的差异；但更加值得注意的是，事实上无论他们怎样求新求变，他们选择入画的篇目有着极高的相似性，被选择的永远是《聊斋志异》中那些情节完整、思想深刻、人物典型、意蕴隽永的名篇。各个版本的《聊斋志异》在刊行时，以文献的角度进行考察，都希望卷册务必完整地进行传播；但在画家的插图中，常常被不同时代的画家们反复不断地进行图像再创作的篇目，依然是那些拥有永恒艺术生命力的名篇。这些时期关于《聊斋志异》文学与图像的关系将在现当代卷中的相关章节予以详述。

图书在版编目(CIP)数据

中国文学图像关系史. 清代卷：上、下/赵宪章主编. —南京：江苏凤凰教育出版社，2020.12(2023.10 重印)
ISBN 978-7-5499-9039-9

Ⅰ.①中…　Ⅱ.①赵…　Ⅲ.①中国文学－古代文学史－清代　Ⅳ.①I209

中国版本图书馆 CIP 数据核字(2020)第 231613 号

书　　名　中国文学图像关系史·清代卷(上、下)
主　　编　赵宪章
本卷主编　解玉峰
策 划 人　顾华明
责任编辑　王建军
装帧设计　周　晨
监　　印　杨赤民
出版发行　江苏凤凰教育出版社(南京市湖南路 1 号 A 楼　邮编 210009)
苏教网址　http：//www.1088.com.cn
照　　排　南京前锦排版服务有限公司
印　　刷　江苏凤凰通达印刷有限公司(电话：025-57572508)
厂　　址　南京市六合区冶山镇(邮编：211523)
开　　本　787 毫米×1092 毫米　1/16
印　　张　44
版　　次　2020 年 12 月第 1 版
印　　次　2023 年 10 月第 2 次印刷
书　　号　ISBN 978-7-5499-9039-9
定　　价　256.00 元(上、下卷)
网店地址　http：//jsfhjycbs.tmall.com
公 众 号　苏教服务(微信号：jsfhjyfw)
邮购电话　025-85406265，025-85400774
盗版举报　025-83658579